MARK
FRANLEY

SCHMUTZIGE SEELEN

EIN **RUBEN HATTINGER** THRILLER

EDITION M

Deutsche Erstveröffentlichung bei
Edition M, Amazon Media EU S.à r.l.
38, avenue John F. Kennedy, L-1855 Luxembourg
August 2019

Umschlaggestaltung: zero-media.net, München
Umschlagmotiv: © Elizabeth Waugh / Getty: © asimetric / Getty;
© Yael Yolovitch / EyeEm / Getty; © ESB Professional / Shutterstock
1. Lektorat: Gisa Marehn
2. Lektorat: Rotkel Textwerkstatt
Gedruckt durch:
Amazon Distribution GmbH, Amazonstraße 1, 04347 Leipzig /
Canon Deutschland Business Services GmbH, Ferdinand-Jühlke-Str. 7,
99095 Erfurt /
CPI books GmbH, Birkstraße 10, 25917 Leck

ISBN 978-2-91980-750-5

www.edition-m-verlag.de

1

Ihre Brust hob und senkte sich viel zu schnell. Das Herz schlug ihr bis in den Hals, und Schweiß, vermischt mit dünnem Blut, lief ihr brennend in die Augen. Dieser Mann war so wütend, so unendlich wütend. Und dabei waren es noch nicht einmal die Schläge, die ihre Angst ins Unermessliche steigerten.

Er hatte Maria gewarnt und sie hatte nicht auf ihn gehört. Das konnte die Schmerzen vielleicht rechtfertigen, nicht aber das, was er von ihr forderte.

Er hatte gesagt: »Ich nehme dir jetzt den Knebel heraus und du wirst kein unerlaubtes Wort sagen. Wenn du nach Hilfe schreist, werde ich dafür sorgen, dass du die Hilfe sehr nötig hast. Hast du das verstanden?«

Sie hatte genickt. Natürlich hatte sie genickt. Der Knebel war feucht von ihrem Speichel, doch ihr Mund war so trocken, dass sie kaum noch schlucken konnte. Dann hatte er den Stoffklumpen aus ihrem Mund gezogen. Sehen konnte sie nichts, denn die Lampe war die ganze Zeit auf ihre Augen gerichtet. Der Strahler war so hell, dass sie das Licht selbst hinter geschlossenen Lidern sehen konnte.

Trotz oder gerade wegen ihrer Angst nutzte sie ihre Chance, sammelte etwas Spucke, schluckte mühsam und schrie aus

Leibeskräften. Sie konnte nicht sehen, wo er stand, da er sich stets außerhalb des Lichtkegels oder hinter ihr aufhielt. Ihr Schrei dauerte keine zwei Sekunden. Sie spürte seine Hand auf ihrem Hinterkopf. Der Knebel wurde mit roher Gewalt zurück in ihren Mund gestopft. Danach erschütterte eine schnelle Abfolge von Ohrfeigen ihren Kopf. Am schlimmsten waren die, die er ihr mit seiner rechten Hand verpasste, denn sein großer Ring traf hart auf ihre Haut und ließ sie aufplatzen.

Als ihr irgendwann die Sinne schwanden und der Kopf nach vorne überkippte, hatte er endlich von ihr abgelassen und deutlich ruhiger als zuvor gefragt: »Hast du es jetzt verstanden?«

Nun saß sie da, schmeckte den Schweiß, die Tränen und das Blut im Mund. Die Schläge schienen in ihren Ohren nachzuhallen. Ja, sie hatte seine Worte verstanden. Doch die Forderung war so ungeheuer, dass sich ihr Kopf weigerte, auch nur darüber nachzudenken.

»Falls du noch eine Frage hast, darfst du sie jetzt stellen«, sagte er. Sie hob erschöpft den Kopf und hauchte: »Das kann ich nicht tun und das wissen Sie auch.«

Er schien zu lächeln, jedenfalls klang es so, denn seine folgenden Worte wirkten schon fast versöhnlich. »Keine Sorge, Maria. Kurz bevor es so weit ist, werde ich dir die ganze Geschichte erzählen und dann fällt es dir mit Sicherheit leichter.«

2

Eva Lange wünschte den Kollegen der Spätschicht einen schönen Feierabend. Als der letzte gegangen war, versicherte sie sich, dass die Tür des Präsidiums ordentlich abgeschlossen war, und ging hinauf in ihr Büro. Drei Tage nach dem Verschwinden der Siebzehnjährigen brauchte ihr Team einfach ein paar Stunden Pause.

Sie leitete die kleine Parsberger Polizeiinspektion seit fünf Jahren und wusste, was sie ihren Leuten zumuten konnte. So hatte sie beschlossen, in dieser Nacht nur eine Streife rauszuschicken und die Leitstelle selbst zu besetzen.

Nachdem sie die Gegensprechanlage und die Notrufnummern zu ihrem Büro umgeleitet hatte, holte sie sich den ersten Kaffee. Sie stellte das heiße Getränk neben die ausgedruckte Vermisstenanzeige und versuchte, ihre Gedanken zu ordnen. Maria Kurz war die Tochter eines langjährigen Kollegen, und da dieser die Fotos auf seinem Schreibtisch regelmäßig auswechselte, fühlte es sich so an, als hätte sie das Mädchen aufwachsen sehen. Was konnte ihr zugestoßen sein? Eva konnte es drehen und wenden, wie sie wollte, sie fand trotzdem keine schlüssige Erklärung für Marias Verschwinden – zumindest keine, die Anlass zur Hoffnung gegeben hätte.

Siebzehnjährige nehmen sich gerne eine Auszeit, jedoch selten in Joggingklamotten und schon gar nicht ohne ihr Handy, denn das lag zu Hause auf dem Schreibtisch.

Evas Leute hatten, unterstützt von den Kollegen der Regensburger Bereitschaftspolizei, zwei Tage lang jeden Quadratmeter der umliegenden Wälder durchkämmt. Hundestaffeln, Polizeihubschrauber und Freiwillige aus Velburg … nichts hatte weitere Hinweise zutage gefördert. Maria Kurz schien nach wie vor wie vom Erdboden verschluckt.

Eva galt bei ihren Kollegen als harter Hund, das wusste sie. Diesen Ruf hatte sie sich nicht erarbeiten müssen, sie war einfach so. Trotzdem waren die Strapazen der letzten Tage auch an ihr nicht spurlos vorbeigegangen. Ungewohnt erschöpft ließ sie sich in ihren Bürostuhl sinken und leerte ihre Kaffeetasse. Resigniert beschloss sie, die Zeit mit etwas Papierkram zu füllen.

Drei Stunden später, die altmodische Wanduhr sprang gerade auf fünf Minuten vor zwei, schrillte das Telefon. Eva räusperte sich, hob ab und hatte den Anrufer kaum darüber aufgeklärt, dass er die Notrufnummer gewählt hatte, als er ihr aufgeregt ins Wort fiel. Sie blieb ruhig, hörte zu und fragte nach, während sie sich Notizen machte. »Am nördlichen Ortsausgang von Stetten, das letzte Haus auf der linken Seite. Und Sie sind sich sicher, dass es nicht die Bewohner selbst sind? – Ach, die sind im Urlaub, alles klar. Und wie war Ihr Name?«, fragte sie, doch da hatte der Anrufer bereits aufgelegt.

An sich war es nicht ungewöhnlich, dass die Leute lieber anonym bleiben wollten, aber irgendetwas irritierte Eva. Sie schob das Gefühl beiseite, griff zum Funkgerät und bat die einzige Streife in dieser Nacht um Rückmeldung.

Nachdem sie den möglichen Einbruch, der geografisch gerade noch in ihren Zuständigkeitsbereich fiel, an die Kollegen weitergeleitet hatte, öffnete sie eine digitale Landkarte auf ihrem Rechner. Die Vermisste beherrschte noch immer ihre Gedanken.

Natürlich kannte sie die Gegend um Velburg, dem Wohnort von Maria, in- und auswendig, schließlich war sie hier aufgewachsen. Trotzdem hoffte sie auf eine Eingebung, wo man noch nach ihr suchen könnte.

Zehn Minuten später knackte das Funkgerät und Roberts müde Stimme fragte: »Bist du dir sicher, dass sich der Anrufer keinen Spaß erlaubt hat?«

Eva nahm das Mikro: »Nein, natürlich bin ich nicht sicher. Seid ihr schon vor Ort?«

»Ja. Das Haus steht leer und in den Nachbarhäusern ist alles unauffällig und dunkel.«

»Okay, dann …«, weiter kam sie nicht, da das Telefon erneut klingelte. »Bleib dran, ich bekomme gerade einen Anruf über die Notfallnummer herein«, bat sie und hob ab. »Notfallstelle Parsberger Polizeiinspektion?«

»Eva, bist du das? Hör zu –«

Sie erkannte die Stimme ihres Kollegen sofort. »Toni, hast du etwas von deiner Tochter gehört? Ist sie wieder zu Hause, geht es ihr gut?«

Toni wirkte aufgeregt, blieb aber trotzdem strukturiert: »Sie hat sich gerade bei mir gemeldet. Eva, sie gab mir zu verstehen, dass sie nicht einfach so verschwunden ist. Maria wurde entführt!«

»Was?«

»Du hast richtig gehört. Eva, ich kenne meine Tochter. Sie würde sich mit so was nie einen Scherz erlauben, dazu kennt sie meinen Beruf zu gut. Der Entführer hat offenbar sein Handy verloren oder liegen lassen. Sie hat die Chance genutzt und mich angerufen, konnte allerdings nur vage Angaben machen.«

Eva war beeindruckt, dass Marias Vater so sachlich bleiben konnte. Hastig zog sie einen Notizblock zu sich. »Was hat sie gesagt?«

Nun zitterte Tonis Stimme doch ein wenig. »Sie wurde in ein Auto gezerrt. Ihr wurden die Augen verbunden, aber der Entführer ist nicht weit gefahren. Sie sagte, es ist staubig und riecht nach Brot.« Toni stockte. Als er weitersprach, klang seine Stimme brüchig. »Ich hörte eine Tür schlagen, ein klatschendes Geräusch und ihren Schrei. Danach wurde die Leitung unterbrochen. Ach ja, und der Empfang war ziemlich schlecht.«

»Scheiße!«, fluchte Eva leise. Dann befahl sie sich, konzentriert zu bleiben. Sie durfte sich nicht von ihren Gefühlen leiten lassen, auch wenn der Fall noch so persönlich war. Sie wandte sich ihrem Monitor zu und bat: »Warte mal kurz.« Sie tippte *Bäckerei* in das Suchfeld und bekam eine Sekunde später sämtliche Betriebe der näheren Umgebung angezeigt.

Das Ergebnis war ernüchternd. Es gab deutlich mehr Bäckereien im Umkreis, als sie geglaubt hatte.

Eva zwang sich, logisch zu denken. Maria hatte gesagt, dass ihr Entführer nicht weit gefahren war, was dafürsprach, dass sie sich noch in unmittelbarer Nähe zu Velburg befand. Damit wäre die Auswahl deutlich eingeschränkt.

Ihr Blick fiel auf den ersten Eintrag, der ganz oben als Werbeanzeige eingeblendet wurde. Es war die Filiale einer Bäckereikette, die sich von den großen Städten ausgehend wie ein Geschwür ausbreitete und dem echten Handwerk das Leben schwer machte.

Doch es war die veraltete Anzeige der Velburger Bäckerei Hoffmann einige Zeilen weiter unten, die ihr Interesse weckte.

Eva kannte die Backstube schon von Kindesbeinen an. Als vor Kurzem einer dieser Billigbäcker keine fünfzig Meter weiter eine Filiale eröffnet hatte, hatten die Kunden dem alten Hoffmann noch eine Zeit lang die Treue gehalten. Drei Monate später jedoch gab er auf, stellte das Haus zum Verkauf und verließ den Ort.

Erst gestern war Eva bei ihrer Suche nach Maria an dem Gebäude vorbeigekommen. Noch sah es aus wie immer, doch ein Schild an der Fassade verkündete: *Hier entstehen in Kürze vier exklusive Eigentumswohnungen. Bei Interesse …*

»Bäckerei Hoffmann«, murmelte sie leise und erkannte sofort ihren Fehler.

Und natürlich hatte Toni sie gehört. »Verdammt, du hast recht. Es ist offensichtlich! Warum bin ich da nur nicht selbst drauf gekommen?«

Eva verfluchte sich, laut gedacht zu haben, und sagte: »Toni, du bleibst, wo du bist, und überlässt das uns! Toni?«

Er hatte aufgelegt.

»Alles klar bei dir?«, hörte sie Roberts Stimme aus dem Funkgerät fragen.

Eva atmete durch, nahm das Mikro und antwortete ihrem Streifenbeamten: »Das war Toni. Maria ist entführt worden und wir haben den möglichen Aufenthaltsort.«

»Was? Wo ist sie?« Robert klang aufgeregt.

Eva zwang sich, ruhig und deutlich zu sprechen. »Vielleicht in dem Gebäude der ehemaligen Bäckerei Hoffmann in Velburg. Ihr macht euch bitte sofort auf den Weg dorthin, wartet aber, bis ich auch da bin. Solltet ihr dort Toni antreffen, haltet ihn unter allen Umständen zurück. Hast du das verstanden?«

»Verstanden«, bestätigte Robert und Eva hörte noch, wie er das Martinshorn einschaltete. Danach wurde die Verbindung beendet.

Eva informierte noch kurz die nächstgelegene Notfallzentrale, stellte die Anrufweiterleitung ein, nahm ihr Handy und sprintete hinaus zum Wagen.

Das Gewitter hatte sich inzwischen verzogen, doch der Asphalt glänzte noch nass im Scheinwerferlicht. Velburg war nur zehn Kilometer weit entfernt, aber heute schien es Eva, als würde es sich am anderen Ende der Welt befinden.

3

Eva wollte nichts riskieren und schaltete das Blaulicht bereits am Ortseingang ab. Mitten in der Nacht wirkte das kleine Städtchen wie ausgestorben, einzig die Katzen hatten alles im Blick.

Die ehemalige Bäckerei befand sich in einer schmalen Sackgasse unweit des Marktplatzes. Noch vor der Einfahrt ließ Eva den Wagen in eine Parklücke rollen, löschte die Lichter und schaltete den Motor ab.

Sie trug Uniform. Es würde also nichts nützen, so zu tun, als käme sie gerade von einer Feier und wäre auf dem Weg nach Hause. Als sie aus dem Auto ausgestiegen war, suchte sie sofort den Schutz einer Häuserwand. Sollte der Entführer die Umgebung überwachen, wollte sie ihn auf keinen Fall warnen.

An der nächsten Hausecke, die gleichzeitig die Zufahrt in die Sackgasse bildete, blieb sie stehen und wagte einen Blick zu der alten Bäckerei Hoffmann. Ironischerweise war es ausgerechnet die Leuchtwerbung des Billigbäckers, die vom Marktplatz in die Gasse schien und das Haus schwach beleuchtete.

Eva sah auf ihre Uhr und fragte sich, wann ihre Kollegen endlich eintreffen würden. Ein Alleingang kam nicht infrage, auch wenn sie erahnen konnte, welche Ängste Maria gerade ausstehen musste. Sollte sie den Entführer nicht unter Kontrolle bringen, könnte es das Leben der jungen Frau gefährden, und dieses Risiko wollte sie wegen ein paar Minuten nicht eingehen.

Um nicht tatenlos herumzustehen, umrundete sie einige angrenzende Häuser bis zu einem schmalen Fußweg, der zwischen den alten Fachwerkhäusern hindurchführte. Da sie in Velburg aufgewachsen war, kannte sie jeden Winkel der Altstadt und wusste, dass sie fast genau in der Mitte der Sackgasse herauskommen würde. Nach einer kurzen SMS, die ihre Kollegen instruierte, sich erst einmal zurückzuhalten, schob sie sich bis zu einer Hausecke und stand dem Zielobjekt nun fast gegenüber. Die Fenster der Bäckerei wirkten heruntergekommen und irgendwie traurig. Früher hatte die Frau des Bäckers dafür gesorgt, dass alles einladend aussah. Nun fehlten die hübschen Vorhänge und der selbst gemachte Schmuck aus getrockneten Ähren. Zurückgeblieben waren nur milchig angelaufene Scheiben, hinter denen trostlose Dunkelheit herrschte. Nichts deutete darauf hin, dass sich jemand in dem Haus befinden könnte, und auch Toni war zum Glück nirgends zu sehen.

Eva musterte die dunklen Fenster und fragte sich, wie sie unbemerkt ins Haus kommen sollten. Im Erdgeschoss gab es nur das große Schaufenster und die Eingangstür, die, soweit sie wusste, gleichzeitig den Zugang zu dem früheren Wohnbereich bildete. Ihr Blick fiel auf den kleinen freien Platz links neben dem Haus.

Robert und Ingo, die beiden Streifenbeamten, hatten ihre Anweisung befolgt. Eva sah Robert an der Ecke zum Marktplatz. Er schaute prüfend in die Sackgasse, doch sonst hielten sich die beiden zurück. Sie entfernte sich ebenfalls wieder ein Stück, drückte sich an eine Hauswand und holte ihr Handy heraus. In Zeiten der Flatrates waren sie dazu übergegangen, sich immer öfter auf den Privathandys anzurufen, statt den Funk zu nutzen. Robert reagierte bereits nach dem zweiten Brummen des Vibrationsalarms. »Wie sieht es aus?«

Eva sprach leise, doch es hörte sich in der nächtlichen Stille immer noch zu laut an. »Ich stehe genau gegenüber, zwischen der Metzgerei und dem Bauernladen. Hinter den Fenstern der Bäckerei ist nichts zu erkennen. Ich würde sagen, wir versuchen, über die seitliche Kelleröffnung reinzukommen. Weißt du, was ich meine?«

»Ja«, erwiderte Robert. »Dort, wo sie früher die Mehlsäcke angeliefert haben.«

»Genau«, bestätigte Eva. »Kommt vorsichtig rüber und bringt ein Stemmeisen und den Bolzenschneider mit.«

»Alles klar.«

Nachdem Robert aufgelegt hatte, öffnete Eva den Druckknopf ihres Waffenholsters und tastete nach der kleinen Taschenlampe und dem Pfefferspray. Dann überquerte sie geduckt die Straße.

Im Schutz der Hauswand sah sie sich um und horchte aufmerksam in die Dunkelheit. Nach wenigen Augenblicken waren die beiden Kollegen bei ihr.

»Wie sicher bist du dir?«, flüsterte Ingo, der unter Evas Führung gerade zum Polizeiobermeister aufgestiegen war.

»Achtzig Prozent. Maria sagte, es riecht nach Brot und es ist staubig. Außerdem war der Empfang schlecht, was auf einen Keller hinweisen könnte.«

Ingo nickte, griff den Bolzenschneider fester und kniete sich vor die kleine Holztür. Kurz darauf hielt er, ohne das Werkzeug benutzt zu haben, ein dickes Vorhängeschloss in die Höhe. »Scheiße«, flüsterte er.

»Probleme?«, murmelte Eva.

»Nein, aber da war einer schneller. Das Schloss wurde schon geknackt.«

Sie öffnete die leise quietschende Klappe. Ingo und Robert sicherten das sich auftuende Loch mit ihren Waffen und Taschenlampen.

Anstatt der erwarteten Treppe führte eine schräge, etwa drei Meter lange Blechwanne bis hinunter auf den Kellerboden. Eva legte sich auf den Boden vor die Klappe und versuchte, den gesamten Kellerraum auszuleuchten.

»Scheint leer zu sein. Ich gehe zuerst.«

Sie setzte sich mit den Füßen voran auf die Blechwanne, hob ihre Waffe an die Brust und rutschte los. Trotz der weichen Gummisohlen ihrer Schuhe ließ sich ein leises Klatschen beim Aufprall nicht verhindern. Als sie wieder festen Boden unter den Füßen hatte, drehte sie sich einmal im Kreis und leuchtete den gesamten Vorratsraum ab. Danach gab sie ihren Kollegen ein Zeichen und die beiden folgten ihr so leise wie möglich in den dunklen Kellerraum.

Die alten Backsteinmauern waren weiß getüncht und außer einer Tür zum Nebenraum gab es nichts Besonderes zu sehen. Eva hörte ein leises Geräusch und lauschte angestrengt. Sie war fast sicher, dass es sich um das verzweifelte Wimmern einer Frau handelte. Sie sah die beiden Streifenpolizisten fragend an und sie nickten grimmig zur Bestätigung, dass sie es auch gehört hatten. Eva wies auf die Tür.

Robert stellte sich neben die Klinke und wartete, bis sie ihre Lampen gelöscht hatten. Dann drückte er die Klinke vorsichtig nach unten. Eva hörte ein leises, scharrendes Geräusch, als er die Tür vorsichtig nach innen zog. Als der Spalt breit genug war, hielt sie vor Anspannung die Luft an und warf einen schnellen Blick um die Ecke.

Die Kommissarin wusste nicht, was sie erwartet hatte, aber dieses Szenario ergab auf den ersten Blick keinen Sinn. Der Raum hinter der Tür war durch zwei Reihen Neonröhren in gleißend helles Licht getaucht und sie brauchte einen Augenblick, um die

Details erkennen zu können. Doch es war eindeutig ihr Kollege Toni, der mit seiner Dienstwaffe im Anschlag dastand und diese auf seine Tochter gerichtet hatte. Maria stand mit dem Rücken an die gegenüberliegende Wand gelehnt und zielte ihrerseits mit einer Pistole auf ihren Vater. Beide schienen sich ernsthaft zu bedrohen. Aber warum? Es widersprach jeder Logik.

Als sich Evas Augen endlich an das Licht gewöhnt hatten, trat sie einen Schritt nach vorne in den Türrahmen. Die beiden bemerkten sie erst, als sie leise, um niemanden zu erschrecken, fragte: »Was macht ihr da?«

Maria blickte zu ihr und rief mit Panik in der Stimme: »Gehen Sie weg!« Der Teenager sah genauso aus wie auf dem aktuellen Foto, das Toni auf seinem Schreibtisch im Präsidium stehen hatte, nur dass das Mädchen nun blutige Flecken im Gesicht hatte. Sie schluchzte und ihre Stimme war tränenerstickt.

»Gehen Sie einfach weg. Er sagt, wir müssen das genau so machen.«

»Wer sagt das?«, fragte Eva mit beruhigender Stimme.

»Er. Ich weiß nicht, wer er ist. Bitte …« Maria ließ ihre Waffe etwas sinken. Evas Herz setzte einen Schlag aus, als sie erkannte, was das eigentliche Problem war. Die beiden kleinen Löcher links und rechts in der Wand neben Marias Hals waren kaum zu erkennen. Das dünne Drahtseil um ihren Hals zog sich zusammen. Das kurze, leise Summen war nur zu erahnen gewesen, doch Eva begriff, dass diese Folter vermutlich von einem Motor auf der anderen Seite der Mauer durchgeführt wurde. Während der Hinterkopf der jungen Frau immer weiter an die Wand gepresst wurde, erkannte sie ihren Fehler und hob die Waffe wieder an. Erneut summte es, die Maschine belohnte sie mit etwas mehr Bewegungsspielraum und machte gleichzeitig jedem im Raum klar, wie dieses perfide Spiel laufen würde.

Eva stand schräg hinter Toni. Er wirkte aufgewühlt und nervös, Tränen schimmerten auf seinen Wangen. Es schien, als hätten Vater und Tochter bereits eine emotionale Szene hinter sich. Eva konnte sehen, wie er mit sich kämpfte. Jeder Instinkt als Polizist in ihm musste ihn dazu drängen, sich zu verteidigen, die Bedrohung zu eliminieren. Doch hier ging es um seine Tochter.

Kraftlos ließ er die Hand mit der Waffe sinken, hob die Arme ein Stück vom Körper weg und sagte mit tränenerstickter Stimme: »Tu es, Maria. Bitte, ich will, dass du weiterlebst.«

Marias Hand begann zu zittern. Ihr Zeigefinger berührte den Abzug.

»Warte.« Eva sah sich um und entdeckte eine kleine Kamera knapp unter der Decke. Daher wusste der Entführer also, ob alles nach seinen Vorstellungen verlief.

Maria schüttelte den Kopf und brüllte hysterisch: »Ich kann nicht mehr warten. Ich muss Vater bestrafen, bevor der große Zeiger auf zwölf Uhr springt!« Sie schluchzte verzweifelt. »Ich kann es nicht. Vater, bitte hilf mir … ich … es geht nicht, ich kann nicht auf dich schießen.«

Eva konnte die Uhr nicht sehen, da diese offenbar genau über ihr hing. So ruhig wie möglich fragte sie: »Wie viel Zeit, Maria? Wie viel Zeit hast du noch?«

»Was?« Sie schien nicht verstanden zu haben, hob aber den Blick und stöhnte: »Dreißig … nein, neunundzwanzig Sekunden.«

Eva wusste, dass ihre Kollegen die Situation aus dem Dunkel des Raumes hinter ihr beobachteten. Und wer auch immer sie mit dieser Kamera beobachtete, dürfte noch nichts von ihnen wissen. Eva nahm eine Hand nach hinten auf den Rücken und simulierte mit zwei Fingern eine Schere.

Sie hörte Robert leise flüstern: »Ich habe den Bolzenschneider.«

Eva verstand. Sie musste ihm einen Moment Zeit erkaufen, damit er durch den Raum kommen und Maria befreien könnte. Da der Entführer nichts von den Streifenbeamten wusste, würde er in einem Augenblick der Verwirrung vielleicht nicht sofort reagieren. Fieberhaft dachte sie nach. Sollte sie die Kamera zerschießen? Doch sie befand sich hinter ihr in einem ungünstigen Winkel, sodass es wertvolle Zeit gekostet hätte, sich umzudrehen und zu zielen. Das Deckenlicht hingegen … Laut sagte sie: »Es wird alles gut.« Im selben Moment hob sie ihre Waffe in Richtung Decke und schoss in schneller Folge alle vier Leuchtstoffröhren aus.

Als Robert in den Raum stürmte, hatte er die kleine Taschenlampe im Mund und das Werkzeug in der Hand. Eva erkannte seinen Fehler noch vor ihm selbst. Ihr Kollege war zu früh losgelaufen und geriet nun mitten in die herabfallenden Splitter und Scherben der Neonröhren. Kleine Glasteilchen fielen in seine Augen und er begann, orientierungslos zu schwanken. Das Summen ertönte dieses Mal länger und wurde bald zu einem Kreischen. Es folgte ein dumpf klingendes Geräusch und dann Stille, bis Tonis Schrei die Dunkelheit durchschnitt. Eva brachte ihre Taschenlampe gerade in dem Augenblick in Position, als Marias kopfloser Körper erst nach unten sackte und schließlich wie in Zeitlupe nach vorne kippte. Er kam nur wenige Zentimeter neben ihrem Kopf zu liegen, dessen tote Augen die Anwesenden fassungslos anzublicken schienen.

Evas Magen zollte dem Grauen Tribut. Sie drehte sich zur Wand, um nicht mitten in den Raum zu kotzen.

4

»Was zum Teufel …?« Schober hatte wahrlich schon einige Tatorte gesehen, doch dieser hier gehörte – Gott sei Dank – zu den Ausnahmen. Er stellte den starken Scheinwerfer neben sich, vermied es aber, den Kellerraum zu betreten. Die genaue Lage eines jeden Glassplitters konnte wichtig sein, um einen seiner Kollegen zu be- oder entlasten. Fürs Erste würde es genügen, sich aus der Distanz ein Bild zu machen. Die beteiligten Beamten hatten ihm nur kurz erklären können, was passiert war, trotzdem war der Ablauf gut vorstellbar.

Die kleine Kamera links von ihm dürfte fast den ganzen Raum im Blick gehabt haben. Für den Fall, dass der Täter noch online war, hatte sein Team einen starken Störsender in Betrieb genommen. Gegenüber der Tür, in der er stand, befanden sich zwei kleine Löcher in der Wand, die durch ein dünnes Drahtseil verbunden wurden. Eine breite Blutspur zog sich über die Kellermauer.

Schober hatte es bislang vermieden, das Opfer anzusehen. Der Körper der jungen Frau war in den Raum gekippt und der durchtrennte Hals zeigte genau in seine Richtung. Der Kopf lag ein Stück daneben. Ihr Gesicht trug einen Ausdruck der völligen Fassungslosigkeit.

Der Leiter des Spurensicherungsteams schluckte die Übelkeit hinunter und mahnte sich selbst zur Konzentration. Bis auf den Scherbenteppich vor der Leiche war der Raum leer. Rechts gab es noch eine Tür, die offen stand und vermutlich zu dem Lagerraum führte, durch den sich Oberkommissarin Lange mit ihren Männern Zutritt verschafft hatte. Links neben der Leiche befand sich eine weitere Tür. Diese war, anders als die anderen, aus Metall und offensichtlich an drei Punkten zugeschweißt. Es brauchte nicht viel Fantasie, um zu ahnen, dass sich in dem Raum dahinter der Motor befand, der das Seil um den Hals der Frau gespannt hatte.

Schober hatte genug gesehen. Er straffte die Schultern, drehte sich um und ging nach oben zu seinen Leuten. Seine Unbeliebtheit hatte einen Grund und so klang auch heute jeder seiner Befehle wie eine Zurechtweisung. Die hohe Aufklärungsquote seines Teams gab ihm zwar recht, doch das hieß noch lange nicht, dass seine Kollegen gerne mit ihm zusammenarbeiteten.

Trotz der frühen Morgenstunde war bereits der halbe Ort auf den Beinen. Auf dem Marktplatz und in der kleinen Sackgasse zuckten Blaulichter durch die Dämmerung, was die Altstadt wie den Tatort eines Terroranschlags wirken ließ.

Das herbeigerufene Regensburger Einsatzkommando hatte die ganze Gegend mit Absperrbändern gesichert, die für vorwitzige Journalisten allerdings keine Hürde darstellten. Während die Anwohner in kleinen Gruppen zusammenstanden, suchten die Reporter nach jeder Lücke, um an die exklusivsten News zu kommen.

Nachdem Schober seine Leute in der Bäckerei eingewiesen hatte, trat er wieder hinaus in die Kühle des Morgens und sah sich um.

Wie schon unten im Keller überkam ihn erneut das Gefühl, dass dies alles nicht passte. Der Ort und die Tat wollten in seinem

Kopf einfach nicht zusammengehen. In Berlin, Hamburg oder irgendwo im Ruhrgebiet, okay. Aber hier in dieser ländlichen Idylle passierte doch höchstens mal ein Familiendrama.

Schober schob den Gedanken weg, ging hinüber zu dem Kleinbus mit den abgedunkelten Scheiben und klopfte an die Schiebetür. Der Wagen wackelte kurz, dann wurde die Tür zurückgeschoben und ein Mann, den er noch nie zuvor gesehen hatte, blickte ihn abschätzend, aber nicht unfreundlich von oben bis unten an.

»Und Sie sind?«, fragte Schober barsch.

Der Mann lächelte, machte aber weiterhin keine Anstalten, ihn hereinzulassen, und erwiderte: »Das Gleiche wollte ich Sie gerade fragen.«

Schober griff unter den Einweg-Schutzanzug, zog seinen Ausweis aus der Hemdtasche und erklärte mit monotoner Stimme: »Kommissar Schober, Leiter der Spurensicherung, Dezernat 1, Regensburg.«

Der Mann mit dem dünnen Holzfällerhemd nahm dies mit einem Nicken zur Kenntnis, blieb, wo er war, und fragte: »Und wie kann ich Ihnen helfen?«

Schober spürte Wut in sich aufsteigen. »Ihr Name und Dienstgrad wären schon einmal ein guter Anfang.«

»Gerhard Krüger. Pfarrer und Seelsorger. Zuständig für Parsberg und das Umland.«

Schober beeindruckte das keineswegs, trotzdem wusste er, dass Vorsicht geboten war. Bei Seelsorgern verhielt es sich wie bei den Ärzten, beide Berufsgruppen neigten dazu, ihre Patienten übermäßig schützen zu wollen. Etwas ruhiger bat er: »Ich muss mit den drei Beamten sprechen, die in den Fall involviert waren.«

Gerhard Krüger warf einen Blick in das Innere des Wagens, schüttelte bedauernd den Kopf und entgegnete freundlich, aber bestimmt: »Das wird nicht gehen. Einer wurde zum Augenarzt gebracht und die anderen beiden haben gerade erst eine traumatische Erfahrung gemacht und sind nicht in der Lage, darüber zu sprechen.«

Schobers Zurückhaltung fiel in sich zusammen. Er trat einen Schritt näher und blaffte: »Erstens haben Sie hier keinerlei Befugnisse und zweitens sind das Polizisten, die für solche Situationen geschult wurden. Also treten Sie gefälligst beiseite!«

»Lassen Sie ihn rein, er wird nicht nachgeben«, hörte Schober die matte Stimme der Oberkommissarin. Sie hatten bereits miteinander zu tun gehabt, doch so hatte er sie noch nie erlebt. Eva Lange war normalerweise ein unerschrockenes Energiebündel, doch jetzt klang sie gedämpft, wie auf Drogen.

Der Seelsorger wirkte wenig begeistert, zog sich aber zurück und setzte sich auf die Bank gegenüber den Beamten. Beide waren in Decken gewickelt und standen sichtlich unter Schock. Schober stieg in den Wagen, nahm neben Krüger Platz und suchte nach den richtigen Worten, um sein Mitgefühl auszudrücken. Er schaffte aber nur ein schwaches »Muss schrecklich gewesen sein«.

Die Kommissarin hob abwehrend die Hand. »Bemühen Sie sich nicht.« Dann fragte sie: »Was wollen Sie wissen?«

Das kurze Gespräch brachte nur wenig neue Erkenntnisse. Als einer seiner Männer an den Bus klopfte, beschloss Schober, den Beamten noch etwas Ruhe zu gönnen. Ohne den Seelsorger eines Blickes zu würdigen, öffnete er die Schiebetür und trat zurück auf die Straße. Dort drehte er sich noch einmal um und sagte: »Erholen Sie sich ein wenig. Wir treffen uns heute Abend in Ihrem Präsidium.«

Eva hob den Kopf und sah ihm in die Augen. Sie deutete in Richtung Bäckerei und erwiderte mit fester Stimme: »Dort drin ist gerade die Tochter eines meiner Kollegen gestorben, und ich konnte es nicht verhindern. Machen Sie sich auf die Suche nach

Beweisen, die uns den Täter liefern, der Rest ist meine Sache. Das hier ist nicht Ihr Fall, Schober.«

Schober schloss die Fahrzeugtür von außen und drehte sich zu seinen Leuten. »Was habt ihr?«

Selbst der Jüngste im Team der Spurensicherung kannte seinen Chef inzwischen ziemlich gut und ignorierte den schroffen Tonfall. Er hob sein Tablet auf Augenhöhe, öffnete das erste Bild und erklärte: »Das hier haben wir hinter der zugeschweißten Tür gefunden. Der kleine Kran ist offenbar ein Überbleibsel aus der Backstube und wurde für die schweren Mehlsäcke verwendet. Im Grunde musste der Täter nur die Stromversorgung kontrollieren. Er hat das Drahtseil durch die beiden Löcher gezogen, ein Ende auf der anderen Seite an der Heizung festgemacht, und fertig war die Konstruktion. Um es zu aktivieren, brauchte er nur noch den Strom einzuschalten, der Motor zog die Schlinge gnadenlos zu und durchtrennte den Hals des Opfers.«

»Wie hat er ihn gesteuert?«

»Wir haben eine über Bluetooth gesteuerte Steckdose gefunden. Er muss ganz in der Nähe gewesen sein.«

»Und die Kamera?«

»Ebenfalls Bluetooth 5.0. Über die Reichweite können wir noch nichts Genaues sagen. Kann von fünfzig bis vierhundert Meter variieren.«

»Sonst noch was Konkretes?«, fragte Schober. Er beobachtete, wie der Sarg aus dem Gebäude getragen wurde. Schobers Mitarbeiter folgte seinem Blick und antwortete mit belegter Stimme: »Dazu ist es noch zu früh. Wir haben einige Teilfingerabdrücke, Haare und Hautschuppen, aber die können auch von dem früheren Bäckereibetrieb stammen. Außerdem müssen wir oben im Haus noch etwa zweihundert Quadratmeter untersuchen, das wird dauern.«

»Okay«, brummte Schober. »Macht weiter. Ich möchte aber, dass sich zwei Leute sofort an die Auswertung der gefundenen Beweisstücke machen, auch wenn die eigentliche Spurensuche so etwas länger dauert. Wenn der Täter in der Nähe war, sollten wir keine Zeit verlieren, den oder die Verdächtigen einzukreisen. Hier auf dem Land wird man schnell panisch, das behindert weitere Befragungen.«

Während sein Kollege wieder in der Bäckerei verschwand, hob Schober den Blick in den strahlend blauen Morgenhimmel und atmete tief ein. Anschließend musterte er die vielen Schaulustigen, die in einiger Entfernung hinter den Absperrbändern standen, und fragte sich, ob sich der Mörder gerade daran ergötzte, wie sie seine Sauerei beseitigten.

5

Paul nutzte die weiche Mine des Bleistifts wie eine Verlängerung seiner Seele. Keines der Gesichter ähnelte den anderen, und doch sahen sie alle kindlich aus. Einige wirkten wild zerschrammt, andere unschuldig. Mädchen definierte er vor allem über die Lippen, Jungs über das Kinn. Manches zeichnete er nachlässig, die Haare oft mit der Wut, die tief in seinem Inneren schlummerte.

Bei einem war er jedoch nie nachlässig, und das waren die Augen der Kinder, die Verbindung zwischen innen und außen. In ihnen spiegelte sich alles, was ihm fehlte: Sehnsucht, Hass, Liebe und abgrundtiefe Angst.

All diese Gefühle hatte er in ihren Augen gesehen und sie so zu seinen eigenen gemacht. Meist begann es mit Neugierde, aus der nicht selten Gier wurde, wenn er ihnen etwas Tolles versprochen hatte. Dann kam es zu den ersten Berührungen und am Anfang genossen es die meisten in ihrer kindlichen Naivität. Einige von ihnen, fand er, hatten viel weniger Scheu, als man gemeinhin dachte. Doch wenn sie sich sträubten und peinlich berührt waren, reizte ihn das noch zusätzlich.

Pauls klare Momente wurden in letzter Zeit selten. Die unterdrückte Lust erschien ihm wie ein Sog, der ihn immer tiefer in die Verwirrung zog. Gott hat keine Vorurteile, predigte sein Pastor oft. Für die Menschen galt dies allerdings nicht und so saß er selbst im Gottesdienst, den er seit einigen Monaten regelmäßig besuchte, ganz allein auf einer der langen Bänke.

Der Weg zu Gott hatte sich ihm erst vor Kurzem eröffnet, doch jedes Mal, wenn er die Geschichten aus der Bibel las und darüber nachdachte, entwickelten sich morbide Fantasien … Fantasien, die er früher nicht gehabt hatte. Statt auf der Suche nach Liebe befand er sich nun auf dem Weg zur Wahrheit. Auch wenn ihm die kleinen dicken Engelskinder, die man so oft auf den Wandgemälden sah, noch keine Erlösung versprachen. Sie spannten einfach ihren Bogen und beschossen ihn so lange, bis sein Unterleib in Fetzen hing.

Schwer atmend hielt Paul inne und öffnete die Augen. Es dauerte einen Moment, bis er begriff, dass er wieder einmal in seine Wahnvorstellungen abgedriftet war.

Dort, wo eigentlich das Auge sein sollte, hatte sich die Mine tief in das Papier gebohrt. Mit zitternder Hand legte er den Stift beiseite, riss das Blatt aus dem Block und knüllte es zusammen. Atmen. Das hatte ihm sein Psychologe für solche Fälle beigebracht. Dreimal ein und dreimal aus, bis er das kleine Knäuel Papier in den Papierkorb legen konnte. Nachdem sich sein Muskeltonus ein wenig entspannt hatte, holte er sein letztes Kleingeld aus der Schale in der Küche und verließ die Wohnung.

Er wusste, was bald kommen würde, doch er wusste auch, dass es keinen anderen Weg gab, seine eigene Schuld zu begleichen. Seine Bestimmung war es nun, dabei zu helfen, die Menschen wachzurütteln. Denn Gott sagte, dass jedem Einzelnen von ihnen die Sünde vor Augen geführt werden musste.

Paul wohnte in einem Haus, das man getrost als den größten baulichen Schandfleck der Gemeinde bezeichnen konnte. Neben den historischen Gebäuden und den gepflegten Neubauten wirkte es ebenso deplatziert wie er selbst. Drei Etagen beherbergten sechs Sozialwohnungen, von denen vier inzwischen mit Flüchtlingen belegt waren. Paul hatte nichts gegen Flüchtlinge, nur die Anwesenheit der zahlreichen Kinder war ein Problem. Was die Tabletten unterdrückten, brodelte tief in seinem Inneren, und das machte den Blick aus dem Fenster nicht leichter.

Der einzige Vorteil war, dass man den Migranten nichts von ihrem Nachbarn erzählt hatte. So wusste zwar der halbe Ort, welches Monster dort wohnte, doch seine direkten Nachbarn waren ahnungslos und verhielten sich ihm gegenüber unvoreingenommen.

Als er hinaus auf die Straße trat, strahlte die Sonne mit dem kleinen afrikanischen Mädchen, das vor dem Hauseingang spielte, um die Wette. Er ignorierte das freundliche »Hello« des Mädchens schweren Herzens, wandte sich Richtung Innenstadt und folgte der Straße. Den dunkelgrauen Kleinbus mit den getönten Scheiben nahm er nur am Rande wahr.

Paul hatte sich angewöhnt, die Menschen zu grüßen. Einige taten einfach so, als hätten sie ihn nicht gehört, andere reagierten sogar aggressiv. Er mochte inzwischen die Aggressiven. Nicht dass er sie sympathisch fand, aber durch ihre Abneigung fand eine Interaktion statt, die wenigstens etwas Kommunikation in seine sonst so stille Welt brachte. Doch was sollte er es den Menschen vorwerfen? Auch er hatte schon Stille erzeugt. Die Schuld brannte tief in seiner Seele.

Während der graue Kleinbus erneut an ihm vorbeifuhr, kam ihm ein ziemlich ungleiches Pärchen entgegen. Paul grüßte wie gewohnt, und die beiden grüßten tatsächlich zurück.

Ein Stück weiter kam die Bäckerei in Sicht. Beim Gedanken an den Lehrling hinter der Kasse erfüllte ihn eine Welle widersprüchlicher Gefühle. Es war eine Mischung aus unterdrückter

Lust, Vorfreude und einem inneren Druck, der kaum auszuhalten war. Die Tabletten schienen jede Lust in Aggression zu verwandeln. Der schmächtige Junge hatte jedoch offensichtlich keine Ahnung von Pauls Vergangenheit und gab sich stets offen und gesprächig.

Zehn Meter vor der Bäckerei zweigte eine Seitenstraße ab. Paul wäre der VW-Bus sicher nicht aufgefallen. Erst als ein Motorradfahrer viel zu schnell angeschossen kam und seinen Blick in die Gasse zwang, sah er die getönten Scheiben und das ungewöhnliche Nummernschild. Die Gedanken an den jungen Lehrling verschwanden so schnell, wie die Erinnerungen an seine Festnahme über ihn hereinbrachen. Seine heile Welt hatte sich damals, vor nunmehr fünfzehn Jahren, innerhalb von Sekunden zur Hölle auf Erden verwandelt. Während sein Geist sich noch in der Liebe des kleinen Lukas suhlte, sperrte man seinen Körper in eine Zelle. Zwei Tage später erzählte ein Wärter einem der anderen Häftlinge, warum Paul bei ihnen war ... und es begannen die Jahre des Abgrunds.

Wenige Meter neben ihm quietschten Autoreifen und auf der anderen Straßenseite setzten sich zwei Männer in Bewegung. Er benötigte nur Sekundenbruchteile, um eins und eins zusammenzuzählen, dann übernahm sein Fluchtinstinkt die Kontrolle. Die einzige mögliche Richtung war die offene Straße. Reifen rutschten über den Asphalt, lautes Hupen ertönte und hinter ihm schrie jemand etwas. Paul ignorierte all das und lief so schnell wie lange nicht mehr. Eine Sehne unterhalb des linken Knies drohte ihm ihren Dienst zu versagen und seine Lunge brannte, doch es war ihm egal. Lieber ein Leben auf der Flucht, als wieder Freiwild in einem Gefängnistrakt zu sein, das hatte er sich schon lange geschworen. Und wenn irgend so ein findiger Polizist wieder einmal alte Akten ausgegraben hatte, stünde einem erneuten Gefängnisaufenthalt sicher nichts im Wege. Manches wurde ihm damals nachgewiesen, anderes nicht.

Vor ihm tauchte eine alte Frau mit Rollator auf, die gerade ihr Gartentürchen schließen wollte. Er stieß sie so sanft wie möglich zur Seite, drang in ihren Vorgarten ein und lief an dem Einfamilienhaus vorbei. Hinten im Garten hievte er seinen dick gewordenen Körper über den hüfthohen Zaun und sah sich um. Die dichten Brennnesseln bildeten eine natürliche Grenze zu dem nahen Bach, doch er hatte keine Wahl. Seine knielange Hose stellte sich als schlechte Wahl heraus. Nach wenigen Schritten überzogen die Nesselpflanzen seinen Körper mit einem nie gekannten Schmerz. Innerhalb von Sekunden schienen seine Arme und Beine in Flammen zu stehen. Paul kämpfte sich weiter durch das Dickicht und ignorierte die ersten Pusteln auf seiner Haut. Als er den flachen Bach erreichte, hätte er sich am liebsten hineingelegt. Das Bachbett führte jedoch in diesem Sommer kaum Wasser. Es fiel ihm Schritt für Schritt schwerer, sich auf den Beinen zu halten. Die Abwehrreaktion auf die Nesseln zehrte an seinen Kräften. Paul stolperte, schöpfte sich eine Handvoll Wasser ins Gesicht, stemmte sich wieder in die Höhe und lief weiter. Vor ihm tauchte eine kleine Brücke auf. Dort würde er sich kurz ausruhen können.

Er bekam einfach nicht genug Luft in seine Lungen. Seine nassen Schuhe rutschten über den schlüpfrigen Untergrund. Es waren nur noch zwei Meter bis zu der Stelle, wo der Bach durch ein großes Rohr unter dem Fußgängerweg hindurchgeleitet wurde. Zwei Meter, bis er sich in der Dunkelheit erholen konnte.

Die beiden Männer in Kampfanzügen fackelten nicht lange. Paul schien es, als wären sie direkt vom Himmel gefallen. Er spürte, wie sein Kopf in den Schlamm gedrückt wurde und auf einen Stein schlug. Dann empfing ihn einsame Dunkelheit. Der Schmerz verging, doch seine Angst vor dem, was kommen würde, begleitete ihn bis in die Ohnmacht hinein.

6

»Ist das Erdbeermarmelade?«

»Wenn es auf dem Töpfchen steht, wird auch welche drin sein.«

»Sind die Erdbeeren aus Ihrem eigenen Garten?«

»Ja, oder meinen Sie, ich kaufe diese Dinger im Supermarkt, die nach wässrigen Gurken schmecken?«, brummte die alte Bäuerin und stellte die Kaffeekanne auf den Tisch. »Wenn Sie noch etwas brauchen, ich bin drüben in der Küche.«

Pia kannte ihren Mann lange genug, um auf solche Situationen mit einem Lächeln zu reagieren. Trotzdem war sie froh über die Entscheidung, den Urlaub in diesem Jahr auf dem Bauernhof zu verbringen. Die Erinnerungen an den letzten Hotelurlaub vor zwei Jahren waren einfach noch zu frisch. Ruben hatte das Personal damals fast in den Wahnsinn getrieben, und das, obwohl kaum jemand Deutsch konnte. Ihr Mann meinte nichts von dem, was er äußerte, böse oder bevormundend, trotzdem kam es in den meisten Fällen so an.

Ihre Gastgeberin war indes genau die Richtige für eine entspannte Zeit. Pia hatte sie gleich am Anfang zur Seite genommen und Frau Hermann war alt genug, um die Menschen so zu nehmen, wie sie waren.

»Was machen wir heute?«, unterbrach Elisa die eingetretene Stille mit dem gelangweilten Unterton, den alle Vierzehnjährigen perfekt beherrschten.

Ruben wechselte einen schnellen Blick mit seiner Frau, bevor er sein Brot demonstrativ langsam auf den Teller legte, die Hände ineinander faltete und seine Tochter etwas zu lange ansah. Erst als sie unsicher fragte: »Was? Hab ich einen Pickel im Gesicht?«, zog er einen kleinen Umschlag aus der Beintasche seiner neuen, ungewohnt kurzen Hose und schob ihn über den Tisch.

Elisa runzelte die Stirn. »Was ist das jetzt? Wieder eine Eintrittskarte zu diesem stinklangweiligen Freibad?«

»Elisa«, ermahnte Pia sie scharf.

Ihre Tochter verkniff sich einen weiteren Kommentar. Sie öffnete den Umschlag, stieß ein: »Echt jetzt?« aus, sprang auf und umarmte erst ihren Vater, dann ihre Mutter. Danach nahm sie den Gutschein erneut in die Hand und las ihn ein zweites Mal. Sie sah auf die Uhr und sagte: »*Oh Shit*, das erste Ausreiten ist ja schon um elf. Ich muss rauf und mir was anderes anziehen.« Im Hinausrennen schaffte sie es sogar zu rufen: »Ich hab euch lieb«, was Pia als ein Versehen wertete.

Im selben Augenblick, als Elisa durch die hintere Tür des Speisezimmers verschwand, erschien die Bäuerin in der anderen. Sie blickte dem Teenager lächelnd hinterher und erklärte: »Keine Sorge, der Max ist ein erfahrener Reitlehrer. Bei ihm ist sie in guten Händen.«

»Wir haben im Augenblick eher Sorge, dass Elisa einen schlechten Eindruck hinterlässt«, erwiderte Pia und verdrehte die Augen. Lächelnd fügte sie hinzu: »Wir würden uns heute gerne einen ruhigen Tag machen und uns etwas in Ihren Garten legen. Ist das in Ordnung?«

»Natürlich, kein Problem. Ich sage meinem Mann Bescheid, damit er Ihnen die Liegen herausstellt.«

»Die vielen Sirenen.« Ruben wechselte das Thema so abrupt, dass ihn die beiden Frauen verwundert ansahen. Er wischte sich einen Krümel aus dem Mundwinkel. »Ich habe heute Nacht viele Sirenen gehört. Wissen Sie, was da los war?«

Die alte Frau schüttelte den Kopf. »Vermutlich geht es um das verschwundene Mädel. Ich habe mich auch schon gewundert, aber wenn ich meine Bekannte in Velburg anrufe, sagt mein Mann wieder, ich soll nicht so neugierig sein.«

»Was ist falsch an Neugierde?«

Frau Hermann sah ihn irritiert an.

»Ich meine, was wäre die Menschheit ohne Neugierde? Niemand hätte sich je die Mühe gemacht herauszufinden, was passiert, wenn man Erdbeeren mit Zucker kochen lässt. Und das hätte wiederum zur Folge gehabt, dass ich nie in den Genuss Ihrer wirklich ausgezeichneten Erdbeermarmelade gekommen wäre.« Ruben machte eine kurze Pause. »Aber zurück zum Thema. Sie sagten, eine junge Frau wäre verschwunden.«

Die Bäuerin nickte. »Ja. Es war vor drei Tagen. Soweit ich weiß, war Maria im Wald joggen und kam nicht zurück. Sie haben schon die ganze Gegend abgesucht, leider ohne Erfolg. Ich hoffe, die Sirenen heute Nacht hatten nichts Schlimmes zu bedeuten, ich kenne das Mädel ja auch schon von klein an.«

»Ich könnte das in Erfahrung bringen.« Ruben musste seine Frau nicht ansehen, um zu wissen, was sie von dem Vorschlag hielt. Sie hatte ihm für die Zeit des gemeinsamen Urlaubs ein striktes Berufsverbot auferlegt.

»Das können Sie?«

Pia atmete hörbar aus und kam den Ausführungen ihres Mannes zuvor. Mit gelangweiltem Unterton erklärte sie knapp: »Ruben ist bei der Bundespolizei.«

Er öffnete den Mund, um seinen Beruf genauer zu erklären, doch seine Frau unterbrach ihn erneut und schlug vor: »Ruf doch kurz bei deinen Kollegen an und ich hole schon mal die Sonnencreme und die Handtücher.«

In diesem Augenblick klingelte sein Handy. Alle drei sahen es an, als wäre gerade eine düstere Prophezeiung in Erfüllung gegangen.

Sosehr sich Ruben über diese Abwechslung freute, ahnte er Pias Zorn. Daher hob er ab, sagte seinen Namen und erklärte dem Anrufer, dass er sich im Urlaub befinde und daher nicht zur Verfügung stehe. Dann hörte er einen Moment lang zu. »Ach, nicht?«, fragte er. Er rieb sich die Stirn und lauschte erneut konzentriert. »Ja, kann ich sicher machen«, sagte er schließlich. »Bis später.«

Seine Frau hatte sich vor ihm aufgebaut und fragte beängstigend leise: »Was kannst du machen und warum bis später?«

Ruben suchte sein Heil bei der Bäuerin. Er drehte sich zu ihr und erklärte in seiner gewohnt nüchternen Art: »Maria Kurz ist heute Nacht einem Verbrechen zum Opfer gefallen.«

Die alte Frau schlug sich die Hand vor den Mund. »Großer Gott«, stöhnte sie. Sie war blass geworden. Was für Ruben Routine war, war für sie ein ungeheuerliches Ereignis in ihrer heilen, dörflichen Welt. »Bitte entschuldigen Sie mich«, sagte sie schwach. »Ich glaube, ich muss mich für einen Moment hinlegen. Maria Kurz … ich kann es nicht glauben.« Sie ging in Richtung Wohnzimmer hinaus und ließ die beiden allein.

Pia sah ihren Mann scharf an. »Sag bitte nicht, du sollst hier ermitteln. Wir haben genau diese eine Woche im Jahr. Wieso kann das dein Chef nicht einfach akzeptieren?«

Ruben versuchte, die Sache herunterzuspielen. »Es geht nur um eine Stunde, und ich soll nicht ermitteln.«

»Was dann?«

»Sie haben einen Verdächtigen festgenommen, der auch von uns überwacht wird. Der Mann ist pädophil und hat vermutlich

Insiderkenntnisse über die Szene im Internet. Ich soll ihn nur kurz vernehmen und im Anschluss Bericht erstatten.«

Pia brummte etwas Unverständliches. Ruben fügte hinzu: »Ich denke, diese eine Stunde ist es wert, wenn dadurch Schaden von Kindern abgewendet werden kann.«

»Totschlagargument«, sagte Pia sauer. Sie seufzte. »Nur dieses eine Mal und nur eine Stunde. Und danach gehst du mit mir ins Freibad und wir reden den restlichen Urlaub weder von deiner Polizeiarbeit noch von meinen Schulkindern.«

»Einverstanden«, stimmte Ruben erleichtert zu. Im Grunde mochte er es sehr, Zeit mit seiner Familie zu verbringen. Aber eine ganze Woche ohne seinen geliebten Job führte bei ihm zu Entzugserscheinungen und er begann, sich Fragen nach dem Sinn des Lebens zu stellen.

Eine halbe Stunde später ließ er Elisa am Reiterhof aussteigen, wünschte ihr viel Spaß und bekam dafür sogar ein Küsschen auf die Wange. Ruben liebte seine Kleine abgöttisch und im Gegensatz zu Pia konnte er ihr pubertierendes Verhalten rückstandslos ausblenden.

Er blieb noch eine Weile sitzen und sah ihr hinterher. Max, der Reitlehrer, bei dem er am Vortag den Gutschein gekauft hatte, war Anfang zwanzig, und dass seine Tochter den jungen Mann nun ebenfalls mit Begrüßungsküsschen bedachte, gefiel ihm überhaupt nicht. Mit dem Entschluss, dem Mann am Abend ein paar warnende Worte mit auf den Weg zu geben, startete er den Motor und ließ sich von seinem Navi nach Parsberg leiten.

7

Die Oberkommissarin wusste, dass sie völlig fertig aussah, doch das war ihr im Augenblick egal. Mit hochrotem Gesicht brüllte sie Schober an: »Was fällt Ihnen eigentlich ein, Paul Janik ohne jede Rücksprache mit mir verhaften zu lassen? Der Mann passt überhaupt nicht ins Täterprofil. Sie haben in dieser Gegend keinerlei Befugnisse. Das hier ist mein Revier und es sind meine Leute! Ihre Aufgabe ist es, Spuren zu sichern und nachzuweisen, woher sie kommen, nicht mehr und nicht weniger. Bei Ihnen in Regensburg mag das anders sein, aber wir hier gehen nicht den einfachen Weg und verhaften den erstbesten Vorbestraften!«

Kommissar Schober ließ den Wutausbruch an sich abprallen und verzichtete darauf, sie noch weiter zu provozieren. Mit unterdrückter Arroganz erwiderte er: »Es war eine Anordnung des Staatsanwalts. Wir haben in dem Keller Teilfingerabdrücke gefunden, die eindeutig Janik zuzuordnen sind. Außerdem waren Sie ewig nicht erreichbar.«

Eva machte noch einen halben Schritt auf ihn zu, zeigte auf ihre Brust und fauchte: »Ich war bei der Mutter des Opfers und habe versucht, ihr den Tod ihrer Tochter schonend beizubringen. Unser Seelsorger, Herr Krüger, sitzt nur zwei Zimmer weiter und wusste, dass ich dort bin. Nein, mein lieber Herr

Schober, Sie haben nicht wirklich versucht, mich zu finden. Sie wollten den Erfolg für sich verbuchen, und da Sie wussten, dass ich bei Janik skeptisch sein würde, haben Sie lieber einen Alleingang durchgezogen.« Eva kehrte zu ihrem Schreibtisch zurück, atmete durch und fragte: »Wo ist Paul Janik jetzt?«

»Er ist bei einem Arzt und wird danach hierhergebracht.«

»Wieso bei einem Arzt?«

Schober zuckte mit den Schultern. »Er ist durch ein Brennnesselfeld geflüchtet und wurde von zwei SEK-Beamten unsanft überwältigt.«

Eva schnaufte. »Und welche Verletzungen sind schlimmer?«

Schober hegte nicht allzu viele Sympathien für Pädophile. Kühl antwortete er: »Verbrennungen an Armen und Beinen, außerdem eine kleine Platzwunde am Kopf.« In dem zaghaften Versuch, dies zu rechtfertigen, fügte er hinzu: »Die Kollegen sind von einem gefährlichen Schwerverbrecher ausgegangen und waren nicht zimperlich.«

Eva schüttelte den Kopf. »Haben Sie Janik mal persönlich gesehen? Der Mann ist das, was man gemeinhin als armes Würstchen bezeichnen würde. Ich habe keine Ahnung, wie ein Schwerverbrecher aussehen muss, wie Janik auf jeden Fall nicht.« Sie schüttelte den Kopf und wurde sachlich. »Wie ist die Beweislage?«

»Wir haben drei Teilfingerabdrücke von ihm sicherstellen können. Einen auf dem Motor, der das Drahtseil spannte, einen auf der Kamera und einen weiteren auf einer Türklinke im Keller. Außerdem haben wir Hautschuppen und Haare am Tatort gefunden, da brauchen wir allerdings noch etwas Zeit für die Analyse.«

»Wurde Maria Kurz schon untersucht?«

Schober nickte. »Bislang nur äußerlich, der Gerichtsmediziner konnte, abgesehen von dem abgetrennten Kopf, einige Blutergüsse feststellen. Außerdem hatte sie vor Kurzem

Geschlechtsverkehr, es gibt aber keine eindeutigen Hinweise auf einen Missbrauch.«

»Klingt nach einem interessanten Fall.«

Da sie sich im nicht öffentlichen Bereich der kleinen Polizeistation befanden, hatten sich die beiden Polizisten nicht an der leicht geöffneten Tür gestört. Ein Fehler, wie sich nun herausstellte.

Der Mann wirkte wie ein Schauspieler, der die Rolle eines Touristen spielte. Eva war zu müde für eine schnelle Reaktion. Sie starrte ihn einen Moment lang an, bis sie endlich fragte: »Wie lange stehen Sie schon hinter der Tür?«

»Fünf Minuten … in etwa.«

Schober machte drohend einen Schritt auf den Mann zu und blaffte ihn an: »Machen Sie das öfter? Heimlich andere Menschen belauschen?«

Der Angesprochene verzog keine Miene. »Ja sicher, so erfährt man die Dinge in aller Ehrlichkeit.«

Wäre sie nicht im Dienst und wäre sie in besserer Verfassung gewesen, hätte Eva vermutlich über die Antwort geschmunzelt. Im Augenblick aber war ihr absolut nicht zum Lachen zumute. »Wer sind Sie und wie sind Sie hier reingekommen? In diesem Stockwerk haben Unbefugte nichts zu suchen!«

Der hochgewachsene Mann machte noch immer nicht den Eindruck, sich in irgendeiner Form schuldig zu fühlen. Stattdessen musterte er erst sie, dann Schober und am Ende das Büro, bevor er den Blick wieder auf sie richtete und antwortete: »Ich bin durch die Tür hereingekommen. Mein Name ist Ruben Hattinger, Kriminalhauptkommissar der Bundespolizei, Standort Bamberg, Dezernat 21, Einsatzgebiet Sonderermittlungen.«

Kommissar Schober fragte pampig: »Soll uns das irgendwie beeindrucken?«

Der Hauptkommissar sah ihn an und erwiderte trocken: »Ich sehe keinen Grund für eine derartige Gefühlsregung.«

Eva, die beruhigt war, dass es sich nicht um einen Zivilisten handelte, reagierte milder. Sie ließ sich in ihren Stuhl sinken, deutete auf einen der beiden anderen Stühle, die vor ihrem Schreibtisch standen, und fragte müde: »Was kann ich für Sie tun?«

»Mein Vorgesetzter sollte Sie eigentlich bereits informiert haben«, erklärte der Sonderermittler und setzte sich. »Sie haben heute Vormittag einen Mann namens Paul Janik festgenommen und mit dem würde ich mich gerne etwas unterhalten.«

»Sie wollen uns den Fall wegnehmen?«, blaffte Schober, der immer noch stand.

Hattinger drehte sich langsam zu Evas Kollegen um, hielt einen Moment inne und antwortete nüchtern: »Ein Spielzeug kann man wegnehmen, einen Fall dagegen nur übernehmen. Sie sollten übrigens dringend Ihre Leberwerte überprüfen lassen. Dieser gelbliche Schimmer auf Ihrer Haut ist ein deutliches Zeichen, außerdem führen Leberschäden oft auch zu Aggressionen.«

Da Schobers Gesichtsfarbe nun ins Rötliche wechselte, wies Eva ihn vorsichtshalber an, das Büro zu verlassen. Er deutete stumm mit dem Finger auf ihren Gast und murmelte etwas Unverständliches. Dann drehte er sich auf dem Absatz um und ging hinaus, natürlich nicht, ohne die Tür etwas zu laut ins Schloss fallen zu lassen.

Eva atmete aus und versuchte, sich wieder zu konzentrieren.

»Darf ich fragen, warum Sie mit dem Gefangenen reden wollen?«

»Natürlich, und ich hätte Ihren Kollegen beruhigen können. Es geht mir überhaupt nicht um Ihren Fall, auch wenn der ziemlich interessant klingt. Paul Janiks Internetaktivitäten werden seit seiner Haftentlassung von uns überwacht, um mehr über die Pädophilenszene herauszufinden. Dieser Mann weiß von früher sicher einiges, was er uns noch nicht preisgegeben hat. Aber solange er auf freiem Fuß ist und sich nichts zuschulden kommen lässt, können wir ihn nicht befragen. Nun hat sich die Lage geändert und wir wollen die Chance nutzen, um mehr über die Pädophilenszene herauszufinden. Und da mein Chef weiß, dass ich hier in der Gegend Urlaub mache, hat er mich gebeten, das zu übernehmen.«

»Einen Augenblick bitte«, sagte Eva und öffnete das Mailprogramm ihres Computers. Nach einigen Klicks überflog sie die Anfrage, die tatsächlich am Morgen hereingekommen war. Dann schaute sie wieder zu Hattinger, der auf den zweiten Blick gar nicht so schlecht aussah, und nickte. »Alles klar. Im Grunde ist diese Befragung kein Problem, allerdings weiß ich nicht, ob Janik schon hier ist. Er hat einen Fluchtversuch unternommen und musste ärztlich behandelt werden.« Ohne eine Antwort abzuwarten, griff sie zum Telefon und drückte auf eine Schnellwahltaste. Nach einem kurzen Gespräch mit ihrem Kollegen stemmte sie sich aus dem Stuhl und erklärte: »Sie haben Glück, er ist gerade gebracht worden. Wenn Sie mir bitte folgen wollen.«

Hattinger machte keine Anstalten aufzustehen. »Darf ich fragen, was genau passiert ist?«

»Warum?«

»Weil er mir vielleicht Dinge erzählen wird, die auch für Sie relevant sind. Das kann ich aber nur bewerten, wenn ich weiß, um was es geht.«

Eva konnte den Impuls, sich über die müden Augen zu reiben, nicht unterdrücken. Sie ließ sich zurück in den Stuhl sinken, nahm einen Schluck Wasser und erzählte, was in den letzten Tagen passiert war. Am Ende fragte sie unverblümt: »Und Sie sind sich sicher, dass Sie den Fall nicht übernehmen werden?«

Zum ersten Mal, seit Hattinger zur Tür hereingekommen war, lächelte er und es wirkte ehrlich und offen. »Sie können sicher sein, dass es mir nach drei Tagen ohne Arbeit absolut schwerfällt, einen so außerordentlich interessant ausgeführten Mord zu ignorieren. Allerdings würde sich meine Frau sicherlich ebenfalls des Mordes schuldig machen, wenn ich diesen Urlaub unterbreche. Folglich lautet die Antwort: Nein, ich werde hier nichts übernehmen und nur den Auftrag meines Chefs ausführen.«

Auch Evas Lächeln war nicht gespielt. Sie stand erneut auf und ging zur Tür. »Gut, dann bringe ich Sie jetzt zu Janik.« Mit einem Zwinkern fügte sie hinzu: »Sie sollten Ihre Frau schließlich nicht warten lassen.«

8

Ruben folgte der Oberkommissarin und einem Polizeibeamten in das Erdgeschoss der Wache, die gerade einmal über fünf Zellen verfügte. Vor der letzten Tür blieb sie stehen und bedeutete dem Beamten aufzuschließen. »Herr Janik muss sich etwas ausruhen, daher müssten Sie die Befragung hier durchführen.«

»Kein Problem«, erwiderte Ruben, trat in den Türrahmen und ließ den Raum auf sich wirken. Das Innere der Zelle zeugte von Geschichten, wie sie betrunkene und aggressive Menschen zu erzählen haben. Es gab die üblichen Schmierereien in Form von in die Wand gekratzten Sprüchen und Bildern. Abgeschlagene Kanten am Fensterbrett und eine leicht schief stehende Metalltoilette. Dagegen wirkte der Gefangene irgendwie friedlich. Janik saß mit angezogenen Beinen auf der einfachen Pritsche, hatte den Kopf auf die Knie gelegt und jammerte leise vor sich hin. Arme und Beine wiesen einen seltsamen Glanz auf und ein strahlend weißer Verband zierte seinen Kopf.

»Soll ich ihn an der Wand fixieren?«, hörte Ruben den Beamten hinter sich fragen, was seine Konzentration störte. Stumm schüttelte er den Kopf. Er machte einen Schritt in die Zelle und atmete einmal tief ein. Er roch Schweißgeruch mit einem Hauch Aftershave. *Der Mann lässt sich nicht völlig gehen.*

Er drehte sich um und bat: »Sie können die Tür ruhig schließen. Warten Sie draußen, ich klopfe, wenn ich fertig bin.«

Metall traf auf Metall und das Schloss rastete mit einem schabenden Geräusch ein. Von der eingetretenen Stille offenbar irritiert, hob der Mann auf dem Bett den Kopf, sah ihn an und sagte kraftlos: »Ich war es nicht. Egal was man mir vorzuwerfen hat, ich war es nicht.« Ein Zittern ergriff seinen gesamten Körper. »Der Pfarrer sagt, vor Gott sind alle Menschen gleich. Warum sind dann nicht auch alle Menschen vor den Menschen gleich?«

»Sie glauben an Gott?«, begann Ruben vorsichtig. Solange er diesen Menschen nicht einschätzen konnte, war es besser, nicht mit der Tür ins Haus zu fallen.

Janik nickte heftig. Tränen liefen ihm über die Wangen. »An Gott, den Teufel und das Jüngste Gericht.« Seine Hand krallte sich in die dünne Decke und er keuchte: »Ich habe so eine Angst, so eine verdammte Scheißangst. Bitte, Sie müssen mich hier wieder rauslassen. Ich halte das nicht aus …« Er zog den Rotz in der Nase hoch, schüttelte den Kopf und stöhnte: »… Ich kann das nicht mehr, ich stehe das nicht noch einmal durch!«

Ruben beschloss einen Strategiewechsel. Ohne jede Wertung sagte er: »Ich habe ehrlich gesagt keine Ahnung, warum Sie hier sind. Mein Chef sagte mir nur, dass Sie uns vielleicht helfen könnten, kleine Kinder zu schützen. Ich fand dies eine gute und ehrenvolle Idee und wollte Ihnen die Chance geben, sich vor Gott zu beweisen. Vor dem Jüngsten Gericht ist es bestimmt kein Schaden, wenn man ein paar Pluspunkte vorweisen kann.«

Ruben hielt seine eigene Ansprache für ziemlich gelungen, wurde aber eines Besseren belehrt.

Janiks Angst schien wie ausgeknipst. Mit einem völlig veränderten, kalten Blick sah er dem Kommissar in die Augen.

»Wollen Sie mich verarschen? Was labern Sie denn für einen Scheiß? Als ob man Gott oder den Teufel mit einem Verrat bestechen könnte.« Er stand auf, blieb aber auf Distanz. Drohend zeigte er mit seinem Finger auf Ruben. »Tun Sie das nie wieder. Sagen Sie mir nie wieder, was Gott von mir will. Das geht nur ihn und mich etwas an. Ist das klar?«

»Haben Sie die junge Frau getötet?«

»Was?«

Ruben hatte sich zwar fest vorgenommen, sich nicht in den eigentlichen Fall einzumischen, sah aber im Augenblick keinen anderen Weg, um an Informationen zu kommen. Daher wiederholte er: »Haben Sie die junge Frau getötet?« Um noch mehr Druck aufzubauen, fügte er hinzu: »Der Schweißausbruch, den Sie gerade haben, würde jedenfalls dafürsprechen.«

Janik neigte den Kopf etwas zur Seite, wischte sich unsicher über die Stirn und begutachtete seine nasse Handfläche. Er schien nachzudenken. Doch nach einem Moment fand er zu seiner ablehnenden Haltung zurück und fauchte: »Ach, Sie glauben, nur weil ich ein paar Köpfe und Gesichter male, schneide ich auch welche ab?«

»Sie malen?« Ruben nahm diesen neuen Aspekt in sich auf, führte das Thema aber nicht weiter aus und fragte: »Woher wissen Sie, dass die junge Frau geköpft wurde?«

»Der Beamte, der mich hergebracht hat, hat es mir erzählt. Aber eigentlich ist es nicht verwunderlich.«

»Was ist nicht verwunderlich?«

»Dass jemand geköpft wurde.«

»Wie kommen Sie darauf?«

Janik zuckte mit den Schultern. »Wie sonst kann man heute noch jemanden schockieren?«

»Wie meinen Sie das?« Es kam nicht oft vor, dass Ruben etwas nicht begriff, doch dieser Mann sprach in Rätseln, die er nicht entschlüsseln konnte.

»Mehr weiß ich nicht, und ich möchte jetzt auch alleine sein.«

Ruben hielt dem abweisenden Blick stand und startete einen letzten Versuch. »Alles, was ich von Ihnen wissen wollte, ist, ob Sie uns Details zu diversen Seiten im Internet geben können. Den Seiten, auf denen nackte Kinder zu sehen sind. Wir brauchen Antworten darauf, wie man diese Gruppen findet, wie man Kontakt aufnimmt, wie man Zugangsberechtigungen erhält und weitere Details.«

Janik zog die Beine wieder an, legte die Stirn auf die Knie und murmelte: »Wie ich schon sagte, auch Verrat wird von Gott bestraft.«

Ruben machte auf dem Absatz kehrt, ging zur Tür und drehte sich wieder um. Nachdem er Janik einige Sekunden lang angesehen hatte, stellte er fest: »Ich glaube Ihnen nicht.«

Der Gefangene hob den Kopf und schien augenblicklich wieder der ängstliche Mann vom Beginn ihrer Unterhaltung zu sein. Mit feuchten Augen und einem Gesichtsausdruck, als würde er jeden Moment wieder zu weinen beginnen, sagte er leise: »Ich war das nicht und ich glaube auch nicht, dass es vorbei ist. Die Apokalypse hat gerade erst begonnen.«

Ruben kannte die Verhaltensstrukturen von Pädophilen und wusste um die Hintergründe ihrer Taten. Sanft und leise sagte er: »Sie wollen doch nicht, dass diese Kinder leiden. Dieses Verbrechen hier ist die eine Sache, aber die vielen, vielen Kinder da draußen brauchen Ihre Hilfe. Gerade Sie wissen doch, wie wichtig Liebe ist. Vielleicht haben Sie die junge Frau umgebracht, vielleicht auch nicht. Mir geht es einzig und alleine darum, dass die Seelen der vielen Jungen und Mädchen, die im Internet zur Schau gestellt werden, geschützt werden.«

Janik lachte ein trauriges Lachen, schüttelte den Kopf und erwiderte: »Es ist mehr als zehn Jahre her, dass ich mit dieser Szene etwas zu tun hatte. Glauben Sie wirklich, ich könnte

Ihnen da helfen? Ich fresse Pillen gegen den Drang. Fragen Sie meinen Arzt, die regelmäßigen Blutuntersuchungen werden es Ihnen bestätigen. Verstehen Sie, ich bin davon weg und könnte nicht einmal helfen, wenn ich es wollte.«

Ruben deutete ein Nicken an, klopfte gegen die Tür und verließ die Zelle.

»Und, konnten Sie etwas herausfinden?«

Rubens Blick ruhte eine Weile auf der Wanduhr, deren Sekundenzeiger beständig seine Kreise zog. Nach einigen Augenblicken der Stille hatte er seine Eindrücke und Gedanken geordnet und antwortete mit einem schlichten: »Nein.«

Die Oberkommissarin zog eine Augenbraue nach oben. »Was heißt nein?«

»›Nein‹ ist doch das einfachste Wort, über das die deutsche Sprache verfügt. Man kann nichts hineininterpretieren, man kann es nicht falsch verstehen und man kann das Wort nicht steigern. Nein heißt nein.«

Die Polizistin hob die linke Hand, um den Wortschwall zu unterbrechen. Ihr Tonfall war nun eindeutig entnervt. »Hören Sie, ich bin seit über dreißig Stunden auf den Beinen, musste einen Mord mit ansehen und die Frau meines Kollegen trösten. Also, haben Sie einen brauchbaren Hinweis bekommen oder nicht?«

»Nein.«

Sie atmete scharf aus. »Aber Sie müssen doch einen Eindruck von Janik haben. Könnte er der Täter sein oder nicht?«

Viele legten Rubens Gelassenheit als Provokation aus, doch nichts lag ihm ferner. Unaufgeregt erklärte er: »Sicher habe ich einen Eindruck, aber ich habe keine Beweise. Eindrücke können über Fakten hinwegtäuschen und sind kein guter Ratgeber bei der Aufklärung von Kriminalfällen –«

»Okay, okay«, fiel ihm die Kommissarin ins Wort, schaltete ihren Monitor aus und machte eine bestimmende Geste zur Tür. »Ich mache jetzt Feierabend, ich war die ganze Nacht auf den Beinen. Für den Rest des Tages können Sie sich an meinen Stellvertreter Oberkommissar Peter Nolte wenden. Ich bin morgen früh ab acht wieder hier.«

9

Oberkommissar Nolte betrat den Raum, musterte die beiden Anwesenden und nahm ihnen gegenüber Platz. Nach einem kurzen Augenblick des Schweigens beugte sich der junge Mann im Anzug vor, streckte Nolte die Hand entgegen und erklärte: »Mein Name ist Ralf Spachtholz. Der Staatsanwalt hat mich zu Herrn Paul Janiks Pflichtverteidiger ernannt.«

»Schön«, sagte Nolte knapp. Er wusste, dass er von diesem Berufsneuling nicht viel Gegenwehr zu erwarten hatte. Er erinnerte sich noch gut an die halbseitige Werbeanzeige im hiesigen Regionalanzeiger, als dieser Spachtholz vor etwa einem halben Jahr seine Kanzlei eröffnet hatte.

Nach einem kurzen Blick zu dem ziemlich verstört wirkenden Gefangenen fragte er schließlich: »Also, was kann ich für die Herren tun?«

Während Paul Janik weiter die Wand anstarrte, forderte sein Anwalt: »Ein paar Blätter Papier und einen Stift, mit dem er sich nichts antun kann. Meinetwegen auch Wachsmalstifte.«

Oberkommissar Nolte legte seine runzlige Gesichtshaut in noch mehr Falten. »Was?«

Er hatte in seiner langjährigen Dienstzeit schon einiges erlebt, aber ein Anwalt, der für seinen Mandanten

Wachsmalstifte wollte, war noch nicht dabei gewesen. Er faltete die Finger beider Hände ineinander und fragte: »Und warum sollte ich das zulassen? Herr Janik ist höchstens noch zwei Tage bei uns und ich finde, zwei Tage ohne Malsachen kann man einem erwachsenen Mann durchaus zumuten.«

Sein Gegenüber ignorierte den Einwand, zog ein Blatt Papier aus seinen Unterlagen und schob es über den Tisch. Nolte beugte sich vor und überflog die Passagen, die der Anwalt ihm zeigte. »Das hier ist ein ärztliches Attest, ausgestellt von einem anerkannten Psychologen. Darin bestätigt er, dass Herrn Janiks Therapie auf drei wesentlichen Ansätzen basiert. Erstens Gesprächstherapie, zweitens die regelmäßige Einnahme von Medikamenten und drittens die Kanalisation seiner Gefühle durch das Zeichnen von Bildern. Verstehen Sie? Herr Janik hat ein Recht darauf, medizinische Hilfe zu bekommen, und Malsachen gehören bei ihm dazu.«

Nolte hatte nichts gegen den Anwalt, aber Typen wie dieser Janik hatten in seinen Augen jedes Recht auf Mitgefühl verwirkt. Allerdings musste er die Alternativen abwägen und sich zu verweigern hieße im schlimmsten Fall Diskussionen mit seinem Dienstherrn. Schließlich nickte er mit der Trägheit, die sein Alter mit sich brachte. »Benötigt der Herr irgendwelche besonderen Farben oder ist das der lieben Seele wurscht?«, fragte er sarkastisch.

Spachtholz war der innere Kampf anzusehen. Schließlich räusperte er sich und antwortete anstelle seines Klienten: »Ich denke, Schwarz, Rot und Blau sollten genügen.«

Nolte zog eine Augenbraue in die Höhe. Er hatte gute Lust, diesen Psycho ein wenig zu ärgern. »Schwarz also, das sollte machbar sein. Kann ich sonst noch was für die Herrschaften tun?«

Der Anwalt sah seinen Klienten an, der unbeteiligt die Wand anstarrte. Er seufzte und gab nach. »Nein, nur Schwarz ist auch in Ordnung und für den Moment wäre das alles. Ich werde mich in den Fall einarbeiten und morgen Kontakt mit Ihrer Chefin aufnehmen.«

Nolte zeigte es nicht, doch bei dem Wort »Chefin« hätte er dem jungen Anwalt am liebsten ins Gesicht geschlagen. Eva Langes Stuhl sollte eigentlich seiner sein, doch der Kriminalrat war damals anderer Meinung gewesen. Und bald würde ihn diese Entscheidung ganze dreihundert Euro weniger Pension im Monat kosten. Scheiß Frauenquote!

Paul Janik war zurück in seiner Zelle. Was schon vor fünfzehn Jahren nicht funktioniert hatte, gelang ihm heute auch nicht. Der innere Druck wuchs von Sekunde zu Sekunde und selbst mit geschlossenen Augen schienen die kargen Wände immer näher zu kommen. Stück für Stück schoben sie sich auf ihn zu, bis er kaum noch Platz zum Stehen hatte. Die Panik in seinem Inneren hatte ihn fest im Griff. Er wagte es nicht, sich zu bewegen. Zu groß war die Angst, dass er sich das alles nicht einfach nur einbildete, dass seine Hand tatsächlich die kalte Wand berühren würde, wenn er den Arm ausstreckte. Unfähig, einen klaren Gedanken zu fassen, stand er einfach nur da und wartete darauf, dass dieser Wahnsinn endlich ein Ende fand. Dann würde er nach Hause gehen, einige Sachen packen und einfach loslaufen, irgendwohin, wo seine Vergangenheit keine Rolle spielt. An einen Ort, an dem auch er vergessen konnte, was auf seiner Seele brannte.

Das Papier und der kurze Stummel schwarzer Wachsmalkreide lagen zusammen mit dem Essen auf dem Tablett. Das heißt, eigentlich lag das Papier mehr im als neben dem Essen. Janik nahm das Blatt aus der Soße, wischte es ab und legte es zum Trocknen auf das Bett. Dann nahm er das stumpfe Besteck, positionierte es ordentlich neben dem Teller, faltete die Hände und sprach ein langes Gebet.

Nach dem Essen lehnte er sich zurück und versuchte, an etwas Schönes zu denken … an die Zeit vor der Zeit. An die Tage, als man ihn noch nicht für seine Suche nach Nähe und Liebe verurteilte. Sein Vater war nie jemand gewesen, der Gefühle zeigte, und schon als kleiner Junge hatte er sich oft gefragt, wie seine warmherzige Mutter diesen Zustand aushielt. Aber Vater war auch kein schlechter Mensch, abgesehen von der einen Ohrfeige, die er als Junge bekommen hatte.

Er hatte die glühende Kohle damals mit voller Absicht in den Hühnerstall gelegt. Nicht weil er die Tiere verletzen wollte, sondern, wie er heute glaubte, einfach um Vater zu einer Reaktion zu zwingen.

Trotzdem waren es schöne Jahre gewesen. Sein Glück hielt an, bis Mutter krank wurde. Als Siebenjähriger begriff man schon einiges, doch Krankheit und Tod gehörten nicht dazu.

Vaters nächste Frau war ganz anders gewesen, das Gegenteil von dem, was seine Mutter ausgemacht hatte.

Sie machte für Vater die Beine breit und Paul schaute durchs Schlüsselloch zu. Doch schon bald nach der Hochzeit wurde es still hinter dem Schlüsselloch. Sein Vater wurde noch mürrischer und Paul noch einsamer.

An seinem fünfzehnten Geburtstag entdeckte seine Stiefmutter die Vorzüge eines jungen Körpers. Egal ob er gerade duschte oder mit der Hand unter der Bettdecke in seinem Zimmer lag, sie schien zu ahnen, wann es etwas zu sehen gab. Eines Nachts, sein Vater hatte wieder mal Nachtschicht, erwachte er von einem leisen Stöhnen in seinem Ohr. Seine Stiefmutter war ihm immer fremd geblieben, doch nun schien sie ihm wie ausgewechselt, als habe er sie noch nie zuvor gesehen. Herrisch nahm sie seine Hand und führte sie zwischen ihre Beine. Sie drohte ihm, sie würde ihn des Drogenkonsums bezichtigen. Schließlich drückte sie ihn auf den Rücken und setzte sich auf ihn. Natürlich hielt Paul seine Augen die meiste

Zeit geschlossen, aber wenn er doch einmal hinsah, bekam der Ausdruck *vom Teufel geritten* eine ganz neue Bedeutung.

Mit siebzehn, nach fast drei Jahren Missbrauch, packte er schließlich seine Sachen und verschwand in die Dunkelheit der Nacht. Alles, was er wollte, war Liebe und Zuneigung und er wusste genau, dass er sie niemals von einem Erwachsenen bekommen würde.

Das Schlagen der kleinen Klappe in der Tür riss ihn aus seinen Gedanken. Die Augen einer jungen Polizeibeamtin erschienen hinter dem Schlitz. »Stellen Sie das Tablett vor der Tür auf den Boden. Danach gehen Sie zurück bis unter das Fenster und warten, bis ich es herausgeholt habe«, forderte sie.

Paul tat wie ihm befohlen. Die Polizistin versuchte, souverän zu wirken, doch Paul sah ihr die Unsicherheit an. Sie holte das Tablett, übergab es einem Kollegen und drehte sich noch einmal um, um darauf hinzuweisen, dass sie in fünfzehn Minuten das Licht ausschalten würden. Danach fiel die schwere Tür ins Schloss und die Stille begann von Neuem.

Kurz bevor sich die Zelle in Dunkelheit hüllte, nahm Paul die bereitliegende Tablette vom Tisch und drehte sie nachdenklich zwischen den Fingern. Irgendetwas hatte sich in letzter Zeit verändert. Geschmack und Wirkung waren nicht mehr wie früher und manchmal glaubte er, nach der Einnahme einen leichten Rausch zu spüren. Doch natürlich wusste er, dass es Unsinn war. Dieses kleine Ding tat nichts anderes, als seine Lust zurückzudrängen. Und die Tablette nicht zu nehmen war keine Option, denn man würde ihm das Zeug nach dem nächsten Bluttest einfach spritzen.

Einige Zeit später, der Mond zeigte sich bereits vor seinem Fenster, schrie eine Stimme: »Flammen, es müssen Flammen sein!« Paul zuckte heftig zusammen. Er lag in seinem Bett, hörte seinen eigenen Atem und murmelte leise: »Nicht, bitte, geh weg.«

»Du musst es tun. Jetzt! Und du musst den Sünder benennen. Jetzt!«

Pauls Augen durchsuchten die dunkle Zelle, doch er konnte die Stimme nicht lokalisieren. Er setzte sich auf, schlug mehrmals mit den Fingerknöcheln gegen seine Stirn und forderte, dieses Mal aggressiver: »Geh weg … verschwinde endlich aus meinem Kopf … ich will dich nicht!«

Stille. Er wartete noch einige Minuten, legte sich zurück auf das harte Bett und begann, leise zu wimmern. Langsam und unmerklich glitt er in einen Zustand zwischen Realität und Schlaf.

Dann begann es erneut. Diesmal war es nur ein beschwörendes Flüstern, schien aber den ganzen Raum zu erfüllen. »Flammendes Haar … du musst es malen, sonst gehe ich nicht.«

Pauls Hände gruben sich in seine Kopfhaut. Er wollte es nicht, wusste aber gleichzeitig, dass es nur diesen einen Weg gab, um die Stimme in seinem Kopf zum Schweigen zu bringen.

10

»Das ist nicht dein Ernst, Papa«, stöhnte Elisa und wandte sich im gleichen Atemzug zu ihrer Mutter. »Darf ich bitte gleich zum Reiterhof? Mit *ihm* in dieses Bad zu gehen ist total peinlich!«

Pia unterbrach das Packen der Badetasche und sah zu ihrem Mann. Ruben trug im Alltag nur lange Stoffhosen und einfarbige Hemden, was offenbar zu einer mangelnden Erfahrung mit Freizeitklamotten geführt hatte. Nun stand er in der Schlafzimmertür ihrer Ferienwohnung und sah aus wie ein Pfingstochse auf der Balz. Im Grunde stand ihm das orange T-Shirt wirklich gut, allerdings nicht in Kombination mit den grün karierten Shorts und den hohen blauen Socken. Pia atmete kurz durch, durchquerte wortlos den Raum und nahm ihm die gelbe Badekappe aus der Hand, bevor sie ihn zurück ins Schlafzimmer zog.

Fünf Minuten später musterte Elisa ihren Vater erneut, bevor sie abfällig zugab: »Ungewohnt, aber besser.« Sie sah ihm drohend in die Augen. »Und diese Badekappe bleibt hier!«

Ruben zog eine Augenbraue nach oben, verkniff sich aber einen Kommentar zur zweckmäßigen Bekleidung von Sportschwimmern.

Nachdem es sich Pia und Ruben auf den Liegen gemütlich gemacht hatten, verabschiedete sich ihre Tochter mit den Worten: »Ihr seid mir zu langweilig.« Ihre Mutter runzelte ärgerlich die Stirn und lehnte sich seufzend zurück. Ruben verfolgte seine Tochter mit den Augen und fragte scheinbar beiläufig: »Gab es den Bikini nicht in ihrer Größe?« Pia schlug ihre Zeitschrift auf und antwortete nicht.

Elisa lief zur anderen Seite des großen, teilweise mit Schilfbewuchs eingegrenzten Beckens und begrüßte dort einige junge Leute.

»Kennst du die da drüben?«, versuchte Ruben erneut, die Aufmerksamkeit seiner Frau zu bekommen. Pia ließ die Frauenzeitschrift sinken, folgte seinem Fingerzeig und schüttelte den Kopf. »Nein, aber ich nehme an, sie kennt sie vom Reiterhof.«

»Aber dort war sie doch erst ein einziges Mal.« Für Ruben war es unbegreiflich, wie man so schnell Freundschaften schließen konnte. Er hatte das in den letzten vierzig Jahren mit niemandem außer seiner Frau geschafft. Selbst zu den langjährigen Bekannten, die sie zu Hause in Bamberg hatten, pflegte er ein eher distanziertes Verhältnis.

Pia machte keine Anstalten, es zu erklären, und hatte sich inzwischen wieder ihrer Zeitschrift gewidmet. Er zuckte die Achseln und erhob sich aus seinem Liegestuhl, um ins Wasser zu gehen. Dort schätzte er die längste Distanz in dem Naturbecken auf etwa fünfundzwanzig Meter, was bei seinen üblichen tausend Metern glatte vierzig Bahnen ergab.

Als er zu den Liegestühlen zurückkehrte, war seine Tochter wieder da. »Voll krass, oder?«, sagte sie. Elisa schien Pia etwas auf dem Handy zu zeigen. Seine Frau saß wie erstarrt, hatte eine Hand vor den Mund gelegt und murmelte etwas Unverständliches. Ruben trat hinter die beiden und fragte: »Was macht ihr Schönes?«

Wortlos deutete Pia auf das kleine Display. Ruben zog die Brauen hoch. Er ließ sich das Gerät geben, startete den Film auf der Videoplattform erneut und sah ihn von Anfang bis Ende an. Danach setzte er sich neben seine Tochter, nahm ihre Hand und bat: »Tust du mir einen Gefallen und verbreitest diesen Film nicht weiter?«

Elisa kannte ihren Vater lange genug, um zu wissen, wann er es ernst meinte. Die Farbe wich aus ihrem kindlichen Gesicht und sie fragte unsicher: »Glaubst du etwa, das ist echt?«

Er nickte. »Ich habe mich gestern mit dem mutmaßlichen Täter unterhalten und kenne außerdem einige Details der Tat.«

Pia fragte sich mit einem Mal, wie ihr Mann diesen Job ertragen konnte.

»Dann ist sie wirklich tot?« Elisa schien ihre Zickigkeit für einen Moment vergessen zu haben.

Er nickte erneut, war in seinen Gedanken aber schon ganz woanders. Er entsperrte das Handy und sah sich das Video noch einmal an. Dort stand »Veröffentlicht heute um 06.02 Uhr«. Wieder an seine Tochter gewandt, fragte er: »Kennst du dich mit dieser Plattform aus?«

»Ja, ein bisschen. Warum?«

»Kann man dort Beiträge planen? Also etwas hochladen, das aber erst irgendwann in der Zukunft veröffentlicht werden soll?«

Sie nahm ihm das Handy aus der Hand, drückte und wischte etwas darauf herum und nickte: »Ja, das geht.«

»Und sieht man auch, wann es ursprünglich hochgeladen wurde?«

»Moment.« Elisa begann nun wieder, das Gerät zu bearbeiten. »Ich glaube, man sieht nur den Zeitpunkt der Veröffentlichung, aber genau weiß ich es nicht.« Sie presste die Lippen zusammen, sodass sie aussah wie ein Frosch. »Warte«, sagte sie und wechselte erneut zu der App. Sie wischte ein paar

Mal über das Display, hielt ihm schließlich das Handy hin und sagte abgeklärt: »Schau mal, das ist doch seltsam.«

Ruben las die Zeitangabe, verstand aber nicht. Elisa zog das Bild größer und erklärte verschwörerisch: »Na, zu diesem Zeitpunkt wurde das Benutzerprofil angelegt. Derjenige, der dieses Video hochgeladen hat, hat auch erst heute Morgen sein Mitgliedskonto erstellt. Genauer gesagt, fünf Minuten vorher. Und wenn du diesen Tatverdächtigen gestern verhört hast und er kein Handy in der Zelle hat, kann er es nicht gewesen sein.«

»Wann bist du mit der Schule fertig?«

Elisa sah ihn an, als hätte er nicht mehr alle Tassen im Schrank, und fragte irritiert: »Wie kommst du denn jetzt darauf?«

»Die Polizei braucht dringend guten Nachwuchs und du solltest Kriminalistik studieren.«

»Ruben!«

Er zuckte zusammen. Ruben war völlig in seinem Element und die Art und Weise, wie Pia seinen Namen aussprach, zeigte, dass es ihr nicht entgangen war. Er räusperte sich, drehte den Kopf zu seiner Frau und fragte unschuldig: »Ja, mein Engel?«

»Kann es sein, dass du gerade anfängst, über einen Fall nachzudenken, der dich nichts angeht?«

Zu Rubens Überraschung stand Elisa auf, baute sich vor ihrer Mutter auf und rief empört: »Wie kannst du sagen, dass es ihn nichts angeht? Das Mädchen aus dem Video war kaum älter als ich und der Täter läuft hier immer noch frei herum. Was, wenn er mich schnappt?«

Pia war für einen Moment sprachlos. Ruben sagte milde: »Hey, rede bitte nicht so mit deiner Mutter. Und außerdem wissen wir nicht, ob der Verhaftete nicht doch der Täter ist. Dieses Video und die eingeblendeten Zeiten sind nur Puzzleteile, die in ein viel größeres Bild passen müssen. Nie voreilige Schlüsse ziehen.«

»Ruben«, unterbrach ihn Pia dieses Mal wesentlich unfreundlicher. »Hör sofort damit auf, mit Elisa über diesen bestialischen Mord zu diskutieren. Und du …«, ihr Blick bohrte sich förmlich in ihre Tochter, »… solltest anfangen, an deinem Tonfall zu arbeiten. Wir können nämlich auch nach Hause fahren, dann war es das mit den Reitstunden.« Sie fixierte einen Punkt hinter Elisa. »Und der hübsche Junge dahinten wäre vermutlich ziemlich traurig darüber.«

Elisa und Ruben fuhren gleichzeitig herum. Der blonde Junge stand keine zehn Meter weiter am Ufer des Beckens und hob schüchtern die Hand zum Gruß. »Entschuldigung«, brummte Elisa und fragte deutlich kleinlauter als sonst: »Darf ich zu Tom gehen?«

Pia deutete ein Nicken an und sah schlecht gelaunt hinter ihrer Tochter her. Dann wandte sie sich wieder ihrem Mann zu. Ihr mürrischer Tonfall konnte ihre Sorge nicht verbergen. »Glaubst du, die Jugendlichen in dieser Gegend sind in Gefahr?«

»Ich weiß es nicht«, sagte Ruben ehrlich.

Nachdem Tom versprochen hatte, dass ihn seine Mutter später vom Freibad abholen und Elisa mit zum Reiterhof nehmen würde, fuhren Pia und Ruben allein zurück zur Ferienwohnung. Auf halber Strecke begann der Radiosprecher, die Zwölf-Uhr-Nachrichten vorzulesen. Ruben wollte das Radio schon leiser drehen, hielt aber in der Bewegung inne.

»Was ist?«, fragte Pia irritiert, doch Ruben legte den Zeigefinger an den Mund.

»Nach dem entsetzlichen Mord in Velburg, von dem ein schockierendes Video aufgetaucht ist, bittet die Polizeidienststelle Parsberg um die Mithilfe der Bevölkerung«, sagte der Radiosprecher ernst. »Seit gestern Abend wird der siebzehnjährige Björn H. vermisst. Der Teenager wohnt mit seinen Eltern am Stadtrand von Velburg und kam am gestrigen Abend nicht wie gewohnt nach Hause. Auch wenn die Polizei keinen Hinweis auf ein Verbrechen hat, bittet sie jeden, der den Jungen gesehen oder gesprochen hat, sich unter der Nummer 110 zu melden. Björn trug zum Zeitpunkt seines Verschwindens eine helle, halblange Hose, ein hellblaues T-Shirt und neonfarbene Sneaker. Und nun zu den Wetteraussichten …«

11

Pia hatte gefragt: »Könntest du den Menschen hier helfen?«, und er hatte geantwortet: »Vielleicht.«

Nun saß er in einem Streifenwagen und wurde auf dem schnellsten Weg zur Wache gebracht.

Manchmal war seine Frau unglaublich. Wenn sie eine Entscheidung getroffen hatte, konnte sie nichts mehr aufhalten. Trotz seiner – für seine Verhältnisse – recht heftigen Proteste musste er erst seinen Chef und dann diese Oberkommissarin anrufen. Schon kurze Zeit später fuhr Pia zum Reiterhof, um Elisa abzuholen, und er war auf dem Weg zu einem neuen Fall.

Wie er bereits vermutet hatte, ging man nicht davon aus, dass der verschwundene Junge sich nur eine Auszeit genommen hatte. Ganz im Gegenteil. Eva Lange schien mehr zu wissen, als sie in der Telefonkonferenz mit ihm und seinem Chef hatte sagen wollen. Außerdem nahm sie das Angebot seiner Mithilfe ohne jeden Widerspruch an, was wahrlich nicht oft vorkam. In der Regel waren die meisten Polizisten wie dieser Kommissar Schober und beanspruchten eifersüchtig jeden Fall für sich.

Als wollte der Polizist hinter dem Steuer diesen Gedanken noch unterstreichen, fragte er scheinbar beiläufig: »Bleiben Sie noch lange hier? In Bamberg wartet doch bestimmt viel Arbeit auf Sie. Keine Sorge, wir haben hier alles unter Kontrolle.«

Ruben machte sich nicht die Mühe, den Mann anzusehen, antwortete aber betont freundlich: »Arbeit? Für mich ist das wie ein Kreuzworträtsel, und die macht man ja auch nicht, weil man muss. Aber wenn Sie möchten, werde ich Ihren Namen gerne lobend in den Ermittlungsakten erwähnen.« Er sah aus dem Augenwinkel, wie ihn der Mann erstaunt von der Seite ansah. »Wirklich?«, fragte er ungläubig.

»Nein, natürlich nicht«, antwortete Ruben schlicht, worauf sein Fahrer verstummte und mürrisch aufs Gaspedal trat.

»Das ging ja schnell.« Eva Lange wirkte ehrlich erfreut, stand auf und streckte ihm die Hand entgegen. Ruben zögerte einen Moment, überwand sich und erwiderte den Händedruck. Ihre Hand fühlte sich angenehm warm und weich an. Trotzdem bedeutete dieser Akt für ihn eine Grenzüberschreitung, die er nur wenigen Menschen zugestand. Nachdem sie sich voneinander gelöst hatten, bemühte er sich um einen sachlichen und betont distanzierten Tonfall. »Sie haben nähere Informationen zu dem Verschwinden dieses Jungen. Welche?«

Die Kommissarin stutzte. »Das habe ich nicht gesagt. Woher wissen Sie das?«

»Ihr Tonfall änderte sich während des Telefonats, als wir davon sprachen. Bitte, wir sollten uns nicht mit Banalitäten aufhalten.«

»Okay«, sagte Eva leise und ging zurück zu ihrem Stuhl. »Ich habe zwar wirklich Informationen, ob sie den verschwundenen Jungen betreffen, weiß ich allerdings noch nicht.« Sie setzte sich, schob ihm zwei Plastikbeutel über den Tisch und erklärte: »Das linke Blatt haben wir bei Paul Janik zu Hause gefunden, das rechte ist von heute Nacht.«

»Von heute Nacht?«

»Paul Janik hat einen Pflichtverteidiger bekommen und der forderte gestern Nachmittag von meinem Stellvertreter ein Stück Wachsmalkreide und ein Blatt Papier. Janik ist offenbar in psychiatrischer Behandlung und Malen gehört zu seiner Therapie.«

»Oh, von Malzeug auf Rezept habe ich auch noch nichts gehört, aber gut …« Ruben nahm die beiden Zeichnungen und hielt sie nebeneinander.

Nach einer Weile hob er den Blick und fragte: »Welche war in seiner Wohnung?«

Die Kommissarin tippte auf das Bild, bei dem der Hals an einer roten Linie endete.

Ruben hielt es ins Licht, drehte es einige Male hin und her, konnte aber, auch wegen der dünnen Schutzfolie, in der es steckte, nicht alles erkennen. Schließlich fragte er: »Haben Sie ein Vergrößerungsglas?«

Er bekam die verlangte Lupe, schaltete auch noch die Schreibtischlampe ein und untersuchte methodisch jeden Zentimeter der Zeichnung. Er legte sie beiseite und wiederholte das Ganze bei dem anderen Bild. Schließlich fragte er: »Waren die schon bei der KTU?«

»Nein, ich habe sie gerade erst bekommen.«

»Und Ihnen ist nichts aufgefallen?« Ruben hasste schlampige Arbeit.

Nun legte die Kommissarin die Stirn in Falten, zog die beiden Blätter zu sich rüber und griff ebenfalls nach der Lupe. »Mist«, murmelte sie, und dann: »Wie kann das sein?«

»Das ist die Frage«, bestätigte Ruben. »Gut, bei dem Bild mit dem abgetrennten Hals ist es keine Kunst. Sollte Janik der Täter sein, ist es durchaus denkbar, dass er seine Fantasie erst auf dem Papier ausgelebt hat. Und auch den Namen Ihres Kollegen, den Janik in das Auge geschrieben hat, hätte er voraussagen können. Immerhin wurde der Vater des Opfers offenbar gezielt in die Situation gebracht. Bleibt aber immer noch das Bild, das er heute Nacht gemalt hat.«

Eva Lange nahm es in die Hand und resümierte: »Eindeutig ein Junge. Das Haar in Flammen und in den Augen die hineingekratzten Initialen J und O.«

»Wie heißt der Vermisste?«

»Björn Haas.«

»Gut«, sagte Ruben leise. »Sollte Janik damit tatsächlich eine weitere Tat ankündigen, betrifft es also vermutlich nicht die Eltern des Jungen. Bleibt die Frage, wem er diesen Björn gegenüberstellen will. Vorausgesetzt, er zieht das gleiche Spiel noch einmal durch.«

»Was sollen wir tun?«

Ruben legte die Hände übereinander und schloss die Augen. Er schwieg so lange, dass die Kommissarin ihn ungeduldig ansprach. Ruben ließ sich jedoch nicht aus der Ruhe bringen. Noch immer mit geschlossenen Augen sagte er langsam: »Dieser Mann von der KTU Regensburg, dieser …«

»Schober?«

»Genau. Also, dieser Kommissar Schober soll seine bisherigen Erkenntnisse zusammentragen und uns so schnell wie möglich präsentieren. Außerdem brauchen wir Fachleute, die sich das veröffentlichte Video näher ansehen.«

»Vielleicht haben die Regensburger entsprechende Mittel«, sagte die Kommissarin.

Ruben hob die Hand und öffnete die Augen. »Für das Video habe ich selbst jemanden in Bamberg. Dann brauchen wir Informationen zu der Vergangenheit ihres Mitarbeiters Toni Kurz. Es muss einen Grund geben, warum der Täter Vater und Tochter gegenüberstellte. Weiterhin brauchen wir alles, was den Vermissten Björn Haas betrifft … Familie, Schule, Freunde und so weiter. Und beauftragen Sie das Einwohnermeldeamt damit, eine Liste aller Menschen mit den Initialen J. O. zusammenzustellen.«

Eva Lange notierte alles. »Was machen wir mit Paul Janik? Der Staatsanwalt hat schon seine Überführung in die JVA Straubing gefordert.«

»Auf keinen Fall. Der Mann bleibt bis auf Weiteres hier und bekommt noch mehr Malsachen.«

»Und was sage ich dem Staatsanwalt?«

»Nichts, das regle ich.« Ruben erhob sich, deutete zur Tür und fragte: »Bekommt man hier irgendwo einen guten Tee?«

»Tee? Äh, ich glaube, in unserer Küche könnten noch ein paar Beutel vom letzten Winter herumliegen.«

Ruben sah sie an, als würde sie ihn vergiften wollen. Er zog sein Handy aus der Tasche, googelte nach einem Teehaus oder Teeladen und verkündete: »Ich bin in einer Stunde wieder hier. Es wäre gut, wenn uns Kommissar Schober dann über den bisherigen Ermittlungsstand in Kenntnis setzen könnte.«

Die Tür fiel leise ins Schloss. Eva holte tief Luft. Dieses Gespräch musste sie erst mal sacken lassen.

Nachdem sich der Teeladen als reines Verkaufsgeschäft ohne Ausschank herausgestellt hatte, setzte sich Ruben auf eine schattige Parkbank und führte ein paar Telefonate. Die Verantwortlichen in Regensburg stimmten zu, Janik noch für ein paar Tage in Parsberg zu lassen.

Sein Assistent in Bamberg versprach, die aufgetauchte Videodatei noch am selben Abend genauer unter die Lupe zu nehmen, und Pia forderte am Telefon, dass er bis spätestens neunzehn Uhr zurück sein sollte.

Nach den Gesprächen lehnte sich Ruben zurück und schloss die Augen, was eine vorbeikommende Rentnerin veranlasste, sich darüber aufzuregen, dass die Leute heutzutage schon am helllichten Tag betrunken waren.

Am frühen Abend betrat er das Büro der Kommissarin erneut. Ruben schloss die Tür hinter sich und sah sich um. »Wo ist er?«

»Schober?«, fragte Eva Lange müde. »Nicht da. Er hat angeblich zu viel zu tun und kann erst morgen Vormittag kommen.«

»Hat sich sonst schon etwas ergeben?«

Sie schüttelte den Kopf. »Nichts. Wir haben nichts!«

»Hat man von dem Jungen etwas gehört?«

Sie schüttelte erneut den Kopf. »Nein, keine Spur. Ich habe ein paar Beamte zu der Bushaltestelle geschickt, wo er verschwunden ist. Wir befragen jeden, der dort regelmäßig vorbeikommt, aber bis jetzt ohne Ergebnis. Björn wurde gestern Abend um neun Uhr das letzte Mal gesehen, als er aus dem Bus ausstieg. Seitdem ist er wie vom Erdboden verschluckt. Niemand hat ihn gesehen, sein Handy ist tot und es gibt auch sonst keine Spuren oder Hinweise. Seine Eltern haben natürlich den halben Ort angerufen, leider ohne Erfolg.«

Ruben nickte. »Okay. Ich brauche eine Wand, Klebeband, ein paar Blätter und einen dicken Stift.«

»Wozu?«

»Weil man ein Puzzle besser lösen kann, wenn man es sieht.«

»Muss das heute noch sein? Ich glaube nicht, dass wir hier aktuell etwas tun können, außer darauf zu hoffen, dass meine Leute draußen etwas finden. Außerdem wollte ich gleich Feierabend machen.«

Ruben musterte die Oberkommissarin und nahm jedes Detail in sich auf. »Was wollen Sie zu Hause? Auf Sie wartet doch niemand.«

»Sind Sie eigentlich immer so?« Seit dem Einsatz im Keller der Bäckerei war Eva mehr als angespannt, und dieser eigenartige Typ würde selbst einen ausgeglichenen Menschen auf die

Palme bringen. Mit einer wütenden Handbewegung schaltete sie ihren Monitor aus, stand auf und ging an ihm vorbei zur Tür. Dort blieb sie stehen und forderte: »Wenn ich bitten darf, ich bin morgen um sieben Uhr wieder hier.«

Ruben folgte ihr, musste aber kurz darauf feststellen, dass seine Frau das Auto hatte und er ein Taxi brauchen würde.

»Also, woher wissen Sie, dass mich zu Hause niemand erwartet?«, brach Eva das Schweigen. Da sie Hattinger um Hilfe gebeten hatte, hatte sie es nicht über sich gebracht, ihn einfach stehen zu lassen. Die einzige Unterhaltung hatte bisher daraus bestanden, dass er ihr die Adresse des Bauernhofs, in dem er mit seiner Familie den Urlaub verbrachte, gegeben hatte. Seitdem fuhren sie schweigend durch die Oberpfälzer Landschaft.

Ruben Hattinger schien nicht einmal groß nachdenken zu müssen. »Sie haben ihre Haare gerade erst kurz schneiden lassen, denn Ihr Hals ist blasser als Ihr Gesicht. Außerdem wirken Sie, wenn Sie sich unbeobachtet fühlen, traurig. Sie spielen oft mit dem Ohrläppchen, vermutlich, weil sie die Ohrringe vermissen, die er Ihnen geschenkt hat. Und auf Ihrem Schreibtisch ist die Stelle, an der sein Foto stand, weniger staubig als der Rest. Folglich bleibt gar keine andere Schlussfolgerung, als dass Sie sich vor Kurzem getrennt haben.«

Eva bog in den Zufahrtsweg zum Bauernhof ein, blieb vor dem Haus stehen und sagte mit belegter Stimme: »Schönen Abend noch.«

12

»Du hast eine Aufgabe.«

»Und Sie sind wahnsinnig.« Natürlich hatte Björn Angst, aber er war nicht der Typ, sich so einfach brechen zu lassen. Seine Fesseln boten ihm nicht genügend Bewegungsspielraum, um dem gleißenden Licht zu entkommen, doch die Stimme des Mannes kam ihm bekannt vor. Es war wie manchmal in der Schule, wenn die Lösung eines Problems nur noch einen Gedankengang entfernt war, der sich aber einfach nicht einstellen wollte.

»Du wirst das, was ich dir gesagt habe, begreifen und wiedergeben.«

»Warum sollte ich das tun?«

»Weil es deine letzte Chance ist, Gott zu gefallen. Weil du einsehen musst, wie selbstverständlich du dein Leben gelebt hast. Weil du nicht das kleinste bisschen Mitgefühl und Demut in dir trägst … weil dein Herz so tot ist wie die Steine, die uns hier umgeben.«

Björn schüttelte schweigend den Kopf und beschloss, nicht mehr darauf einzugehen. Stunde um Stunde dasselbe wahnsinnige Geschwafel. Man würde ihn sicher bereits suchen, und je länger er diesem Irren nicht gab, was er verlangte, umso größer war die Chance, dass man ihn fand. Aus irgendeinem Grund hatte er trotz der Schläge keinen Respekt vor dem Mann. Vielleicht, weil er solche Typen aus der Schule kannte. Solange sie am längeren Hebel saßen, hatten sie eine große Klappe, aber sobald sich jemand gegen sie stellte, war nicht mehr viel von ihrem Mut übrig. Nein, die Polizei würde ihn bald finden und er könnte mit Genugtuung dabei zusehen, wie die Fassade des Mannes in sich zusammenbrechen würde.

»Wie du willst«, unterbrach der Mann seine Gedanken. »Ich werde nun die Kamera einschalten und du wirst schreien. Es werden Schreie sein, wie sie die Welt noch nicht gehört hat. Es werden Schreie sein, die alle begreifen lassen, dass auch Ignoranz eine Sünde ist.«

»Warum ich?« Björn hatte nicht vor, seinen Widerstand aufzugeben, aber er musste es um jeden Preis hinauszögern.

Anstatt einer Antwort hörte Björn das Kratzen von Stuhlbeinen auf dem Steinboden. Durch das gleißende Licht der Lampe erkannte er, wie die rote LED-Leuchte der Kamera anging. Einen Moment war es ganz still. Dann begann der Irre zu sprechen. »Weil du der Inbegriff dessen bist, was aus unserer Gesellschaft geworden ist. Im Grunde könnte ich an fast jedem ein Exempel statuieren, aber ich bin so gnädig und nehme nur die verwerflichsten Exemplare.«

Björn schluckte die aufkeimende Angst hinunter. »Aber warum ich? Was soll ich denn Schlimmes getan haben?«

»Abgesehen von deiner ekelhaften Arroganz?«, hallte die bedrohlich klingende Stimme aus der Dunkelheit hinter der Lampe.

»Ja.« Björn wusste um seinen Ruf, doch er hatte gelernt, dass man nur so seine Ziele erreichte. Egal ob bei den Weibern oder später im Berufsleben.

Nun wurde die Stimme wieder versöhnlicher, beinahe lockend: »Weißt du, was damals passiert ist? Kennst du die ganze

Geschichte, als der Kindergarten, in dem du als Fünfjähriger warst, abgebrannt ist?«

Björn versuchte, mit den Schultern zu zucken: »Klar, die kennt doch jeder.«

»Und es ist dir egal … deine damaligen Freunde, ihre Familien, die Freunde der Freunde … alles egal?«, donnerte es durch das alte Gemäuer.

»Kann ich es ändern?«, versuchte es Björn mit Logik.

Die Stimme wurde zu einem Zischen: »Nein, Björn, ändern kannst du nichts. Aber irgendwann, als du älter und klüger wurdest, hätte wahrscheinlich ein einfaches Danke genügt, um den Schmerz deiner Retterin zu lindern. Du hättest dein Leben der Dankbarkeit verschreiben können und hast das genaue Gegenteil getan. Statt zu beten, hast du all diejenigen verhöhnt, die für dich gestorben sind.«

»Aber …«

»Kein Aber! Du wirst dieses Leiden nachempfinden und deine Retterin bekommt die Chance, ihre falsche Entscheidung zu korrigieren.«

Björn sah schemenhaft, wie sich der Mann erhob und in einem großen Bogen um ihn herumging. Er musste sich nun irgendwo hinter ihm befinden. Kurz darauf hörte er das leise Klirren von Metall. Er versuchte, den Kopf zu drehen, doch der Lederriemen um seine Stirn verhinderte es. Im Schultheater hatte er es genossen, auf dem Thron zu sitzen. Dieser Stuhl fühlte sich ähnlich an, raubte ihm aber jeden Bewegungsspielraum.

»So, und jetzt kannst du deine ganze Arroganz herausschreien und der Welt zeigen, was mit abgestumpften Menschen passiert.« Die Stimme war genau neben seinem Ohr. Er spürte den Atem des Mannes an seinem Hals und was noch schlimmer war, er sah, was über seine auf der Stuhllehne fixierte Hand gehalten wurde. Der Schlag mit dem Hammer kam so unvermittelt, dass er zuerst gar keinen Schmerz fühlte, als der dicke, viereckig geschliffene Nagel in sein Fleisch fuhr. Erst beim zweiten, noch kräftiger ausgeführten Schlag begannen seine Nervenbahnen, ihre Bestimmung zu erfüllen.

Björn wollte den Anblick seiner Hand nicht wahrhaben. Irgendetwas in ihm weigerte sich, das Unabänderliche anzunehmen. Dann zerbrach etwas in ihm und der erste Schrei verließ seinen Mund.

»Ja, genau das ist es. So hat er für uns gelitten. Genau so«, hörte er die Stimme des Irren durch das Gewölbe hallen. Das Echo vermischte sich mit seinen Schreien. Ein diabolisches Lachen erklang und der Mann trat zwischen ihn und die Lampe, wobei er peinlich genau darauf achtete, nur von hinten gefilmt zu werden. Björn riss die Augen auf. Er musste sich irren! Doch er kam nicht dazu, den Namen seines Peinigers auszusprechen.

Das Einschlagen des zweiten Nagels erfolgte ebenso ansatzlos wie beim ersten. Der Lederriemen ächzte, hielt aber mühelos stand und erlaubte ihm nicht, den Kopf hin und her zu werfen. Björn schrie und schrie und schrie. Er wünschte sich, ohnmächtig zu werden, doch sein Körper verweigerte es ihm. Alles schien zu brennen. Jede Faser seiner Arme schien in Flammen zu stehen und der Versuch, sich zu wehren, machte es nur noch schlimmer.

Auf dem Gesicht des Mannes bildete sich ein breites Grinsen. Er hob weitere zwei Nägel vor sein Gesicht und sagte leise: »Solltest du meinen Namen nennen, sind die für deine Füße. Und jetzt sprichst du ein lautes, gut verständliches Vaterunser in diese Kamera. Wenn du es richtig machst, schenke ich dir Erlösung, wenn du es schlecht machst, weitere Qualen.«

Björn schaffte es irgendwie, stillzuhalten und damit den Schmerz auf ein erträgliches Maß zu reduzieren. »Ich kann es nicht mehr«, schluchzte er. »Ich weiß nicht mehr, wie das Vaterunser geht.«

Der Mann, dem er dieses Verbrechen nie zugetraut hätte, stellte sich erneut vor ihn und diktierte das Gebet, wobei jedes der Wörter von einer schallenden Ohrfeige begleitet wurde, so lange, bis Björn das Gebet fehlerfrei, aber kaum noch verständlich aufsagen konnte.

Björn hatte keine Ahnung, wie lange er schon auf diesem Stuhl saß. Wusste nicht, ob es Tag oder Nacht war. Alles, was er spürte, war Schmerz, Angst und sein erkaltender Urin, von dem er aufgewacht war. Das Salz seiner getrockneten Tränen leistete kurz Widerstand, dann öffnete er die Augen und sah, dass sich nichts verändert hatte. Der Nagel ragte noch immer aus seiner Hand, nur das Blut war getrocknet. Er drehte den Kopf, doch seine andere Hand zeigte dasselbe Bild. Er spürte einen Juckreiz an den Stellen seines Gesichts, die durch die Schläge aufgeplatzt waren. Der Instinkt war schneller als das logische Denken, und allein der Versuch einer Bewegung schien seinen Arm in Brand zu setzen. Er stöhnte vor Schmerz, hob den Blick und sah ihn. Er saß regungslos und nur als Silhouette zu erkennen hinter dem Scheinwerfer, der Björn noch immer mit viel zu grellem Licht peinigte. Sein Instinkt schlug ein zweites Mal zu, er wollte seine Hand vor die Augen führen … der Schmerz, als sein rohes Fleisch an dem Nagel riss, war unerträglich, Björns Schrei hoch und schrill.

Nachdem sich seine Atmung wieder etwas normalisiert hatte, sah er den Mann aufstehen. Er trat vor ihn und hielt eine silberne Schale in die Höhe. »Wein für dein letztes Abendmahl. Wie du sicher weißt, teilte Jesus auch mit den Sündern.«

Björns Stolz wollte das Getränk verweigern, doch sein Verstand schrie danach. Er öffnete den Mund, ließ sich eine kleine, runde Oblate auf die Zunge legen und wartete begierig darauf, dass der Wein folgte.

Da die Hälfte davon aus seinem Mund lief, schluckte er rasch herunter und bat: »Mehr. Bitte, ich brauche mehr.«

Der Mann ging vor ihm in die Hocke, stellte die Schale ab und sah ihm lange in die Augen. Nach einigen Sekunden schüttelte er den Kopf, schnaufte, und Björn hörte ihn enttäuscht sagen: »Es ist immer noch in dir. Der Mensch ist gierig geworden. Will immer mehr und mehr und erträgt keine Entbehrungen mehr. Anstatt dafür dankbar zu sein, dass du noch lebst, willst du mehr Wein, mehr Brot und was weiß ich noch alles. Doch jetzt ist die Zeit für dich gekommen, dich zu besinnen. Ein paar Stunden hast du noch. Nutze sie, noch hat Gott ein offenes Ohr für dich.«

Björn wollte die Antwort nicht hören, trotzdem fragte er fassungslos: »Sie wollen mich töten?« Zu seiner Überraschung schüttelte sein Gegenüber den Kopf: »Nein, das darf ich nicht. Der Mensch darf nicht töten.«

Für einen kurzen Moment entspannte sich Björn. Doch dann lächelte der Mann und fuhr fort: »Das Feuer wird es tun. Aber es liegt in Juttas Händen, es zu entzünden, und in Gottes Macht, vielleicht doch noch eine dunkle, schwarze Wolke mit viel Regen zu schicken.«

»Ein Krüppel wird über mich richten?«, stieß Björn mit einem Anflug seiner alten Arroganz hervor. Er bereute seine Worte sofort, doch es war zu spät. Der Mann richtete sich auf und verschwand in der Dunkelheit. Einen Augenblick später wurde der Kopf des Jungen nach hinten gerissen und der breite Lederriemen sorgte dafür, dass er dort auch blieb. Das Klirren von Metall hallte durch das Gewölbe. Es folgte ein Moment der Stille, dann stand dieser Irre erneut in seinem Blickfeld und befahl: »Mund auf!«

Entsetzt blickte Björn auf die große Zange. Er presste den Kiefer so sehr zusammen, dass seine Zähne schmerzten, doch es half nichts. Es war dieser Griff, mit dem man selbst das Maul eines Hundes öffnen konnte, der ihm keine Wahl ließ. Sein Mund klappte etwas auseinander und die Zange schnappte zu.

Er hatte das Gefühl, dass seine Zunge herausgerissen wurde. Dann kam auch das zweite Werkzeug zum Einsatz und zwickte sie nahe am Gaumen einfach ab.

Björn war viel zu geschockt, um Schmerz zu spüren. Starr sah er dabei zu, wie dieser Irre seine Zunge achtlos auf den Boden klatschen ließ und erneut aus seinem Sichtfeld verschwand. Nach einigen Sekunden nahm er den ersten Atemzug. Er verschluckte sich an dem Blut und hustete keuchend.

Noch immer wurde er nicht ohnmächtig. Sein Körper reagierte instinktiv und drückte den Rest seiner Zunge gegen den Gaumen. Die Blutung ließ nach und seine Atmung normalisierte sich. In einem tranceähnlichen Zustand sah er, wie vor seinen Augen die dünne Angelsehne durch eine gebogene Nadel gefädelt wurde. In dem sicheren Glauben, dass dieser Verrückte wenigstens seine offene Wunde versorgen würde, öffnete er freiwillig den Mund und schloss gleichzeitig die Augen. Nach dem ersten Stich durch die Lippen wurde er eines Besseren belehrt, denn nun wurde sein Mund nicht offen gehalten, sondern mit Gewalt zugedrückt.

Der Lederriemen um seine Stirn hielt der Kraft seiner Nackenmuskeln mühelos stand, aber nun begann er, Grimassen zu ziehen, und machte so das Nähen unmöglich. Nach dem zweiten missglückten Stich, der seine Nase durchbohrte, traf ihn der Schlag völlig ansatzlos. Der Schmerz verschwand zusammen mit der Angst und zurück blieb nur das Gefühl der völligen Hilflosigkeit, gefolgt von bleierner Schwere.

13

Pia nutzte die Kühle der frühen Morgenstunden und den Umstand, dass Rubens Gehirn um diese Zeit noch nicht auf Hochtouren lief. Nach einem vorsichtigen Kuss spürte sie seine Hände auf ihrer Haut. Sie rückte noch ein wenig näher, legte ein Bein über seine und ließ die Hand unter die dünne Decke gleiten. Als sie an seinen Reaktionen bemerkte, dass er langsam wach geworden war, wurde sie fordernder und er ging gerne darauf ein.

Im Alltag fiel es Ruben schwer, nicht auf jedes kleine Detail zu achten und nicht ständig alles mit allem in Verbindung zu bringen. In den Armen seiner Frau war dies von Anfang an kein Problem gewesen. Hier konnte er sich fallen lassen, ihren und seinen Körper genießen und an gar nichts denken.

Nach achtzehn Ehejahren mussten sie sich nichts mehr beweisen. Sie gönnten einander die Zeit, um dem Höhepunkt langsam entgegenzusteuern. Sie liebten sich träge und gründlich, machten immer wieder kleine Pausen und ließen sich in genau der richtigen Sekunde endgültig fallen. Danach legte Pia ihren Kopf in seine Armbeuge und zog einen Teil der Decke über sich. Beide gaben sich noch eine Weile dem Gefühl der absoluten Entspanntheit hin.

Als sie schließlich frisch geduscht und angezogen nach unten kamen, erwartete sie die alte Bäuerin bereits mit dem Frühstück. »Habt ihr gut geschlafen?«, fragte sie. Ruben und Pia sahen sich ertappt an und grinsten.

Sie genossen das Frühstück in gemütlicher Zweisamkeit, denn ihre Tochter verpasste es aus Gründen jugendlicher Langschläfrigkeit. Bei der zweiten Tasse Kaffee fragte Pia schließlich, was ihr schon die ganze Zeit auf der Seele brannte. »Sollte ich mit Elisa lieber nach Hause fahren?«

Ruben, im Kopf bereits wieder bei dem Fall, schreckte hoch. »Was? Nein. Warum?« Schließlich schüttelte er den Kopf. »Nicht wenn es nach mir geht, allerdings würde ich gerne …«

Pia hielt den Zeigefinger auf den Mund und unterbrach ihn. »Weißt du was: Sorg einfach dafür, dass dir dein Chef diese Tage nicht als Urlaub berechnet und er dir dieses Jahr noch einmal freigibt. Mir war von Anfang an bewusst, dass du hier weitermachen wirst. Und ich habe auch überhaupt keine Lust, die restlichen drei Tage mit deiner körperlichen Hülle zu verbringen. Ich kenne dich lange genug, mein Lieber. Du würdest im Bett neben mir liegen und dich in Gedanken durch irgendwelche menschlichen Abgründe wühlen.«

»Aber …« Ruben hatte ein schlechtes Gewissen. Doch Pia fiel ihm erneut ins Wort: »Kein Aber. Ich will einfach nur wissen, ob du es hier für uns, und vor allem für Elisa, für sicher hältst? Wenn nicht, reisen wir ab. Wenn ja, machen wir uns noch eine schöne Mutter-Tochter-Zeit.«

Ruben hatte natürlich selbst schon darüber nachgedacht und nickte: »Ich bin mir ziemlich sicher, dass der Fall eng mit dieser Gegend und seinen Menschen zusammenhängt. Also sehe ich eigentlich keinen Grund, warum ihr in Gefahr sein solltet. Von Spaziergängen alleine im Wald würde ich abraten, aber sonst könnt ihr euch noch ein paar schöne Tage machen.«

Ruben besann sich darauf, was ihm die Paartherapeutin vor ein paar Jahren empfohlen hatte, und fügte hinzu: »Und ich würde mich natürlich auch freuen, euch noch in der Nähe zu haben. Vielleicht können wir ja wenigstens am Abend noch etwas Schönes zusammen unternehmen.«

Pia schenkte ihm ein Lächeln. »Na also, geht doch. Einfach sagen, was man will, ist gar nicht so schwer, oder?«

Um halb neun holte ihn eine junge Polizeibeamtin ab, die deutlich freundlicher war als der arrogante Jungspund vom Tag davor. »Nadine Leitner«, stellte sie sich lächelnd vor. »Ich habe schon viel von Ihnen gehört, Herr Hattinger.« Er nutzte ihre Gesprächigkeit und ließ sich während der Fahrt den Dorfklatsch berichten. Zwanzig Minuten später betrat Ruben das Revier, trat an den Empfangstresen und erklärte, wer er war und was er wollte. Der Beamte schaute jedoch kaum von seinen Akten auf. »Die Oberkommissarin ist nicht hier.«

»Sondern wo?«

Der junge Mann sah Ruben prüfend an: »Ich kenne Sie nicht und kann daher keine Auskunft geben.«

Ruben legte seinen Dienstausweis auf das Brett, holte sein Handy heraus und wartete, bis die Verbindung aufgebaut war. Er meldete sich, bat knapp um eine Bestätigung seiner Identität und gab das Gerät an den Streifenbeamten weiter. Dieser hörte kurz zu, bestätigte, alles verstanden zu haben, und räusperte sich. »Tut mir leid, ich wollte nur ...«

Ruben hob die Hand: »Kein Problem, Sie haben alles richtig gemacht.«

»Okay.« Der junge Mann war sichtlich erleichtert. »Die Chefin musste nach Regensburg, um den internen Ermittlern Rede und Antwort zu stehen. Sie wissen schon, wegen des Einsatzes in der Bäckerei. Ihr Stellvertreter, Oberkommissar Nolte, hat sich krankgemeldet. Alle anderen Kollegen sind im normalen Außendienst oder mit der Suche nach Björn Haas beschäftigt.«

»Gibt es irgendwelche neuen Hinweise zum Verbleib des Jungen?«

»Nichts.«

»Wie geht es Herrn Paul Janik?«

Der Beamte zuckte mit den Schultern. »Er hat sein Frühstück bekommen. Ansonsten sitzt er einfach nur da und starrt die Wand an. Ach ja, und sein Anwalt hat sich angekündigt. Er will gegen fünfzehn Uhr hier sein.«

Ruben hielt Gelassenheit nicht für die schlechteste Eigenschaft, aber hier war sie unangebracht. Vielleicht sollte er mit der Dienststellenleiterin über die Einstellung ihrer Leute reden, denn sein Instinkt sagte ihm, dass der Mord an Maria Kurz erst der Anfang gewesen war. Hier schien jeder davon auszugehen, dass die Sache erledigt war. Das machte natürlich Sinn, wenn man glaubte, den Täter in Gewahrsam zu haben. Doch angenommen, Janik wäre nicht der Mörder – dann sah die Sache gleich ganz anders aus. Der eigentliche Täter würde sich bestätigt fühlen. Und da in dem aufgetauchten Video von der Ermordung ständig das Wort *Sünde* eingeblendet war, dürfte es für einen kranken Geist noch genug zu tun geben.

Ruben zwang seine Aufmerksamkeit zurück in die Realität. »Ist Kommissar Schober wenigstens schon hier oder macht der gerade Frühstückspause?«

Im selben Augenblick ging die Türklingel. Der Polizist blickte kurz auf den Monitor und betätigte die Entriegelung. Zunächst erschien nur ein Brötchen im Türspalt. Dann tauchte Kommissar Schober auf, der versuchte, die Tür mit dem Fuß aufzustoßen, was ihm aber nur leidlich gelang. Schließlich stellte er einen der beiden großen Alukoffer ab, öffnete die Tür mit der Hand und schob den Koffer mit dem Fuß vor sich her. Als Schober den Hauptkommissar erkannte, nahm er das Brötchen aus dem Mund, schluckte die Reste herunter und blaffte ohne Gruß: »Was machen Sie denn hier?«

»Ermitteln.«

Schober legte die Stirn in Falten. »Davon hat die Oberkommissarin nichts gesagt.«

»Nun, vielleicht wollte sie vermeiden, dass Ihr Auto plötzlich eine Panne hat und Sie nicht herkommen können.«

»Was wollen Sie damit …«

»Nichts.« Ruben hatte absolut keine Lust, sich mit dem Mann zu streiten, und deutete stattdessen auf den Koffer. »Wenn das die sichergestellten Beweise zu dem Fall sind, würde ich sie gerne sichten.«

»Die übergebe ich nur der Leiterin dieser Dienststelle!«

Ruben machte einen Schritt auf den Mann zu, der in etwa genauso groß wie er selbst, aber ungefähr doppelt so breit war, und sagte ohne jede Emotion in der Stimme: »Gut, dann fahren wir gemeinsam zu den Eltern von Björn Haas.«

»Wer soll das sein?«

»Sie sind schlecht informiert, aber das kann ja mal vorkommen. Ich bringe Sie wohl besser auf den neuesten Stand: Björn Haas ist ein Siebzehnjähriger aus der Gegend, der seit zwei Tagen vermisst wird. Außerdem gibt es Hinweise darauf, dass Ihr Gefangener nicht der Mörder von Maria Kurz sein könnte. Und wenn der wahre Täter noch immer auf freiem Fuß ist, liegt es durchaus im Bereich des Möglichen, dass der junge Mann das Opfer einer Gewalttat ist.« Ruben trat einen Schritt zurück und fixierte Schober gelassen. »Daher würde ich es für angemessen halten, dass Sie seinen Eltern erklären, warum Sie mir die Ermittlungsarbeit erschweren.«

Schober schien dieses Mal tatsächlich erst zu denken und dann zu reden. Er rang sichtlich mit sich, bis er schließlich an den Streifenpolizisten gewandt fragte: »Habt ihr einen Raum, den wir nutzen können?«

»Was zur Hölle?«

Weder Ruben noch Schober hatten die Leiterin der Dienststelle kommen hören. Eva stand in der Tür und glaubte, ihren Augen nicht zu trauen. Sie ging noch einmal einen Schritt zurück und sah auf das Türschild, das den Raum eindeutig als Pausenbereich kennzeichnete.

Da der Streifenbeamte sich nicht getraut hatte, Ruben einfach in irgendein Büro zu lassen, hatte er dieses Zimmer vorgeschlagen. Ruben hatte daraufhin alle Tische an die Wand geschoben, die Stühle gestapelt und war nun voller Eifer dabei, Fotos und Notizzettel an die Wand zu pinnen. Die gerahmten Bilder von Dienstfeiern und Jubilaren hatte er, da sie ihn dabei störten, kurzerhand abgenommen. Evas Blick wanderte Hilfe suchend zu Kommissar Schober, der in einer Ecke saß und Ruben die Hintergründe der Beweismittel erläuterte. Er machte eine unschuldige Geste. »Das war nicht meine Idee.«

Ruben drehte sich zu ihr um. »Hallo«, sagte er sachlich, als wäre nichts passiert. »Wie lief ihre Anhörung?«

»Gut.« Eva war viel zu perplex, um ausführlich zu antworten.

14

Der lang gezogene Schrei unterbrach Schober, der Eva gerade in ihrem Büro über seine neuesten Erkenntnisse informierte. Während er etwas länger brauchte, um aus seinem Stuhl zu kommen, riss Eva bereits ihre Waffe aus dem Holster und stürmte hinaus. Ein weiterer Schrei und ein schepperndes Geräusch ertönten. Die beiden Kommissare rannten durch den Flur und stoppten kurz vor dem Pausenraum, wo Eva die Pistole in Anschlag brachte. Sie stellte sich mit dem Rücken zur Wand und blickte mit einer schnellen Bewegung um die Ecke.

Als Ruben die Waffe sah, hob er instinktiv die Hände.

Eva blieb in Position und schrie: »Was ist passiert? Geht es Ihnen gut?«

Ruben nickte, deutete auf das am Boden liegende Handy und sagte, für seine Verhältnisse ziemlich aufgeregt: »Ich habe mich erschrocken. Keine Ahnung, wer das Gerät so laut eingestellt hat.«

Eva schloss kurz die Augen, sicherte ihre Waffe und steckte sie unter den Gürtel. Ohne den Hauptkommissar eines weiteren Blickes zu würdigen, hob sie das Handy auf, stellte es leiser und drückte das Startsymbol.

In den nächsten Sekunden gehörte ihre gesamte Konzentration dem, was sich dort auf dem Display abspielte. Anschließend gab sie Ruben sein Handy zurück, ging zu dem Stuhl in der Ecke und ließ sich kraftlos nieder. Nachdem sie eine gefühlte Ewigkeit nur den Boden angestarrt hatte, hob sie den Kopf und sagte mit monotoner Stimme: »Janik kann es nicht gewesen sein. Wir haben noch ein zweites Monster in der Gegend.«

Ruben nickte knapp. »Das glaube ich auch. Aber Janik hat doch Flammen gezeichnet und dieser Junge … ist das überhaupt der Gesuchte?«

Eva deutete ein Nicken an.

»… dieser Junge brennt nicht.«

»Ist das wirklich wichtig?«, fragte Eva zornig.

»Aber natürlich. Diese Nägel verursachen mit Sicherheit starke Schmerzen, aber sie töten ihn nicht. Also entweder sind Janiks Zeichnungen Zufall, der Täter hat seinen Plan geändert oder die eigentliche Tat wurde noch nicht vollzogen.«

Eva sah ihren Kollegen wütend an: »Spüren Sie eigentlich auch ab und zu Mitgefühl? Wie können Sie nach diesem Film nur so ruhig und überlegt bleiben?«

Rubens Blick zeigte Unverständnis. »Würde Betroffenheit dem Jungen helfen?«

»Vergessen Sie es.«

Mit dieser Antwort war Ruben einverstanden. »Das Video zeigt, dass wir noch eine Chance haben, den Jungen zu retten. Bei Maria Kurz war das ja bekanntlich aussichtslos, aber hier ist noch nicht alles verloren.« Er wandte sich an Schober und gab ihm das Handy und eine kleine Visitenkarte. »Können Sie das Video bitte an die Mailadresse auf der Karte schicken und dazuschreiben, dass ich dringend eine Analyse benötige? Ich gehe runter zu Paul Janik und versuche, mehr über seine wahrsagerischen Fähigkeiten herauszufinden.«

Paul Janik trug inzwischen einen Trainingsanzug, wie Ruben ihn von den Polizeischülern aus Bamberg kannte. Es hatte seinen Chef einige Überzeugungsarbeit gekostet, damit sie den Gefangenen hierbehalten konnten, aber Ruben war sicher, dass Janik ein entscheidendes Puzzleteil in diesem Fall darstellte und damit unverzichtbar war.

Wie beim ersten Mal schloss sich die Tür hinter Ruben. Der Gefangene saß auf dem Bett und zeigte keine Regung. Auf dem kleinen Tisch lagen mehrere Blätter und drei verschiedenfarbige Wachsmalstifte. Die Blätter schienen unberührt und auch sonst gab es nirgends einen Hinweis auf ein neues Bild.

Um keine Verfahrensfehler zu riskieren, startete Ruben das kleine Diktiergerät in seiner Tasche und wies Janik laut und deutlich darauf hin, dass das Gespräch aufgezeichnet würde. Keine Reaktion. Ruben räusperte sich. »Möchten Sie auf Ihren Anwalt warten oder können wir reden?« Keine Reaktion.

»Wir haben einen Zeugen, der bestätigt, was Sie getan haben.«

Janiks Kopf schnellte nach oben.

»Wollen Sie sich unterhalten oder auf Ihren Anwalt warten?«, fragte Ruben erneut.

»Scheiß auf den Anwalt. Was soll Ihr angeblicher Zeuge gesehen haben? Ich sagte es schon und bleibe dabei, dass ich nichts mit dem Mord an der jungen Frau zu tun habe.«

Bipolare Störung, kam es Ruben in den Sinn. Vor zwei Tagen war er erst verängstigt, danach verstört und am Ende aggressiv gewesen. Heute schien er so kalt und berechnend wie sein Mathelehrer auf dem Gymnasium.

»J. O. … wessen Initialen sind das?«

»Weiß ich nicht.«

»Aber dass Sie einen brennenden Jungen gemalt haben, wissen Sie schon noch?«

»Ja.«

»Warum?«

»Ich musste es tun.«

»Warum?«

Janik deutete auf seinen von dünnem Haar bedeckten Schädel. »Weil es da drin ist … und manchmal muss es eben raus.«

»J. O. Sie haben die Buchstaben auf dem Bild in das Auge des Jungen gekratzt.«

»Möglich. Ich mache in diesen Phasen einiges, was ich nicht erklären kann.«

»Die tote junge Frau. Sie haben sie ebenfalls gemalt.«

»Ja.«

»War dieses Bild ebenfalls in Ihrem Kopf?«

»Ja.«

»Wie ist es da hingekommen?«

Wie schon bei Rubens erstem Besuch setzte sich Janik nun auf die Bettkante, wurde aber nicht mehr so aggressiv. Stattdessen hob er beide Hände auf Höhe seines Gesichts und begann, sich auf die Ohren zu schlagen. Das Gesicht zu einer wütenden Grimasse verzogen, erklärte er keuchend: »Es ist da drinnen. Diese Stimme, wissen Sie. Sie erzählt mir schon seit Langem, was sie plant. Sie erträgt es einfach nicht länger, wie gleichgültig und allgegenwärtig Sünden begangen werden. All diese Scheinheiligkeit muss ein Ende haben …« Janik verstärkte die Schläge gegen seinen Kopf, begann, zu schreien und sich hin und her zu werfen, aber Ruben rührte sich nicht. Erst als der Mann kraftlos in sich zusammensackte und sein verheultes Gesicht in das Kissen drückte, erklärte er gelassen: »Das sollten Sie nicht zu oft machen, sonst müssen wir Sie doch in die psychiatrische Abteilung nach Straubing überführen.«

Janiks Verhalten änderte sich so schnell, als hätte jemand einen Schalter umgelegt. Er wischte sich mit dem Ärmel der Jacke den Rotz von der Nase und sah Ruben in die Augen. »Sie sagten, es gibt einen Zeugen der Tat. Was hat er ausgesagt?«, fragte er kalt.

»Ich sagte nie, dass es um die Tat geht. Wir haben einen Zeugen, der gesehen hat, wie Sie am Tag zuvor Brötchen kauften. Ich wollte Ihnen nur helfen, sich ein wenig zu öffnen.«

»Sie verdammter …«

Ruben hob die Hand und sagte einfach nur drohend: »Straubing.« Danach konnte er die Zelle ohne Zwischenfälle verlassen.

»Und, was sagt unser pädophiler Gast? Hat er wieder eines seiner Bildchen gemalt?« Schober machte sich keine Mühe, seine Abneigung gegen den Mann zu verbergen.

»Wenn es nur so einfach wäre«, murmelte Ruben und deutete zu dem Monitor. »Können wir uns die beiden Filme noch einmal ansehen?«

Zehn Minuten später bat Ruben an die Oberkommissarin gewandt: »Könnten Sie die folgenden Stichpunkte bitte einzeln auf je ein Blatt schreiben?« Er lehnte sich zurück und schloss die Augen.

»Ich habe keine Zeit für so einen Unsinn«, murmelte Schober und verließ den Raum. Ruben ignorierte ihn, schottete seine Gedanken von der Außenwelt ab und ließ alles, was er wusste, noch einmal Revue passieren. Er diktierte:

> »Erste Tat
> keine Spuren der Entführung
> Enthauptung
> indirekte Tat
> Spuren von Schlägen am Opfer in Klammern direkte Tat
> Warum bewusste Bedrohung des Vaters Fragezeichen

Video der Tat
Sünden
erstes Gemälde Janik
Fingerabdrücke Janik
Stimmen im Kopf Janik

Zweite Tat
keine Spuren der Entführung
Kreuzigung nachempfunden
Schmerz
direkte Tat Komma aber noch kein Mord
Video der Tat
Sünde
zweites Gemälde Janik
falsches Motiv in Klammern Feuer
Initialen J Punkt O Punkt
Stimmen im Kopf Janik
Ist Janik krank Fragezeichen
Wird Janik bedroht Schrägstrich benutzt Fragezeichen.«

Während Ruben langsam ausatmete, löste er sich aus der wohlgeordneten Welt seiner Gedanken und kehrte in die Realität zurück. Als er die Augen wieder öffnete, sah er sich einer Eva gegenüber, die langsam zu begreifen schien, was er hier tat.

15

Schober war wieder zurück in Regensburg und Eva Lange übernahm das Gespräch mit Janik und seinem Anwalt. Danach stand noch ihr Besuch bei ihrem Kollegen Toni Kurz an, der sich noch immer nicht von den Ereignissen im Keller der Bäckerei erholt hatte. Natürlich waren die Ärzte strikt gegen eine Befragung, aber einen Freundschaftsbesuch konnten sie Eva kaum verwehren.

Für Ruben war es ein Ritual, alle Erkenntnisse an die Wand zu heften und sie so lange hin und her zu schieben, bis sich ein logisches Bild einstellte. So verteilte er die Fotoauszüge aus den Videofilmen, die Bilder der KTU, seine eigenen Notizen und Schobers Akten erst einmal wild über die ganze Fläche. Anschließend trat er immer wieder ein paar Schritte zurück, ließ alles auf sich wirken und begann zu sortieren. Doch selbst als er halbwegs Ordnung in das Chaos gebracht hatte, gab es mehr Rätsel als Fakten.

Das größte Mysterium war Janik, der überhaupt nicht ins Bild passen wollte. Ruben konnte ihn als Täter nahezu ausschließen, und doch schien es eine enge Verbindung zu geben. Mord war Rubens Spezialgebiet. Egal ob er von normalen Menschen oder Psychopathen begangen wurde, es gab immer diesen einen roten Faden. Doch Paul Janik wich von der Linie ab. Seine Beteiligung, wie auch immer sie aussehen mochte, ergab keinen Sinn. Als Pädophiler dürfte er keinerlei Interesse an den beiden Opfern gehabt haben und ersten Recherchen nach gab es auch in der Vergangenheit keine Schnittpunkte. Rache schied also aus.

Blieb nur sein neu entdecktes Interesse an der Kirche. Ruben nahm ihm diese angebliche Gläubigkeit zwar nicht so recht ab, einen religiös begründeten Wahn traute er ihm jedoch durchaus zu. Doch das erklärte nicht sein Detailwissen der beiden Entführungen. Dass Gott ihm Fakten zu Mordfällen in den Kopf pflanzte, erschien nicht sehr realistisch.

Rubens Handy klingelte. Die Anruferkennung zeigte ihm die Nummer eines alten Bekannten: Thomas Habermann schien Neuigkeiten zu haben. Rubens Beziehung zu dem Forensiker war eine Mischung aus dienstlicher Professionalität und einer Art Hassliebe. Während Ruben oft unterwegs war, um in ganz Deutschland bei besonders kniffligen Fällen zu helfen, hielt Habermann in Bamberg die Stellung.

Ruben konnte Habermanns lässige Art nicht leiden, was dieser sehr genau wusste und ausnutzte. »Hallo Hattinger, genießen Sie Ihren Urlaub? So ein bisschen Mord zur Unterhaltung müsste doch genau Ihr Ding sein.«

»Fakten«, unterbrach Ruben ihn knapp. »Ich brauche Fakten und keine Sonntagsreden.«

»Hey, Sie hatten schon fünf Tage Erholung und sind trotzdem so unentspannt?«

»Habermann«, brummte Ruben drohend, worauf dieser einlenkte. »Ist schon gut. Also, ich habe die beiden veröffentlichten Videos auseinandergenommen. War übrigens gut, dass Sie mir gleich die Links geschickt haben. Die Plattform hat überraschend schnell reagiert und die Filme schon wieder offline genommen.«

»Beginnen Sie mit dem zweiten Video, auf dem dieser Junge zu sehen ist. Das Mädchen ist bereits tot, bei ihm haben wir vielleicht noch eine Chance.«

»Gute Nachrichten«, erklärte der Forensiker. »Das Einschlagen der Nägel und die Schreie sind ja eindeutig, aber ich konnte noch ein paar Details drum herum herausfiltern. Der Täter hat zwar sehr darauf geachtet, nicht entdeckt zu werden, doch eine Sache hat er übersehen.«

»Kommen Sie zum Punkt.«

»Es geht um ein kleines Blechschild an dem Stuhl, auf dem der Junge festgenagelt wurde. Ich konnte nur ein Stück davon kenntlich machen, aber die Aufschrift beginnt mit einem S, einem T und einem Punkt danach. Außerdem ist ein Teil eines Wappens zu sehen. Wenn Sie mich fragen, gehört der Stuhl zu einer Kirche. Die Abkürzung St. bedeutet ja bekanntlich *sancte* oder *sant*, also heilig. Allerdings ist der Abschnitt des Wappens zu klein, um mit elektronischen Mitteln danach zu fahnden.«

Habermann berichtete ihm nur noch ein paar Kleinigkeiten und Ruben beendete das Gespräch so rasch wie möglich. »Danke«, sagte er knapp, legte auf und drehte ein paar Runden in dem ehemaligen Pausenraum. Dabei fiel sein Blick auf einen Aushang der hiesigen Seelsorge. Er erinnerte sich an die Standpauke der Oberkommissarin, als Kommissar Schober Paul Janik auf eigene Faust hatte festnehmen lassen. »Der Mann sitzt nur zwei Zimmer weiter …«, hatte sie über Seelsorger Krüger gesagt.

Trotz ihrer völlig unterschiedlichen Charaktere arbeiteten Habermann und er inzwischen blind zusammen. In dem sicheren Wissen, dass er bereits ein Foto des Blechschilds in seinem Maileingang hatte, verließ er den Raum und suchte nach dem Zimmer des Seelsorgers.

»Sie müssen Kriminalhauptkommissar Hattinger sein. Was verschafft mir die Ehre?«

»Leider nicht mein Bedürfnis nach einer guten Unterhaltung.« Ruben sah auf die ausgestreckte Hand und schüttelte den Kopf: »Tut mir leid, ich bin kein Freund dieses Begrüßungsrituals.«

Falls Krüger es persönlich nahm, ließ er es sich nicht anmerken. Er machte eine Geste in Richtung der gemütlich aussehenden Sofaecke. Ruben schüttelte erneut den Kopf. »Dafür habe ich auch keine Zeit.«

Er zog sein Handy aus der Tasche, öffnete den Posteingang und zeigte dem Mann das Foto. »Kennen Sie das Wappen? Sie sind doch ein Mann der Kirche und ich habe gehofft, Sie können mir weiterhelfen.«

»Darf ich?« Krüger nahm das Gerät und vergrößerte den Bildausschnitt. »Ich bin mir nicht zu hundert Prozent sicher, aber fast. Der hohe Stuhl kommt mir auch bekannt vor. Ich tippe auf die St. Stephanus Kirche drüben in Pilsach.«

Ruben nickte zufrieden. »Haben Sie ein Auto?«

»Ja.«

»Kennen Sie sich in dieser Kirche aus?«

»Ja, ein ausgesprochen schönes Exemplar kirchlicher Baukunst.«

»Gut, dann ist es an der Zeit, eines Ihrer Schäflein zu retten.«

Auf dem Weg hinaus informierte Ruben den diensthabenden Beamten über sein Ziel und forderte Verstärkung an.

Obwohl sich der Seelsorger nicht immer an die Geschwindigkeitsbegrenzung hielt, warteten bereits vier Streifenpolizisten und die Oberkommissarin auf ihr Eintreffen.

Eva Lange öffnete seine Beifahrertür, noch bevor Krüger den Wagen ganz gestoppt hatte. Ruben stieg aus und winkte auch die anderen Polizisten zu sich. Nachdem sich alle um ihn versammelt hatten, erklärte er: »Ich weiß, dass wir keine Spezialeinheit sind, aber wir haben keine Zeit, auf das SEK zu warten. Wir müssen sofort aktiv werden. Das Leben von Björn Haas könnte davon abhängen.« Er wandte sich an den stämmigsten Beamten. »Haben Sie eine Schutzweste im Wagen?« Der Mann nickte. »Geben Sie sie Herrn Krüger und danach beziehen Sie oben neben dem Haupttor Stellung.« Er drehte sich zu Krüger um und fragte: »Wo ist die andere Tür, von der Sie mir erzählt haben?«

Er deutete seitlich an der Kirche vorbei: »Dort hinten, an dem flacheren Anbau.« Ruben wies einen weiteren Beamten an, die hintere Tür zu sichern, und wandte sich wieder an die kleine Gruppe. »Na dann los. Wenn Björn Haas tatsächlich hier gefoltert wird, gilt es, keine Zeit zu verlieren. Seelsorger Krüger kennt sich im Inneren der Kirche aus und kann uns führen.«

Eva hob die Hand: »Mal ganz langsam. Hattinger, der Mann ist Zivilist und ganz sicher nicht dazu geeignet, an einem Tatort eingesetzt zu werden.«

»Er hat eine Schutzweste«, entgegnete Ruben.

»Ist schon gut, Frau Lange«, mischte sich nun auch Krüger ein. »Ich habe mich freiwillig dazu bereit erklärt und werde kein Risiko eingehen.«

»Können wir endlich?«, fragte Ruben und machte sich auf den Weg zu der großen Pforte.

16

Der spitze Schrei ließ jeden aus der kleinen Gruppe den Kopf einziehen. Während die Kommissarin und ihre beiden Streifenpolizisten ihre Waffen zückten, drückte Ruben den Seelsorger an die nächste Mauer.

»Seids ihr narrisch«, schimpfte eine Frauenstimme und Ruben atmete erleichtert auf. Die kleine rundliche Frau, dem Dialekt nach aus Oberbayern stammend, kam gerade aus der Kirche. Der Beamte, den Ruben für die Bewachung des Haupteingangs abgestellt hatte, fackelte nicht lange. Er packte sie kurzerhand am Arm und zog sie durch den Türspalt. Nun war sie gerade im Begriff, sich mit ihrer Handtasche zu wehren, erkannte die Uniform und besann sich.

Ruben trat vor und fragte: »Wer ist noch in der Kirche?«

Sie schüttelte verwirrt den Kopf und versuchte, Hochdeutsch zu sprechen: »Kana, ich hab nur nach die Bluma gschaut. Der Pfarrer ist die Woche ja bei irgendam Seminar.«

»Haben Sie in den letzten Tagen irgendetwas Ungewöhnliches bemerkt?«

»Na, nix.« Dann stockte sie: »Oder wartens a mal. Ach na, i täusch mich da sicher.«

Ruben hatte langsam Probleme, die Frau zu verstehen. »Was? Was haben Sie bemerkt?«

»Na, die Nägel an unserem Jesus.« Sie bekreuzigte sich. »I bild mir ein, die schaun irgendwie anders aus. Irgendwie, als wär a echts Blut dro, aber des kann ja eigendlie net sei.«

Ruben hatte genug gehört. Ohne sich weiter zu erklären, bat er die Frau, das Kirchengelände zu verlassen, winkte den anderen und öffnete die große Holztür. Kurz vor den ersten Bankreihen blieb er stehen und drehte sich zu Krüger: »Wissen Sie, ob die Kirche einen Keller oder eine Gruft hat?«

Der Seelsorger deutete nickend auf eine kaum sichtbare Tür im rechten Teil des Haupthauses. »Da drüben. Der hiesige Pfarrer lagert da unten die Dekorationen für Festlichkeiten.«

»Lassen Sie mich vor«, forderte die Kommissarin und deutete auf ihre Waffe. Als Ruben und Krüger aus der Schussbahn getreten waren, nickte Eva einem ihrer Beamten zu. Er drückte die Klinke herunter und gab der schmalen Tür einen Stoß. Etwas zu stark, wie sich herausstellte, als das Holz gegen die Wand krachte. Ruben zuckte zusammen.

Eva Lange knipste ihre Taschenlampe an und begann mit der Waffe in der Hand den Abstieg. Die anderen vier folgten ihr mit etwas Abstand, wobei die Sohlen ihrer Schuhe auf den Steinstufen seltsam scharrende Geräusche machten. Unten angekommen, leuchtete Eva in alle Ecken des kleinen Raumes, konnte aber nichts Verdächtiges entdecken. Ohne sich umzuwenden, fragte sie: »Gibt es noch einen weiteren Raum?«

»Dort drüben«, flüsterte Krüger. »Das leere Weinregal ist eine geheime Tür. So wollte man sich früher vor Plünderern schützen.«

Eva leuchtete in die angegebene Richtung und erkannte, dass das alte Holzregal tatsächlich nicht ganz mit der Wand abschloss.

Ruben hielt nicht viel von starren Abläufen, doch für Szenarien wie dieses waren sie sinnvoll. Die drei bewaffneten Beamten hatten ihre Ausbildung nicht vergessen. Zwei sicherten ab und einer zog an dem Regal, das sich erstaunlich leicht in den Raum bewegen ließ.

Der Durchgang wirkte wie das Tor zur Hölle und trotz der absoluten Dunkelheit wusste Ruben augenblicklich, dass sie hier richtig waren. Es waren nur Geruchsmoleküle, aber er kannte sie nur allzu gut. Blut war mehr ein Geschmack als ein Geruch und Urin einfach nur ein Gestank. Beides traf auf seine geübten Sinneszellen. »Stopp!«, rief er leise.

Die Beamten verharrten in ihrer Bewegung und der Seelsorger trat enger an die Wand. Eva deutete Rubens Zeichen richtig, gab ihren Kollegen mit Gesten entsprechende Anweisungen und drückte sich selbst an die Wand neben dem Durchgang. Dort brachte sie Waffe und Lampe in Stellung, nickte Ruben zu und schien auf sein Signal zu warten. Er zögerte einen Augenblick, trat dann in die Mitte des Raumes und sagte so laut, dass alle Anwesenden zusammenzuckten: »Er ist weg, wir müssen nicht mehr flüstern.«

»Was zum Teufel …«, fluchte Eva.

Ruben ignorierte ihren Ausbruch, ließ sich von einem der Polizisten die Lampe geben und trat ohne jede Sicherung in das angrenzende Kellergewölbe.

Inszenierung, war der erste Gedanke, der ihm einfiel. *Außer Kontrolle*, der zweite. Das Wort *Sünder* war ohne Sorgfalt an die Wand geschrieben und die bräunliche Verfärbung der Schrift zeigte, was der Täter als Farbe benutzt hatte. Ruben blieb so in dem Durchgang stehen, dass niemand an ihm vorbeikam. Es waren diese ersten Sekunden an einem Tatort, die ihm oft mehr erzählten als jede Untersuchung durch die Spurensicherung.

Der schwere Stuhl lag achtlos umgeworfen im Raum, die Nägel fehlten. Blut gab es reichlich, und doch nicht genug. Der

Junge lebte noch, als er hier weggebracht wurde, da war sich Ruben sicher.

Der schmale Schein seiner Taschenlampe fiel auf einen kleinen Tisch am Rand des halbrunden Gewölbes. »Bleibt bitte noch draußen«, wies er die Gruppe hinter sich an.

Er setzte sich langsam in Bewegung. So langsam, dass es fast andächtig erschien. Man musste das Profil seiner Schuhe später deutlich von den anderen Spuren im Staub unterscheiden können, daher wählte er einen Weg eng an der Mauer entlang.

Unstrukturiert! Der Täter war kein typischer Psychopath, der seine Taten zuvor Hunderte Male im Kopf durchspielte und absolut nach Plan handelte. Er war wütend und gerade erst auf den Geschmack der Macht gekommen. Auf dem Tisch zählte er sieben Gegenstände, die wild durcheinanderlagen. Den Hammer kannte er vom Video. Es haftete Blut an ihm, jedoch nur ein paar Spritzer vom Einschlagen der Nägel. Er war nicht als Waffe eingesetzt worden.

Daneben gab es noch eine große gebogene Nähnadel, eine Rolle mit dickem Garn, eine verrostete Zange und eine weitere Rolle, diese mit dünner Angelschnur, sowie eine feinere, ebenfalls gebogene Nähnadel. Als Letztes fiel sein Blick auf eine große Kneifzange, die bis zur Hälfte eine bräunliche Verkrustung aufwies und Rubens Rekonstruktion der Vorgänge vervollständigte.

Der Junge ist am Leben, darf aber unter keinen Umständen schreien. Warum?

Er schloss seine Augen, doch es half ihm diesmal nicht weiter. Die richtige Schlussfolgerung wollte sich einfach nicht einstellen. Ruben atmete einmal durch, ließ den Lichtstrahl noch einmal durch das Gewölbe gleiten, drehte sich um und ging hinauf. In der Mitte der Haupthalle blieb er stehen und drehte sich einmal im Kreis. Die Antwort auf die alles entscheidende

Frage war hier, da war er sich sicher. Weder der Ort noch der Zeitpunkt der Tat konnte Zufall sein.

Und doch musste er seine erste Einschätzung revidieren. Der Täter war zwar unstrukturiert und geriet zusehends außer Kontrolle, aber er wich nur leicht von seinem Weg ab. Die Bilder von Paul Janik zeigten, dass ein Plan dahintersteckte. Die Opfer standen bereits fest, das grundsätzliche Vorgehen vermutlich auch. Es war lediglich eine neue Komponente dazugekommen, und diese hieß Macht durch Gewalt. Kein seltenes Phänomen.

»Haben Sie etwas?«, riss ihn die Stimme der Oberkommissarin aus seinen Überlegungen. Ruben zögerte, sah aber ein, dass es an der Zeit war, seine Gedanken zu teilen.

Eva hörte zu, nickte und fragte: »Nach was soll ich suchen?«

Ruben schüttelte den Kopf. »Nicht suchen, finden. Sie dürfen nicht als Polizistin denken. Machen Sie sich frei und lassen Sie alles, was Sie sehen, einfach auf sich wirken.«

Sein Blick blieb an der großen Jesusstatue hinter dem Altar hängen. Hätte es die alte Frau nicht erwähnt, er hätte es nicht bemerkt, nicht sofort jedenfalls. Er ließ die Kommissarin stehen, durchquerte die Kirche und sah sich die Nägel an. Es waren eindeutig diejenigen, die auch der Täter benutzt hatte. Er musste sie nach den Filmaufnahmen wieder aus dem Jungen gezogen und zurück in die Statue gesteckt haben. *Wer hatte so viel Zeit?* Die Frage war berechtigt, doch die Antwort darauf musste warten. Im Augenblick ging es darum, Schlimmeres zu verhindern. Ruben spürte, dass ihnen die Zeit davonlief.

»Hier ist nichts«, hallte Evas Stimme durch die Kirche. Sie war einmal die gesamte Außenwand abgelaufen. Ruben drehte sich um, stellte sich mit dem Rücken vor das Holzkreuz und folgte dem leidenden Blick des Erlösers. Der Schein des Feuers auf dem großen Wandgemälde erschien in der einsetzenden Dunkelheit noch realer. *Also doch Feuer.* Er rannte entlang der Sitzreihen in den vorderen Teil der Halle, blieb zwei Meter vor dem farbenprächtigen Bild stehen und studierte die Details. Was zunächst wie ein Scheiterhaufen ausgesehen hatte, entpuppte sich nun als eine Darstellung der Hölle. Doch nicht der Teufel selbst entfachte die Glut, es waren kleine unscheinbare Menschen, die der Künstler mit langen Fackeln als Brandstifter dargestellt hatte. Allen voran stand eine Frau mit traurigem Gesichtsausdruck. Sie war die Erste, die das Feuer entzündete. *J. O.*, schoss es Ruben durch den Kopf. Und ohne sich umzudrehen, brüllte er: »J. O. … ich glaube, dass es eine Frau ist. Sagen Sie den Kollegen vom Einwohnermeldeamt, dass sie die Suche eingrenzen können.«

»Alles klar«, rief die Kommissarin, holte ihr Handy heraus und begann zu telefonieren.

Die große Kirchentür öffnete sich. Schober und sein Team waren eingetroffen. Ruben schaute auf die Uhr und zuckte zusammen. Es war bereits kurz nach neun. Er war so damit beschäftigt gewesen, sich den weiteren Tatverlauf vorzustellen, dass er die Zeit völlig vergessen hatte. Pia war daran gewöhnt, eine Weile nichts von ihrem Mann zu hören, aber sie und Elisa sollten den Abend nicht unnötig mit Warten verbringen.

Es dauerte ungewöhnlich lange, bis seine Frau das Gespräch entgegennahm, und selbst dann verstand er kaum ein Wort. Im Hintergrund spielte laute Blasmusik, um sie herum ertönte ein Stimmengewirr. Einmal konnte er kurz die Stimme seiner Tochter erkennen. Als auch nach zehn Sekunden keine vernünftige Kommunikation möglich war, legte er auf und schrieb stattdessen eine Textnachricht. Die Antwort ließ nicht lange auf sich warten. Ruben starrte das Display an, stand auf und fragte laut in Richtung der Jesusstatue: »Bin ich denn wirklich der Einzige, der hier sein Gehirn benutzt?«

17

Die letzten Stunden hatte Björn nur verschwommen wahrgenommen. Er spürte, wie ihm durch eine kleine Lücke zwischen den Nähten, die seinen Mund zusammenhielten, Tabletten verabreicht wurden, die er mit seinem eigenen Blut herunterschluckte. Danach wurde es dunkel um ihn und er wusste nichts mehr. Als er erwachte, hatte er das Gefühl, ersticken zu müssen. Er riss die Augen auf. Die Lampe war verschwunden, das Licht nur noch schemenhaft. *Er hat mir auch die Augen zugenäht*, schoss es ihm durch den Kopf, dann spürte er sein eigenes Zwinkern und war für einen kurzen Moment erleichtert. Der Versuch, seine Gliedmaßen zu bewegen, scheiterte. Hände und Füße waren hinter dem Rücken zusammengeschnürt und ließen keinen Bewegungsspielraum zu. Nach der ersten Panik versuchte er, sich ein wenig zu entspannen, um seine Situation rationaler einschätzen zu können.

Seine Nase stieß gegen einen groben Stoff, den er bei jedem Atemzug ansaugte. Es roch nach einer Mischung aus muffigem Kartoffelsack und frischem Holz. Die Dunkelheit machte es ihm schwer, sich zu orientieren, trotzdem war er sicher, dass er sich in einer liegenden Position befand. Wenn er von einigen Stellen absah, an denen ihn irgendetwas in die Haut stach, war der Boden unter ihm sogar relativ weich. Er versuchte, einen Ton zu erzeugen, was die fehlende Zunge und der zugenähte Mund unmöglich machten. Einzig Brummen war möglich, löste aber schreckliche Schmerzen aus.

Musik? Hörte er da Musik in der Ferne? Björn riss sich zusammen, lauschte und schickte ein Stoßgebet in den Himmel. Da war nicht nur Musik, die immer näher kam, er hörte sogar Menschen reden ... viele Menschen, und sie klangen äußerst gut gelaunt.

Nach und nach schwoll die fröhliche Blasmusik zu einem wahren Inferno an. Warum sah ihn nur keiner? Björn hatte das Gefühl, mitten in einer großen Menschenmasse zu liegen. Irgendjemand musste ihn doch sehen oder hören. Er brummte und drückte gegen seine Fesseln, aber niemand kam ihm zu Hilfe.

Nach einer Weile verstummte die Musik und ein Mikrofon knackte. *Haben sie mich bemerkt?*

Björn hörte ein Räuspern, ein weiteres Knacken und schließlich die Stimme des Bürgermeisters. »Liebe Gemeinde, ich freue mich sehr, dass Sie so zahlreich hierher gefunden haben. Und jetzt begrüßen Sie bitte die diesjährigen Fackelträger, angeführt von unserer geschätzten Leiterin der Behindertenwerkstatt Frau Jutta Ostermann.«

18

Ruben war zwar ein Freund der deutlichen, benutzte jedoch selten laute Worte. Er ignorierte Schober, sprang auf und rief im Befehlston: »Oberkommissarin Lange!«

Eva, die sich gerade mit einer Frau von der Spurensicherung unterhielt, zog instinktiv den Kopf ein. Nach dem ersten Schreck drehte sie sich um und fragte: »Geht's noch?«

Ruben durchquerte die Kirche im Laufschritt. »Kommen Sie mit«, drängte er und war kurz darauf auch schon zur Pforte hinaus. Eva überlegte kurz, ob sie auf einen derart unangemessenen Umgangston überhaupt reagieren sollte. Doch sie war neugierig, was Hattinger von ihr wollte. Hatte er etwas herausgefunden? Sie eilte zur Tür, vorbei an ihren Streifenbeamten, die immer noch blass und geschockt aussahen. Einen solchen Tatort hatten sie in ihrer Karriere bestimmt noch nie gesehen.

»Na los«, drängte Ruben, der vor ihrem Dienstwagen wartete. »Schließen Sie schon auf.«

Obwohl sie nicht wusste, um was es ging, sprang die Hektik des Hauptkommissars auf sie über. Sie drückte auf die Fernbedienung und setzte sich hinter das Steuer. Dann startete sie den Wagen und drehte sich zu ihm. »Wohin überhaupt?«

»Dorthin, wo diese große Sonnwendfeier stattfindet, von der mir niemand erzählt hat und die unbegreiflicherweise niemand mit dem Fall in Zusammenhang gebracht hat.«

Zwei Sekunden der Stille vergingen, bevor Eva begriff. »Scheiße«, rief sie und drückte das Gaspedal durch. Ruben zog sich den Gurt über die Brust, griff nach dem Funkgerät und schilderte der Leitstelle, um was es ging. Der Mann am anderen Ende bat ihn, einen Moment zu warten, funkte aber kurz darauf zurück: »Ich kann niemanden erreichen. Entweder die Feuerwehr hat den Funk abgestellt oder sie hören ihn einfach nicht. Bei solchen Veranstaltungen geht es oft sehr laut zu.«

»Jaja«, unterbrach Ruben ihn und legte das Mikro zurück. Danach zog er sein Handy heraus und schrieb seiner Frau, dass man das Feuer auf keinen Fall anzünden dürfe. Dieselbe Nachricht schickte er an Elisas Handy, doch bei beiden blieb die Nachricht als ungelesen markiert.

Eva jagte den Wagen geübt über die dunklen Landstraßen, überholte waghalsig und gab Gas, wo immer es ging. Wenige Minuten später stoppte sie den BMW mit einer Vollbremsung … näher kam man heute nicht an den Festplatz heran.

Beide sprangen gleichzeitig aus dem Auto. Von Weitem sahen sie die Fackelträger und hörten, wie der Bürgermeister mit getragener Stimme sagte: »Die Flamme lodert in die Nacht und will zum Himmel steigen. Wir steh'n und halten stille Wacht und schweigen …« Dann nickte er und eine Frau im Rollstuhl warf als Erste ihre Fackel auf den in den Himmel ragenden Holzstoß.

Rubens und Evas Rufen hallte über die Feiernden hinweg, doch es war zu spät. Auch die anderen Fackelträger warfen nun ihre Fackeln.

»Laufen Sie zur Feuerwehr, ich gehe auf die Bühne«, wies Ruben die Kommissarin an und beide rannten, so schnell sie konnten.

Ruben hielt dem Bürgermeister seinen Dienstausweis entgegen, nahm das Mikro und stockte. Seit dem Vorfall mit seinem Bruder hatte er ein großes Problem mit Menschenansammlungen. Und nun stand er vor einigen Hundert Leuten. Es schnürte ihm den Hals zu. Er setzte zweimal an, musste aber einsehen, dass er es nicht schaffen würde. Die Ersten drehten sich zu ihm um und blickten fragend nach oben auf die Bühne. Mit zitternder Hand wischte er sich den Schweiß von der Stirn, sah seine Tochter zwischen all den Menschen und begriff, dass er es tun musste. Denn wenn die Feuerwehr ohne jede Ansage zu löschen begann, war ein Chaos vorprogrammiert. Nichts war schlimmer als Menschen, die in Panik gerieten.

Einfach die Augen zu schließen brachte in diesem Fall nichts, also drehte er sich kurzerhand um, starrte auf die Rückwand der Bühne und sagte laut: »Achtung, dies ist ein Polizeieinsatz. Bitte bleiben Sie ruhig, es ist niemand in Gefahr. Wir haben die Feuerwehr angewiesen, das Feuer zu löschen, und damit niemand zu Schaden kommt, ist es wichtig, dass Sie den Platz ruhig und ohne Panik verlassen. Bitte folgen Sie meinen Anweisungen.« Ruben atmete einmal durch und blickte über seine Schulter. Die Menschen zeigten lachend auf ihn und schüttelten den Kopf. Offenbar hielten sie den seltsamen Mann auf der Bühne für einen betrunkenen Spinner, der sich einen Scherz erlaubte. Ruben schaffte es noch, »bitte« in das Mikro zu krächzen, bevor ihm erneut die Stimme versagte.

Der Bürgermeister legte ihm die Hand auf die Schulter und fragte ruhig, was eigentlich los sei. Ruben riss sich zusammen, fand seine Stimme wieder und erklärte es mit wenigen Worten, doch bis der Bürgermeister das Mikro an sich nahm, hatte die Feuerwehr bereits begonnen, das Feuer zu löschen. Der erste Wasserstrahl zischte in die meterhohen Flammen.

Die befürchtete Panik blieb aus. Stattdessen ging ein lautes Raunen, begleitet von einigen Buhrufen, über den Platz. Das

Feuer wehrte sich zischend gegen das Wasser. Einzelne Bretter und Stämme fielen um und landeten gefährlich nahe vor den Zuschauern. Wenige Augenblicke später löste sich der innere Aufbau des großen Holzhaufens. Die im Kreis aufgestellten Bretter öffneten sich wie eine rot glühende Blume, fielen dampfend und qualmend zur Seite und gaben etwas frei, das kein Kind und kein Erwachsener je sehen sollte.

Während die Reste des Leinensacks schnell gelöscht waren, schien das Fleisch weiterhin zu kochen. Der Körper lag in Embryostellung auf der Seite und es war schon fast ein Glück, dass keine Gesichtszüge mehr zu erkennen waren. Selbst den einsatzerprobten Feuerwehrmännern stockte der Atem. Nach einem Augenblick der Stille erklangen die ersten Schreie und es passierte das, was Ruben befürchtet hatte: Panik brach aus. In dem dichten Gedränge sah er das Gesicht seiner Tochter, dann das seiner Frau. Pia reagierte schnell, nahm Elisa an die Hand und zerrte sie durch die schreiende Masse. Vor der Bühne gingen sie auf die Knie, rissen die Plane zur Seite und krabbelten darunter.

Eine Stunde später war Velburg um eine grausame Geschichte reicher. Die herbeigerufenen Sanitäter hatten es zum Glück nur mit Leichtverletzten zu tun, von denen der letzte gerade abtransportiert wurde. Die Feuerwehr hatte lichtstarke Leuchtpilze aufgebaut und Ruben seine Familie nach Hause bringen lassen. Es herrschte allgemeine Fassungslosigkeit und sogar Kommissar Schober verzichtete auf dumme Sprüche.

Ruben saß mit Eva auf einer der Bierbänke, die der Panik nicht zum Opfer gefallen waren. »Geht es wieder?«, fragte er behutsam.

Eva räusperte sich. »Es muss.« Sie trank einen Schluck aus ihrer Wasserflasche und sagte mehr zu sich selbst: »Wo soll das noch hinführen? Wird dieser Irre jetzt aufhören?«

»Nein!«

Eva sah den Hauptkommissar von der Seite an: »Was heißt nein?«

Rubens Körper war erschöpft, sein Hirn dagegen hellwach. Er nickte zu der Feuerstelle: »Das ist alles nur Show. Er beginnt gerade erst, Gefallen daran zu finden. Ich bin mir sicher, dass am Anfang eine Mission dahinterstand. Er wollte der Welt etwas vor Augen führen, doch jetzt tritt er in eine andere Phase ein. Das Video von der Enthauptung war noch dazu gedacht, die Menschen wachzurütteln. Ich bin mir sicher, dass beide, die Tochter wie auch ihr Vater, einen dunklen Fleck in ihrer Vergangenheit haben. Der Täter hat dieses Duell nicht ohne Grund veranstaltet und scheint etwas zu wissen, das wir noch nicht ausgegraben haben.«

»Mein Kollege Toni Kurz soll eine Leiche im Keller haben?«, fragte Eva ungläubig. Ruben nickte: »Ja, genau wie der Junge, der dort drüben liegt. Ich kann mir nicht vorstellen, dass es nur eine Lappalie ist, irgendetwas muss dem Täter grundlegend missfallen haben.« Ruben wischte sich eine Stechmücke vom Arm. »Das Muster der Taten zeigt eine Steigerung und die Reaktionen auf seine Videos bestärken den Täter. Ich habe einige Kommentare zu den Filmen gelesen. Er hat viel Zuspruch bekommen.«

»Was?«

»Ja klar, die Werbeindustrie könnte es nicht besser machen. Die Leute sind zwar schockiert, fühlen sich aber auch unterhalten. Dazu die Botschaft, dass Sünden nun mal bestraft werden müssen … perfekt. Die katholische Kirche hat jahrhundertelang nichts anderes gemacht, als Angst zu verbreiten, und es hat hervorragend funktioniert.«

»Ach kommen Sie …«, widersprach Eva.

Ruben lächelte freudlos. »Sie glauben mir nicht? Nehmen Sie Ihr Handy, geben Sie auf einer Videoplattform *Sonnwendfeier*

Velburg ein und ich bin mir sicher, Sie werden eine breite Auswahl Filmchen zum heutigen Abend angezeigt bekommen. Und dann lesen Sie die Kommentare dazu ...« Ruben erhob sich. »Kann mich einer Ihrer Kollegen zum Bauernhof bringen?« Eva nickte. »Ich bin morgen früh um neun in Ihrer Wache und dann überlegen wir uns, wie man diese Sache stoppen kann. In der Zwischenzeit soll sich Nolte nützlich machen. Er ist wieder fit und übernimmt die restliche Nachtschicht.«

»Sache?«, fragte Eva wütend. »Sie nennen diesen Wahnsinn *Sache*?«

Ruben zuckte mit den Schultern: »Es ist ein Fall wie jeder andere. Emotionen trüben nur den Blick.« Ohne sie eines weiteren Blickes zu würdigen, drehte er sich um und ging zu einem der Streifenwagen.

19

»Lassen Sie mich … bitte, ich halte das alles nicht aus.«

Eva schob dem Gefangenen ein weiteres Foto über den Tisch.

Paul Janik sah seinen Anwalt an, doch der suchte in seinem Kopf immer noch nach einem Paragrafen, mit dem man so eine Befragung unterbinden konnte. Die Kommissarin hatte ihn um fünf Uhr morgens aus dem Bett geklingelt und die Befragung seines Mandanten für sechs Uhr angekündigt. Der Termin war unmenschlich und er hatte versucht, ihn zu unterbinden. Daraufhin hatte sie am Telefon ein humorloses Lachen ausgestoßen und nur mit »Gefahr im Verzug« gekontert. Nun saßen sie seit einer halben Stunde in dem kleinen, stickigen Raum und er musste dabei zusehen, wie Janik immer mehr in die Enge getrieben wurde.

»Herr Janik«, begann die Kommissarin nun erneut. »Wir wissen, dass Sie die Tat nicht begangen haben können, aber auch Mitwisser trifft eine Schuld. Ihr Bild deutete eindeutig auf eine Verbrennung hin und Sie wussten offenbar auch, wer das Feuer anzünden würde.«

»Einspruch«, ging Spachtholz dazwischen, bis ihm bewusst wurde, dass sie hier nicht vor Gericht waren. Unbeirrt fuhr er fort, wie er es aus seinen Lehrbüchern kannte. »Das ist Spekulation. Mein Mandant hat lediglich zwei Buchstaben in sein Bild gemalt, was noch lange nicht beweist, dass er den vollen Namen kannte.«

Die Kommissarin atmete aus, nahm das Foto des verbrannten Jungen und kippte es so, dass der Gefangene es ansehen musste. Janik verzog das Gesicht, als wäre er geschlagen worden, und duckte sich hinter seine am Tisch fest geketteten Hände. Die Kommissarin sagte mit unterdrückter Wut: »Das, Herr Janik, das ist das Opfer. So sehen die Leichen aus, die derjenige hinterlässt, der Ihnen die Informationen gegeben hat. Sagen Sie mir endlich, wer es ist, oder wollen Sie für noch mehr Tode mitverantwortlich sein?«

»Nein, nein, nein«, hallte Janiks Kreischen durch den Raum, brach sich an den Wänden und sorgte bei seinem Anwalt für eine Gänsehaut.

Spachtholz schüttelte den Kopf. »Ich denke, das reicht. Ich werde die Überstellung in eine psychiatrische Einrichtung beantragen. Meiner Einschätzung nach hat mein Mandant ein massives psychisches Problem und kann nicht länger von Ihnen befragt werden.«

»Und meiner Meinung nach hat *dieser* Junge …«, nun hielt sie dem Anwalt das Bild vor die Nase, »… mehr als nur ein psychisches Problem. Er ist nämlich genauso tot wie die Tochter meines Kollegen, der übrigens in einer ebensolchen Einrichtung liegt, weil er den Mord an seiner geliebten Tochter nicht verarbeiten kann.« Die Stimme der Oberkommissarin brach.

Der Anwalt fühlte eine Mischung aus Mitleid, schlechtem Gewissen und Trotz. Er riss sich zusammen. »Frau Oberkommissarin, wir sollten hier wirklich Schluss machen, sonst komme ich nicht darum herum, Ihr Verhalten zu melden.«

Als Eva Lange den Raum verlassen hatte, bat Janik seinen Anwalt verzweifelt, ihn nicht einweisen zu lassen. Dann wurde er zurück in seine Zelle gebracht. Nachdem die Tür hinter ihm ins Schloss gefallen war, kniete er sich in die Mitte des Raumes und schlug seine Stirn auf den Boden. »Gerecht, ungerecht, gerecht, ungerecht«, hallte es durch seinen Kopf und mit jedem Schlag hörte er es lauter.

Die Stimme war zu leise, um sie richtig verstehen zu können. Paul unterbrach sein selbstzerstörerisches Tun mitten in der Aufwärtsbewegung und fragte: »Was?«

»Ein Bild ... wir brauchen ein neues Bild«, flüsterte es durch den Raum. Paul schüttelte den Kopf, um die Stimme loszuwerden. Dann schlug er sich mit beiden Händen auf die Ohren, bis er nur noch ein Pfeifen hörte. Doch die Stimme verschwand nicht. »Ein Bild, hörst du, wir brauchen ein Bild. Gott und der Erlöser zählen auf dich. Willst du dich ihnen widersetzen?«

Pauls Stimme wurde kleinlaut, als er stammelte: »Aber ich kann es nicht mehr. Paul ist zu schwach. Paul ...« Nun brach er in Tränen aus.

»Paul!« Dieses Mal war es keine Frage, sondern ein Befehl. Paul zuckte zusammen, schluckte, stand auf und drehte sich einmal im Raum, doch er war natürlich allein. Die Stimme konnte nur von Gott kommen. Wer sonst hatte die Macht, über seine innere Stimme mit ihm zu reden?

»Setz dich!«

Er gehorchte.

»Nimm einen Stift!«

Er gehorchte.

»Hör genau zu!«

Er gehorchte.

»Und jetzt tu es!«

Er gehorchte.

20

Nach dem kurzen Verhör waren Eva die stickigen Räume zu eng geworden. Sie verschloss ihre Bürotür, informierte die Kollegen und verließ die Wache. Draußen blieb sie stehen, atmete die kühle Morgenluft ein, und auch wenn sie die Einsamkeit bevorzugt hätte, schlug sie den Weg zu der kleinen Bäckerei ein.

Normalerweise brachte sie ein Spaziergang auf andere Gedanken, doch heute war ihr Kopf so voller böser Erinnerungen, dass sie sich am liebsten betrunken hätte. Als wären die schrecklichen Morde, dieser völlig durchgeknallte Janik und der exzentrische Kommissar Hattinger noch nicht genug, bombardierte sie auch noch ihr Ex seit zwei Tagen mit Kurznachrichten. Mit ihm war auch ihre beste Freundin Lisa aus ihrem Leben verschwunden und beide hatten eine nicht unbeträchtliche Lücke hinterlassen. Natürlich wusste sie, dass man mit ihren Arbeitszeiten immer Gefahr lief, von seinem Partner verlassen zu werden. Dass ihr aber ausgerechnet der Klassiker aller Fremdgehgeschichten passieren würde, hätte sie nicht für möglich gehalten.

Der eigene Partner und die beste Freundin, und dabei hatten sie sich noch nicht einmal die Mühe gemacht, in die eigenen Wohnungen zu gehen. Sie hatten sie in ihrem eigenen Bett betrogen.

Es war vor einer Woche gewesen, kurz vor dem schweren Gewitter. Sie war bei der Arbeit aufgehalten worden und hatte es eilig gehabt, nach Hause zu kommen. Doch als sie dort angekommen war, glaubte sie, im falschen Film gelandet zu sein. Die beiden waren derart bekifft gewesen, dass sie ihre Anwesenheit noch nicht einmal sonderlich ernst nahmen. Statt wenigstens den Versuch einer Entschuldigung zu unternehmen, hatte sich Lisa von Kais schwitzendem Körper erhoben, war kichernd zu ihr gegangen und hatte damit begonnen, an ihrer Uniform herumzuspielen. Sie steckte ihr die Zunge ins Ohr und flüsterte etwas von einem Dreier. Eva schlug ihr mit der flachen Hand ins Gesicht.

»Was darf es sein?«

Die Bilder in Evas Kopf waren so intensiv, dass sie kaum registriert hatte, dass sie sich in der Bäckerei angestellt hatte und nun an der Reihe war. Sie schluckte den Kloß im Hals herunter, wischte sich schnell über den Augenwinkel und bestellte mit brüchiger Stimme ein belegtes Brötchen und einen Kaffee zum Mitnehmen.

Nachdem sie beides bezahlt hatte, blieb sie draußen kurz stehen und wollte gerade in Richtung der kleinen Parkanlage loslaufen, als sie einige Wortfetzen eines offenbar ziemlich wütenden Gesprächs auffing. »… Lass die Vergangenheit … Toni auch … die Kleine … Opfer …« Da ihr die Stimme bekannt vorkam, sah sie sich suchend um und entdeckte Peter Nolte, ihren Stellvertreter, in seinem Auto sitzend telefonieren. Als sich ihre Blicke kreuzten, hielt er mitten im Satz inne, winkte kurz und ließ seine Scheibe nach oben fahren. Eva machte keine Anstalten weiterzugehen, worauf der Oberkommissar das

Gespräch beendete und ausstieg. Grußlos fragte er: »Brauchst du etwas von mir?«

»Nein. Das heißt, doch.« Eva dachte an Hattingers Theorie einer alten Schuld der Opfer. Vorsichtig begann sie: »Ich bin vorhin beim Schichtwechsel nicht dazu gekommen, dich etwas zu fragen. Es geht um Toni.«

»Um Toni?«

»Ja. Ist dir irgendein Vorfall bekannt, bei dem er sich nicht ganz sauber verhalten hat? Der Hauptkommissar aus Bamberg meint, dass in der Vergangenheit irgendetwas vorgefallen sein muss, was den Täter zu diesem Duell zwischen Toni und seiner Tochter inspiriert hat.«

»Verdächtigst du einen unserer Kollegen?«

Eva gefiel Peters Tonfall nicht. Im Grunde war sie seine herablassende Art gewohnt und in Teilen verstand sie auch, dass ihm ihre Beförderung gegen den Strich ging. Doch da war noch etwas anderes in seiner Stimme. Sie sah ihm fest in die Augen: »Ich habe nichts von einem Verdacht gesagt. Ich will einfach nur wissen, ob dir vielleicht ein alter Fall bekannt ist, der eine Racheaktion provoziert haben könnte.«

Peter schüttelte den Kopf, allerdings nicht verneinend, sondern wütend. »Du sprichst schon genauso gestelzt wie dieser Hattinger. Außerdem haben wir zumindest einen Mitwisser in unserer Zelle sitzen. Warum fragst du nicht diesen Janik, was den Täter dazu gebracht hat, Maria ein Seil um den Hals zu legen und sie damit zu köpfen?«

»Peter«, erwiderte Eva warnend. »Ich habe dir eine einfache Frage gestellt. Warum weichst du aus?«

Er atmete hörbar aus, entspannte sich aber. »Entschuldige. Mir geht die Sache hier auch ziemlich an die Nieren. Ich habe gerade mit Tonis Frau telefoniert und werde gleich zu ihm in die Klinik fahren. Aber zu deiner Frage: Da fällt mir spontan nichts ein, zumindest nichts Schwerwiegendes. Natürlich haben wir im Laufe der Zeit einige Leute festgenommen und einige von denen sind mit Sicherheit auch sauer, aber eine solche Aktion traue ich keinem von ihnen zu.«

»Und gab es sonst irgendein Fehlverhalten oder etwas, was man ihm so auslegen könnte? Du kennst ihn schon länger als ich.«

Peters Gesichtsfarbe wurde eine Spur rötlicher, trotzdem sagte er ruhig: »Nein, nicht dass ich wüsste.«

Eva nickte. »Okay. Aber denk bitte noch einmal darüber nach. Wenn Hauptkommissar Hattinger recht hat, wird es noch weitere Taten geben. Und leider scheint mir der Mann ziemlich viel Erfahrung in solchen Dingen zu haben.«

Peter brummte etwas, das nach »Ja, ist gut« klang, und ging zurück zu seinem Wagen. Eva verzichtete auf die Pause im Park. Es war kurz vor neun und sie wollte den Bamberger Sonderermittler nicht warten lassen.

Ruben stand pfeifend in dem umfunktionierten Pausenraum und betrachtete die Wand, an die er sämtliche Hinweise gepinnt hatte.

Evas mürrisches »Guten Morgen« erwiderte er mit einem Nicken. »Kann ich ein paar große Blätter und einen dicken Stift haben?«, fragte er.

Eva zuckte mit den Achseln. Sie beschloss, es ihm gleichzutun und ebenfalls auf Small Talk zu verzichten. »Ich habe heute Morgen mit Janik und seinem Anwalt gesprochen.«

»Ich weiß.«

Sie runzelte die Stirn: »Woher? Die Aufzeichnungen sind in meinem Büro.«

Nun drehte sich Ruben doch zu ihr um. »Das mag sein, aber sie sind auch im Computersystem und noch dazu frei abrufbar.«

»Was?«

Er kratzte sich umständlich am Rücken, murmelte »blöde Mücken« und nickte. »Ja, die Audiodatei des gesamten Verhörs war frei zugänglich als Anhang an Janiks elektronischer Akte.«

»Mist, da habe ich vermutlich etwas falsch angeklickt.«

»Dachte ich mir schon. Ich war so frei, beides zu sperren.«

»Gut«, atmete Eva erleichtert aus.

»Aber vielleicht zu spät«, wandte er ein und hielt ihr sein Smartphone entgegen. Sie überflog den Onlineartikel der hiesigen Regionalzeitung. »Ach du Scheiße«, fluchte sie und gab ihm das Gerät zurück. Die Stirn in Falten gelegt, schüttelte sie den Kopf und deutete in Richtung des Verhörzimmers. »Aber Janik hat nichts von neuen Initialen gesagt, also tauchen sie weder in der Akte noch auf dem Mitschnitt unseres Gesprächs auf.«

»Weiß ich. Darum war ich auch gerade in seiner Zelle und dort drüben hängt sein neuestes Werk.«

Eva durchquerte den Raum und blieb vor dem Blatt stehen. Sie betrachtete es aus allen möglichen Blickwinkeln, drehte sich zu Ruben und zuckte mit den Schultern: »E. B. ist klar zu erkennen, aber der Rest? Was sollen diese Strichmännchen?«

»Das weiß ich noch nicht, aber viel wichtiger ist es herauszufinden, wie dieser Reporter an die Initialen gekommen ist. Außerdem weiß er offenbar, dass wir bereits bei den ersten beiden Taten Hinweise auf das Opfer hatten, was eine ziemliche Katastrophe ist.«

»Ach du Scheiße. Wir sollten uns schleunigst eine Presseerklärung einfallen lassen.«

Wieder nickte Ruben: »Da gebe ich Ihnen völlig recht. Ich kann mir gut vorstellen, dass gerade einige Menschen mit den Initialen E. B. ziemlich schlechte Laune haben.«

»Ich rufe meinen Chef an. Haben Sie noch weitere Erkenntnisse, die ich ihm mitteilen kann?«

Dieses Mal schüttelte Ruben den Kopf: »Nein, ich habe ja noch kein großes Blatt, auf dem ich meine Gedanken sortieren kann.«

Eva verdrehte die Augen, sagte im Hinausgehen: »Das bekommen Sie gleich«, und eilte den Flur entlang zu ihrem Büro.

21

»Irgendwas, wir brauchen *irgendeinen* Ermittlungsansatz.«

Die Kommissarin war sichtlich aufgebracht, was Ruben verstehen konnte. Er hatte selbst schon oft genug mit Vorgesetzten zu tun gehabt und wusste, dass diese den Druck meist einfach nur nach unten weiterreichten.

»Noch zwei Tage, dann wackelt Ihr Stuhl«, äffte Eva ihren Polizeichef nach, knallte eine Rolle mit großen weißen Blättern auf einen der umfunktionierten Esstische und setzte sich auf einen Stuhl. Dort ließ sie die Schultern sinken, legte das Gesicht in die Hände und versuchte, nicht zu weinen. Nach einigen Minuten stand sie auf, trat vor Ruben und streckte ihm ihre schmale Hand entgegen.

Der Sonderermittler neigte den Kopf zur Seite und blickte etwas verdutzt auf die Hand. »Und wie hilft uns das weiter?«

Sie streckte den Arm noch etwas weiter vor, um ihre Forderung zu bestärken. Als er sich endlich überwunden hatte und den Händedruck erwiderte, sagte sie ohne jeden Humor in der Stimme: »Sie sind zwar ein komischer Typ, aber ich glaube, Sie sind ganz in Ordnung. Und da wir noch eine Weile zusammenarbeiten werden, möchte ich, dass wir uns duzen.« Ruben wollte gerade den Mund öffnen, doch sie ließ ihn nicht zu Wort kommen. »Nein, Herr Hattinger, Sie werden jetzt mal über Ihren Schatten springen. Also, ich bin die Eva.«

»Ruben«, sagte Ruben etwas perplex, räusperte sich und stimmte schließlich zu: »Gut, also dann Eva. Ich würde vorschlagen, du lässt mich noch kurz meine Gedanken sortieren. Danach treffen wir uns hier wieder und gehen die einzelnen Punkte durch.«

Eva schaffte ein Lächeln, klopfte ihm auf den Oberarm und wollte gerade den Raum verlassen, als Ruben noch eine Frage stellte: »Sagen Sie mal … äh … ich meine … weißt du, was dieser Schober den ganzen Tag treibt? Eigentlich sollte die Spurensicherung den Ermittlern zuarbeiten, aber dieser Mann scheint darauf zu warten, dass ich ihn zu einem Eis einlade.«

»Ach ja, habe ich ganz vergessen. Mein Chef hat uns Schober und sein Team exklusiv zur Seite gestellt. Sie sind gerade dabei, sich in der hiesigen Turnhalle einzunisten.« Und im Hinausgehen fügte sie noch hinzu: »Mit Wünschen sollte man vorsichtig sein. Schober dauerhaft in der Nähe zu haben ist wahrlich kein Vergnügen.«

Eva überließ Ruben seinem komplizierten Schaubild und machte sich daran, den verantwortlichen Reporter ausfindig zu machen. Diese Zeitungsidioten hatten ganze Arbeit geleistet und kein Klischee ausgelassen. Die Schlagzeilen übertrafen einander in ihrer Sensationslust. »Mord mit Ansage! Ganz Velburg zittert«, lautete eine der harmloseren. Eine andere fragte: »Bist du der Nächste? Steht auch dein Name auf seiner Liste?«

Nun saß ein junger Bursche vor ihr und sah verständnislos durch seine dicke Brille. »Herr Jacobi vom Parsberger Wochenblatt?«, fragte Eva nach einem kurzen Blick auf ihre Notizen.

»Brauche ich einen Anwalt?«, fragte der Angesprochene gelangweilt.

»Nein, außer Sie benötigen jemanden, der Ihnen sagt, wie Sie heißen.«

»Was soll ich hier? Warum haben Sie mich abholen lassen?«

Eva hätte ihm am liebsten gesagt, dass er ein verantwortungsloses Arschloch war, doch stattdessen wiederholte sie: »Sind Sie Markus Jacobi? Nur damit wir uns richtig verstehen, Sie sind verpflichtet, mir diese Frage zu beantworten.«

»Ja, der bin ich. Also, was wollen Sie von mir?«

Eva hatte nicht vor, sich von diesem Jüngelchen den Takt vorgeben zu lassen. Anstatt zu antworten, fragte sie: »Haben Sie die Artikel über die beiden Morde recherchiert und geschrieben?«

»Wenn mein Name darunter steht …«

»Wie sind Sie an die Fakten gekommen? Sie verweisen auf polizeiinterne Informationen.«

»Ich muss meine Informanten nicht preisgeben«, erwiderte der Reporter bockig.

Eva kochte innerlich, doch es gelang ihr, nach außen hin cool zu bleiben. Nachdem sie ein wenig in einer völlig belanglosen Akte geblättert hatte, hob sie den Blick und erklärte ruhig: »Sie sollten vielleicht doch einen Anwalt hinzuziehen.«

Er richtete sich etwas auf. »Weil?«

»Weil Sie unsere Arbeit behindern und ich ohne Ihre Aussage nicht ausschließen kann, dass Sie selbst mit dem Verbrechen in Verbindung stehen. Sie verfügen über Insiderwissen, das nur wir und der Täter haben.«

Jacobi dachte einen Augenblick darüber nach, bis er schließlich nickte. »Also gut. Heute Morgen um sechs hat mich jemand angerufen. Die Frau sprach ziemlich abgehackt und außerdem hat sie manche Wörter falsch betont. Es klang so, als würde man einen Text von einem Computer vorlesen lassen.«

»Wurde die Nummer angezeigt?«

»Nein.«

»Auf welchem Gerät wurden Sie angerufen?«

»Auf dem Privathandy, was eigentlich seltsam ist, da ich in keiner Telefonauskunft zu finden bin.«

»Welche Informationen haben Sie bekommen?«

»Das, was in meinen Artikeln zu lesen ist. Es ging um die beiden Morde und in jedem zweiten Satz um Sünde. Die Computerstimme sagte, dass noch einige Leute aus der Umgebung auf der Liste stehen und jeder Einzelne von ihnen der Strafe Gottes zugeführt würde. Und außerdem sagte sie noch, dass sie es nicht mehr ertragen könne, wie Moral und Anstand mit Füßen getreten werden. Wie manche leiden, weil andere sich über Gottes Wort stellen.« Jacobi machte eine Pause. »Es klang alles völlig durchgeknallt. Wenn Sie mich fragen, steckt irgendein Irrer dahinter, der einfach nur eine Rechtfertigung für seine kranken Fantasien braucht.«

Eva ignorierte den letzten Satz, schrieb aber alles andere mit, bevor sie fragte: »Die Initialen E. B., haben Sie sich die ausgedacht?«

Jacobi machte eine abwehrende Geste. »Für was halten Sie mich! Ich schreibe nur über Tatsachen und dichte nichts dazu.«

»Aha. Und wie kommen Sie darauf, dass dieser Anruf echt war? Es könnte sich doch jemand einen Scherz erlaubt haben.«

Nun grinste er frech: »Sagen wir einfach, ich habe ein paar Kontakte, die mir einzelne Details des Anrufs bestätigt haben. Wie Sie ganz richtig vermutet haben, habe ich die Möglichkeit, an Insiderwissen zu kommen.«

Eva beließ es dabei, legte den Stift weg und sah ihn prüfend an. »Ist Ihnen sonst etwas aufgefallen, was uns helfen könnte? Vielleicht Hintergrundgeräusche, ein verräterisches Wort oder ein anderes Detail?« Als der junge Mann zögerte, fügte sie hinzu: »Herr Jacobi, das hier ist kein Spaß. Menschenleben stehen auf dem Spiel und Sie möchten doch nicht für weitere Morde mitverantwortlich sein.«

»Hm. Nichts Handfestes, aber da war eine Sache.«

»Was?«, hakte Eva nach.

»Nun ja, der ganze Text und die Art, wie er formuliert war, klang irgendwie kirchlich. Also ein bisschen wie eine Predigt in der Kirche.«

Eva notierte auch das. »Gut, okay. Das war es dann fürs Erste. Wenn Sie mir noch Ihr Handy für die kriminaltechnische Untersuchung geben, können Sie vorerst gehen. Allerdings muss ich Sie bitten, sich zur Verfügung zu halten und mir umgehend mitzuteilen, falls Sie noch einen Anruf bekommen.«

»Sie wollen mein Handy? Auf keinen Fall, da sind sehr persönliche Sachen drauf.«

»Nicht schon wieder diese Diskussion«, murmelte Eva, blieb aber gelassen. »Sie können sich sicher sein, dass wir uns erstens nur für diesen Anruf interessieren und zweitens schon alle möglichen Handyinhalte gesehen haben. Unsere Techniker wühlen im Privatleben von Leuten, gegen die Ihre Neigungen vermutlich eher langweilig sind. Wenn Sie möchten, können Sie noch jemandem schreiben, dass Sie momentan nicht erreichbar sind, und dann bräuchte ich das gute Stück.«

»Nein, ich gebe es nicht her«, beharrte Jacobi.

»Gut, also rufe ich den zuständigen Richter an und Ihr Aufenthalt hier verlängert sich auf unbestimmte Zeit.«

»Wie lange brauchen Sie das Gerät?«

Sie zuckte mit den Schultern, drückte eine der Kurzwahltasten an ihrem Telefon und führte ein kurzes Gespräch. Danach legte sie auf und sagte: »Sie haben Glück, unser Mann von der KTU ist gerade eingetroffen. In etwa einer Stunde können Sie das Handy wieder abholen.«

Der Reporter murmelte etwas, das nach »Scheiß Bullen« klang, holte das Gerät aus der Tasche und legte es auf den Tisch.

»Die PIN?«

»4711«

Eva sparte sich jeden Kommentar, griff das Handy mit einem Tuch und erklärte freundlich: »Sie können es in einer Stunde unten bei den Kollegen von der Bereitschaft abholen. Und wie gesagt, wenn Ihnen noch etwas einfällt oder Sie erneut kontaktiert werden, möchte ich es wissen.«

Zehn Minuten später hatte ein Mann aus Schobers Team das Handy abgeholt und Eva ging hinüber zu Ruben. Dort trat sie, ohne etwas zu erklären, an eines der dicht beschriebenen Blätter an der Wand und schrieb »kirchlicher Hintergrund/Predigt?« darunter.

22

Erna saß auf der selbst gestrickten Decke in ihrem alten Schaukelstuhl und erwachte gerade, als die regionale Nachrichtensendung begann. Sie schob die große Brille mit dem dicken Rand zurück an die Stelle, wo deren Auflagestellen im Laufe der Jahre Abdrücke auf der Nase hinterlassen hatten. Dann tastete sie nach der klobigen Fernbedienung und stellte den Ton lauter. Wie jeder hier in der Gegend hatte auch sie die Nachrichten über diese schrecklichen Taten verfolgt, doch Angst hatte sie keine. Beide Opfer waren, wie man so schön sagte, im besten Alter und sie war eine alte Frau, die auf die hundert zuging. Mit ihr würde der Täter keinen Spaß haben, denn nur darum ging es ihm, zumindest ihrer Meinung nach.

Erna legte die Fernbedienung zur Seite und griff nach dem inzwischen erkalteten Tee, den sie mit einem Schlückchen Rum angereichert hatte.

Sie mochte den Nachrichtensprecher nicht, der Kerl erinnerte sie an einen schleimigen Verkäufer. Trotzdem hielt sie in der Bewegung inne, als dieser mit ernster Miene sagte: »Auch heute gibt es weitere Details zu den schrecklichen Morden an den beiden jungen Menschen. Einem unserer Reporter wurden glaubwürdige Informationen zugespielt, die auf weitere Taten hindeuten. Wie bereits berichtet, gab es vor beiden Morden Hinweise auf das mögliche Opfer oder an der Tat Beteiligte. Und so hat der sich in Haft befindliche Paul J. nun einen weiteren Hinweis auf eine bevorstehende Tat geliefert, allerdings schließt die Polizei seine direkte Beteiligung an den Taten inzwischen aus.« Nun machte der Sprecher eine Pause, lehnte sich etwas nach vorne und erklärte mit ernster Stimme: »Unsere Redakteure haben lange darüber nachgedacht, ob wir Ihnen die folgenden Informationen zumuten können. Letztlich sind wir aber zu dem Schluss gekommen, dass Sie ein Recht auf dieses Wissen haben. Trotzdem möchten wir Sie bitten, nicht in Panik zu verfallen. Es besteht die Möglichkeit, dass das nächste Opfer, das der Täter ins Auge gefasst hat, die Initialen E und B hat.« Es folgte ein etwas zu langer Augenblick des Schweigens, bevor der Sprecher hinzufügte: »Sollte dieser Umstand bei Ihnen zutreffen und Sie irgendetwas Ungewöhnliches beobachten, zögern Sie nicht, die Polizei zu informieren. Lieber einmal zu viel als einmal zu wenig … und nun zum Wetter …«

Erna schaltete den Fernseher ab, trank den Rest des Tees in einem Zug leer und schenkte sich im Anschluss puren Rum ein. Nachdem sie diesen ebenfalls ausgetrunken hatte, schlurfte sie zur Garderobe, zog sich die dünne Sommerjacke über und verließ das Haus.

»Erna, meine Liebe. Wir haben es gerade im Fernsehen gesehen. Wie geht es dir?«

Sie winkte ab. »Kein Grund, Angst zu haben, würde ich sagen. Stell dir mal vor, wir wären früher im Krieg so ängstlich gewesen wie die heutige Generation. Hier wohnen ein paar Hundert Leute und alle fürchten sich vor zwei Buchstaben.« Danach zog sie den Ärmel ihrer Jacke mühsam vom Arm, nahm sich einen Kleiderbügel und hängte diese ordentlich neben die anderen hoffnungslos altmodischen Mäntel. »Also, bekommt man hier einen ordentlichen Eierlikör?«

Waltraud nickte. »Kannst du haben.« Sie schob ihren Rollator in die Wohnstube, wo sich bereits die anderen betagten Teilnehmer der Skatrunde um den großen Tisch versammelt hatten. Erna blieb in der Tür stehen und fragte fröhlich: »Was ist los, ist schon wieder einer gestorben?« Sie setzte sich auf den einzig freien Platz und zählte laut durch. »Nein, alle da. Von uns war es also keiner.«

Walter legte seine faltige Hand auf die ihre und nuschelte durch sein Gebiss: »Isch bring disch später nach Hausche.«

Sie sah den weniger rüstigen Rentner von der Seite an. »Lieb von dir, aber dann muss ich ja auch noch auf dich aufpassen.« Nach einem Moment der betroffenen Stille brachen sie alle in Lachen aus. Walter murmelte etwas Unverständliches, verzog seinen runzligen Mund zu einer Grimasse und schimpfte gespielt: »Dann eben nischt, wirscht schon schehen, wasch du davon hascht. Aber disch bringt ja sogar ein Irrer wieder zurück.«

Nach der ersten Runde Eierlikör, den Walter nur noch mit einem Strohhalm trinken konnte, legte Waltraud die Spielkarten auf den Tisch. Gerda griff danach, hielt aber inne und fragte an Erna gewandt: »Hast du wirklich keine Angst, dass es um dich gehen könnte? Ich meine, Erna Baumann, das könnte doch sein.«

Erna schenkte der alten Frau, die sie schon seit Jahrzehnten kannte, ein Lächeln: »Und warum sollte es? Meine Enkelin sagt, dass dieser Junge, der gestern auf der Sonnwendfeier verbrannt wurde, ein echtes Ekel war. Wollt ihr mich mit so einem vergleichen? Nein, nein, derjenige, der da dahintersteckt, hat es auf junges Fleisch mit schlechtem Charakter abgesehen, und für jung hält mich wohl höchstens noch unser geschätzter Walter hier.« Wieder lachten alle und Walter stimmte gutmütig mit ein.

Zwei Stunden und vier Runden Eierlikör später verließ die Gruppe Waltrauds Wohnung. Während sich drei von ihnen ein Taxi teilten, musste Erna nur einen kleinen Spaziergang machen, um nach Hause zu kommen. Beschwingt folgte sie der Hauptstraße bis zum Friedhof. Dort machte sie noch einen kurzen Abstecher zu Alfons' Grab, rückte die Blumentöpfe zurecht und schloss kurz die Augen. Wo waren die Jahre nur geblieben? Sie hatte so viel erlebt, so viel gesehen und ihren Mann um eine gefühlte Ewigkeit überlebt. Trotzdem hatte sie nicht das Gefühl, dass es bald vorbei sein sollte. Konnte dieser Irre wirklich sie meinen? Es wussten höchstens eine Handvoll Menschen von ihrer Vergangenheit und die meisten davon lagen schon unter der Erde.

»Frau Baumann?« Der junge Mann stand so plötzlich hinter ihr, dass sie zusammenzuckte. Sie drehte sich panisch um und hob dabei ihre Handtasche vor die Brust.

Der Mann machte einen Schritt zurück und hob die Hände. »Bitte entschuldigen Sie, ich wollte Sie nicht erschrecken.«

Sie rückte die Brille zurecht und versuchte, das Bild scharf zu stellen: »Ingo?«

Der Gärtner ließ die Hände sinken, wobei sich seine Hasenscharte zu einem Grinsen verzog. Nachdem viele junge Leute nach Nürnberg oder Regensburg gezogen waren und der Friedhof immer mehr verwahrloste, hatte die Stadt den Ein-Euro-Jobber eingestellt. Erna war sich nicht sicher, ob sie den etwa dreißigjährigen Mann mochte. Einerseits nahm er ihr für ein kleines Trinkgeld die Grabpflege ab, andererseits hatte sie ihn schon oft dabei beobachtet, wie er von der Friedhofsmauer aus junge Mädchen beobachtete. Da sie es aber mit der Moral selbst nicht so fürchterlich eng nahm, verzichtete sie darauf, ihn anzuschwärzen.

»Alles in Ordnung, Frau Baumann? Sie sehen so nachdenklich aus.«

Sie winkte ab. »Jaja, alles in Ordnung.« Mit einer Geste zum Grab ihres Mannes bat sie: »Kannst du bei Gelegenheit das Moos vom Grabstein bürsten?«

Sein Blick folgte ihrem Fingerzeig. »Das macht doch der Steinmetz, wenn er Ihren Namen einschlägt.«

Sie spürte, wie sich ihr altes Herz verkrampfte, doch der Mann begann zu lachen und hörte nicht mehr auf. Und als er noch immer kichernd sagte: »Der Witz funktioniert immer«, löste sich ihre Verkrampfung. Sie hob drohend den Finger. »Du, du«, sagte sie lächelnd, holte zehn Euro aus ihrer Handtasche und drückte sie ihm in die Hand. »Also, mach das bitte sauber und hör auf, alte Menschen zu erschrecken. Es ist gerade keine gute Zeit für solche Witze.«

»Sie meinen wegen der Morde?«

»Ja, natürlich.«

Dieses Mal war er es, der abwinkte: »Ich glaube, da müssen Sie sich keine Sorgen machen. Maria und Björn waren doch noch so jung.«

»Du kennst … kanntest die beiden?« Ihr gefiel es nicht, wie er die Namen der beiden Opfer ausgesprochen hatte.

Nun wippte er mit dem Kopf leicht hin und her: »Ein bisschen. Maria war schön und Björn schlecht zu ihr.«

»Sie waren ein Paar?«

Der Gärtner schüttelte energisch den Kopf: »Nein, nein, nein … dieser Björn wollte das zwar, aber sie nicht. Da wurde er oft wütend.« Nun kratzte er ein wenig Erde von seiner Hand: »Aber das ist schon ein bisschen her.«

Sie beließ es dabei, ermahnte ihn noch einmal wegen des Grabsteins und machte sich auf den Heimweg.

Nach einem dürftigen Abendbrot schenkte sie sich ein Glas Cognac ein, das sie mit zu ihrem Sessel nahm. Der Rosamunde-Pilcher-Film flimmerte über den Fernseher und sie fragte sich wieder einmal, warum diese Autorin so einen Erfolg hatte. Schöne Bilder und eine alberne Liebesgeschichte genügten heutzutage offenbar, um die Menschen zufriedenzustellen. Müde und von der ungewohnten Menge Alkohol schwer wie Blei, schaltete sie den Fernseher aus, zog ihr Nachthemd über und ging ins Bett.

Es war kurz nach Mitternacht und das Knarren der alten Stufen kaum wahrnehmbar. In ihren Träumen spielten sich verrückte Szenen ab. Ihr altes Gehirn hatte im Lauf der Jahrzehnte genügend Begebenheiten gespeichert, die es im Schlaf zu immer neuen Erlebnissen zusammensetzen konnte. Mal waren sie lustig, oft bedrückend, und manchmal erzeugten die Bilder Sehnsucht nach der guten alten Zeit.

Als die Tür zu ihrem Schlafzimmer geöffnet wurde, flatterte der Vorhang an dem offenen Fenster, doch auch davon bekam sie nichts mit. Später würde sie sich fragen, wie lange er schon an ihrem Bett gestanden hatte, bis sie endlich erwachte.

Sie hatte immer gespürt, wenn sie jemand länger angesehen hatte. Als Mädchen waren es die Blicke der Jungs, die in ihren Uniformen der Hitlerjugend ziemlich gut aussahen. Später waren es erwachsene Männer, die versuchten, sie mit ihren Blicken auszuziehen, und irgendwann die verängstigten Augen der jungen Frauen, die nicht wussten, was als Nächstes passieren würde.

Ihr Schlaf wurde unruhiger. Die Träume verblassten und sie spürte den leichten Windzug. Unruhig warf sie den Kopf hin und her, öffnete schließlich die Augen und stieß einen spitzen Schrei aus.

23

Während sich der Brustkorb seiner Frau gleichmäßig hob und senkte, fand Ruben nicht mehr zurück in den Schlaf. Er zog seine Hände unter der Decke hervor, legte sie um einen imaginären Hals und versuchte, sich dabei vorzustellen, wie es wäre, jemanden zu erwürgen. Es gelang ihm nicht. Dann ahmte er einen Messerstich nach, der sich langsam im Fleisch eines Opfers versenkte. Diese Vorstellung funktionierte besser, vielleicht weil er früher einmal als Kriminaltechniker gearbeitet hatte und bereits in ein Stück Schweinefleisch gestochen hatte. Damals war es um die Aufklärung der Studentenmorde gegangen und die Frage, wie stark der Täter sein musste, um entsprechend tiefe Wunden zu stechen.

Doch eigentlich war Ruben einem anderen Verständnis auf der Spur. Er wollte nachvollziehen, wie jemand tickte, dem es Freude bereitete, anderen Menschen Schmerzen zu bereiten. Welches Vergnügen steckte dahinter, jemanden schreien zu hören? Das Flehen in den Augen zu sehen, das Blut und den Schweiß zu riechen. Wie überwand man sich dazu, einen großen Nagel zu nehmen, ihn auf den Handrücken zu drücken und schließlich mit einem Hammer draufzuschlagen? Rubens Gedanken schweiften zu den Kreuzigungen im frühen

Römischen Reich und zu der Notiz, die Eva seinen eigenen hinzugefügt hatte. *Kirchlicher Hintergrund/Predigt?* Die Mitteilung an den Reporter habe wie eine Predigt geklungen, hatte sie ihm erzählt. Suchten sie einen Pfarrer oder einfach jemanden, der dem christlichen Glauben sehr nahestand? Einen Kirchgänger oder jemanden, der seinen Glauben auf ganz spezielle Art auslebte? Oder jemanden, der einfach nur so tat, um von sich abzulenken?

Ruben schob die Gedanken beiseite und stellte sich vor, wie er auf einen simplen Knopf drückte und damit einem Motor den Befehl gab, eine junge Frau zu enthaupten. Was war der Funke, der in diesem Moment auf den Täter übersprang? Ruben verstand es nicht.

Nach einigen Minuten, in denen er einfach nur die alte holzvertäfelte Decke des Schlafzimmers angestarrt hatte, schälte er sich aus der Decke. Sein Handy zeigte drei Uhr morgens, genau die richtige Zeit, um eine kleine Unterhaltung zu führen.

»Ja?« Thomas Habermann klang wenig begeistert und schien erst jetzt auf das Display seines Telefons zu blicken. »Herr Hattinger, wer sonst?«, stellte er stöhnend fest.

»Guten Morgen.«

»Guten Morgen? Ihnen ist schon klar, dass der erst in drei Stunden beginnt?«

»Das ist Ansichtssache. Sind Sie inzwischen aufnahmefähig?« Ruben hatte es noch nie verstanden, warum so viele Menschen auf starre Arbeitszeiten versessen waren. Arbeit gehörte schließlich zum Leben und machte zu jeder Tages- und Nachtzeit Spaß.

Er hörte das Rascheln von Papier und das Klicken eines Kugelschreibers. »Was brauchen Sie?«, fragte Habermann resigniert.

»Sie müssen alles heraussuchen, was es über Paul Janik gibt. Anschließend gehen Sie die Informationen durch und filtern mir alles heraus, was den Mann erpressbar machen könnte.«

»Paul Janik, dieser Pädophile, den ihr eingesperrt habt?«

»Genau.«

»Sie wissen schon, dass er aktiv überwacht wurde und es deswegen eine riesige Menge Daten über ihn gibt?«

Ruben nickte. »Darum mache ich es ja auch nicht selbst. Die Zeit habe ich hier nicht. Ich bin zwar kein Freund von Vorgaben, aber vielleicht konzentrieren Sie sich zunächst auf die Zeit vor seiner Verurteilung und die Haft selbst. Der Mann scheint panische Angst vor dem Gefängnis zu haben.«

»Ein Trauma?«, schlug Habermann vor.

»Möglich. Aber jedes Trauma hat einen Auslöser. Wie auch immer, ich muss so viel wie möglich über Janik wissen. Er ist eine der Schlüsselfiguren für den Täter und ich muss wissen, warum er so viel Macht über ihn hat.«

Habermann gähnte laut ins Telefon, versprach aber, den Auftrag so schnell wie möglich auszuführen. Ruben legte sich wieder aufs Bett und schloss die Augen. Vielleicht würde er jetzt noch ein bisschen schlafen können.

»Guten Morgen, Papa.« Die gute Laune seiner Tochter ließ ihn misstrauisch werden. Pia kam hinter ihrer Tochter in die kleine Küche der Ferienwohnung, murmelte verschlafen »Guten Morgen« und gab ihrem Mann ein Küsschen.

Ruben sah verwundert dabei zu, wie sich die beiden an den kleinen Tisch setzten. »Frühstücken wir heute nicht unten?«

Pia deutete gähnend auf die Wanduhr. »Ist noch nicht so weit«, sagte sie. »Wir wollen vor dem Frühstück packen.«

»Packen?«

»Ruben.« Seine Frau klang ungeduldig. Was meinte sie nur? Er hob unauffällig sein Handgelenk, und tatsächlich, das flache Display seiner volldigitalen Armbanduhr zeigte an, dass die Urlaubswoche heute endete. Wie bei einem guten Kriminalfall fügte sich Puzzleteil in Puzzleteil und erklärte die unterschiedlichen Stimmungen der Anwesenden. Seine Tochter war offenbar froh, ihre Freunde in Bamberg wiederzusehen, und Pia ahnte, dass sie die Rückfahrt allein antreten würde. Mit monotoner Stimme fragte sie: »Also, wie lange wirst du bleiben?«

Zu einem Fall gerufen zu werden war das eine, seine Familie von hier allein nach Hause zu schicken das andere, und es wollte ihm nicht so recht behagen. Daher schüttelte er den Kopf. »Ich komme erst einmal mit und fahre später vielleicht wieder hierher. Es sind nur etwas über hundert Kilometer, die könnte ich zur Not auch pendeln.«

Pia sah ihm in die Augen. Sie kannte ihn und seinen Beruf inzwischen zur Genüge. »Du weißt selbst, dass das Unsinn ist. Wenn du an einem Fall arbeitest, beginnt dein Tag nicht um acht und endet nicht um siebzehn Uhr. Außerdem könnte ich sowieso nichts mit dir anfangen, weil der familiäre Bereich deines grandiosen Gehirns nur auf Stand-by steht.«

»Aber …«

»Kein Aber. Ich finde es Mist, wie diese Woche gelaufen ist, sehe aber ein, dass es nicht deine Schuld war. Die Leute hier brauchen dich. Aber sag deinem Chef, dass er dir eine weitere Urlaubswoche schuldet. Sonst bekommt er es mit mir zu tun.«

Bei den Worten »weitere Urlaubswoche« sah Ruben den panischen Blick seiner Tochter. Erneut setzte er an: »Aber …«

»Kein Aber«, wiederholte Pia. »Ich habe heute Nacht mit der Bäuerin gesprochen. Ihre Tochter betreibt drüben in Parsberg eine kleine Pension und sie hat ein Zimmer frei. Also bring das hier zu Ende und denk schon einmal darüber nach, wo wir in den Herbstferien hinfahren. Da haben Elisa und ich nämlich frei.«

Es war ja nicht so, dass Ruben nicht weiter ermitteln wollte. Ganz im Gegenteil, der Täter hatte sein Interesse gerade erst so richtig geweckt. Allerdings war da etwas in Pias Stimme, das ihn ein wenig Angst um seine Ehe bekommen ließ. Nach kurzem Zögern nahm er sie in den Arm und flüsterte ihr ein leises »Danke« ins Ohr. Sie drückte sich ein wenig von ihm weg und schüttelte den Kopf. »Was habe ich mir da nur für einen Mann eingehandelt.« Ihr gelang ein Lächeln. »Ich liebe dich«, sagte sie, gab ihm einen Kuss auf den Mund und fügte drohend hinzu: »Und wehe, du passt nicht auf dich auf.«

Nach dem letzten gemeinsamen Frühstück verabschiedete er die beiden und sah ihnen hinterher, bis das Auto zwischen den hohen Feldern verschwunden war. Das Taxi kam eine halbe Stunde zu spät, brachte ihn aber zügig zu der kleinen Pension, von der aus er die Polizeiwache zu Fuß erreichen konnte.

»Verschlafen?«

»Hm, was?« Rubens Gedanken waren noch immer bei Pia und Elisa. Er drückte die Kurzmitteilung seiner Frau weg, blickte auf und sah sich Schober gegenüber. Dieser deutete auf die Wände des Pausenraums und fragte: »Wozu brauchen Sie denn mich, da hängt doch schon alles, was wir wissen.«

Ruben schüttelte den Kopf: »Das sind nur meine Theorien, Ihre Erkenntnisse brauche ich, um sie zu beweisen.«

»Und wie können Sie schon vor dem Gerichtsmediziner wissen, dass der Junge noch gelebt hat, als das Feuer angezündet wurde? Und woher wussten Sie, dass man ihm die Zunge herausgeschnitten hat?«

Ruben sah den Mann verständnislos an: »Das sind nur Vermutungen, aber hätten Sie es anders gemacht?«

»Ja, ich hätte es überhaupt nicht gemacht.«

»Aber wenn Sie sich selbst als Täter vorstellen. Würden Sie nicht genauso handeln?«

»Keine Ahnung, da habe ich noch nicht drüber nachgedacht.«

Ruben legte eine halbe Drehung hin, deutete mit dem Finger auf Schobers Gesicht und sagte: »Sehen Sie, und genau das ist das Problem. Hier scheint keiner auch nur einen kleinen Schritt weiter zu denken, als er muss. Natürlich hat er den Jungen am Leben gelassen. Bei beiden Taten ging es um Schuld und Sühne. Ohne Leid gibt es keine Sühne. Außerdem musste der Täter sichergehen, dass sich der Junge nicht bemerkbar machen kann.« Der Finger deutete erneut auf das Gesicht des Kriminaltechnikers. »Sie waren doch auch in dem Keller der Kirche?«

»War ich.«

»Also müssten Sie das dort liegende Werkzeug nicht nur gesehen, sondern sogar katalogisiert haben.«

»Ja.«

»Und Sie haben sich nicht gefragt, für was es der Täter benutzt hat?«

»Na, zum Quälen.«

Ruben deutete ein Kopfschütteln an. »Merken Sie sich das, Schober … ein Mörder, egal ob aus Gelegenheit oder aus einem Wahn heraus, tut niemals etwas ohne Grund. Deshalb können wir die meisten überführen. Entweder, weil sie einen Fehler machen, oder, weil wir aus ihren Taten etwas herauslesen können.« Ruben war nun derart enthusiastisch bei der Sache, dass jeder Vorwurf aus seiner Stimme verschwunden war. Er deutete auf sich und erklärte: »Ich lese.« Dann zeigte er auf Schober: »Sie bringen mir die Details.«

Schober verdrehte die Augen. Er setzte zu einer beißenden Erwiderung an, schien aber einzusehen, dass es keinen Sinn hatte. So trat er nur einen Schritt zurück, schüttelte den Kopf und sagte mit sarkastischem Unterton: »Dann gehe ich mal die Details holen.«

»Prima, und lassen Sie bitte den Faden, mit dem der Mund des Jungen zugenäht wurde, besonders genau untersuchen. Ich tippe auf Angelschnur, was vielleicht eine Spur sein könnte.«

Schober blieb im Türrahmen stehen. »Dem Opfer wurde der Mund zugenäht? Wie können Sie das wissen? Das halbe Gesicht ist im Feuer weggeschmolzen.«

Ruben zuckte mit den Schultern: »Wie ich vorhin schon sagte: reine Spekulation, die Sie beweisen müssen. Aber ohne Nadel und Faden macht das alles keinen Sinn, schließlich kann man auch ohne Zunge noch Töne ausstoßen. Also, ich hätte ihm auch den Mund zugenäht.«

24

»Wer sind die beiden?«

Eva schloss die Tür zu dem kleinen Verhörzimmer und ging voraus. In ihrem Büro ließ sie eine Tasse Kaffee aus ihrem Vollautomaten laufen. Ruben sah ihr dabei zu, sagte aber, als sie die zweite Tasse in das Gerät stellte: »Für mich bitte nicht.«

»Der ist nicht für dich, sondern für die beiden Herrschaften.«

»Bekommt hier jeder einen Kaffee?«

»Nein, nur jemand, der uns wichtige Informationen liefern kann.«

Ruben sah sie erwartungsvoll an.

Eva ließ Zucker in eine der beiden Tassen fallen, nahm sie und sagte: »Das sind Traudel und Anton Maurer, die Eltern von Ute Kurz.«

»Ute Kurz. Die Frau deines Kollegen, dessen Tochter in der Bäckerei getötet wurde?«

»Genau.«

»Und warum sind die Eltern hier und nicht Frau Kurz selbst? Immerhin geht es um ihre Tochter und ihren Mann.«

Eva setzte sich auf die Tischkante: »Erinnerst du dich an unser Gespräch vorgestern Abend auf dem Festplatz? Du hast die Vermutung geäußert, dass Toni Kurz eine Leiche im Keller hat. Also habe ich meine Zeit genutzt, um danach zu suchen.«

»Sehr löblich. Wenigstens einer, der mitarbeitet«, freute sich Ruben ohne jede Ironie in der Stimme.

Eva schluckte ihre schnippische Antwort herunter und fuhr fort: »Nachdem meine Nachforschungen im Netz nichts ergeben haben, bin ich zu Ute Kurz gegangen. Die arme Frau ist völlig am Ende und das war sie offenbar schon, als ihre Tochter noch lebte. Ich habe wirklich versucht, einfühlsam zu sein, aber was sie von sich gegeben hat, war ziemlich verworren. Alles, was ich zwischen den Zeilen erfahren habe, waren Andeutungen und dass sie ziemlich viele Medikamente nehmen muss. Als Zeugin ist sie jedenfalls unbrauchbar.«

»Andeutungen?«

»Ja, auf den ersten Blick völlig wirr. Aber insgesamt hatte ich den Eindruck, dass sie auf irgendeinen Vorfall in der Vergangenheit anspielte.«

»Und wer weiß besser über die Vergangenheit Bescheid als die eigenen Eltern«, ergänzte Ruben.

»Genau. Also habe ich ihre Eltern gebeten hierherzukommen, und sie haben erstaunlicherweise sofort zugestimmt.«

»Was ist dabei herausgekommen?«

Eva hielt die Tassen in die Höhe. »Noch nichts, ich wollte dich dabeihaben.« Sie sah Ruben in die Augen und bat: »Es wäre schön, wenn du deine sensible Seite zeigst. Die beiden haben gerade ihre Enkelin verloren, ihr Schwiegersohn liegt in der Psychiatrie und ihre Tochter ist kurz davor, eingewiesen zu werden.«

Eva schaltete das Mikrofon an. »Bitte entschuldigen Sie, aber ich muss das so förmlich fragen. Sind Sie Traudel und Anton Maurer?«

Ruben hatte die beiden nur kurz begrüßt und hielt sich nun zurück. Die Eheleute wirkten wie typische Menschen vom Land, denen man die harte Arbeit ansah. Tiefe Furchen im Gesicht zeugten von einem bewegten Leben. Während Anton Maurer ziemlich gefasst wirkte, standen der Bäuerin die Tränen in den Augen.

Nachdem beide die Standardfragen für das Protokoll laut und deutlich beantwortet hatten, nickte Eva zu den Tassen und ließ ihnen Zeit, einen Schluck zu trinken. Danach fragte sie behutsam: »Haben Sie einen Anhaltspunkt, warum Ihre Enkelin und Ihr Schwiegersohn in diese Situation gebracht wurden? Was ich Ihnen jetzt sage, ist vertraulich, aber wir gehen davon aus, dass der Täter nach vermeintlich christlichen Motiven handelt. Wir suchen also nach Ereignissen in der Vergangenheit der Opfer, die ihn dazu veranlasst haben könnten, sie auszuwählen.«

»Christlich?«, schnaufte Anton Maurer verächtlich. »Was soll daran christlich sein, einer unschuldigen jungen Frau den Kopf abzutrennen?«

»Ich weiß«, versuchte ihn Eva zu beruhigen. Ruben sprang ein: »Sie dürfen das nicht mit den Vorstellungen eines normalen Menschen sehen. Wahn gab es zu jeder Zeit, auch oder vor allem in den großen Kirchen. Wir ermitteln gerade in alle Richtungen, aber der christliche Bezug des Täters scheint ziemlich ausgeprägt zu sein.«

Anton Maurers Zorn war unübersehbar, doch seine Frau legte ihre faltige Hand auf die seine. Unter Tränen murmelte sie: »Er hat sie vergewaltigt.«

Weder Eva noch Ruben verstanden. »Wie bitte?«

Traudel Maurer schluckte, hob den Blick und wiederholte mit etwas festerer Stimme: »Er hat sie vergewaltigt.«

»Toni seine Tochter?«, fragte Eva völlig perplex, doch die Bäuerin schüttelte den Kopf.

»Toni unsere Ute.«

»Moment«, bat Eva und rutschte etwas näher an den Tisch. »Nur dass ich das richtig verstehe: Mein Kollege, Polizeimeister Toni Kurz, hat seine eigene Frau vergewaltigt?«

Traudel Maurer nickte unter Tränen und fügte hinzu: »So ist Maria entstanden.«

»Aber die beiden waren verheiratet.« Eva begriff es immer noch nicht.

Als Anton Maurer seine schweren Pranken auf den Tisch fallen ließ, zuckten alle zusammen. Dann erhob sich der alte Mann und erklärte mit hochrotem Kopf und Wut in der Stimme: »Es war alles unsere Schuld, wir haben Ute dazu getrieben.« Eva setzte zu einer Frage an, doch er unterbrach sie.

»Ute war damals achtzehn, als sie ihre Schwangerschaft nicht mehr verbergen konnte. Meine Frau ist mit ihr zum Arzt, doch für eine Abtreibung war es schon zu spät. Ute hat sich lange geweigert, uns zu sagen, wer der Vater ist, doch irgendwann hielt sie es nicht mehr aus. Wir haben sie sehr unter Druck gesetzt, es uns zu sagen. Die ganze Nachbarschaft schien davon zu wissen und wir wollten nicht, dass sie als leichtes Mädchen galt.« Anton Maurer machte eine kurze Pause, sah zu seiner Frau, die ihn mit einem kurzen Nicken aufforderte weiterzusprechen. »Am Anfang dachten wir natürlich, dass Toni und Ute einfach nur eine kurze Affäre hatten und nicht aufgepasst haben. Ich zitierte Toni zu uns und forderte von den beiden, dass sie um des Kindes willen heiraten. Er schien nichts dagegen zu haben, doch als er gegangen war, brachen bei unserer Tochter alle Dämme. Sie behauptete plötzlich, dass Toni sie nach einem Dorffest zum Sex gezwungen habe.« Der Bauer wischte sich nun selbst eine Träne aus dem Augenwinkel. »Wir dachten damals wirklich, dass Ute nur nach einer Ausrede suchte, um den Mann nicht heiraten zu müssen. Also haben wir weiter auf der Hochzeit bestanden. Ute brachte Maria auf die Welt und in den ersten Jahren schien sie auch glücklich zu sein.

Nur auf unsere Bitten nach einem weiteren Enkel hat sie immer komplett abweisend reagiert. Es wurde von Jahr zu Jahr schlimmer. Ute bekam Depressionen, wurde schwächer und brachte nichts mehr auf die Reihe. Und vor etwa drei Monaten habe ich auch erfahren warum.«

»Dieses gottverdammte Arschloch«, murmelte die Bäuerin mit einem verzweifelten Kopfschütteln, ließ ihren Mann aber weiterreden.

»Wir saßen mal wieder an unserem Stammtisch zusammen, als die Wahrheit ans Licht kam. Zur fortgeschrittenen Stunde und mit genügend Alkohol im Blut begannen einige Männer mit ihrer Potenz zu prahlen. Ein Wort gab das andere und sie erzählten, wie sie es ihren Frauen besorgten.« Anton Maurer sah schuldbewusst zu Eva. Er räusperte sich und setzte sich zurück auf den Stuhl. »Toni prahlte damit, früher so einige Frauen ins Stroh gedrückt zu haben und dass jede hinterher zufrieden war, egal ob sie es vorher gewollt hatte oder nicht. Und auf seine Frau, also unsere Tochter, angesprochen, sagte er nur: ›Auch so eine, die ich erst überzeugen musste. Muss ich heute noch manchmal.‹«

Nach einem Augenblick des Schweigens schniefte die Bäuerin und ergänzte mit erstickter Stimme: »Ute hat uns damals die Wahrheit gesagt. Sie wurde missbraucht und wir haben sie durch diese Ehe in die Hölle geschickt.«

»Toni«, murmelte Eva fassungslos und dachte daran, wie sie ihn gerade erst im Krankenhaus besucht hatte. Wie er jammernd dagelegen und ihr erzählt hatte, wie sehr er seine Frau und seine Tochter vermisste. Wie er Maria sein Ein und Alles nannte.

Eva kam die Galle hoch. Sie verließ den Raum, übergab sich auf der Toilette und blieb, die Stirn an eine kalte Fliese gedrückt, stehen. Sie fragte sich, was Maurers für Menschen waren. Sie konnte sich gut vorstellen, wie der Bauer am Stammtisch gegen

Muslime wetterte, während er den Hilfeschrei seiner Tochter ignorierte und sie quasi zwangsverheiratete. Nachdem sich ihr Magen ein weiteres Mal entleert hatte, schöpfte sie sich kaltes Wasser ins Gesicht und beschloss, die restliche Befragung Ruben zu überlassen. Und dieses Mal würde sie ihn nicht bitten, seine sensible Seite zu zeigen.

Eine Stunde später pinnte Ruben einen Zettel voller Namen an die Wand.

»Was ist das?«, wollte Eva wissen.

»Das ist Mist!«, antwortete er, fuhr sich mit der Hand übers Haar und präzisierte: »Anton Maurer hat mir die Namen all derer genannt, die Toni Kurz' Stammtischprahlerei mitbekommen haben. Diese Leute und jeder, mit denen sie im Anschluss gesprochen haben, sind potenziell Verdächtige. Das Verhör war zwar aufschlussreich, bringt uns aber keinen Schritt weiter.«

»Aufschlussreich«, schnaubte Eva. »Du hast gerade gehört, dass eine Frau mehrfach missbraucht und gegen ihren Willen verheiratet wurde, und nennst es aufschlussreich?«

Ruben ließ sich auf der Tischkante nieder. »Du hast ja recht. Um es mit den Worten meiner Tochter zu sagen: Es ist ein riesiger Haufen Scheiße und wir sind die Fliegen, die um ihn kreisen.«

In diesem Moment klopfte es, die nur angelehnte Tür wurde ein kleines Stück geöffnet und eine von Evas Kolleginnen fragte: »Kann ich kurz mit dir reden?«

Diese nickte. »Wenn es dich nicht stört, dass Herr Hauptkommissar Hattinger mithört?«

Die junge Beamtin schüttelte den Kopf und trat ein.

»Das ist Nadine Leitner, eine unserer Streifenpolizistinnen«, stellte Eva sie vor.

»Wir hatten bereits das Vergnügen«, sagte Ruben. »Wie können wir Ihnen helfen, Frau Leitner?«

Die junge Frau wirkte verlegen. »Also … es ist wahrscheinlich nichts, aber … Na ja, ich wollte Ihnen die Information nicht vorenthalten, dass die Initialen meiner Großmutter ebenfalls E. B. sind und sie in Velburg lebt. Genauer gesagt heißt sie Erna Baumann.«

Ruben nutzte die eingetretene Stille, um kurz darüber nachzudenken. Er sah der Polizistin in die Augen und fragte: »Geht es Ihnen tatsächlich darum, uns die Information zu liefern, oder ist es eher die Sorge um Ihre Oma, die Sie umtreibt?«

»Beides«, erwiderte Nadine Leitner etwas barsch, gab dann aber zu: »Sie haben ja recht. Ich glaube zwar nicht, dass eine über Neunzigjährige etwas zu befürchten hat, aber sie könnte ja nachts wenigstens die Türkette einhängen.«

Um einer unsensiblen Reaktion von Ruben zuvorzukommen, ergriff Eva das Wort. »Wahrscheinlich hast du damit recht. Eine neunzigjährige Frau scheint nicht in das bisherige Profil zu passen. Mach dir keine Sorgen, Nadine.«

»Und wenn es Sie beruhigt«, fügte Ruben zu Evas Erstaunen hinzu, »können wir mal mit ihr reden. Wir hatten ohnehin vor, unsere Liste der Namen, die mit E und B beginnen, abzuklappern, da können wir auch ebenso gut bei ihr anfangen. «

»Oh, vielen Dank!«, sagte die junge Frau erleichtert. »Ja, auf Sie wird sie bestimmt eher hören als auf mich.«

25

»Vorsicht!« Rubens Schrei kam gerade noch rechtzeitig. Eva drückte das Bremspedal durch, der Wagen rutschte noch einige Meter und kam nur wenige Zentimeter vor der alten Frau zum Stehen. Beide atmeten durch, sprangen aus dem Wagen und liefen zu der Frau, die sie abwesend anstarrte.

»Ist alles in Ordnung? Geht es Ihnen gut?« Eva legte der Alten die Hand auf die Schulter und fragte: »Frau Baumann?«

Diese löste sich endlich aus ihrer Starre und sah sich verwirrt um. Stammelnd fragte sie: »Was? Oh ... bin ich Ihnen vor das Auto gelaufen?«

»Erna Baumann?«, fragte Ruben. Nachdem er gesehen hatte, dass die Alte unverletzt geblieben war, hatte sich der Beinaheunfall für ihn erledigt und er bemerkte fast beiläufig: »Zu Ihnen wollten wir gerade.«

Die Alte legte ihre Stirn in tiefe Falten. Ihre Stimme klang ängstlich. »Zu mir? Was wollen Sie denn von einer alten Frau?« Ihre Hände begannen zu zittern. Eva bestand darauf, dass sie sich erst einmal auf eine nahe Parkbank setzten. Sie holte ihre Wasserflasche aus dem Auto und wartete geduldig, bis die Alte einen Schluck getrunken hatte. Erna Baumann wirkte zunehmend gefasster. »Also, warum waren Sie auf dem Weg zu mir und wer ist der komische Mann?«

Eva musste lächeln. »Das ist Kriminalhauptkommissar Hattinger, ein Kollege aus Bamberg, der uns bei der Aufklärung der beiden Morde helfen soll.«

»Hattinger? Das ist doch kein Name für einen Mann«, schimpfte die Alte.

Eva ging nicht darauf ein. »Sie haben bestimmt schon im Fernsehen gesehen, dass es einen neuen Hinweis zu den schrecklichen Vorkommnissen in der Gegend gibt.«

»E. B., meinen Sie das?«

»Genau. Und wir sind gerade dabei, alle Leute in der Gegend zu besuchen, deren Vor- und Zunamen mit diesen Buchstaben beginnen. Eigentlich wollen wir nur wissen, ob Ihnen in den letzten Tagen irgendetwas aufgefallen ist. Hat jemand Ihr Haus beobachtet, Sie ungewöhnlich angesprochen oder etwas Ähnliches?«

Nun trat Ruben, der das Gespräch bisher still verfolgt hatte, an die Bank und fügte hinzu: »Oder könnte jemand einen Grund haben, Sie für unchristliches Verhalten zu bestrafen?«

Frau Baumanns Blick verfinsterte sich. »Also hören Sie mal, junger Mann, was erlauben Sie sich?«

Ruben mochte die Frau nicht, in ihrem Blick lag etwas Falsches. Außerdem wirkte sie irgendwie nervös. Nicht wie jemand, der gerade fast überfahren worden wäre, eher gehetzt.

Eva warf Ruben einen strafenden Blick zu und versuchte, die Wogen zu glätten. »Bitte entschuldigen Sie, mein Kollege ist manchmal ein wenig direkt. Was er meinte, ist …«

Die Alte schob Evas Hand beiseite. »Ich weiß genau, was dieser Kriminalhauptkommissar gemeint hat, im Fernseher reden sie ja von nichts anderem mehr. Selbst meine Enkelin ist auf diesen Blödsinn reingefallen. Dieser Irre spielt sich als die linke Hand Gottes auf. Angeblich sollen sich die beiden

Jugendlichen irgendwie sündig verhalten haben und vielleicht ist das auch so. Aber bei mir ist er an der falschen Adresse. Ich bin einfach nur eine altersschwache Frau. Meine Tage sind ohnehin gezählt. Und nun lassen Sie mich bitte in Ruhe.«

»Irgendwas stimmt da nicht.«

»Was meinst du?«, fragte Eva, nachdem sie sich den Sicherheitsgurt angelegt hatte und der Alten dabei zusah, wie sie in die schmale Gasse in Richtung Friedhof abbog.

»Ich weiß auch nicht«, gab Ruben zu. »Sie passt zwar überhaupt nicht zu den beiden ersten Opfern, aber mein Gefühl sagt mir, dass sie etwas verbirgt.«

»Ich dachte, Gefühle verstellen den Blick auf die Fakten«, stichelte Eva.

»Beobachtungen sind auch Fakten.«

Eva unterbrach die Unterhaltung, ließ ihre Scheibe herunter und rief: »Hallo, Herr Krüger.«

Der Seelsorger hielt an und sah sich suchend um.

»Hier drüben«, rief Eva und winkte aus dem Auto.

Krüger winkte zurück und überquerte die Straße. Er gab erst Eva die Hand und wandte sich dann an Ruben. »Sie sind ja immer noch hier. Sollte Ihr Urlaub nicht heute enden?«

Ruben nickte. »Das hat er auch, meine Familie ist heute abgereist. Aber dieser Fall ist viel zu interessant, um ihn anderen zu überlassen.«

In Krügers Gesicht zeigte sich eine undefinierbare Regung. »Sie finden Morde interessant?«

»Morde weniger, eher welcher verirrte Geist dahintersteckt.«

»Können wir Sie irgendwohin mitnehmen?«, versuchte Eva, das Thema zu wechseln.

Ruben kamen die Gedanken seiner schlaflosen Nacht in den Sinn. *Ein Pfarrer oder einfach jemand, der dem christlichen Glauben sehr nahesteht.*

Ohne seinen freundlichen Tonfall zu ändern, fragte er: »Wo waren Sie eigentlich in der Nacht vor der Sonnwendfeier?«

Krügers Blick zuckte zu Ruben. »Meinen Sie mich?«

»Ja, meiner Kollegin traue ich diese Morde nämlich nicht zu.«

»Vorvorletzte Nacht«, überlegte Krüger laut, räusperte sich und fragte verlegen: »Bleibt das unter uns?«

Evas Augen wurden größer. »Kommt drauf an.«

Krüger räusperte sich erneut und sein Lächeln war verschwunden. »Nun ja, ich war in Regensburg. Erst bei einem Priesterseminar und danach in privater Sache.«

»Genauer«, forderte Ruben.

»In privater weiblicher Sache«, druckste Krüger herum.

»Genauer!«

»Bezahlt«, brummte Krüger.

»Und wann waren Sie aus Regensburg zurück?«

»Dürfte so gegen zwei Uhr nachts gewesen sein. Ich bin sofort ins Bett gegangen.«

Ruben nickte. »Alles klar. Vielen Dank für die Auskunft.« Er schwieg einen Moment. »Und wo waren Sie in der Nacht, als Maria Kurz starb?«

»Ich glaube, es reicht«, ging Eva dazwischen. Sie kannte den Mann seit Jahren und wusste, dass er schon vielen Menschen aus der Gegend den Gang zum Psychiater erspart hatte. Dass katholische Geistliche weder impotent noch frei von Lust waren, war nachvollziehbar. Deswegen würde sie Krüger nicht verurteilen.

»Nein, nein, kein Problem, lassen Sie nur, Frau Lange. Ich will ja nicht, dass mich der Herr Kriminalhauptkommissar für einen Serienmörder hält«, beschwichtigte der Seelsorger. »Ich war in der Nacht alleine zu Hause in Parsberg im Pfarrhaus. Als der Anruf kam, bin ich nach Velburg gefahren und habe Frau Lange und ihre Kollegen nach dem Einsatz in der Bäckerei betreut.«

Ruben sah dem Mann nachdenklich in die Augen und bedankte sich für die Auskunft. Das Gespräch war für ihn vorerst erledigt.

Er zog den Ausdruck des Einwohnermeldeamtes heraus und wählte eine Adresse. Es gab in Velburg und Umgebung tatsächlich zweiundzwanzig Menschen, deren Namen mit E. B. begannen. Sie hatten noch eine ausgedehnte Rundfahrt vor sich.

»Wollen Sie mit?«, fragte Eva noch einmal, doch der Seelsorger schüttelte den Kopf. »Ich bin selbst mit dem Auto hier und außerdem muss ich noch zu den Eltern von Björn Haas. Sie waren vorgestern Abend auch auf dem Festplatz und mussten dabei zusehen, wie ihr Junge verbrannt ist.«

»Scheiße«, brummte Eva, die sofort wieder die Bilder im Kopf hatte.

»Wissen wir schon etwas über diesen Björn Haas?«, fragte Ruben, als sie losgefahren waren.

»Was meinst du?«

»Na, hier kennt doch jeder jeden, gibt es schon einen Anhaltspunkt, warum ihn der Täter ausgewählt haben könnte?«

Nachdenklich schüttelte Eva den Kopf. »Ich habe auch schon überlegt. Mir fällt nur die Sache mit dem Kindergarten ein. Es war ein schreckliches Unglück und landesweit in der Presse. Wenn mich nicht alles täuscht, war Björn das einzige Kind, das gerettet werden konnte.«

»Was ist passiert?«

»Es war ein Unfall. Technisches Versagen. Eine Mikrowelle hat sich entzündet und einen Großbrand ausgelöst. Die Kinder hielten gerade Mittagsschlaf und wurden nur von einem Betreuer beaufsichtigt, der vermutlich ebenfalls eingeschlafen war. Laut Gutachter ging alles wahnsinnig schnell. Es starben siebenundzwanzig Kinder und der Betreuer. Die damalige Leiterin der Tagesstätte kam gerade von der Mittagspause zurück und schaffte es mit Müh und Not, einen Jungen, der gerade auf der Toilette war, zu retten. Das war Björn. Er hat großes Glück gehabt … damals.« Eva setzte den Blinker und bog ab.

»Tragische Geschichte«, sagte Ruben. »Und was wurde aus der Frau, die ihn gerettet hat?«

Eva zuckte mit den Achseln. »Keine Ahnung, ehrlich gesagt«, antwortete sie. »Die ganze Geschichte ist schon so lang her und ich war damals im Ausland. Du kannst es ja googeln, wenn es dich interessiert.«

Ruben nickte und zückte sein Handy. Irgendetwas an dieser Geschichte hatte ihn aufmerken lassen. Feuer … immer wieder ging es um Feuer. Er tippte einige Begriffe in die Suchmaske, verfluchte die langsame Internetverbindung und klickte schließlich auf den Archivartikel einer Lokalzeitung.

»Verdammte Scheiße!«

Rubens Aufschrei ließ Eva zusammenzucken. »Was? Was ist los?«

Ruben rieb sich die schmerzende Stirn. »Björns Retterin ist nicht so glimpflich davongekommen wie er. Sie hat durch den Sauerstoffmangel eine körperliche und geistige Behinderung davongetragen und muss seit dem Vorfall im Rollstuhl sitzen. Und jetzt rate mal, wie sie heißt.« Eva schwante etwas, doch Ruben wartete ihre Antwort nicht ab. »Jutta Ostermann! Der Täter hat dafür gesorgt, dass der Junge von seiner einstigen Retterin angezündet wurde.«

Eva schlug mit beiden Händen auf das Lenkrad und stieß einen Fluch aus, den Ruben aufgrund des Dialekts nicht verstand.

»Ein zynisches Arschloch«, schnaubte sie wütend. »Dann sollten wir unsere Pläne ändern und erst mal mit ihr reden.«

26

Den Juden ihr Geld abnehmen und sie dann bei der Gestapo anschwärzen, das tut man nicht! Erna gingen die Worte des Mannes nicht mehr aus dem Kopf. Sie wusste ziemlich genau, wer der nächtliche Besucher gewesen war. Der groß gewachsene Mann hatte zwar ein Tuch vor dem Gesicht gehabt, doch dieser eine Satz hatte genügt, um ihn zu erkennen. Eigentlich hätte sie sofort die Polizei rufen sollen, aber was, wenn der Kerl noch mehr über ihre Vergangenheit wusste? Es ging nicht nur um ihr Erbe für die gute Sache, sondern auch um ihren Ruf. Außerdem hatte der Friedhofsgärtner nur diesen einen Satz gesagt, hatte sich umgedreht und war wieder gegangen. Natürlich saß der Schreck tief, doch wenn er ihr tatsächlich etwas antun wollte, hätte er jede Möglichkeit dazu gehabt.

Trotzdem konnte sie die Sache natürlich nicht auf sich beruhen lassen. Nachdem diese Polizistin sie fast über den Haufen gefahren hatte, hatte Erna kurz überlegt, die Beamten doch um Hilfe zu bitten oder sich an ihre Enkelin zu wenden. Aber wenn die Polizei ihre Nase erst einmal in ihre Angelegenheiten steckte … nein, nicht auszudenken. Und dann noch dieser seltsame Sonderermittler. Er wirkte zwar nicht besonders helle, aber darauf wollte sie sich nicht verlassen.

Erna vermied es, sich noch einmal umzusehen, und betrat entschlossen und mit geradem Rücken den Friedhof. An der ersten Grabreihe blieb sie stehen und sah sich um.

Außer ihrer Bekannten Waltraud, die gerade den Rest ihrer Gießkanne in einen Blumentopf leerte, war niemand zu sehen. Sie redeten kurz über das Wetter, danach war sie allein auf dem Friedhof.

Erna durchquerte die Anlage. Von dem Gärtner war weit und breit nichts zu sehen. Doch als sie sich dem kleinen Schuppen näherte, in dem er seine Werkzeuge lagerte, hörte sie leise Musik aus einem Radio spielen. Die Tür des Schuppens stand einen Spaltbreit offen und neben der Musik erklang ein Scheppern, als würde jemand etwas Metallisches bearbeiten.

Erna blieb mit etwas Abstand stehen und rief: »Hallo? Bist du hier?« Das Klappern verstummte, doch im Radio begann ein neuer Schlager.

»Hallo?«, versuchte sie es lauter, aber nichts rührte sich. Sie machte einen Schritt nach vorne, klopfte gegen das Holz und trat gleich wieder zurück, wobei sie gegen etwas stieß. Das feuchte Tuch war schneller als ihr Schrei. Erna atmete panisch ein, spürte, wie alle Kraft aus ihr schwand, und sackte in sich zusammen.

Der rasende Puls, Sodbrennen und das Gefühl, sich gleich übergeben zu müssen, zeigten Erna, dass irgendetwas ganz und gar nicht in Ordnung war. Hatte sie einen Zusammenbruch gehabt? War sie im Krankenhaus? Ihre alten Glieder schmerzten, und als sie die Augen öffnete, musste sie diese sofort wieder schließen. Das gleißend helle Licht schien direkt über ihrem Gesicht zu schweben. Vielleicht werde ich gerade operiert und bin aus Versehen aufgewacht, ging es ihr durch den Kopf. Aber da war kein Schmerz oder sonst etwas, was darauf hinwies.

»Ah, das letzte Erwachen.« Die Stimme schien von hinten zu kommen. Erna versuchte, sich umzudrehen, doch dazu musste sie sich aufrichten.

Die erste Erkenntnis war, dass sie sich in ihrem eigenen Wohnzimmer auf dem alten Sofa befand. Die zweite, dass hinter ihr ein Mann saß, dessen Gesicht außerhalb des Lichtkegels der Lampe war und deshalb völlig konturlos blieb.

Sie schluckte gegen die Trockenheit in ihrem Hals und fragte mit spröder Stimme: »Wer sind Sie und was machen Sie in meinem Haus?« Sie versuchte, sich aufzusetzen, doch der Fremde befahl: »Liegen bleiben.«

Sie gehorchte. »Wer sind Sie?«

»Schnauze!«

Erna glaubte nicht an Gott. Trotzdem steckte sie ihre faltigen Finger ineinander und begann zu beten.

»Ach, plötzlich fällt dir Gott ein«, sagte der Fremde höhnisch.

»Was wollen Sie von mir?« Sie wollte Kraft in ihre Stimme legen, doch es gelang ihr nicht.

»Wie wäre es mit Aufrichtigkeit?«

Erna überlegte kurz, einfach aufzustehen und wegzugehen, doch was sollte sie in ihrem Alter einem Mann entgegensetzen? Trotzdem hatte sie nicht vor, sich von irgendjemandem herumkommandieren zu lassen. Das hatte schon früher niemand geschafft und daran sollte sich nichts ändern. Mühevoll stemmte sie sich in eine sitzende Position, schob die Beine über die Sofakante und erhob sich. Im selben Augenblick flammte das Deckenlicht auf und sie zuckte zurück.

Sie befand sich zwar tatsächlich in ihrem eigenen Wohnzimmer, doch es hatte sich verändert. Es sah aus, als hätte jemand die Zeit zurückgedreht. Ihr gegenüber verdeckte die riesige Flagge mit dem Hakenkreuz, die eigentlich auf ihrem Dachboden liegen sollte, die Schrankwand. Auf dem Boden vor ihren Füßen lagen unzählige Bilder der Judenverfolgung im Dritten Reich. Manche zeigten einfach nur den Stacheldraht vor den Lagern, andere Berge von ausgemergelten Leichen und eines, wie eine Gruppe von nackten Menschen in eine kleine Kammer geführt wurde. Erna kannte die alten Fotos, hatte sie sich aber schon lange nicht mehr angesehen.

Sie hob den Blick und sah die eigentliche Bedrohung. Das dicke Seil hing inmitten des Raumes von der Decke. Direkt darunter stand einer ihrer alten Küchenstühle und auf der Sitzfläche lag etwas, das sie nur zu gut kannte. Sie hatte den Aufnäher aus ihrer Zeit bei der SS niemals wegwerfen können und ihn daher zusammen mit etwas Zahngold in der kleinen Blechkiste in einem Geheimfach ihres Schlafzimmerschranks aufbewahrt.

»Was?«, stammelte sie und drehte sich zu dem Mann um. Er hatte ihre Reaktion offenbar erwartet und verbarg sein Gesicht hinter einer Maske, die ihn ironischerweise in Adolf Hitler verwandelte.

»Du bist doch nicht etwa erstaunt darüber, dass dich das alles einmal einholt? Spätestens an deinem Todestag wirst du die Quittung für dein Leben bekommen und ich würde sagen, die Tendenz geht eindeutig in Richtung Hölle. Aber es sind so viele Menschen auf dem falschen Weg und ich habe von Gott den Auftrag bekommen, ihnen vor deinem Ableben die Augen zu öffnen. Und genau das wird bald deine Aufgabe sein. Du wirst den Menschen zeigen, wo es hinführt, wenn man sein Herz der Gier verschreibt.«

Erna atmete tief durch, schüttelte den Kopf und brachte Haltung in ihren gebrechlichen Körper. »Ich glaube, es ist besser, Sie gehen jetzt!« Dann stand sie auf, ging selbstbewusst zu der schmalen Kommode, nahm das Telefon aus der Ladestation und wählte den Notruf. Das Display blieb leer.

Der Mann erhob sich in aller Ruhe, nahm ihr das Telefon aus der Hand und schlug mit der anderen zu. Ernas Körper wurde von dem Schlag herumgerissen und es war ein Wunder, dass sie nicht stürzte. Ihr schmerzerfüllter Schrei hatte nur einen weiteren Schlag ins Gesicht zur Folge. Schließlich sackte sie auf den Boden. »Wie können Sie so mit einer alten Frau umgehen!«, wimmerte sie.

Er schnaubte verächtlich, zog sie an den Haaren in den Stand und beugte sich so weit nach vorne, dass sie seine dunkelblauen, wahnsinnigen Augen sehen konnte. Er hielt den Blickkontakt aufrecht: »Alte, Junge, Männer, Frauen und Kinder haben dich damals angefleht und du hattest nichts Besseres zu tun, als ihnen ihr letztes Hemd zu nehmen. Sie haben es dir gegeben, Erna, sie haben dir alles gegeben. Sie haben sich sogar die Goldzähne herausgebrochen, um dich zum Schweigen zu bringen. Ich kenne dich, Erna, und ich kenne die Geschichten über dich. Sie gaben dir alles, was sie hatten. Und du hast sie trotzdem verraten, um vor deinen Genossen gut dazustehen und um dich persönlich zu bereichern. Ich habe dich lange beobachtet und gesehen, wie du dein sorgenfreies Leben genießt. Und wenn das Geld einmal knapp wird, gehst du einfach zu deinem Schließfach und verkaufst ein weiteres Schmuckstück.« Er atmete tief ein. »Damit ist ab sofort Schluss. Du hast die Wahl. Entweder du besitzt so viel Selbstachtung, um dich vor meine Kamera zu setzen und alles zu gestehen, oder …«

»Oder?«, hauchte sie mit Tränen in den Augen.

»Oder du steigst jetzt sofort auf diesen Stuhl, ziehst die Schlinge über deinen Kopf und lässt dich fallen.«

Erna spürte, wie ihr Blick durch die Tränen unscharf wurde, doch sie wollte nicht blinzeln, sie wollte dem Mann weiter in die Augen sehen. Sie schluckte den Kloß im Hals herunter und fragte mit eigenartig ruhiger Stimme: »Merken Sie eigentlich, wie verrückt Sie sind? Was zur Hölle gibt Ihnen das Recht, sich als Richter aufzuspielen? Glauben Sie wirklich, dass Sie einer Vierundneunzigjährigen so etwas anbieten können?«

Er hielt ihrem Blick stand und erwiderte bedrohlich leise: »Du warst der Richter, Erna. Als du all diese Menschen verraten hast, hast du nicht nur den Richter gespielt, sondern auch Gott. Und vielleicht liegt es an Menschen wie dir, dass unsere Gesellschaft inzwischen vom Egoismus beherrscht wird.« Er stockte, legte mehr Kraft in seine Stimme und fragte: »Also? Offenbarung oder das Seil? Wenn du keine Entscheidung triffst, breche ich dir jeden einzelnen deiner Knochen und hänge dich erst ganz zum Schluss auf.«

Sie lächelte wissend und sagte leise: »Wusste ich es doch. Ihnen geht es nur um Macht. Sie wollen niemanden missionieren, Sie wollen nur ihren Hass loswerden.«

Der Schlag kam zu schnell für ihre altersschwachen Reflexe. Seine Faust traf ihren Bauch und presste ihr die Luft aus den Lungen. Erneut sank sie zu Boden. Die Erkenntnis kam ihr, noch während sie auf ihre Knie fiel, und legte sich wie eine wärmende Decke über ihren Geist. Das hier würde ihr Ende sein und irgendwie war es auch gut so. Nichts im Leben hatte sie brechen können, auch nicht dieser völlig entgleiste Irre, dem sie nicht auch nur das kleinste bisschen Macht über sich zugestehen wollte. Als der Schmerz abgeklungen war, zog sie sich an der Kommode nach oben. Dort sah sie ihm noch einmal triumphierend in die Augen, drehte sich um und humpelte langsam zu dem Stuhl.

Der Aufstieg war mühevoll, doch sie schaffte es ohne seine Hilfe. Das Seil wirkte auf ihrer dünnen Haut fest und stabil. Sie streifte die Schlaufe langsam über ihren Kopf, dachte an ihren Alfons und ließ sich fallen.

27

»Bis morgen.«

»Ja, bis morgen.« Eva hatte vor der kleinen Pension angehalten und überlegte kurz, ob sie Ruben zu einem Abendessen einladen sollte. Aber der Mann schien einer der wenigen zu sein, der seine Familie wirklich liebte. Sie dagegen war allein und nach zwei Gläsern Wein vielleicht nicht mehr so zurückhaltend. Sie sah ihm zu, wie er ausstieg, und hielt den Mund.

Anschließend fuhr sie nach Hause, duschte lange und hatte eine Stunde später das Gefühl, von ihrer Wohnung erdrückt zu werden. Es war gerade einmal neunzehn Uhr und hinter dem Fenster neigte sich ein wunderschöner Sommertag dem Ende zu.

Noch vor ein paar Tagen war die Welt in Ordnung gewesen. Sie hatte Spaß mit Kai gehabt, traf sich oft mit ihrer besten Freundin Lisa und in ihrem Job gab es höchstens mal eine Schlägerei unter Jugendlichen. Jetzt fühlte sie sich mutterseelenallein und draußen herrschte Mord und Totschlag.

Der Tag hatte zwar einige Erkenntnisse gebracht, aber der große Durchbruch war ihnen nicht gelungen. Sie hatten nun höchstens eine Ahnung davon, wie der Täter seine Opfer auswählte. Bei Maria Kurz war es vermutlich das verwerfliche

Verhalten ihres Vaters, das der Täter bestrafen wollte, indem er ihm seine Tochter nahm.

Und der Besuch der ehemaligen Kindergartenleiterin Jutta Ostermann hatte ergeben, dass sie ausgerechnet von dem Kind, das sie damals aus den Flammen gerettet hatte, verspottet worden war. Überhaupt schien dieser Björn Haas einen ziemlich zweifelhaften Ruf gehabt zu haben. Der junge Mann kannte offenbar keine Grenzen, und wenn man den Aussagen seiner Mitschüler glauben durfte, war er ziemlich arrogant und gedankenlos.

Eva versuchte, sich zu entspannen. Sie ging in die Küche, holte die angebrochene Flasche Weißwein aus dem Kühlschrank und zündete sich eine Zigarette an. Der Wein war jedoch schnell getrunken. Also streifte sie ein dünnes Kleid über, verließ das Haus und steuerte die einzig brauchbare Lokalität in der Nähe an.

Natürlich kannte Eva den einen oder anderen Gast und einige hätte sie sogar als lockere Bekanntschaften bezeichnet. Trotzdem suchte sie sich einen Platz am Rand des kleinen Biergartens und bestellte sich ein Glas Weißwein. Nach dem zweiten Glas löste sich ihre Anspannung etwas. Doch als die Bedienung erneut an ihren Tisch kam, winkte sie ab. Stattdessen zahlte sie, trank aus und wollte gerade aufstehen, als die Kellnerin ein weiteres Glas Wein brachte. »Von den beiden hinter Ihnen«, erklärte die junge Aushilfe und nickte zum hinteren Bereich des Biergartens.

Eva drehte sich um und erstarrte. Ausgerechnet Lisa und Kai, ihre Ex-Freundin und ihr Ex-Freund, hatten das Getränk für sie bezahlt. Im ersten Augenblick hatte sie Fluchtgedanken, aber mit Anfang dreißig lief man nicht mehr davon, man stellte sich seinen Problemen.

Die beiden waren inzwischen aufgestanden und neben ihren Tisch getreten. »Dürfen wir?«, fragte Lisa.

»Von mir aus«, erwiderte Eva gespielt gelassen. Einerseits freute sie die Begegnung und andererseits machte sie sie wütend.

Als das Schweigen unangenehm wurde, hob Lisa ihr Glas an und fragte mit einem vorsichtigen Lächeln: »Frieden?«

Eva dachte kurz über das Angebot nach, schüttelte aber den Kopf. Trotzdem und vielleicht auch weil sie in der Summe bereits drei Gläser Weißwein auf nüchternen Magen getrunken hatte, sagte sie: »Waffenstillstand.« Danach stieß sie ihr Glas widerwillig gegen die anderen und trank es in einem Zug leer.

Kai tat es ihr gleich. Eva ertappte sich dabei, wie sie ihn aus dem Augenwinkel heraus beobachtete. Ihr Herz schlug schneller.

Kai stellte das Glas ab, leckte sich über die Lippen und begann zögernd: »Wir wollten schon lange mit dir reden, aber du warst leider nie erreichbar.«

»Die Morde«, entgegnete Eva. »Und diese Scheißaktion von euch beiden in meinem Bett.«

Kai nickte. »Es tut uns wirklich leid. Mir ist klar, dass der Spruch klischeebeladen ist und es für dich nicht leichter macht, aber es war wirklich nur Sex.«

Eva orderte trotz eines leichten Schwindels eine weitere Runde Wein. Dann sah sie Lisa an. »Siehst du das auch so locker?«

Diese lehnte sich zurück und deutete ein unsicheres Nicken an: »Ehrlich gesagt ja.«

In Eva übernahm wieder Wut die Kontrolle: »Aber du bist … warst gottverdammt noch mal meine beste Freundin. Das tut man einfach nicht!«

Der Wein wurde gebracht und alle nahmen einen großen Schluck. Nun löste der Alkohol auch Lisas Zunge. »Bist du wirklich so ein moralischer Mensch geworden? Ich kann mich noch gut an früher erinnern. An eine Zeit, als du Sex einfach nur als das gesehen hast, was es ist … Spaß, Entspannung und ein schönes Erlebnis. Bei unserem Urlaub in der Türkei hast du keinen der Männer danach gefragt, ob sie in einer Beziehung sind, du hast sie dir einfach genommen und vermutlich nie wieder darüber nachgedacht.«

Eva unterdrückte ihren Ärger darüber, dass Lisa vor Kai die alten Geschichten auspackte. Sie trank das Glas leer, bedeutete der Bedienung, eine neue Runde zu bringen. Ihr lag eine wütende Erwiderung auf der Zunge, doch irgendwie fehlte ihr die Kraft dazu. Stattdessen sagte sie leise: »Da habe ich auch noch nicht geliebt.«

Ihre Freundin ließ den Satz eine Weile in der Luft hängen. »Und was hindert dich daran, Kai auch weiterhin zu lieben?« Beinahe grob fügte Lisa hinzu: »Es war doch nichts weiter als ein Fick. Ja, es war schön, aber Kai und ich wussten von vornherein, dass uns nichts anderes als Freundschaft verbindet. Es hat sich verdammt noch mal einfach so ergeben. Eigentlich wollte ich dich an diesem Abend nur besuchen. Wir haben ein bisschen was geraucht und sind irgendwie darauf gekommen, dass noch keiner von uns einen Dreier hatte.«

Eva sah von einem zum anderen und fragte ungläubig: »Ihr wolltet mich danach fragen?«

Kai nahm einen großen Schluck und schüttelte den Kopf. »Eigentlich war es nur eine Blödelei.«

»Na ja, schon etwas mehr als das«, widersprach Lisa lallend. »Wärst du rechtzeitig nach Hause gekommen, hätte das passieren können. Aber du hast angerufen und gesagt, dass du noch eine Schicht dranhängen musst, und dann führte eins zum anderen …« Lisa versuchte ein Lächeln. »Die Frage ist … nur hypothetisch natürlich: Hättest du ein genauso großes Problem damit, wenn wir es zu dritt gemacht hätten?«

Eva zündete sich eine Zigarette an und zog nachdenklich daran. Nach der Hälfte winkte sie die Bedienung an den Tisch und bat: »Bringen Sie mir bitte noch zwei geschlossene Flaschen und die Rechnung.«

Lisas Gesichtsausdruck wurde ernst und ihre Stimme klang deutlich nüchterner. »Bitte, Eva. Es tut mir leid, dass ich so direkt war … wirklich.«

Doch Eva bezahlte, nahm die beiden Flaschen, stand auf und sah zu den beiden herab. »Was ist, worauf wartet ihr?« Ihr Lächeln war aufrichtig. »Mein Kollege, dieser Sonderermittler Hattinger, sagt immer, dass Gefühle den Blick auf die Fakten verstellen. Also kommt ihr mit zu mir und wir werden gemeinsam herausfinden, ob es stimmt.«

»Das ist irgendwie komisch«, stellte Lisa fest, als sie alle drei in Evas Wohnung standen.

»Kommt mir vor wie eine Verzweiflungstat«, ergänzte Kai und sah Eva prüfend an.

Eva wusste selbst nicht, was in sie gefahren war. Vielleicht lag es am Stress der letzten Tage oder an den einsamen Nächten, dass sie gerade das Gefühl hatte, etwas Verrücktes tun zu müssen. Eva ignorierte die Unsicherheit ihrer Freunde, öffnete eine Flasche und trank. Der kleine Spaziergang hatte ihren Rausch ein wenig abgeschwächt, doch nun ließ der Wein eine weitere Welle der Entspannung durch ihren Körper fließen. Sie sah, wie Kai ihr zweifelnd zusah, und kicherte. »Was ist? Macht euch doch mal locker. Das ist keine Falle oder so.« Dann reichte sie die Flasche an Lisa weiter und ließ ihre Finger sanft über deren Busen streifen. »Es ist ja auch nicht so, dass ich dich als Frau unattraktiv finde.« Eva kicherte wieder, wartete, bis Kai die Flasche hatte, und sagte zu Lisa: »Schließ die Augen.«

Ihre Freundin befolgte den Befehl zögernd. Eva küsste sie sanft.

Zuerst schreckte Lisa zurück, doch Eva hatte den Arm um sie gelegt und ließ das nicht zu. Schließlich öffnete sie ihre

Lippen. Ihre Zungen spielten miteinander und steigerten ihre Lust.

»Wow«, hörte sie Kai wie durch einen Nebel und wusste in diesem Augenblick, dass sie das alles tatsächlich wollte. Sie zerrte an Lisas Kleidern. Aus den Augenwinkeln sah sie, wie Kai sich ebenfalls auszog. Hände tasteten nach fremden Körpern und erforschten diese. Erst zärtlich, dann immer drängender. Eva genoss Lisas Berührungen, die sich völlig anders anfühlten als alles, was sie bisher gekannt hatte. Sie stöhnte. Kurz vor ihrem Höhepunkt zog sie sich schwer atmend zurück und taumelte gegen den Esstisch, wo sie nach dem Wein griff und sich die kalte Glasflasche an den Schritt hielt.

Lisa war noch lange nicht so weit. Sie wandte sich Kai zu, hielt jedoch inne und sah Eva fragend an. Die lächelte, nahm einen Schluck aus der Flasche und ging auf die beiden anderen zu. »Genau deswegen sind wir doch hier«, flüsterte sie, nahm die Hand ihrer Freundin und führte sie an Kais beachtlichen Ständer. Lisas Finger umschlossen ihn. Die Hitze zwischen Evas Beinen nahm zu. Sie schmiegte sich von hinten an ihre Freundin, schob ihre Hand zwischen ihre Beine und sah dabei zu, wie Lisa ihren Ex-Freund zum Höhepunkt brachte.

Sie wusste aus Erfahrung, dass Kai keine lange Regenerationszeit brauchte. Die Zeit bis zu seiner nächsten Erektion überbrückte sie damit, Lisa zu ihrem Bett zu führen und mit dem Kopf zwischen deren Schenkel zu tauchen. Anschließend wechselte sie die Stellung, und während Lisa unten die Zunge benutzte, küsste Kai sie oben in den Himmel.

Irgendwann, weit nach Mitternacht, küssten sie sich ein letztes Mal und schliefen eng umschlungen ein.

28

Ernas Sturz dauerte nur einen Sekundenbruchteil. Sie spürte, wie sich die Schlinge um ihren Hals zuzog, es gab ein schnalzendes Geräusch und sie landete schmerzhaft auf dem Boden. Ihr alter Oberschenkelknochen hielt der Belastung nicht stand und brach mit einem lauten Knacken.

Nicht tot, ich bin nicht tot, schoss es ihr durch den Kopf, aber die Panik blieb. Sie schnappte nach Luft. Ohne den Herzschrittmacher hätte ihr Herz das erledigt, was das Seil nicht geschafft hatte. Für einige Augenblicke spürte Erna alles gleichzeitig. Den Schmerz in ihrem Bein, der sich explosionsartig ausbreitete, ihren jagenden Herzschlag und das panische Pumpen der Lunge. Statt Angst stieg Wut in ihr auf. Sie drehte sich mühsam zur Seite, sah ihren Peiniger an und fragte weinend: »Warum nicht?«

Seine Stimme klang, als würde er unter der Maske grinsen. »Hast du geglaubt, ich lasse dich so einfach aus der Nummer raus?« Er ging vor ihr in die Hocke und sah sie verächtlich an. »Mir war ziemlich klar, dass du dich lieber selbst umbringst, als dazu zu stehen, was du getan hast. In deinem Alter ist es so viel leichter, den letzten Schritt zu gehen.«

»Mein Bein ist gebrochen«, sagte Erna mit schmerzerstickter Stimme. Wider besseres Wissen hoffte sie auf sein Mitgefühl. Er erhob sich und trat mit voller Wucht gegen ihren Oberschenkel. »Dieses oder das andere?«, fragte er.

Erna heulte auf. »Bitte nicht … bitte.« Sie drehte sich auf die andere Seite, wo ihre Hand die große, über den Schrank gehängte Naziflagge zu greifen bekam. Sie zog an dem Stoff, der sich wie ein Leichentuch über sie legte.

Ihr Peiniger stieg über sie, blickte auf sie herab und sagte verächtlich: »Das Hakenkreuz hat dir vielleicht früher einmal geholfen, heute wird es dir nichts mehr nützen.« Während er die Worte sprach, hob er den Fuß an und trat ihr erneut mit voller Kraft auf das gebrochene Bein. Erna schrie auf, spürte, wie sich der Schmerz explosionsartig ausbreitete, und zog die Flagge in ihr Gesicht. Erst kam die Übelkeit und schließlich der Segen einer Ohnmacht.

Es riecht falsch, war Ernas erster Gedanke, bevor der Schmerz eintrat. Und es ist zu kalt. Sie öffnete ihre Augen und sah nackte Steinwände, die von einem flackernden Licht mühsam erhellt wurden. Ihr Bein brannte höllisch und überlagerte beinahe ihre anderen Schmerzen. Stück für Stück kam die Erinnerung zurück. Alles war so schnell gegangen. Da war dieser Mann und seine Drohung, sie für ihre Vergangenheit zur Verantwortung zu ziehen.

Erna war klar, dass das, was sie früher getan hatte, nach normalen moralischen Maßstäben nicht in Ordnung war. Andererseits lief es im Leben und der Natur nun einmal so, dass der Stärkere gewann, und damals war sie eindeutig in einer stärkeren Position gewesen. Hätte sie es nicht gemacht, wäre eine andere an ihre Stelle getreten. Außerdem hatte sie niemanden in die Gaskammer geschickt. Sie hatte sich nur dafür bezahlen lassen, dass die Menschen eine Weile länger leben durften. Im Grunde also eine gute Tat. Außerdem brachte sie sich dadurch selbst in Gefahr, und da war es ja wohl das Mindeste, dass sie wenigstens danach ein sorgenfreies Leben führen konnte. Ihr Alfons hatte das verstanden. Er war eben noch vom alten Schlag gewesen und hatte gewusst, dass es damals keine Alternative gegeben hatte.

Als ein dicker Tropfen direkt auf ihre Stirn klatschte, schimpfte sie mit sich selbst. Was schwelgte sie hier in alten Erinnerungen, während ihr Leben in Gefahr war? Auf diesen Stuhl zu steigen und sich selbst zu richten war die eine Sache. Diesem selbstgerechten Monster ausgeliefert zu sein eine andere.

Sie versuchte eine Bewegung, was das gebrochene Bein mit höllischen Schmerzen bestrafte. Ihr blieb nichts anderes übrig, als sich von ihrer liegenden Position aus umzusehen.

Das flackernde Licht kam von zwei großen Kerzen, die auf alten, verrosteten Wandhalterungen standen. Der Raum war etwa fünf mal fünf Meter groß und kam ihr irgendwie bekannt vor. An der Wand zu ihren Füßen gab es eine massiv wirkende Holztür, sonst war ihr Verlies leer. Die Wände bestanden aus rohem Stein, in dem in regelmäßigen Abständen Eisenringe befestigt waren.

Erna suchte in ihrer Erinnerung und wurde fündig. Es war vor einigen Jahren gewesen, als jemand aus ihrer Skatrunde angeboten hatte, sich um eine Führung durch die alten Kühlkeller unterhalb der Burgruine zu kümmern. Es war ein schöner Ausflug gewesen, doch nun kam es ihr wie die Besichtigung ihres zukünftigen Grabes vor.

Erna fiel es schwer, ihre Tränen zurückzuhalten. Ihre Hilferufe brachen sich an den Mauern und waren außerhalb vermutlich nicht mehr als ein Flüstern. Aber was sollte sie tun? Ihre alten Stimmbänder gaben einfach nicht mehr her und der Versuch, bis zur Tür zu krabbeln, scheiterte an den Schmerzen. Obwohl sie kaum vorwärtsgekommen war, sank sie bald völlig erschöpft auf den kalten Boden. Ihre Tränen vermischten sich mit dem Staub. Irgendwann übermannte sie ein Halbschlaf, der von ihren Albträumen beherrscht wurde. Ihre Blase entleerte sich, was sich erst schön warm, später kalt und eklig anfühlte.

29

Paul Janik war mitten in der Nacht aufgeschreckt und ziemlich verärgert darüber, dass sein Traum so abrupt endete. Der kleine Junge im Traum war genau das gewesen, was er so lange gesucht hatte. Nachdem er seine anfängliche Scheu überwunden hatte, hatte er keine Angst mehr vor ihm gehabt. Er kuschelte, schmeckte nach Kindheit und hatte Spaß daran, ihm nahe zu sein. Und, was das Wichtigste war, er wollte freiwillig bei ihm bleiben.

»Paul«, rief die Stimme, die ihn um diesen schönen Traum gebracht hatte. Er tastete nach der feuchten Stelle an seiner Hose, schob die Hand unter den Bund und flüsterte leise in das Dunkel seiner Zelle: »Ich kann nicht.«

»Sie werden dich einsperren. Sie werden dich so lange einsperren, bis du es nicht mehr erträgst.«

»Geh weg, hab ich gesagt«, fauchte Paul und schlug sich auf die Ohren. Er legte sich wieder hin und suchte nach den Bildern aus seinem Traum, während er sein Fleisch bearbeitete.

»Möchtest du es beenden?«

Paul hielt inne. Sein Herzschlag beschleunigte sich und er fragte unsicher: »Was meinst du damit?«

»Möchtest du aufhören zu existieren?«

Paul schlug seinen Kopf auf dem Kissen hin und her, zog die Knie an und bewegte seine Hand noch schneller.

»Ich kann dir dabei helfen.«

Pauls Gedanken flogen hin und her, fanden keinen Halt. Im Grunde hielt er sich selbst schon lange nicht mehr aus, war aber viel zu feige für den letzten Schritt. Er jaulte auf und konzentrierte sich auf das Bild des kleinen Jungen. Doch bald war er wieder an dem Punkt, an dem die chemische Kastration in Form dieser verdammten Tabletten alles zunichtemachte. Seine viel zu weiche Erektion fiel endgültig in sich zusammen und löste eine Welle der Verzweiflung aus. Für einen kurzen Augenblick herrschte völlige Leere in seinem Kopf, bis die Tränen kamen und er leise sagte: »Ich nehme deine Hilfe an.«

Stille. Unglaublich intensive Stille legte sich über die Zelle. Paul blieb liegen und hörte seinem Atem dabei zu, wie er langsam ruhiger wurde. Nach einigen Minuten hielt er es nicht mehr aus und fragte: »Hallo?« Dieses Mal erfasste ihn eine andere Art der Panik und er schimpfte sich selbst einen Narren. Denn wie sollte ihm die Stimme in seinem Kopf dabei helfen können, sich von all dem Elend zu befreien?

»Ich möchte sterben!«

Ruben war sich bewusst, dass das Gespräch aufgezeichnet wurde, und fragte daher erneut: »Sind Sie sich sicher, dass Sie auf die Anwesenheit Ihres Anwalts verzichten wollen?«

Paul Janik sah aus, als würde er zwischen zwei verschiedenen geistigen Zuständen hin und her springen. »Ich will keinen Anwalt, ich will sterben.«

»Sie haben schon lange keins Ihrer Bilder mehr gemalt«, wechselte Ruben das Thema, lehnte sich zurück und musterte den Mann. Er wusste immer noch nicht so recht, ob dieser schauspielerte oder tatsächlich ein geistiges Problem hatte.

»Psst«, zischte Janik und versuchte, mit den an den Tisch geketteten Händen auf seine Ohren zu schlagen.

»Was hören Sie gerade? Was sagt die Stimme in Ihrem Kopf?«

Janik zuckte zusammen. »Das geht Sie nichts an, hören Sie, das geht Sie überhaupt nichts an.«

»Wollen Sie vielleicht malen, was Sie hören?«, beharrte Ruben.

Janik versuchte aufzuspringen, wurde aber von den Handschellen wieder nach unten gerissen. »Glauben Sie wirklich, ich mache das für Sie? Glauben Sie, ich mache das, um Ihnen zu helfen?«, brüllte er und schüttelte wild den Kopf. »Es ist ganz alleine Gottes Fingerzeig, den ich mit den Bildern sichtbar mache. Er alleine bestimmt, was ich wann zeichnen soll … Sünde, Sünde, Sünde … darum geht es. Meine Sünde, ihre Sünden.«

Janiks Speichel spritzte über den Tisch. Ruben blieb gelassen. Erst als der Häftling begann, seine Stirn auf die Tischplatte zu schlagen, gab er dem in der Ecke stehenden Polizisten das Zeichen einzugreifen.

»Geht es wieder?« Nachdem der Polizist Janik eine Weile auf dem Stuhl fixiert hatte, beruhigte der sich langsam. Ruben nickte seinem Kollegen zu, der den Griff langsam löste.

Da war sie wieder, die andere Seite des Mannes, den Ruben noch nicht durchschauen konnte. Janik lächelte traurig. »Ich möchte wirklich nicht mehr. Ich halte das alles nicht mehr aus.«

Ruben beugte sich nach vorne und fragte leise: »Wie wäre es mit einer Beichte?« Janiks Augen verengten sich für einen winzigen Augenblick. Ruben schlug die ausgedruckten Unterlagen auf, die ihm sein Partner aus Bamberg per Mail zugeschickt hatte. »Fangen wir doch mit dem siebenjährigen Felix Wirth an. Der Junge verschwand, kurz bevor Sie angezeigt wurden, und ist bis heute verschwunden.«

»Ich kenne keinen Felix.« Janik spürte, wie der Schweiß aus seinen Poren drang. »Ihre Kollegen haben mich schon damals danach gefragt …«

»… und konnten Ihnen nichts nachweisen. Ich weiß, steht ja alles hier drin.« Ruben klopfte auf die Mappe. »Das heißt ja aber noch lange nicht, dass Sie keinen Spaß mit dem Jungen haben wollten.« Er schloss die Mappe, faltete die Finger ineinander und erklärte: »Ich habe heute Nacht nichts anderes gemacht, als mich mit Ihrer Lebensgeschichte auseinanderzusetzen. Im Moment kenne ich Sie vielleicht besser als Sie sich selbst. Und ich frage mich, wann Sie sich verändert haben. In keinem einzigen Bericht oder Gutachten steht etwas von dieser Stimme, die Sie angeblich hören. Es steht nirgends ein Wort davon, dass Sie so kaputt sind, wie Sie sich hier geben. Es gibt keinen Hinweis darauf, dass Sie, lassen Sie es mich salopp ausdrücken, ein durchgeknallter Geisteskranker waren.« Janiks Blick wurde traurig und Ruben begriff, dass er auf der richtigen Spur war. »Nach allem, was ich gelesen habe, scheinen Sie heute ein völlig anderer Mensch zu sein. Das Einzige, was damals nicht normal an Ihnen war, war Ihre Neigung zu kleinen Kindern. Als man Sie festgenommen hat, waren Sie ein selbstbestimmter Mann, der sich völlig klar artikulierte. Sie hatten gepflegte Umgangsformen, achteten auf Ihr Äußeres und hatten ganz gewöhnliche Hobbys. Wir haben die Aussage von Freunden und Nachbarn, die Sie als normalen, ja sogar ausgesprochen netten Menschen beschreiben.« Ruben sah dem Mann in die Augen. »Und was sind Sie jetzt? Beschreiben Sie sich doch einmal selbst.«

»Das Gefängnis hat mich gebrochen«, murmelte Janik. Ruben schüttelte den Kopf. »Nein, da muss noch etwas anderes sein. Ich weiß, wie es im Gefängnis läuft, ich war ja selbst mal drin.«

»Was?«

»Ja, wirklich, einen ganzen Monat.«

Janik war offenbar so irritiert, dass sein Wahn zu verfliegen schien. »Sie verarschen mich«, stieß er aus.

Ruben lachte. »Nein, ich verarsche Sie nicht. Ich war im Knast. Einfach weil ich wissen wollte, wie es für die weitergeht, die ich dort hineinbringe. Und weil ich wissen wollte, wie jemand tickt, der wieder entlassen wird.« Er grinste breit. »Sie glauben ja nicht, was es für ein Verwaltungsaufwand ist, einen Unschuldigen ins Gefängnis zu bringen. Mein Wunsch hat damals einige Leute ins Schwitzen gebracht.«

Janik lachte zögernd. Ruben erkannte seine Chance. »Wer erpresst Sie, diese Morde vorherzusagen?«

Das Lachen erstarb augenblicklich. »Niemand.«

»Und wenn ich beweisen kann, dass Sie Felix Wirth getötet haben? Erpresst Sie dann immer noch niemand?«

»Ich kenne keinen Felix Wirth und habe niemanden getötet«, keifte Janik. »Sie sind doch wie alle anderen Bullen auch. Sie halten mich für ein Monster und würden mich am liebsten weiter einsperren. Aber das können Sie nicht. Ich habe meine Strafe abgesessen und nehme diese verfluchten Tabletten.«

»Wovor haben Sie Angst?« Ruben blieb gelassen. Fasziniert beobachtete er, wie der Mann nun in echte Tränen ausbrach. Ein Zittern erfasste seinen ganzen Körper. Janik schien so wütend, dass er jede Beherrschung verlor. »Wovor ich Angst habe, ist das Ihr Ernst?« Er stützte sich am Tisch ab, ohne Zug auf die Handschellen auszuüben. Bedrohlich beugte er sich über Ruben. »Ich habe Angst davor, wieder ins Gefängnis zu kommen. Ich habe Angst vor dieser Stimme in meinem Kopf, die mir sagt, was ich zu tun habe. Ich habe Angst davor, nie wieder einen Orgasmus zu haben. Ich habe Angst davor zu wissen, wer als Nächstes getötet wird … ich habe Angst vor meinem ganzen beschissenen Leben.«

Ruben wartete den Anfall geduldig ab. Nüchtern sagte er: »Alles klar. Sie werden morgen früh abgeholt und in die psychiatrische Abteilung der JVA Straubing überwiesen.« Alles Kumpelhafte war aus seiner Stimme verschwunden.

Janik schüttelte den Kopf. »Das können Sie nicht machen.«

Ruben legte den Kopf etwas schief: »Kann ich und werde ich. Ich bin hier der Kommissar und Sie der Gefangene. Und wenn dieser Fall hier abgeschlossen ist, werde ich Ihre Schuld am Verschwinden von Felix Wirth nachweisen. Ich habe Ihre Mimik während der letzten zwanzig Minuten eingehend studiert und bin zu dem Schluss gekommen, dass Sie etwas zu verbergen haben. Sollte ich recht behalten, werden Sie das Gefängnis vermutlich nie mehr oder als sehr alter Mann verlassen. Das heißt, natürlich nur, wenn im Knast niemand davon erfährt, dass Sie kleine Kinder mögen. Es sind ziemlich viele Väter inhaftiert … aber das wissen Sie ja bereits.«

Janik sah den Kommissar starr an und schüttelte immer wieder den Kopf. Ruben stand auf und sagte zu seinem Kollegen: »Sie können den Gefangenen zurück in seine Zelle bringen.« Er ignorierte die Flüche, die ihm Janik hinterher brüllte, und verließ das Verhörzimmer.

30

Eva erwachte spät, viel zu spät. Der kleine Radiowecker sprang gerade auf neun Uhr. Trotzdem musste sie noch einen Moment liegen bleiben, um ihre Gedanken zu sortieren. *Warum liegt Lisa nackt neben mir und woher kommt der leichte Schwindel?* Einen Augenblick später waren die Bilder in ihrem Kopf und sie erinnerte sich. Ein Blick nach rechts zeigte, dass Kai offenbar schon zur Arbeit gegangen war. Doch es konnte noch nicht lange her sein, denn sein Geruch hing noch in der Luft. Er erinnerte sie an glückliche Zeiten und für ein paar Sekunden gab sie sich ihren Erinnerungen hin. Dann drehte sie den Kopf wieder zu Lisa. Ihre Freundin war ebenfalls aufgewacht und sah sie mit einem Lächeln an. »Guten Morgen«, sagte sie. »Geht es dir gut?«

Eva war noch viel zu schlaftrunken, um sich im Klaren darüber zu sein, was sie von der letzten Nacht halten sollte. Es war unbestritten schön gewesen, doch es würde wohl noch eine Weile dauern, bis sie akzeptieren konnte, was passiert war. Lisa schien ihr das anzusehen, strich ihr über die Haare und schob sich näher an sie heran. Lächelnd flüsterte sie: »Denk einfach nicht darüber nach.« Sie senkte ihre Lippen auf Evas und gab ihr einen langen Kuss. Eva dachte an ihre Arbeit und daran, dass sie dringend losmusste, aber ihr Körper sendete völlig andere Signale. Sie schob sich näher an Lisa.

Es war ganz anders als letzte Nacht. An diesem Morgen war ihr Liebesspiel langsam und behutsam. Sie berührten sich, machten immer wieder kurze Pausen und kamen schließlich gemeinsam zum Höhepunkt.

Irgendwann löste sich Eva schweren Herzens aus Lisas Umarmung, telefonierte kurz mit ihren Kollegen und ging unter die Dusche. Nach einem schnellen Kaffee verabschiedeten sich die beiden und Eva versprach, bald anzurufen.

Eva ging zu Fuß zur Wache und dankte Gott, dass der Wein offenbar von guter Qualität gewesen war. Trotzdem kam ihr die Welt heute irgendwie unwirklich vor. Kurz vor der Wache blieb sie stehen, versuchte, das Chaos ihrer Gefühle zurückzudrängen, atmete noch einmal durch und ging hinein.

Nachdem ihr einer ihrer Streifenbeamten über die nächtlichen Einsätze berichtet hatte, nahm sie die Protokolle und verließ den Besucherraum. Sie war schon an den beiden Toilettentüren vorbei, als sie stehen blieb und die zwei Meter zurückging. Im ersten Moment dachte sie, Peter hätte Streit mit einem Kollegen, da aber außer der Stimme ihres Stellvertreters nichts zu hören war, handelte es sich offenbar um ein Telefonat.

Sie lehnte sich neben der Herrentoilette an die Wand und lauschte. Wie schon bei dem Gespräch, das sie vor der hiesigen Bäckerei aufgeschnappt hatte, war auch hier nicht alles zu verstehen, aber es fielen die Worte: »Angst … Björn … wissen wir noch ni… du musst vorsi… sein … bald … neu… Opfer.« Der Kommissar ging anscheinend in den Räumen auf und ab, da seine Stimme mal lauter, mal leiser wurde. Als sie einige Sekunden lang nichts mehr hörte, beschloss sie, dass es besser war zu gehen.

Hinter ihr wurde eine Tür geöffnet. »Ah, Eva«, hörte sie Peter rufen. Sie drehte sich scheinbar überrascht um und sagte schlicht: »Guten Morgen.« Er gab ihr die Hand und fragte mit einem leichten Grinsen: »Lange Nacht gehabt?«

Sie winkte ab: »Alles gut, aber danke, dass du länger geblieben bist. Gibt es etwas Neues?«

Sein Grinsen verschwand und überließ das Feld wieder den zornigen Falten, die täglich tiefer erschienen. »Nichts Aufregendes. Die Kollegen hatten heute Nacht ein paar kleinere Einsätze und dieser Kommissar Hattinger unterhält sich gerade mit Paul Janik.« Er deutete nach oben in den ersten Stock und fügte hinzu: »Scheint eine ziemlich intensive Unterhaltung zu sein.« Wie zur Bestätigung hallte Janiks Stimme vom Treppenhaus herunter und seine Wortwahl war nicht gerade jugendfrei. Eva nickte und wollte schon los, besann sich aber und sah ihrem Stellvertreter in die Augen: »Und bei dir? Alles in Ordnung?«

Peter Nolte gab sich gelassen, vielleicht zu gelassen. »Na klar, was soll schon sein?«

Sie schaffte ein Lächeln. »Gut, das freut mich«, sagte sie und drehte sich zum Treppenhaus um. »Mal sehen, was da oben los ist. Bei Hattinger weiß man ja nie.«

Janiks Fluchen und Schimpfen wurde lauter. Heftig wehrte er sich gegen seine beiden Begleiter. Eva kannte den Mann eher zurückhaltend und war gespannt darauf, was ihn so aufgebracht hatte. Sie wartete, bis man ihn an ihr vorbeigeführt hatte, folgte den Stufen in den ersten Stock und ging direkt in den ehemaligen Pausenraum. Ruben saß, als wäre nichts passiert, an seinem Laptop und tippte. Als sie an die offene Tür klopfte, sagte er, ohne sich umzudrehen: »Ich dachte schon, du hast dir heute freigenommen.«

Sie beschloss, nicht auf die Provokation einzugehen: »Es gibt auch noch andere Dinge als den Job.«

Ruben unterbrach seine Arbeit und starrte sie an. »Pia«, sagte er, als hätte er gerade eine Erleuchtung gehabt, und zog sein Handy heraus. Er führte ein kurzes Gespräch mit seiner Frau, wobei er sich von Evas Anwesenheit nicht stören ließ. Nachdem er aufgelegt hatte, drehte er sich zu ihr um und stellte nüchtern fest: »Du hast meine Ehe gerettet. Pia hasst es, wenn ich unser Telefonat vergesse. Sie sagt dann immer, dass ich meine Arbeit mehr liebe als sie.«

Sie verdrängte die Erinnerung an Lisa und Kai und fragte: »Seht ihr euch eigentlich oft? Ich meine, du und deine Frau.«

Ruben sah sie an, als würde er die Frage nicht verstehen: »Oft ist relativ. Ich finde schon, dass wir uns relativ oft sehen.«

Sie verzichtete darauf, eine Grundsatzdiskussion über das Wort »oft« anzufangen, und wechselte das Thema. »Was hast du mit Janik gemacht? Der war ja regelrecht außer sich. Hat er Probleme gemacht? Gibt es ein neues Bild?«

»Ich habe versucht, hinter seine Mauern zu blicken, leider ohne Erfolg. Entweder er spielt uns etwas vor oder er ist wirklich nicht mehr zurechnungsfähig. Außerdem glaube ich, dass er erpresst wird. Vor seiner ersten Verhaftung ist in seinem Umfeld ein kleiner Junge verschwunden. Man konnte Janik nichts nachweisen, aber ich bin mir ziemlich sicher, dass er etwas damit zu tun hat.«

»Wo war das?«

»Nittendorf, in der Nähe von Regensburg. Da hat Janik damals gewohnt.«

Sie dachte kurz darüber nach und sagte dann: »Felix … Felix Witt?«

Ruben nickte: »Fast. Felix Wirth.«

»Ich erinnere mich daran. War eine ziemlich große Suchaktion damals.«

»Wie auch immer. Janik leugnet natürlich, aber seine Mimik sagt etwas anderes. Meine Theorie ist, dass der Täter Paul Janik benutzt, um Panik zu verbreiten oder uns in die Irre zu führen. Und da das Janik kaum freiwillig machen würde, erpresst er ihn mit Insiderwissen.«

»Aber wie sollte er davon wissen?«

Ruben zuckte mit den Schultern: »Das ist das Problem. Entweder er war Mittäter, er hat es durch Zufall mitbekommen oder Janik hat sich jemandem anvertraut. Wenn es so wäre, hätten wir eine direkte Spur zu dem Psychopathen, der da draußen herumläuft. Allerdings müssten wir Janiks Vergangenheit komplett durchleuchten und dazu haben wir keine Zeit. Immerhin steht bereits eine neue Bedrohung im Raum und wir haben noch nicht einmal eine Ahnung davon, wen die Initialen E. B. betreffen könnten.«

»Das stimmt so nicht!«

Beide drehten sich um. Schober stand in der Tür und hielt sein Tablet in die Höhe. »Einer meiner Männer ist gerade auf einen kurzen Film im Internet aufmerksam geworden.«

»Ist das nicht …?«, fragte Ruben, nachdem er einige Sekunden dabei zugesehen hatte. Die alte Frau aus Velburg lag regungslos unter einer Hakenkreuzflagge. Nur ihr Gesicht war zu sehen.

Eva schluckte: »Ja, genau. Das ist Erna Baumann.«

Schober zog seine Augenbrauen hoch. »Respekt. Eine so schnelle Identifizierung hätte ich nicht erwartet.«

»Wir haben uns gestern kurz mit der Frau unterhalten«, klärte Eva ihren Kollegen auf. »Und außerdem ist sie die Großmutter einer unserer Beamtinnen. Verdammt, Nadine … jemand muss es Nadine sagen.«

»Eins nach dem anderen«, sagte Ruben. »War schon jemand bei Frau Baumann zu Hause?«

»Nein«, antwortete Schober. »Wie gesagt, das Video ist noch keine fünf Minuten online. Aber bevor Sie losstürmen, sollten Sie sich noch das Ende ansehen.«

Ruben berührte die Leiste unter dem Video kurz vor dem Ende. Das Bild der alten Frau wurde ausgeblendet, stattdessen erschien eine Laufschrift. »Sollte dieses oder weitere Videos zensiert oder gelöscht werden, wird die Frau sterben!«

»Na wenigstens scheint sie noch nicht tot zu sein«, sagte Ruben trocken und wandte sich an Schober. »Wir brauchen drei Ihrer Leute in dem Haus der Frau. Sie wird nicht mehr dort sein, aber vielleicht finden wir dieses Mal eine brauchbare Spur. Sie und der Rest Ihrer Leute müssen sich darum kümmern, dass seine Forderung erfüllt wird. Ich weiß, dass das nicht gerade zu Ihren Kernkompetenzen gehört. Setzen Sie sich mit einem Richter und mit der Videoplattform in Verbindung. Ich denke, zumindest auf regionaler Ebene sollte das Video online bleiben können. Ob es in Schweden oder Portugal gelöscht wird, dürfte dem Täter egal sein.«

»Nicht meine Kernkompetenz!« Schober plusterte sich empört auf. Ruben zuckte mit den Achseln. »Wir alle haben Schwächen, nur der Intelligente erkennt sie an.« Er wandte sich zu Eva und fragte: »Wollen wir?«

31

»Du musst nicht so rasen, wir werden Frau Baumann nicht in ihrem Haus vorfinden.« Eva hatte gerade ein weiteres Auto überholt und konnte nur knapp vor dem Gegenverkehr einscheren. Ruben verstärkte den Griff um den Haltegriff über ihm und begann zu schwitzen. Nach dem nächsten Überholmanöver fügte er hinzu: »Und wenn mich meine Nase nicht täuscht, könntest du noch Restalkohol im Blut haben, was unsere Überlebenschance weiter sinken lässt.«

Eva, die nur halb bei der Sache war, brummte: »Was weißt du schon«, und stieg erneut aufs Gas. In Gedanken war sie immer noch bei letzter Nacht. Hatten Lisa und Kai sie doch nur ausgenutzt?

Erna Baumanns altes Haus stand am Rande der Kleinstadt und war äußerlich gut in Schuss. Eva legte eine Vollbremsung hin und griff nach der Tür, doch Ruben hielt sie zurück. »Bleib sitzen und atme.«

»Lass mich.« Doch sein Griff um ihren Oberarm blieb unversöhnlich fest. »Nein. Es geht mich zwar nichts an, was heute mit dir los ist, aber so gehe ich mit dir nicht da rein. Ich möchte mich auf meinen Partner verlassen können, egal was uns erwartet.«

Eva schnaubte, ließ sich zurück in den Sitz fallen und schloss die Augen. »Ist gut, du hast recht. Meine privaten Probleme gehören nicht hierher.«

Einige Minuten später stiegen sie aus, trennten sich und umrundeten das Haus, bis sie sich auf der Rückseite wieder trafen. Die Vorhänge waren zugezogen, doch die Terrassentür schien nur angelehnt. »Konntest du irgendwo reinsehen?«, flüsterte Ruben, worauf Eva den Kopf schüttelte. Er zeigte auf die Tür und bedeutete Eva, dass sie zurückbleiben solle. Er selbst näherte sich von der Seite, ging in die Hocke und gab der Tür einen leichten Schubs. Sie schwang nach innen, wurde von irgendetwas gestoppt und löste ein leises Geräusch aus. Kurz darauf ertönte ein lauter Knall, der Ruben das Blut in den Adern gefrieren ließ. Er warf sich auf den Boden, hielt die Hände schützend über den Kopf und spürte, wie sein Blutdruck in die Höhe schnellte.

Eva war ebenfalls in Deckung gegangen. »Ist alles okay bei dir?«, fragte sie leise. Ruben blieb liegen, schüttelte den Kopf und versuchte, seinen Schweißausbruch unter Kontrolle zu bringen. Eva wartete noch einen Augenblick, ging zur Tür und blickte vorsichtig in den Raum. Erleichtert atmete sie aus und verkündete: »Du kannst wieder aufstehen, es war nur ein Luftballon. Der Täter wollte uns offenbar einen Schrecken einjagen.«

Ruben schüttelte erneut den Kopf, den er mit seinen Armen bedeckt hatte. »Ich kann nicht«, keuchte er.

Sie drehte sich unsicher um und kniete sich neben den Mann, der sonst so souverän wirkte. Vorsichtig legte sie ihre Hand auf seine Schulter und fragte: »Bist du verletzt? Hat dich etwas getroffen?« Sie spürte, wie er einmal tief durchatmete. Anschließend löste er seine Hände zögernd vom Kopf, drehte sich auf die Seite und antwortete: »Nein, körperlich ist alles okay. Ich habe nur ein Problem, wenn es knallt.«

»Was?«, fragte Eva verwundert. Er winkte ab und stand auf. Eva sah, wie er um Fassung rang. »Erzähle ich dir später«, sagte er und nickte in Richtung der Tür: »Ist da jemand drin?«

»Ich habe niemanden gesehen. Aber der Ballon könnte auch als Warnung angebracht worden sein.«

Ruben nickte. »Glaube ich zwar nicht, aber lass uns trotzdem vorsichtig sein.« Er zog die geliehene Pistole aus dem Halfter und trat an die Tür. Nachdem keine weiteren Fallen zu sehen waren, machte er einen Schritt hinein, blendete all die seltsamen Details, die sich ihm boten, aus und konzentrierte sich nur auf eine mögliche Gefahr. Anschließend durchsuchten sie Seite an Seite das gesamte Haus, bis sie wieder im Wohnzimmer angekommen waren. Ruben steckte die Waffe weg und begann, den Schauplatz Bild für Bild in sich aufzunehmen.

Das Zimmer sah aus, als wäre die Zeit stehen geblieben. Nazirelikte zierten die in die Jahre gekommenen Einrichtungsgegenstände. Die große Flagge, die auf dem Video über der alten Frau gelegen hatte, hing über dem Wohnzimmerschrank. Verblasste Fotografien mit Männern und Frauen in Nazi-Uniformen standen sorgsam aufgereiht auf einer Kommode und sogar eine der damals typischen Handfeuerwaffen lag daneben. Genau in der Mitte des niedrigen Wohnzimmertischs stand ein Bild von Erna Baumann, das sie als junge Frau zeigte. Vor dem Foto lagen ein Aufnäher der Waffen-SS, zahlreiche Schmuckstücke und ein paar Bröckchen Gold.

Eva deutete auf den Strick, der von der Decke hing, und fragte: »Hast du eine Erklärung dafür?«

Ruben hatte das abgerissene Stück bereits gesehen. Er durchquerte den Raum, streifte sich ein Paar der dünnen Handschuhe über und zog die Schlaufe aus dickem Seil unter dem Sofa hervor. Sorgfältig begutachtete er das gerissene Ende. »Scheinhinrichtung«, sagte er knapp.

»Ernsthaft?«, fragte Eva, die an ihn herangetreten war. »Könnte es kein Versehen gewesen sein?«

Ruben legte sich die Schlinge um den Hals, ging zu dem Stuhl und stieg hinauf. Dort hielt er die Enden zusammen. »Passt genau«, brummte er. »Und beide Enden waren bis zur Mitte des Seils eingeschnitten.«

»Gottverdammt, wer macht denn so was?«

»Jemand, der sich nicht mit einer normalen Bestrafung zufriedengeben will. Jemand, der seine eigenen Regeln hat.«

»Aber wir reden hier von einer über neunzigjährigen Frau! Wenn ich mir vorstelle, dass jemand meine Oma …« Eva schüttelte entsetzt den Kopf.

Ruben ignorierte ihren Gefühlsausbruch, schloss die Augen und fragte sich laut: »Wer weiß das alles?« Er öffnete die Augen wieder und betrachtete die Details erneut. Anschließend ging er zu dem Telefon der Hausbesitzerin, steckte das herausgerissene Kabel hinein, drückte auf Wahlwiederholung, stellte den Lautsprecher an und wartete, bis abgehoben wurde. Eine alte Männerstimme antwortete. »Hallo Erna, was kann ich für dich tun?« Ruben räusperte sich: »Guten Tag, Herr°…?«

»Ott«, antwortete der Mann zögernd.

»Guten Tag, Herr Ott, ich bin Kriminalhauptkommissar Hattinger. Wären Sie bereit, mir, auch ohne meinen Ausweis gesehen zu haben, eine Frage zu beantworten?«

»Hauptkommissar? Um Himmels willen, ist Erna etwas zugestoßen?«

»Können wir das später besprechen? In welchem Verhältnis stehen Sie zu Frau Baumann?«

»Wir kennen uns von unserer Skatrunde und einigen Ausflügen, aber …«

»Bitte, Herr Ott, ich habe leider wirklich keine Zeit für eine längere Unterhaltung. Alles, was ich im Augenblick von Ihnen wissen möchte, ist, ob Sie etwas über die Nazivergangenheit von Frau Baumann wissen.«

»Was? Nein, Erna doch nicht. Sie sollten sie hören, wenn wir auf dieses Thema kommen. Wissen Sie, es war ja oft so …«

»Gut«, fiel ihm Ruben ins Wort, bedankte sich und legte auf. »Hast du die Nummer von Frau Baumanns Enkelin?«

»Nadine?« Eva nickte und suchte sie auf ihrem Handy heraus. »Aber bitte, Ruben, sei behutsam. Die Arme ist bestimmt völlig durch den Wind.«

Ruben nickte zustimmend und wählte die Nummer. »Frau Leitner? Ich bin gerade im Haus Ihrer Großmutter … nein, bitte, bleiben Sie, wo Sie sind. Sie sind zu nah dran an dem Fall. Bitte glauben Sie mir, dass ich alles tun werde, um Ihre Großmutter lebend zu finden. Sie könnten mir aber vielleicht weiterhelfen, indem Sie mir eine Frage beantworten. Hat Ihre Großmutter je mit Ihnen darüber gesprochen, was sie während des Zweiten Weltkriegs getan hat?« Er schwieg, hörte zu, verabschiedete sich schließlich höflich und wandte sich an Eva. »Laut deiner Kollegin war Erna Baumann eine unauffällige Mitläuferin, die von nichts eine Ahnung hatte.«

»Und was sollte das jetzt?«, fragte Eva.

»Ganz einfach. Es ist vielleicht noch kein endgültiger Beweis, aber die entscheidende Frage ist, woher der Täter sein Wissen hat.« Eva sah ihn immer noch fragend an. Genervt erklärte er: »Paul Janik hat vermutlich einen sehr dunklen Fleck in seiner Vergangenheit, streitet aber alles ab. Ihr Kollege Toni Kurz zeugt bei einer vertuschten Vergewaltigung ein Kind und heiratet anschließend die Mutter. Björn Haas mobbt seine Retterin, die es aber still erduldet. Frau Erna Baumann hat vermutlich eine Nazivergangenheit, von der aber nicht einmal ihre Familie und langjährige Freunde wissen. Stellt sich dir da nicht die Frage, woher der Täter dieses Wissen hat?«

Eva wurde rot. »Da hätte ich in der Tat auch selbst drauf kommen können.«

»Also, wer weiß so etwas?«, fragte Ruben noch einmal.

Sie dachte einen Augenblick darüber nach. »Psychiater, Ärzte, Polizisten, Privatdetektive, Pfarrer oder jemand, der auf eigene Faust Untersuchungen anstellt. Alle, denen man sich anvertraut oder die Einblick in die Geheimnisse von Menschen haben.« Eva stockte. »Was ist?«, fragte Ruben. »Immer raus damit, die ersten Ideen sind meist die besten.« In dem Moment ertönte das Läuten einer alten Türklingel.

Ruben verließ das Wohnzimmer, ging durch den schlecht beleuchteten Flur und öffnete die Tür. »Ah, Schobers Gehilfen, sehr gut.« Bei der Erwähnung ihres Chefs verdunkelten sich die Gesichter des kleinen Teams der Spurensicherung. Ruben trat beiseite und ließ die Beamten eintreten. Er bat sie, zuerst nach Fotoalben zu suchen.

Zurück im Wohnzimmer wandte er sich wieder Eva zu: »Du wolltest mir gerade etwas erzählen.«

Eva nickte zur Terrasse. »Würde mir bei einer Zigarette leichter fallen.«

Nach einem kräftigen Zug stieß sie eine dicke Wolke Rauch in den Sommerhimmel. »Es geht um meinen Stellvertreter. Kennst du Peter Nolte?«

»Sind uns nur kurz begegnet.«

»Es ist nichts Handfestes«, sagte Eva vorsichtig. »Aber ich habe in den letzten Tagen den Eindruck, dass er sich nicht normal verhält. Meine Ernennung zur Dienststellenleiterin ist schon eine Weile her und sein Zorn darüber ist nichts Neues. Und dass er mich das öfter mal spüren lässt, damit kann ich leben …«

»Komm zum Punkt«, bat Ruben.

Eva atmete aus. »Ich habe ihn in den letzten Tagen zweimal ungewollt beim Telefonieren belauscht und es machte einfach den Eindruck, als hätte er etwas zu verbergen. Bei beiden Gesprächen schien es um irgendeine Tat zu gehen, jedenfalls deuteten das die Wortfetzen an, die ich verstehen konnte.«

»Okay«, sagte Ruben schlicht.

Eva trat die Kippe aus, hob sie auf, um keine falsche Spur zu hinterlassen, und sah Ruben empört an. »Okay? Ich habe gerade einen Kollegen beschuldigt und für dich ist das okay?«

Ruben sah sie prüfend an. »Du bist heute wirklich nicht gut drauf. Wie wäre es mit einem gemeinsamen Abendessen oder bekommst du dann Stress mit deinem Ex?«

Dieses Mal wurde Eva aus einem anderen Grund rot und hatte alle Mühe, ihre Lautstärke zu zügeln. »Woher zum Teufel weißt du das? Beschattest du mich etwa?«

Ruben grinste. »Nein, ich habe einfach mal geraten.«

Eva war kurz davor, ihm eine reinzuhauen. Stattdessen stieß sie ein wütendes Schnaufen aus und ging zum Auto. Ruben nahm die Fotoalben in Empfang, die die Kollegen von der Spurensicherung inzwischen gefunden hatten, folgte ihr und hoffte inständig, dass seine Kollegin ihren Frust nicht wieder am Gaspedal ausließ.

32

Das dumpfe Pochen ihres Oberschenkels holte Erna aus dem leichten Schlaf. Sie öffnete ihre Augen und blickte direkt auf den Mann mit der Maske. Er saß im Schneidersitz einen halben Meter neben ihr an die Wand gelehnt und sah sie einfach nur an. Ihr Puls beschleunigte sich, aber wenigstens der Herzschrittmacher schien noch zu funktionieren. Trotzdem fasste sie sich an die Brust und klagte: »Ich brauche meine Medikamente. Bitte, sie sind wichtig.«

Der Mann blieb ungerührt sitzen, schob aber einen Plastikbecher mit Wasser und eine längliche Pille zu ihr rüber.

»Was ist das?«

»Ein Schmerzmittel. Ich habe noch einiges mit dir vor und möchte, dass du dich darauf konzentrieren kannst.«

Sie schüttelte den Kopf: »Ich will die Tablette nicht nehmen.«

Er zog den Becher wieder zurück. »Keine Tablette bedeutet auch kein Wasser, und in deinem Alter soll man immer genug trinken.«

Erna beschloss, sich noch nicht geschlagen zu geben. »Sie wollen doch nur, dass ich wieder in die Hose mache.«

»Ach, das ist es, was hier so streng riecht«, stellte er gleichgültig fest. »Nimm die Tablette und das Wasser, sonst muss ich dir leider wehtun.«

Sie dachte an die Tritte auf ihren gebrochenen Oberschenkel. Wenn er sie noch schwerer verletzte, wäre an eine Flucht überhaupt nicht mehr zu denken. Sie streckte ihre Hand aus. Er schob den Becher wieder zurück, sah zu, wie sie beides zu sich nahm, und nickte. »Sehr schön, dann wollen wir mal.«

Er fasste mit beiden Händen unter ihre Achseln und zog sie wie ein Stück Fleisch in den angrenzenden Kellerraum. Sie hasste das Gefühl, von ihm berührt zu werden. Am liebsten hätte sie ihn ermordet.

Er setzte sie in einen alten Holzstuhl und band Lederriemen um ihre Handgelenke. Anschließend stellte er ein kleines Tischchen vor sie, auf dem zwei Nägel, ein Hammer, zwei Stücke Draht und ein kleines Kästchen mit einem Kabel daran lagen.

Erna kannte die Utensilien nur zu gut und begann leise zu weinen.

Er hielt inne, sah sie eine Weile an und stellte in erfreutem Tonfall fest: »Ist alles da, oder? Wie man mir sagte, hast du damals immer gerne zugesehen.«

»Wer behauptet einen solchen Unsinn?«

»Karla Ostermann.«

»Kenne ich nicht!«

»Karla Ostermann ist die Großmutter von Jutta Ostermann. Der Frau, die den kleinen Björn aus den Flammen im Kindergarten gerettet hat und durch den Sauerstoffmangel behindert wurde. Die Familie Ostermann hatte wirklich extrem viel Pech. Im Krieg wird Karla durch dich verraten und später trifft ihre Enkelin auf diesen Björn, den man nur als Abschaum bezeichnen kann.«

»Sie haben diesen Jungen getötet?« Natürlich ahnte sie bereits, wem sie da in die Hände gefallen war. Doch tief in ihr blieb immer noch ein Funken Hoffnung, dass es um etwas anderes ging.

»Nein, habe ich nicht«, sagte er, und ihre Hoffnung wurde bestärkt, nur um kurz danach ausgelöscht zu werden.

»Ich habe den Jungen nicht getötet, ich habe dafür gesorgt, dass Jutta Ostermann es selbst tun durfte. Sie hat die erste Fackel geworfen und er starb durch ihre Hand.« Der Mann setzte sich ihr gegenüber und trank einen Schluck Wasser aus einer Flasche. »Es ist mir unbegreiflich, warum Gott mit der Bestrafung so lange gewartet hat, aber jetzt bin ich ja da. Und deine Aufgabe wird es gleich sein, der Welt zu erklären, was passiert, wenn man nicht zu seinen Sünden steht.«

»Und dann?« Sie spürte, wie ihr die Tränen erneut in ihre alten, müden Augen stiegen.

»Dann, meine liebe Erna, solltest du beten, dass unsere kleine Livesendung von nicht allzu vielen Juden gesehen wird. Vermutlich wirst du sie ziemlich wütend machen.«

Sie schüttelte den Kopf und murmelte leise: »Ich werde es nicht erzählen.«

Er deutete zu dem kleinen Tischchen. »Das wirst du. Glaub mir. Gerade du solltest wissen, was man mit diesen Dingen machen kann und was es bewirkt.«

Sie schloss die Augen und dachte nach, schließlich schüttelte sie erneut den Kopf. Wenn sie die Nägel irgendwie überstehen könnte, hatte sie eine Chance, es schnell zu beenden. Dieser Irre würde sie zweifellos töten, egal ob sie der Welt von ihrer Vergangenheit erzählte oder nicht. Und er würde sie mit Sicherheit so lange quälen, bis sie es tat.

Ihr Plan war verzweifelt, aber sie wollte um jeden Preis verhindern, dass man sie für einen gewissenlosen Menschen hielt. Sie hatte erlebt, wie anderen Gleichgesinnten alles genommen wurde. All der schöne Schmuck, das Gold und die wertvollen Bilder. Ihr nutzte das alles nichts mehr, aber die Partei, die sie damit unterstützen wollte, könnte es ein großes Stück weiterbringen.

Schließlich nickte sie. »Also gut, ich werde alles erzählen.« Sie tat so, als wären die Schmerzen in ihrem Bein unerträglich, und fragte: »Kann ich noch so eine Tablette haben? Mir fällt es wirklich schwer, mich zu konzentrieren.«

Ihr Peiniger nickte. »Aber sicher doch, daran soll es nicht liegen.« Er verschwand für einen Moment hinter ihr, tauchte mit einer Tablette in der Hand wieder auf und forderte: »Mund auf!« Er schob ihr die Tablette in den Mund und hielt den Becher an ihre Lippen. Erna zerkaute das Schmerzmittel in der Hoffnung, dass es so schneller wirkte, und schluckte es mit etwas Wasser herunter.

Ihr gegenüber stand eine Kamera auf einem Stativ. Er ging hinüber, schaltete sie ein und öffnete seinen Laptop. Als alles startbereit war, drehte er sich wieder zu ihr. »Gleich geht es los. Erzähl deine Geschichte ruhig von Anfang an und wir werden sehen, wie deine Zuschauer urteilen. Sie werden die Wahl haben, ob ich dich schnell töte oder langsam zu Tode quälen soll. So wie ich das egoistische Dreckspack da draußen kenne, wird es die zweite Variante werden. Doch im Gegensatz zu den Menschen, die du damals in der Mangel hattest, hast du wenigstens die Chance auf einen schnellen Tod.«

Er schien selbstzufrieden, als er einen Knopf an seinem Laptop drückte und eine weiblich klingende Computerstimme die Liveübertragung begann. »Der Mensch und die Sünde haben …«

»Ich werde nichts erzählen!«

Er wirkte erst irritiert, dann zornig. »Was?«

»Ich werde nichts erzählen«, wiederholte Erna. Er drückte ein weiteres Mal auf den Knopf. Die Computerstimme verstummte und das Kontrollbild auf seinem Monitor wurde schwarz. Offenbar hatte er keine Eile, denn er stand auf, ging zu ihr und sagte ganz nah an ihrem Ohr: »Du machst mir diese Sache nicht kaputt. Entweder du redest oder wir überspringen den Teil, der dir einen schnellen Tod ermöglicht.«

Sie reckte ihr Kinn nach oben und schüttelte mit einer stolzen Bewegung den Kopf. »Nein, werde ich nicht.« Sie sah, wie er mit der flachen Hand ausholte, es sich aber offenbar anders überlegte. Anstatt sie zu schlagen, griff er nach dem ersten Nagel. »Du bleibst dabei?«

Sie nickte, er setzte den Nagel genau auf den größten Altersfleck und trieb ihn mit einem einzigen Schlag durch ihre faltige Haut. Der Schmerz war heftig, aber durch die Tablette erträglich. Dann nahm er sich ihre zweite Hand vor und ihre Blase entleerte sich erneut. Tränen schossen ihr in die Augen. Er befestigte die beiden Drähte an den Nägeln und steckte sie in den Kasten. »Du redest, sonst wird alle Welt dabei zusehen können, wie ich dich langsam grille«, brüllte er.

In dem Wissen, was gleich passieren würde, fiel ihr das Kopfschütteln unendlich schwer und ihre Stimme war schwach. »Mich hat noch nie jemand gebrochen und ein völlig irrer Psychopath wird nicht der Erste sein.« Im gleichen Augenblick kam ihr eine Idee, wie sie dieses Arschloch demütigen könnte. Sie hob den Blick, sah ihm offen in die Augen und forderte aggressiv: »Na los. Machen Sie endlich diese verdammte Kamera an und wir werden sehen, ob mich ein paar Stromstöße umstimmen können.«

Als er zögerte, fügte sie laut hinzu: »Na los, du Feigling. Du willst der Welt zeigen, was mit Sündern passiert … also tu es auch. Nicht dass sie Gott für einen Schwächling halten.«

Das war zu viel. Er klickte kurz auf seinem Laptop herum, wartete, bis sein Onlinestatus auf Grün sprang. »Du hast es so gewollt!« Er drückte erneut auf die große Taste und griff nach dem Kasten mit den Drähten. Erna schrie: »Ich bin in den alten Burgkellern!«

Der Irre legte den Schalter um und ihr Herzschrittmacher empfing den tödlichen Impuls. Sie spürte, wie ihr Herz verkrampfte, sah mit einem letzten Gefühl des Stolzes, dass er seinen Fehler erkannte, und hörte ihn noch einen wütenden Schrei ausstoßen. Dann sackte sie mit einem eigenartigen Gefühl der Zufriedenheit in sich zusammen.

33

Kommissar Schober fiel mehr durch die Tür, als dass er eintrat. Ruben, der gerade in die andere Richtung blickte, zuckte zusammen. Eva hob erschreckt den Kopf. »Geht's noch?«, fragte sie streng.

Schober ignorierte ihren zornigen Blick. »Keine Zeit für Erklärungen. Diese Frau Baumann ist in den alten Burgkellern und es sieht so aus, als würde sie nicht mehr lange leben.«

»Was ist mit dem SEK?«, fragte Eva und war froh, dass ihr Regensburger Vorgesetzter aufgrund der anhaltenden Bedrohung dafür gesorgt hatte, dass ein Team in der Nähe war. Offiziell zu Trainingszwecken, inoffiziell, um ihre wenigen Kollegen zu unterstützen.

»Schon alarmiert.«

Eva und Ruben schnappten sich ihre Jacken und rannten hinter Schober zu den Fahrzeugen. Zwei Streifenwagen fuhren gerade los, mussten aber noch einmal scharf abbremsen, da Seelsorger Krüger um die Ecke kam. Er drückte sich an die nächste Wand, ließ sie passieren, rannte zu Eva und fragte: »Was ist denn bei euch los? Habt ihr diesen Irren endlich gefasst?«

Eva winkte ab und rief: »Später, wir müssen los.« Sie riss die Fahrertür ihres Dienstwagens auf.

»Soll ich mitkommen?«

Sie dachte kurz an die alte Frau und nickte. Etwas göttlicher Beistand konnte nie schaden.

Jeder Versuch Rubens, über den Fall nachzudenken, scheiterte an Evas rasanter Fahrweise. Am Anfang war er noch der Meinung, schlimmer als bei der Fahrt am Vormittag könnte es nicht werden. Zwei Minuten später wurde er eines Besseren belehrt. Hinter sich hörte er, wie Krüger auf dem Rücksitz ein leises Gebet murmelte, und begriff plötzlich, was manche Menschen in ihrem Glauben fanden. Schober schien der Einzige, dem das alles nichts ausmachte. Er nutzte die Zeit und erzählte von der live im Internet gezeigten Hinrichtung.

Die Burg konnte kaum noch als solche bezeichnet werden. Außer einem zerfallenen Turm und ein paar Mauerresten war fast nichts übrig. Eva stoppte den Wagen knapp hinter einem der SEK-Kleinbusse, dann sprangen sie alle heraus. Ruben fragte verwundert: »Und hier gibt es noch Keller?«

»Ja, ein Stück unterhalb. Sie werden aber normalerweise nur für Führungen geöffnet.« Eva wartete nicht auf eine weitere Frage und rannte zu einem kleinen Pfad, der in den Wald hineinführte.

Der Seelsorger sah zu Ruben und zuckte mit den Schultern. »Wusste ich auch nicht.« Schnell folgten sie der Kommissarin, die bereits außer Sichtweite war.

Als sie an der schweren Stahltür angekommen waren, bedeutete ihnen ein vermummter SEK-Beamter, dass sie warten sollten.

Die vier postierten sich neben der Tür. »Sicher!«, ertönte es immer wieder aus dem dunklen Inneren der Stollen, als die SEK-Männer sich langsam vorarbeiteten. Dann folgte Stille. Als schließlich einer der schwer bewaffneten Kollegen in der Tür erschien, schüttelte er nur den Kopf. Kurze Zeit später standen alle zehn Männer der SEK-Einheit wieder draußen in der Sonne. Der Gruppenführer trat zu Eva und erklärte ernst: »Im zweiten Kellerraum auf der linken Seite haben wir eine tote Frau gefunden, sonst ist niemand hier. Allerdings scheint mir die Spurenlage sehr vielversprechend. Wer auch immer diese Sauerei angerichtet hat, kam wohl nicht mehr zum Aufräumen.«

Eva bedankte sich und Ruben fragte: »Was halten Sie davon, wenn Sie mit Ihren Männern noch einen kleinen Waldspaziergang machen? Wir suchen nach allem, was für die Tat relevant sein könnte, vor allem aber Reifenspuren, die nicht zu Ihren Einsatzfahrzeugen gehören.«

Der SEK-Beamte hob eine Augenbraue. »Ist das ein Vorwurf?«

Ruben schüttelte den Kopf. »Warum so empfindlich? Mir ist schon klar, dass Sie und Ihre Männer nicht zu Fuß hierhergelaufen sind. Ich habe nur feststellen wollen, dass wir nach einem unbekannten Fahrzeug oder anderen Hinweisen suchen.«

Eva wusste inzwischen, dass Ruben gerne einmal aneckte. Sie trat zwischen die beiden und bat den SEK-Beamten höflich: »Wäre das möglich? Die Tote, die Sie da drinnen gefunden haben, konnte uns kurz vor dem Mord ihren Aufenthaltsort verraten und hat damit den Mörder zur Flucht gezwungen. Es ist also gut möglich, dass wir auch hier draußen noch Spuren finden.«

Der Mann deutete ein Nicken an. »Verstehe. Wer ist für die Spurensicherung verantwortlich?«

»Das bin ich«, erklärte Schober. »Meine Leute werden gleich hier sein und alles, was Ihre Männer finden, sichern.«

»Kann ich mit rein? Ich würde ihr gerne den letzten Segen geben.«

Eva dachte kurz über die Bitte des Seelsorgers nach. »Warten Sie einen Moment. Herr Hattinger und ich sehen uns kurz da drinnen um, danach holen wir Sie.«

Ruben war wenig begeistert, dass seine Kollegin einen Zivilisten an einen Tatort lassen wollte, sagte aber nichts. Stattdessen streifte er sich Gummihandschuhe über und folgte Eva in das Innere der alten Burgkeller. Er hielt einen Moment inne und atmete ein. Das Erste, was seine Sinneszellen erreichte, war der Geruch nach altem Holz und Stein. Dann war da noch dieser leicht süßliche Geruch, den er nur allzu gut kannte.

Der Strahl von Evas Taschenlampe erreichte mühelos das Ende des Hauptgangs. Ruben wusste nicht, was er erwartet hatte, dass die Kelleranlage so klein war, überraschte ihn aber doch. Wenn es nicht noch weitere Abzweigungen gab, bestand das ganze Bauwerk aus gerade einmal vier relativ kleinen Kellerräumen, in denen man früher vermutlich verderbliche Lebensmittel gelagert hatte.

Eva leuchtete in die ersten beiden Räume links und rechts des Mittelgangs. Beide waren leer und nichts deutete auf ein Verbrechen hin. Dann kamen sie zu den beiden hinteren Eingängen. Während der rechte Raum bis auf zwei brennende Kerzen, die in einer Wandhalterung steckten, ebenfalls leer war, erinnerte ihn der linke Raum an das Szenario in der Kirche. Wie schon bei dem jungen Mann hatte der Täter für seine Folter auch hier einen schweren Holzstuhl verwendet. Nur dass sein Opfer dieses Mal auch darauf gestorben war.

»Ich hasse das«, flüsterte Eva in die Stille der Gewölbe.

»Was?«, erkundigte sich Ruben in ganz normaler Lautstärke, was unpassend und viel zu laut wirkte. Sie hielt sich die Hand vors Gesicht und antwortete durch die Finger: »Den Gestank an solchen Tatorten.«

Ruben nickte. »Ja. Die Entleerung von Blase und Darm gehört leider oft zum Sterben dazu. Es ist sozusagen das Erste und Letzte, was wir in unserem Leben machen.«

Eva schüttelte wieder einmal den Kopf über den Sonderermittler und bemühte sich, sich wieder auf das Wesentliche zu konzentrieren.

Neben dem Werkzeug hatte der Täter einiges zurücklassen müssen. Sogar die Lampe des kleinen Kastens, an den die alte Frau über die Nägel angeschlossen war, leuchtete noch. Eva ging vor dem Opfer in die Hocke und Ruben löste die Verbindungen zu der angeschlossenen Autobatterie.

Danach streifte Eva ebenfalls dünne Handschuhe über, griff an den Hals der Toten, konnte aber nur noch den Tod feststellen. »Reicht der Strom von so einer Batterie, um jemanden umzubringen?«, fragte sie Ruben. Er trat ebenfalls zu der Leiche, öffnete die oberen Knöpfe der Bluse, die die alte Frau trug, und zog sie ein wenig auseinander. Dann deutete er auf eine ziemlich große Narbe, die sich quer über die Brust zog, und erklärte: »Es muss schon eine Weile her sein, dass ihr der Herzschrittmacher implantiert wurde. Heutzutage ist der Schnitt deutlich kleiner.«

Während sie sich weiter umsahen, ertönte vom Eingang her ein leises Scharren. Ruben sah auf, trat in den Mittelgang und rief: »Schober, sind Sie das?« Mit dem Tageslicht im Hintergrund war die Gestalt nicht zu erkennen. »Ich bin's, Krüger«, rief der Mann. »Schober holt gerade seine Ausrüstung.«

Eva hatte von allen Details des Tatorts ein paar Handyfotos gemacht. »Ich hole Krüger mal rein«, sagte sie.

»Hältst du das wirklich für eine gute Idee?«

»Warum nicht? Die Frau war zwar nach allem, was wir über sie wissen, keine Heilige, aber ich finde, wir sollten ihr den letzten Segen nicht verwehren.«

Ruben schüttelte den Kopf. »Ich weiß noch nicht genügend über den Mann, um ihn als Täter auszuschließen.«

»Was?«, fragte sie irritiert. »Niemals, ich kenne Krüger. Er betreut zwar im Moment keine Gemeinde, aber er ist durch und durch ein Mann der Kirche.«

»Ja, eben«, erwiderte Ruben. »Genau so einen suchen wir doch. Ich sage nicht, dass er mein Hauptverdächtiger ist, aber ins Schema passt er allemal.«

»Na gut.« Eva konnte ihren Widerwillen nicht verbergen. »Also überlassen wir jetzt Schober und seinem Team das Feld, oder ist der auch verdächtig?«

»Nein, der ist nur einfältig.«

»Wann gibt es Abendessen?«

»Was?« Ruben mochte es nicht, beim Nachdenken unterbrochen zu werden.

»Das Abendessen«, wiederholte Eva, setzte den Blinker und bog auf den kleinen Vorplatz der Wache. »Heute Morgen, nachdem wir in Frau Baumanns Haus waren, hast du mir ein Abendessen versprochen.«

Ruben sah sie von der Seite an und speicherte seine aktuellen Überlegungen im Kopf ab. »Also?«, fragte sie. Er warf einen Blick auf seine Uhr. »Wie wäre es um neunzehn Uhr?«

»Gerne. Ich möchte davor ohnehin noch einmal kurz ins Präsidium. Nadine Leitner weiß schließlich noch nicht, dass ihre Großmutter tot ist. Ich möchte es ihr nicht am Telefon sagen.«

»Keine schöne Aufgabe.«

»Nein, wirklich nicht. Ich hoffe, ich kann sie überreden, sich ein paar Tage freizunehmen, um die Sache zu verarbeiten.«

»Wenn sie so tickt wie ich, wird sie sich lieber in die Arbeit stürzen wollen.«

»Stimmt, aber wer tickt schon wie du?«, erwiderte Eva gedankenverloren, bestätigte aber: »Okay, ich bin dann um sieben vor deiner Pension. Von dort sind es bis zu der Gaststätte nur ein paar Minuten zu Fuß.«

Ruben nickte, stieg aus und roch an seiner Jacke. »Dann werde ich mich mal darum kümmern, diesen wirklich unschönen Geruch nach toter alter Frau loszuwerden.«

34

Ruben beendete seine Yogaübung und nahm sein piepsendes Handy. »Hallo, mein Schatz!« Die Unterhaltung mit seiner Frau und mit Elisa dauerte eine halbe Stunde. Pia schien sich zwar zu bemühen, ihn nicht unter Druck zu setzen, doch er konnte ihrer Stimme anhören, wie schwer es ihr fiel. Und so versprach er, in den nächsten Tagen wenigstens einmal für eine Nacht nach Hause zu kommen. Im Grunde waren es nur etwas über hundert Kilometer, doch Ruben war es immer lieber, Tag und Nacht dort zu sein, wo er gerade ermittelte. Den Tätern war die Tageszeit egal und bei einem Fall wie diesem war es wichtig, in das Umfeld einzutauchen.

Nach dem Gespräch ging er unter die Dusche, wählte Kleidung, die er für ein Abendessen mit Eva passend fand, und setzte sich auf das etwas zu weiche Bett des Pensionszimmers. Er wollte die verbleibenden zwanzig Minuten dazu nutzen, um über alles, was passiert war, nachzudenken.

Irgendetwas stimmte nicht, passte nicht zusammen, das sagte ihm sein Bauchgefühl schon eine ganze Weile. Doch die Dinge passierten so schnell, dass er noch gar nicht dazu gekommen war, alles aufzuarbeiten. Immer wenn er gerade dabei war, eine Spur ordentlich nachzuverfolgen, öffneten sich neue Abgründe und er musste sich auf eine andere Sachlage einstellen.

Evas Andeutungen über ihren Stellvertreter, die Gespräche mit den Angehörigen von Maria Kurz und Björn Haas, Janiks Bezug zu den Taten, sein seltsames Gefühl bezüglich des Seelsorgers und nun auch noch der Mord an der alten Frau. Nichts von alldem war bisher zu Ende ermittelt und Ruben kam es vor, als würde er vor den abgeschnittenen Fäden einer Marionette stehen. Die Frage war nur, welche Fäden man wie verbinden musste.

Das Klopfen an der Tür riss ihn aus seinen Gedanken. Nach einem Augenblick der Verwirrung erkannte er seinen Fehler. Der kleine Reisewecker zeigte, dass Eva vermutlich seit einer Viertelstunde auf ihn wartete.

Evas Geheimtipp stellte sich als kleine ländliche Gastwirtschaft mit Biergarten heraus. Da am Himmel dunkle Wolken ein Sommergewitter ankündigten, setzten sie sich nach drinnen. Bevor Ruben die Karte studieren konnte, kam ein vielleicht fünfzehnjähriges Mädchen an ihren Tisch. »Darf es schon etwas zu trinken sein?«

Eva bestellte eine Cola. »Was haben Sie denn für einen Rotwein?«, fragte Ruben.

Das Mädchen überlegte einen Moment, bevor es voller Überzeugung sagte: »Roten und weißen.« Die Antwort brachte sogar Ruben etwas aus dem Konzept und Eva konnte ihr Kichern nicht unterdrücken. Mit ernster Miene bat er: »Dann bringen Sie mir bitte einen weißen Rotwein.«

Die Kleine notierte dies wichtig auf ihrem Zettel und eilte davon. Zwei Minuten später stand eine Cola und etwas, das an einen Roséwein erinnerte, auf dem Tisch. Ruben nahm das Glas, roch daran und stellte trocken fest: »Sie hat alles richtig gemacht. Dürfte eine Mischung aus Silvaner und Merlot sein.«

»Lecker«, gluckste Eva, hob ihr Glas und hielt es ihm zum Anstoßen entgegen.

Nach dem Essen, Ruben hatte sich für einen wirklich guten Tafelspitz entschieden, wischte sich Eva den Mund mit der Serviette ab und musterte ihn prüfend, während er auch noch den letzten Rest des Salats aufspießte.

»Wen siehst du?«, fragte Ruben, ohne aufzublicken.

»Hm«, brummte sie leise, bevor sie ehrlich antwortete: »Einen Mann, der in keine Schublade passt.«

»Passt du in eine?«

»O ja, in viele sogar.«

Ruben legte seine Serviette ordentlich auf den Teller und winkte der Kellnerin, um dieses Mal einen echten Rotwein zu bestellen. »Schubladen sind nicht gut, sie verhindern einen übergeordneten Blick.«

Eva runzelte die Stirn: »Wie meinst du das?«

Er nippte an seinem Wein, schlürfte ihn laut durch die Zähne, nickte zufrieden und nahm einen zweiten, ordentlichen Schluck. Dass ihn die Männer vom Stammtisch kopfschüttelnd beobachteten, war Ruben völlig egal. »Mit dem übergeordneten Blick meine ich, dass wir sowohl dienstlich als auch privat versuchen, alles und jeden in bestimmte Schubladen zu zwängen. Nehmen wir deinen Kollegen, den Vater der getöteten Maria Kurz. Als Polizist und Vater steckst du ihn geistig in die Schublade ›harmlos und ein guter Mensch‹. Damit verstellst du dir den Blick auf das, was er aber auch sein könnte … beziehungsweise offenbar ist. Genau nach dem gleichen Muster läuft es im Privaten. Wir erschaffen uns eine Vorstellung davon, wie unser Partner zu sein hat, einfach weil wir ihn uns genau so wünschen. Weicht er aber davon ab und es stellt sich heraus, dass er gar nicht in die Schublade passt, die wir für ihn vorgesehen haben, fallen wir aus allen Wolken.«

Eva spürte, wie ihr die Erinnerung an die letzte Nacht die Röte ins Gesicht trieb. Dann versuchte sie, ein Stück zurückzutreten und ihren Ex-Freund Kai mit etwas Abstand und ohne ihre eigenen Wunschgedanken zu betrachten. Erstaunlicherweise genügte diese kleine Übung, um ihn anders wahrzunehmen. Von außen betrachtet hatten sie tatsächlich nie in allen Bereichen zusammengepasst und es hatte dafür auch schon immer Anzeichen gegeben, die sie jedoch bisher sorgsam ausgeblendet hatte.

Als sie sich der Anwesenheit Rubens wieder bewusst wurde, stellte sie fest, dass er sie grinsend beobachtete. Pampig fragte sie: »Was? Ich musste nur gerade an etwas denken.«

Aus seinem Grinsen wurde ein Lächeln: »Ich weiß. Und ich weiß auch, dass du das Zeug zu einer wirklich guten Polizistin hast. Bei Menschen wie diesem Kommissar Schober ist nichts mehr zu machen. Der hat derart dicke Wände in seinem Kopf aufgestellt, da kommt nichts mehr durch. Aber du bist noch relativ frei im Kopf. Wenn du deine Mäuerchen niederreißt, wirst du ganz neue Horizonte entdecken.«

Eva wandelte ihre Empörung in Humor. »Jawohl, Herr Pastor, ich werde Ihr Wort zum Sonntag beherzigen.« Sie bedeutete der Kellnerin mit einer Geste, ihr nun ebenfalls ein Glas Wein zu bringen.

Ruben lachte und hob die Hände. »Bitte entschuldige. Meine Frau ist auch immer ziemlich genervt, wenn ich meine Weisheiten verkünde. Manchmal kommt der Lehrer in mir durch.«

»Du lehrst?«

»Ja. Manchmal halte ich an der Bamberger Polizeischule Vorlesungen.«

Eva nickte anerkennend, stieß ihr Weinglas gegen seins und nahm, ohne wie er daran zu riechen, einen kräftigen Schluck.

»Euch Turteltäubchen trifft man aber auch überall!« Das leichte Lallen in Oberkommissar Noltes Aussprache war nicht zu überhören. Er setzte sich ungefragt mit an den Tisch und winkte der Bedienung, die ihm, wohl aus Gewohnheit, ein Bier und einen Schnaps brachte. Ruben ignorierte den provozierenden Blick und beschloss, die Gelegenheit zu nutzen, um Evas Stellvertreter genauer kennenzulernen.

Nolte wischte sich den Bierschaum aus dem Bart, lehnte sich nach vorne und fragte verschwörerisch: »Na, seid ihr gerade dem Verbrechen auf der Spur?«

»Ich glaube, das ist weder der richtige Ort, noch bist du im richtigen Zustand für so ein Gespräch.«

Nolte sah Eva mit einer Mischung aus Wut und Überraschung an, deutete auf Ruben und stichelte: »Ich dachte, er hat hier jetzt das Sagen?«

»Nein, habe ich nicht«, sagte Ruben ruhig. »Auch wenn ich vom Dienstgrad über Ihrer Chefin stehe, habe ich hier nur eine beratende Funktion.«

Nolte lachte rau: »Hört, hört, wie sich der Mann ausdrücken kann. Damit wäre sogar ich Dienststellenleiter geworden. Oder was meinst du, Chefin?«

Eva richtete sich auf und sah ihm streng in die Augen. »Es ist vielleicht besser, du gehst nach Hause und schläfst deinen Rausch aus.«

Für einen kurzen Augenblick sah es so aus, als würde der Mann explodieren, doch vielleicht warnte ihn das letzte bisschen Verstand vor einer Eskalation. Stattdessen leerte er den Schnaps, nahm seinen Bierkrug und wollte gerade aufstehen, als Ruben fragte: »Welche Haarfarbe hat Ihre Frau?«

»Was? Schwarz. Warum?«

»Sie haben zwei lange blonde Haare an Ihrer Jacke, die sollten Sie vielleicht besser entfernen.«

Der Kommissar sah an sich herunter, brummte etwas, das wie »Arschloch« klang, und ging hinüber zum Stammtisch, wo er grölend empfangen wurde.

»Was hältst du von ihm?«

Ruben faltete die Finger ineinander: »Schwer zu sagen. Wenn die Frustration tief genug sitzt, ist der Mensch zu allem fähig.«

»Du meinst, er könnte …«

»Ich meine gar nichts. Lass uns morgen auf Schobers Untersuchungsergebnisse warten. Irgendwann bekommen wir einen Hinweis, so viel ist sicher.«

Eva nickte zustimmend und schwieg eine Weile. »Darf ich dich etwas fragen?«, bat sie schließlich.

»Wie soll ich das beurteilen, wenn ich die Frage nicht kenne?«

»Warum hattest du diesen, na ja, Anfall, als wir auf der Terrasse von Frau Baumann waren und der Ballon zerplatzte?«

Ruben runzelte die Stirn. »Behältst du es für dich? Mein Chef weiß es zwar, aber die Antwort stellt meine Dienstfähigkeit infrage.«

Sie nickte. »Na, da bin ich nun aber gespannt.«

Er nahm noch einen Schluck Wein und räusperte sich. »Dieser Anfall, wie du es nennst, ist der Grund, warum ich Polizist geworden bin. Ich hatte schon früher die Gabe, Unstimmigkeiten zu erkennen. Es ist eigentlich kein Hexenwerk, aber manchmal kommt es den Leuten wie Wahrsagerei vor.«

»So wie in der Kirche, als du wusstest, dass der Täter und Björn nicht mehr da waren?«, warf Eva ein.

»Ja genau. Ich erfasse kleine Details einfach besser als andere und habe dadurch schnell eine Schlussfolgerung parat. Im Kellergewölbe war es ein kleines Blechschild an dem Regal, das neben dem Kellereingang stand. Das gleiche Blechschild war in dem Video von Björns Folter zu sehen. Zunächst dachte ich, der Täter habe einen Fehler gemacht, doch als ich es an dem Regal sah, wusste ich, dass es Absicht war. Er wollte, dass wir den Tatort schnell finden. Also war es logisch, dass wir ihn mit

Sicherheit nicht mehr antreffen würden.« Ruben machte eine kurze Pause. »Aber zurück zum Thema: Ich war damals fünfzehn und habe meinen älteren Bruder zur Sparkasse begleitet. Er wollte nur schnell etwas Geld abheben und mich damit zu einem Eis einladen. Zwei Männer und eine Frau standen in der Bank verteilt und schienen nichts miteinander zu tun zu haben. Während Ralf das Geld holte, habe ich sie mehr aus Langeweile beobachtet. Ich habe sofort die kleinen Gesten erkannt, mit denen sie sich Zeichen gaben. Alles in mir schrie *Alarm*, doch ich habe das Gefühl zurückgedrängt. Keine zehn Sekunden später befanden wir uns mitten in einem Banküberfall. Ralf war groß, stark und in einem Alter, in dem man zu Übermut neigt. Sein Leben endete mit dem einzigen Schuss, der damals abgefeuert wurde.«

Eva legte die Hand auf seine, doch Ruben zog seine Hand zurück. So intim durfte nur seine Frau werden. »Das Unglück ist heute kein Problem mehr, nur gegen diese Überreaktion bei einem lauten Knall hat noch nichts geholfen.«

»Und deshalb bist du Polizist geworden?«, fragte Eva, nur um etwas zu sagen.

»Ja. Es lag weniger an dem Verbrechen gegen meinen Bruder, sondern vielmehr daran, dass ich etwas gesucht habe, wo ich diese Gabe einsetzen kann. Damals habe ich die Anzeichen gesehen und nicht gehandelt – und das nur, weil man sich lächerlich macht, wenn man einfach so aus einer Bank rennt. Das würde mir heute nicht mehr passieren.«

»Verstehe.« Eva nickte. Sie musste daran denken, wie Lisa gestern gesagt hatte, dass man sein Leben nicht von der Meinung und der Moral anderer Leute abhängig machen sollte.

Es war schon fast zehn, als Ruben sich vor seiner Pension von ihr verabschiedete. Eva ging nachdenklich nach Hause. Es war in jeder Hinsicht ein aufschlussreicher Abend gewesen.

35

Ruben genoss die Stimmung des frühen Morgens. Er schlenderte gut gelaunt zur nächsten Bäckerei, nahm ein kleines Frühstück zu sich und fragte eine der beiden Verkäuferinnen, wie er zur hiesigen Schulturnhalle kam.

Auf dem Weg ging er einer seiner Lieblingsbeschäftigungen nach: Er musterte die Gesichter der Menschen, denen er begegnete. An der Turnhalle angekommen, stand für ihn fest, dass der überwiegende Teil der hiesigen Bevölkerung gerne hier lebte und relativ entspannt war. Es brauchte eigentlich wirklich keine sündhaft teuren Studien, wie sie die Politik oft in Auftrag gab, um die Befindlichkeiten der Menschen zu messen. Würden sich die Damen oder Herren Politiker einfach mal in ein Café setzen und ihren Wählern ins Gesicht sehen, wüssten sie, woran es fehlte. Er war durch seine Arbeit in ganz Deutschland herumgekommen und hatte es sich zur Gewohnheit gemacht, die Mimik der ortsansässigen Menschen zu studieren. Und während es in einigen Regionen darum ging, durch den Tag zu kommen, wirkten die Menschen hier insgesamt zufrieden. Was war es also, was die hiesigen Taten auslöste? Habgier? Eine Familiengeschichte? Oder einfach Wahn?

Ruben schüttelte die Gedanken ab und zeigte dem Beamten, der den Eingang bewachte, seinen Ausweis. »Hauptkommissar Hattinger. Ich muss zu Kommissar Schober und seinem Team.« Der Polizist nickte stumm und ließ ihn passieren.

Ruben betrat das zur hiesigen Schule gehörende Gebäude und schon der erste Atemzug warf ihn um Jahre zurück. Es war dieser Geruch nach Gummi, Schweißfüßen und Hormonen, den man nie mehr vergisst und der sich vermutlich auch nie ändern wird.

Entgegen seiner Annahme war die Spurensicherung nicht in der eigentlichen Turnhalle untergebracht. Ein kleines, handgeschriebenes Schild zeigte nach rechts, eine Treppe herunter. Er folgte den Stufen und fand sich in einem hell beleuchteten Kellerraum wieder.

An drei der fünf improvisierten Plätze saßen zwei Männer und eine Frau aus Schobers Team. Der Leiter der Gruppe kam gerade aus einem kleinen Nebenraum und hatte eine Tasse Kaffee in der Hand. Als er Ruben sah, verfinsterte sich seine Miene. Er machte eine Drehung um sich selbst und rief: »Ich wüsste nicht, wann ich das letzte Mal in einer derart feinen Umgebung arbeiten durfte.«

Da Ruben kein Mensch war, der in das Gejammer anderer Leute einstimmte, erwiderte er Schobers Sarkasmus nur mit einem Lächeln. »Stimmt, wo könnte man besser ermitteln? Das hier hat große Ähnlichkeit mit meinem Büro in Bamberg. Nichts lenkt vom Wesentlichen ab.«

Kommissar Schober kniff seine Lippen zusammen und ging nicht weiter auf das Thema ein. Er winkte Ruben zu seinem Arbeitsplatz, der etwas abseits der anderen stand, und erklärte wichtig: »Wir haben die ganze Nacht über an den Spuren aus dem Burgkeller gearbeitet und Sie werden nicht glauben, was wir vor etwa einer Stunde gefunden haben.« Er öffnete seinen Laptop und tippte auf das Ergebnis eines DNA-Schnellvergleichs.

Ruben überflog das Protokoll, las es ein zweites Mal und fragte: »Wo wurden Paul Janiks Haare gefunden?«

»An drei verschiedenen Stellen. Zwei lagen in dem Raum mit der toten Frau, eins im Keller gegenüber und ein weiteres im Eingangsbereich.«

Rubens erster Impuls war, den Seelsorger zu verdächtigen, doch dieser war nie in den hinteren Bereich der Keller gekommen. Aber wie zum Teufel sollten Janiks Haare sonst an den Tatort gelangt sein? Der Mann saß noch immer in der Zelle, und da er mit Sicherheit über keine übernatürlichen Kräfte verfügte, konnte es sich nur um eine falsche Spur handeln.

»Das ist ein Ding, oder?« Schober sah ihn an, als erwartete er ein dickes Lob. Ruben nickte nur stumm. »Sonst noch etwas Brauchbares?«

»Nur das Übliche«, antwortete der Kriminaltechniker sichtlich enttäuscht.

»Geht es genauer?«

»Abdrücke von Gummihandschuhen. Haufenweise Reifenspuren, die wir erst noch sortieren und zuordnen müssen. Gewebefasern von vielen unterschiedlichen Kleidungsstücken. Schuhabdrücke in gleicher Anzahl … nichts, was Ihnen schnell weiterhilft.«

»Was ist mit dem Stuhl, auf den die alte Frau gefesselt wurde?«

»Der war nach Aussage eines städtischen Mitarbeiters schon vorher da.«

»Wie das?«

Schober nahm einen Schluck aus der Tasse. »Früher wurden auf Anfrage Führungen über die Burgruine und durch die Keller angeboten. Dabei kam es wohl immer wieder vor, dass sich ein älterer Mensch nach der ganzen Anstrengung hinsetzen musste, deshalb hat man den alten Stuhl und das Tischchen in die Keller gestellt.«

»Was ist mit der Autobatterie und dem Kästchen … ein Stromtransformator, nehme ich an?«

»Die Batterie ist eine von Millionen. Völlig gängiges Modell, als Hinweis kaum zu gebrauchen. Bei dem Kästchen sieht es schon anders aus. Das dürfte etwas Selbstgebautes sein. Mein Elektrotechniker ist noch dran, vermutet aber, dass es dazu dient, den Strom der Batterie zu speichern, um ihn stärker und stoßartig abgeben zu können.«

»Also wie ein überdimensionaler Elektroschocker?«

»Genau.«

Ruben schwieg einen Moment, richtete sich auf und sah Schober freundlich an. »Mensch, Kollege. Jetzt haben wir uns doch tatsächlich fünf Minuten unterhalten, ohne dass Sie wütend wurden. Achten Sie weiterhin auf Ihre Ernährung und Sie werden hundert.«

Schobers Gesicht rötete sich. »Woher wissen Sie, dass ich meine Ernährung umgestellt habe?«

Ruben tippte gegen die Kaffeetasse: »So eine hatte ich auch. Die gibt es gratis dazu, wenn man sich diesen koffeinfreien Kaffee kauft.« Danach deutete er auf eine Kekspackung und fügte hinzu: »Dinkel … echt nicht schlecht das Zeug. Hat nur leider auch zu viel Zucker.«

»Wer war alles in Ihrer Zelle?«

Paul Janik sah von Tag zu Tag schlechter aus. Völlig verstört saß er auf seinem Stuhl und wippte abwesend vor und zurück. Doch nun war nicht die Zeit, um auf den Mann Rücksicht zu nehmen.

»Jemand will Ihnen einen Mord anhängen. Ist Ihnen das klar?«, fragte nun Eva mit beruhigender Stimme.

Janik reagierte zunächst nicht, hob dann doch den Blick und sagte traurig: »Jaja, so ein Mord ist keine schöne Sache.«

»Wer war, seit Sie hier sind, in Ihrer Zelle?«, wiederholte Ruben angespannt. Im Grunde war er ein in sich ruhender Mensch, doch so langsam lief ihm die Zeit davon.

»Ich kann keinen neu… äh … Mord begangen haben, ich war ja hier.«

Den beiden Polizisten war es natürlich nicht entgangen, dass Janik eigentlich »neuen Mord« sagen wollte, aber auch dafür hatte Ruben keine Zeit. Ihm ging es im Moment einzig und allein darum herauszufinden, wer diese Haare in den Kellern platziert haben könnte.

»Das wissen wir. Also hat sich jemand Haare von Ihnen beschafft, um Sie verdächtig zu machen, und wir müssen herausfinden, wer das gewesen sein könnte.«

Janik zuckte mit den Schultern: »Ich kenne die Beamten, die mir das Essen bringen, nicht. Es waren zwei junge Männer, manchmal auch ein älterer und ab und zu eine Frau.«

Eva verließ kurz den Raum und kam danach mit einem Gruppenfoto ihres Teams zurück. »Können Sie mir darauf zeigen, wer alles bei Ihnen war?«

Der Pädophile sah sich das Bild an, tippte auf vier Gesichter und sagte: »Die waren es.«

Ruben nahm das Foto ebenfalls und zeigte auf Seelsorger Krüger, der ganz am Rand zu sehen war: »Der war nie bei Ihnen?«

Da war etwas in Janiks Blick, doch er schüttelte den Kopf. »Nein, nie! Der Pfarrer hat sich zwar nach der Haft um mich gekümmert, aber in meiner Zelle hier war er noch nicht.«

Nach ein paar weiteren Fragen, die der Mann immer wirrer beantwortete, ließen sie ihn in seine Zelle zurückbringen.

»Wieder Oberkommissar Peter Nolte«, stöhnte Eva. Noch vor Kurzem hatte sie ihrem Stellvertreter völlig vertraut. »Es gehört überhaupt nicht zu seinen Aufgaben, einem Gefangenen

Essen zu bringen. Das ist ein Job für Streifenbeamte. Da stimmt etwas nicht!«

»Passt zwar irgendwie nicht, sieht aber wohl trotzdem so aus«, erwiderte Ruben trocken.

»Moment, aber er war doch überhaupt nicht in den Kellern, oder?«, fragte Eva.

»Schober sagt doch. Nolte kam gestern eine halbe Stunde nach uns zum Tatort, um sich umzusehen. Und das, obwohl seine Schicht längst zu Ende war und ihn niemand angerufen hatte. Er kam auf eigene Faust.«

»Scheiße.«

36

»Brauchen wir wirklich gleich das volle Programm?«

»Du musst nicht mit. Ich habe deinem Vorgesetzten die Situation geschildert und er bestand auf einer Hausdurchsuchung.«

»Gleich eine Hausdurchsuchung? Ist die Beweislage dafür nicht etwas dünn?«

»Wenn ich es richtig interpretiere, werden die hohen Tiere langsam nervös. Drei Morde, und wir haben noch keinen eindeutigen Verdächtigen. Und wenn sich herausstellen sollte, dass die Polizei trotz mehrerer Verdachtsmomente einen ihrer Leute unbehelligt ließ, ist das ganz schlechte Publicity. Aber, wie gesagt, du musst nicht mit. Ich verstehe, wenn du dir das lieber ersparen willst.«

Eva stellte ihren Nachmittagskaffee beiseite und blickte kurz aus dem Fenster. Schließlich straffte sie die Schultern. »Nein. Nolte war in letzter Zeit ein Ekel, aber er gehört immer noch zu meinen Leuten. Ich bin es Peter schuldig, ihm die Sachlage persönlich zu erklären.«

Ruben wollte darauf verzichten, für die Hausdurchsuchung das SEK anzufordern, trotzdem zog er sich die schusssichere Weste über. Anschließend überprüfte er seine Waffe und streifte sich die geliehene Jacke mit der Aufschrift »Polizei« über. Eva stand auf und tat es ihm gleich. Anschließend gingen sie gemeinsam hinunter zu den bereits einsatzbereiten Kollegen, die allerdings noch nicht wussten, um was oder besser gesagt um wen es ging.

Eva trat vor ihre Leute, hob die Hände und sagte, nachdem Ruhe eingekehrt war: »Wir haben einen Verdächtigen.«

Zustimmendes Raunen erklang. Eva hob erneut die Hand und erklärte: »Ich weiß, was viele von euch gleich denken werden, aber ihr könnt euch sicher sein, dass wir uns die Entscheidung nicht leicht gemacht haben. Noch ist es auch nur ein Anfangsverdacht. Trotzdem werden wir alle gleich zum Haus von unserem Kollegen Oberkommissar Nolte fahren und nach Hinweisen suchen.«

Das Stimmengewirr der Beamten wurde lauter. »Was?« – »Ihr spinnt doch!« – »Nicht euer Ernst!«

Ruben trat einen Schritt nach vorne. Ohne auf die Empörung einzugehen, sagte er: »Wir suchen nach allem, was auf die Taten hinweist. Also verdächtige Gegenstände, verschmutzte Kleidung, aber auch Hinweise auf eine Täter-Opfer-Beziehung. Mir ist klar, wie hart es ist, gegen einen langjährigen Kollegen und vielleicht auch Freund zu ermitteln. Aber jeder hier im Raum hat einen Amtseid abgelegt. Wenn Sie es nicht machen wollen, wird die Durchsuchung vom SEK durchgeführt, und ich denke, das will hier keiner. Vielleicht haben wir Glück und es stellt sich als Irrtum heraus. Wenn nicht, können wir einen Mehrfachmörder dingfest machen.«

Nun maulten die Beamten zwar immer noch, folgten aber der Anweisung, zu den Fahrzeugen zu gehen. Eva drehte sich zu Ruben um und flüsterte: »Wow. Eine lange Ansprache, und das ganz ohne Sarkasmus.«

»Ich habe eben viele Gesichter«, stellte Ruben trocken fest und nickte zur Ausgangstür. »Es wäre schön, wenn du einfach nur hinter deinen Kollegen herfahren könntest. Wir haben es heute nicht eilig.«

Eva lachte freudlos. »Keine Sorge, ich bringe uns lebend hin.«

Peter Nolte wohnte in einem Haus, das für einen Beamten im gehobenen Dienst nicht typischer hätte sein können. Obwohl seine Kinder schon lange ausgezogen waren, hing im Garten noch immer eine verwitterte Schaukel vom Ast eines Baumes. Haus und Garten machten insgesamt keinen sehr gepflegten Eindruck. Der Rasen war viel zu hoch, die Fassade und der Gartenzaun verwittert.

Eva schickte zwei Beamte zur rechten Seite, die direkt an eine Straße grenzte, und zwei weitere auf die Rückseite. Links trennte ein hoher Zaun den Garten vom Nachbargrundstück, was eine Flucht unmöglich machte. Sie, Ruben und weitere drei Beamte gingen zur Eingangstür und klingelten.

Einige Sekunden lang herrschte angespannte Stille. Ruben drückte erneut auf den abgenutzten Knopf und von drinnen ertönte die mürrische Stimme einer Frau. »Ich komm ja schon«, brüllte sie.

Die Tür wurde geöffnet. »Frau Nolte?«, fragte Eva, die Peters Frau von einem alten Foto wiedererkannte und sich nun einer Frau gegenübersah, die sich offensichtlich schon vor langer Zeit aufgegeben hatte.

Sie musterte ihre ungebetenen Gäste von oben bis unten und fragte pampig: »Was wollen Sie? Hat Dominik wieder was ausgefressen?«

»Ist Dominik Ihr Sohn?«, fragte Ruben.

»Ja sicher, aber er ist nicht hier.«

Eva versuchte ein Lächeln. »Eigentlich wollen wir zu Ihrem Mann. Mein Name ist Oberkommissarin Lange und das ist mein Kollege Hauptkommissar Hattinger.«

»Der ist auch nicht da. Kommen Sie später wieder.« Mit diesen Worten wollte Frau Nolte die Tür zurück ins Schloss drücken, doch Evas Fuß war schneller. Sie ignorierte das Schimpfen der Frau und erklärte ruhig, während sie ihr ein Blatt Papier vors Gesicht hielt: »So einfach ist das leider nicht. Das hier ist ein Durchsuchungsbeschluss für Ihr Haus. Wissen Sie, wo Ihr Mann sich gerade aufhält?«

»Wollte rüber zu den Tschechen, wie immer, wenn er freihat.«

»Was macht er dort?«, hakte Ruben nach, wobei ihm die Begegnung in der Wirtschaft und das blonde Haar auf Noltes Jacke einfielen.

Frau Nolte zuckte mit den Schultern. »Keine Ahnung, vermutlich Kippen kaufen. Oder ist das als Polizist verboten?«

»Nein, ist es nicht.« Eva drehte sich zu Ruben. »Fangt ihr schon einmal an. Da auch sein Handy tot ist, werden wir um eine Fahndung nicht herumkommen.«

Ruben stellte der noch immer schimpfenden Frau einen Kollegen zur Seite und ging mit dem anderen Beamten zunächst alle Räume ab. Als er sich sicher war, dass sonst niemand in dem Haus war, begann er damit, den Keller zu inspizieren. Keller und Dachboden waren ziemlich beliebte und dadurch durchschaubare Plätze, um Verbotenes aufzubewahren. Doch Nolte war Polizist und wusste das natürlich so gut wie er, darum wunderte es Ruben nicht, dass er hier nicht fündig wurde.

Wieder im Erdgeschoss traf er auf Eva. Sie sah sich unschlüssig um und fragte: »Wo soll ich suchen? Wo warst du schon?«

»Im Keller, und der Kollege ist oben im Dachboden, aber da werden wir nichts finden.«

»Warum?«

»Zu einfach, Nolte ist Polizist. Wo würdest du etwas verstecken?«

»Im Garten vergraben?«, schlug Eva vor.

»Geht nicht, ein Serientäter muss schnell an seine Sachen kommen.«

»Schuppen oder Garage?«

»Möglich. Sag deinen Wachposten, sie sollen mitmachen. Jemand, der nicht da ist, kann auch nicht flüchten.«

In diesem Moment klingelte Evas Handy. Sie zog es heraus und sah, dass Lisas Nummer angezeigt wurde. »Nicht jetzt«, murmelte sie und drückte das Gespräch weg. Sofort meldete sich das Gerät erneut. Dieses Mal ließ sie es so lange klingeln, bis der Anrufbeantworter übernahm. Anschließend griff sie zu ihrem Handfunkgerät und erteilte den draußen Wache stehenden Kollegen einige Befehle.

Ruben hatte in der Zwischenzeit nachgedacht und war bereits auf der Treppe nach oben.

»Wo willst du hin?«, rief sie ihm hinterher. Er blieb stehen und blickte nach unten. »Neben dem Schlafzimmer ist ein kleines Arbeitszimmer. Manchmal sieht man das Offensichtliche nicht.«

Ruben hatte vorhin nur einen kurzen Blick in das kleine Zimmer geworfen und außer ein paar Papierschnipseln auf dem Schreibtisch nichts Besonderes entdecken können. Nun trat er in die Mitte des Arbeitszimmers, um den ganzen Raum überblicken zu können. Im ersten Moment war nichts Ungewöhnliches zu erkennen. Vor dem vergilbten Monitor lag eine abgenutzte Tastatur, daneben eine Schere, Tesafilm und kleine Papierschnipsel. Rechts vom Tisch stand eine vertrocknete Topfpflanze und auf dem Fensterbrett ein ziemlich voller Aschenbecher. Sonst schien der Raum leer.

Da ihn die Bastelutensilien am meisten interessierten, bückte sich Ruben nach dem Papierkorb und fischte die oben aufliegende Zeitung heraus. Wie erwartet klaffte in der Titelseite ein rechteckiges Loch. Doch wo war der Rest und warum lag das alles hier so offen herum?

»Was hast du?«, fragte Eva hinter ihm. Er zeigte ihr die Zeitung. »Mist«, murmelte sie leise. »Die ist von gestern und an der Stelle ging es um die Mordserie.«

Ruben nickte. »Dachte ich mir, aber warum ist das alles so offensichtlich? Ich hatte schon mit einigen Serientätern zu tun und jeder, der ein Archiv seiner Verbrechen angelegt hat, hat es mehr oder weniger gut versteckt.«

»Na ja, noch haben wir das eigentliche Archiv nicht gefunden«, entgegnete Eva.

Ruben drehte sich zu ihr, wobei sein Blick an der Tür hängen blieb. Er hielt inne und deutete darauf. »Das stimmt so nicht.«

Ihr Blick folgte dem Fingerzeig, dann schloss sie die Tür. »Das sieht ja aus wie in unserem Pausenraum.«

Ruben trat vor die dicht beklebte Rückseite der Tür und sagte anerkennend: »Keine schlechte Arbeit. Ist alles da und in einer logisch zusammengefassten Reihenfolge angebracht. Nur eigene Ideen scheinen zu fehlen, aber die hat er sicher im Kopf.«

»Und …«, begann Eva, kam aber nicht weiter, da draußen im Garten laute Schreie zu hören waren.

37

Eva und Ruben eilten die Treppe hinunter und sahen gerade noch, wie Oberkommissar Nolte von seinen Kollegen zu Boden gerungen wurde. »Seid ihr alle deppert geworden?«, schimpfte er, als die Handschellen einrasteten. Danach ließ er sich zwar immer noch maulend, aber widerstandslos auf die Beine helfen. Er fixierte Ruben und brüllte: »Ist das auf Ihrem Mist gewachsen? Warum werde ich festgenommen und was zum Teufel machen Sie in meinem Haus?«

Eva machte eine beruhigende Geste. »Komm runter, Peter, noch besteht nur ein Anfangsverdacht gegen dich.« Anschließend klärte sie ihn der Form halber über seine Rechte auf.

»Verdacht wegen was? Glaubt ihr vielleicht, ich habe die Morde begangen?«, fragte Nolte sarkastisch, doch als er ins Gesicht seiner Chefin blickte, fror sein Gesichtsausdruck ein. Er neigte den Kopf zur Seite und schrie fassungslos: »Nicht dein Ernst, oder? Das ist nicht dein Scheißernst?«

»Ist vielleicht besser, wir klären das im Präsidium«, schlug Ruben vor. »Dort können Sie uns auch erklären, was es mit dieser gar nicht üblen Fallanalyse in Ihrem Arbeitszimmer auf sich hat.«

Evas Handy klingelte erneut. Diesmal zeigte das Display jedoch nicht Lisas Nummer, sondern die ihrer Polizeidienststelle an. Sie hob ab und hörte zu. Dann trat sie vor ihren Stellvertreter und fragte mit ernster Miene: »Wo warst du in den letzten Stunden?«

Nolte starrte trotzig auf den Boden und antwortete nicht.

Eva seufzte und fuhr sich mit der Hand über die Stirn. Sie suchte Rubens Blick und bedeutete ihm mitzukommen. Als sie außer Hörweite waren, drehte sie sich zu ihm um und erklärte: »Paul Janik ist tot.«

»Was? Wie?«

»Er liegt mit aufgeschlitzten Handgelenken in seiner Zelle. Der Wachhabende konnte nur noch seinen Tod feststellen. Da er nichts anfassen wollte, hat er sich nur oberflächlich umgesehen und eine Rasierklinge entdeckt.«

Ruben schloss die Augen und versuchte, sich zu konzentrieren: »Okay, dass sich Janik umbringen könnte, überrascht mich nicht. Bleibt die alles entscheidende Frage, wer ihn so weit gebracht und ihm die Klinge gegeben hat. Der Mann wirkte seit Tagen wie fremdgesteuert und diese Geschichte über die Stimme in seinem Kopf kam mir schon die ganze Zeit übertrieben vor.«

»Ist das nicht normal? Also ich meine, bei Schizophrenie kann das doch vorkommen.«

»Ja sicher, aber ich kenne keinen Fall, bei dem diese Stimme exakt zu einer Mordserie passt. Nein, da steckt etwas anderes dahinter.«

»Also hat ihn jemand manipuliert«, schlussfolgerte Eva. »Und dieser Jemand muss Zugang zu ihm gehabt haben.«

»Jemand wie Nolte«, bestätigte Ruben. »Ich würde vorschlagen, wir beordern einen Teil von Schobers Team hierher und die andere Hälfte zu Janiks Zelle. Außerdem muss sein Leichnam so schnell wie möglich in die Gerichtsmedizin.«

»Kannst du auf dem Rückweg fahren? Ich müsste noch schnell telefonieren«, bat Eva, nachdem man Nolte in einen Streifenwagen verfrachtet hatte.

»Kein Problem«, stimmte Ruben zu und ließ sich den Schlüssel geben. Eva stieg auf der Beifahrerseite ein und hörte, während Ruben seinen Sitz einstellte, ihre Mailbox ab. Die Farbe wich aus ihrem Gesicht. Sie bedeutete Ruben, den Motor wieder abzustellen, und sagte mit einem Kloß im Hals: »Das solltest du dir anhören.«

Sie koppelte ihr Handy mit dem Autoradio und drehte den Ton lauter. Dann ließ sie den Anrufbeantworter erneut ablaufen.

»Sie haben eine neue Nachricht. Erste Nachricht: …« Ein spitzer Schrei erfüllte das Innere des Wagens. Anschließend hörten sie das Keuchen einer Frau. »Bitte nicht … was … nein, nein«, flehte sie. Es folgte ein dumpfer Schlag, ein elektronisch klingendes Kreischen und schließlich Stille.

»Du kennst die Anruferin?« Ruben blieb ganz ruhig.

Eva hatte Mühe, ihre Stimme wiederzufinden, schluckte und erklärte schließlich: »Lisa … Lisa Vogt … eine gute Freundin. Sie hat vorhin versucht, mich anzurufen … vermutlich ein Hilferuf.«

»Wohin müssen wir?«, fragte Ruben und startete den Motor. Eva deutete in die entsprechende Richtung und er gab Gas.

Auf der Landstraße erkundigte er sich nach dem Baujahr des BMW.

»Wir haben den Wagen erst letztes Jahr bekommen«, antwortete Eva abwesend. Ruben brummte: »Dann hat er schon das bessere Fahrwerk«, und trat das Gaspedal durch.

Eva hatte alle Mühe, nach dem Handstück des Funkgeräts zu greifen und weitere Kollegen anzufordern. Dieses Mal war sie es, die froh war, als der Verkehr in Parsberg Ruben zu einer langsameren Fahrweise zwang. Sie lotste ihn durch einige enge

Gassen, deutete auf ein kleines Mehrfamilienhaus und sagte: »Das da ist es.«

Ruben legte eine Vollbremsung hin und sprang aus dem Wagen. Eva tat es ihm gleich, rannte zu dem Hauseingang und drückte auf alle sechs Klingelknöpfe gleichzeitig.

Es dauerte einige endlos lange Sekunden, bis der kleine Lautsprecher ein kratzendes Geräusch von sich gab und eine alt klingende Frauenstimme fragte: »Ja bitte?«

»Polizeieinsatz, bitte öffnen Sie die Tür«, rief Eva. Einige Sekunden lang passierte nichts, bis endlich das lang ersehnte Summen des Türöffners ertönte. Die beiden Polizisten stürmten hinein. »Zweites Stockwerk«, rief Eva über die Schulter. Im Erdgeschoss öffnete sich eine Wohnungstür, die sich bei dem Anblick der gezogenen Waffen sofort wieder schloss.

Oben angekommen deutete sie stumm auf eine Tür, die offensichtlich nur angelehnt war. Beide positionierten sich ohne Absprache links und rechts davon. Ruben gab der Tür einen leichten Stoß, sodass sie nach innen schwang. Danach blickten sie abwechselnd in das Innere der Wohnung, nickten einander zu und Eva übernahm die Führung.

Sie hatte oft genug hier übernachtet, um jeden Winkel zu kennen. Gleich rechts befand sich das kleine Badezimmer, dessen Tür offen stand. Nach einem schnellen Blick hinein folgte nach weiteren zwei Schritten die Küche, doch außer einigen auf dem Boden liegenden Dingen war auch diese leer. Blieb nur noch der Wohn- und Schlafbereich. Eva öffnete die Tür mit einem Fußtritt, ihre Waffe im Anschlag. In dem Zimmer herrschte ein Durcheinander, wie sie es bei ihrer Freundin noch nie gesehen hatte.

»Da ist keiner mehr«, sagte Ruben hinter ihr viel zu laut. Eva zuckte zusammen, hielt die Waffe aber weiter oben und rief leise: »Lisa?« Sie machte einen Schritt in den Raum hinein und kontrollierte ihn in alle Richtungen. Schließlich ließ sie die Pistole sinken und fragte wütend: »Woher?«

Ruben deutete auf eine Stelle mitten im Raum, an der der Boden auf einer Fläche von etwa zwei Quadratmetern eine etwas andere Farbe aufwies. »Da lag ein Teppich, oder?«

Eva folgte dem Fingerzeig und nickte: »Ja, so ein dünner, hässlicher Webteppich.«

»Der groß genug war, um jemanden einzuwickeln. Also ist niemand mehr hier«, erklärte Ruben.

Eva erinnerte sich daran, dass sie dort einmal mit Lisa auf dem Rücken gelegen hatte, um über den Sinn des Lebens zu diskutieren. Sie verscheuchte den Gedanken. »Du meinst, sie ist entführt worden?«

»Ja«, bestätigte Ruben knapp. Er blickte sich um und wartete auf den Film, der sich an beinahe jedem Tatort in seinem Kopf einstellte.

Hier die hohe Blumenvase neben der Tür fiel vermutlich um, als Lisa in den Raum flüchtete. Sie versuchte, hinter dem kleinen Esstisch in Deckung zu gehen, den der Täter mühelos zur Seite schob. Danach stieg er über den auf der Seite liegenden Stuhl, packte sie und zog sie zurück in die Mitte des Raumes. Lisa wehrte sich mit Händen und Füßen und drückte dabei die Fingernägel in das Laminat, wobei ein Stück des rot lackierten Nagels abbrach. Sie bekam die Wasserflasche zu greifen, schlug auf ihn ein und konnte sich kurz befreien. Das Handy lag vermutlich in der Küche. Sie schaffte es bis dorthin, wählte Evas Nummer. Doch er kam ihr nach und sie riss auf der Suche nach Halt eine Küchenschublade aus der Verankerung. Der Inhalt fiel scheppernd auf den Boden.

Bei dem Entführer stieg die Panik, zu viel Aufmerksamkeit zu erregen. Er musste sein Opfer schnell und gründlich ruhigstellen, nahm das Nudelholz und schlug zu. Aber es war nicht nur ein Überfall oder eine geplante Vergewaltigung, er wollte sie von

Anfang an mitnehmen. Er wickelte sie in den Teppich und trug sie hinaus.

»Ruben?« Eva sah ihren ziemlich entrückt wirkenden Partner fragend an. Er machte eine abwehrende Geste: »Jaja, alles gut. Also pass auf …« Ruben wiederholte seine Gedanken, wobei er nacheinander auf die einzelnen Indizien zeigte und den vermutlichen Ablauf schilderte. Am Ende fügte er noch hinzu: »Und drüben in der Küche liegt ein hölzernes Nudelholz mit roten Flecken … mit ziemlicher Sicherheit das Blut deiner Freundin.«

Eva wischte sich eine Träne aus dem Augenwinkel. »Scheiße, Scheiße, Scheiße«, murmelte sie, ging zum Fenster und sah hinaus. Nach einigen tiefen Atemzügen riss sie sich wieder zusammen. »Die alte Frau unten, vielleicht hat sie den Täter gesehen.«

38

Eigentlich hatte sich Ruben am Morgen vorgenommen, den Tag dazu zu nutzen, alle Beweise zu sortieren und in Ruhe nach weiteren Spuren zu suchen. Jetzt standen sie in der Wohnung einer liebenswerten alten Frau, um deren Seh- und Hörvermögen es nicht mehr allzu gut bestellt war, und versuchten, Erinnerungen aus ihr herauszukitzeln. Außerdem lag Janiks Leiche in der Zelle und Oberkommissar Nolte wartete auf sein Verhör. Und er hatte drei entgangene Anrufe seiner Frau auf dem Handy.

Zurück im Auto nahm Eva den Notizzettel mit den Angaben der Zeugin und resümierte: »Wir suchen eine männliche Person, die ein bisschen kleiner oder vielleicht auch ein bisschen größer als ein normaler Mann ist. Die Haare sind mittellang und entweder grau oder blond. Er trug einen Dreitagebart, möglicherweise hatte er aber auch ein Tuch über den Mund gezogen. Die Kleidung war nicht zu erkennen. Das Fahrzeug war ein dunkler Kleinbus, der auch ein Kombi sein könnte, aber es könnte sich genauso gut um einen dieser neuen Geländewagen handeln.« Eva schüttelte den Kopf und fluchte: »Bullshit. Ich rufe ein paar Kollegen, die sich hier umhören sollen. Noch ist die Spur frisch.« Sie sah Ruben an und fragte:

»Meinst du, es geht hier um die Serie, oder müssen wir diesen Fall losgelöst davon betrachten?«

Rubens Stimme war völlig emotionslos. »Die Tat selbst, wenn sie so abgelaufen ist, wie ich mir das denke, spricht gegen die Serie. Bisher war es für den Täter offenbar kein Problem, seine Opfer zu überwältigen, oder vielleicht musste er es auch gar nicht, weil sie ihm folgten. Hier kam es zu einem Kampf und das Opfer wurde regelrecht verschleppt. Außerdem müssten wir herausfinden, ob diese Lisa …«

»Nenn sie nicht diese Lisa«, fuhr Eva dazwischen. Ruben deutete ein Nicken an: »… also, ob deine Freundin Lisa ebenfalls eine Leiche im Keller hat. Ist dir da was bekannt?«

Eva dachte kurz darüber nach. »Nein, ich wüsste nicht. Sie sprach von ihren Eltern immer in den höchsten Tönen, hatte eine schöne Kindheit und auch sonst weiß ich nichts von größeren Problemen oder Unstimmigkeiten.« Sie stockte kurz, gab sich einen Ruck und fügte leiser hinzu: »Bis auf …«

»Ja?«, bohrte Ruben, als sie erneut verstummte.

»Na ja …«, sagte sie zögernd. »Bis auf ihre lockere Lebensweise. Lisa hat die moralischen Werte der Gesellschaft nicht ganz so ernst genommen.«

»Das heißt?«

Eva dachte an die Nacht mit Kai und Lisa. An die Joints, die sie früher zusammen geraucht hatten, und an das nächtliche Nacktbaden im Freibad. »Sie sah Verbote und den Satz *Das tut man nicht* einfach nicht so eng. Sie hat seit ihrer Kindheit Grenzen ausgetestet. Nichts wirklich Kriminelles, aber man kann damit schon Leute verärgern.«

»Das bringt uns nicht weiter«, murmelte Ruben, startete den Motor und fuhr los.

»Was bringt uns nicht weiter?«

Er ignorierte ihre Frage. »Wir fahren zurück zur Wache. Kannst du Schober schon mal darüber informieren, dass wir hier auch ein paar seiner Leute brauchen? So viel Aufmerksamkeit wird ihn sicher freuen, er ist ja gerne wichtig.«

Auf dem für die Polizeifahrzeuge reservierten Parkplatz sahen sie gerade noch, wie Paul Janiks Leichnam in den Leichenwagen geschoben wurde. Sie betraten das Gebäude, wo Eva ihre Leute zunächst auf den neuesten Stand brachte und vier Beamte zu Lisas Wohnung schickte.

Anschließend ließ sie ihren Stellvertreter in das Verhörzimmer bringen, holte zwei Tassen Kaffee und ging mit Ruben die Treppe hinauf. Vor der Tür atmete sie noch einmal durch und trat ein.

»Hallo Peter«, begrüßte sie ihren Kollegen. Sie sah, dass man auf die Handschellen verzichtet hatte. Der Mann war kurz vor der Pensionierung und wirkte heute noch älter als sonst. Eva stellte eine Tasse vor ihm auf den Tisch und sagte in der Hoffnung, das Eis ein wenig brechen zu können: »Ohne Milch, mit zwei Stück Zucker.«

»Danke«, brummte er, ignorierte die Tasse aber.

Ruben schaltete das Mikro an, schwenkte es in die Mitte des Tisches und begann mit den protokollarischen Fragen. Nolte antwortete sachlich und knapp und verzichtete vorerst auf einen Anwalt. Schließlich lehnte sich Ruben zurück und sah den aufrecht sitzenden Polizisten eine Weile an. Noltes Gesicht war von dem Stress seiner vielen Dienstjahre gezeichnet. Er wirkte verbittert, aber aufrichtig.

»Also«, begann Eva. »Fangen wir damit an, wie du die Zeit bis zu deinem Auftauchen vor deinem Haus verbracht hast.«

»Was geht euch das an?«, blaffte Nolte zurück. »Wie wäre es, wenn ihr mir erst einmal sagt, weswegen ich hier bin?«

»Sie stehen unter dem Verdacht der Tatbeteiligung an drei Morden«, sagte Ruben nüchtern. Sie waren zuvor übereingekommen, ihm zunächst noch nichts von Lisas Entführung zu sagen.

Nolte schüttelte den Kopf. »Ihr meint das also tatsächlich ernst? Eva, wie kommst du nur darauf, dass ich ein Serienmörder sein könnte? Wir kennen uns nun schon wie lange … seit dreizehn Jahren.«

Ruben blieb gelassen. »Herr Nolte, Sie lenken schon wieder ab. Was ist so schlimm daran, uns einfach zu sagen, wo Sie waren?«

Dieser stützte den Kopf auf die Hände, dachte kurz nach und fragte: »Bleibt das vertraulich?«

»Peter, du weißt doch, wie das läuft«, erwiderte Eva.

Nolte nickte resigniert. »Ich war bei einer tschechischen Prostituierten.«

»Wie heißt die Dame und wo können wir sie finden?«, fragte Ruben unbeeindruckt.

Nolte sah ihn böse an. »Sie nennt sich Eliska und arbeitet gleich hinter dem Grenzübergang bei Furth im Wald, in einem etwas besseren Bordell.«

»Und wenn ich dort jemanden hinschicke und diese Eliska befragen lasse, wird sie sagen, dass Sie heute bei ihr waren?«

»Ja, das wird sie«, sagte Nolte fest.

Ruben zog sein Telefon heraus, ließ sich mit der nächsten tschechischen Polizeidienststelle in der Gegend verbinden und bat die dortigen Kollegen um unbürokratische Amtshilfe. Anschließend machte er ein Foto des Angeklagten und schickte es an das Privathandy eines tschechischen Beamten.

»Warum geht das bei Ihnen so einfach?«, fragte Nolte, der seine Lage für einen Augenblick vergaß und wieder ganz der Polizist war. »Bei mir dauert es immer ewig, bis Anfragen beantwortet werden.«

Ruben lächelte. »Weil ich die Menschen nicht von oben herab anspreche. Sie möchten sich ebenbürtig fühlen.« Er verschränkte die Finger ineinander. »Gut … Machen wir weiter, die Recherche der Kollegen wird ein bisschen dauern. Also, was hat es mit den Zeitungsartikeln an ihrer Arbeitszimmertür auf sich? Warum hängt dort alles über den Fall?«

»Weil er mich interessiert.«

Ruben schüttelte den Kopf. »Nicht wirklich. Sie haben Paul Janik von Anfang an zum Täter gemacht und an der Tür sind keinerlei Notizen, die belegen, was Sie für Schlussfolgerungen aus den Informationen ziehen. Im Grunde sind dort fast ausschließlich … Moment.« Er öffnete ein Foto, das er von der Tür gemacht hatte, nickte und sagte: »Ja … fast ausschließlich Fotos und Texte aus Zeitungsartikeln.« Es folgte eine kurze Pause und er fügte hinzu: »Was leider zu dem typischen Verhalten eines Serienmörders gehört, der Trophäen sammelt, um sich selbst zu beweihräuchern.«

Eva erwischte sich dabei, fasziniert bei Rubens sachlicher Verhörmethode zuzusehen, doch auch sie hatte Fragen. Sie räusperte sich. »Mit wem hast du in letzter Zeit telefoniert? Ich habe zwei Mal ungewollt mitgehört und es schien dabei immer um irgendeine Tat zu gehen.«

Bevor Nolte antworten konnte, klingelte Rubens Handy. Er hob ab, grüßte auf Tschechisch und hörte zu. Am Ende bedankte er sich und legte das Gerät auf den Tisch. Schließlich sah er Nolte an und sagte: »Ihr Alibi wurde bestätigt. Aber wie konnten Sie sich das leisten?«

»Was meinen Sie?«

»Diese Eliska hat den tschechischen Kollegen von vier Besuchen erzählt und auch davon, dass Sie noch weitere Damen dazuholen ließen. Darüber hinaus haben Sie der Frau großzügige Geschenke mitgebracht. Außerdem sagte der Beamte, dass dieses Etablissement zu einem der teuersten in der Gegend gehört. Wenn ich das mal eben hochrechne, komme ich auf etwa 800 Euro. Und das ohne die Geschenke und nur in den letzten eineinhalb Wochen. Nicht schlecht für einen Beamten.«

»Ich mag die Kleine«, antwortete Nolte schwach.

Ruben schloss die Augen. *Die heimlichen Telefonate, die vielen Zeitungsartikel und plötzlicher Wohlstand.* Nach einer gefühlten Ewigkeit öffnete er die Augen wieder und fragte: »Von wem kommen die Zuwendungen?«

Nolte schwieg.

Ruben wandte sich an Eva: »Kannst du bitte diesen Reporter einbestellen und beim Richter Beugehaft beantragen? Der Mann wird alles leugnen.« Und an Nolte gewandt sagte er: »Letzte Chance, bisher steht vermutlich nur Ihre Pension auf dem Spiel. Wenn Sie hier als Polizist auch noch Ermittlungen behindern, wird das kein gutes Ende nehmen.«

Noltes Explosion kam völlig aus dem Nichts. Er sprang auf, deutete auf Eva und schrie: »Das ist doch alles nur deine Schuld. Ich habe mein halbes Leben lang für die Stelle gebuckelt, die sie dir gegeben haben. Ich wäre zu alt und ich wäre keine gute Führungskraft, haben sie mir gesagt, und dass du ja so viel besser geeignet bist. Das ist doch alles ganz großer Mist! Nach außen tust du so tough und stark, aber das ist doch alles nur Show.« Er ging einige Schritte auf und ab, setzte sich wieder auf den Stuhl, schluckte schwer und nickte: »Ja, ich habe Mist gebaut, aber ich bin doch kein Mörder. Alles, was ich getan habe, ist, ein oder zwei Reportern Informationen über den Fall zu liefern. Und die haben mich dafür nach Tschechien eingeladen … bei mir zu Hause läuft doch sowieso nichts mehr.«

»Dafür hast du deinen Job und uns verraten?«, fragte Eva fassungslos.

Nolte schüttelte den Kopf. »Nein, nicht dafür, das war nie der Grund. Alles, was ich wollte, war, dich und diesen seltsamen Typen schlecht dastehen zu lassen.« Sein Blick wechselte zu Ruben und er sagte mit giftiger Stimme: »Und dieses Mal haben Sie übrigens nicht recht. Ich habe mich sehr wohl ernsthaft mit dem Fall beschäftigt. Ich wollte ihn ohne euch lösen.

Deshalb habe ich alles, was den Fall betrifft, an diese verdammte Tür geklebt … nur deshalb.«

»Und warum warst du bei Janik in der Zelle und in den Burgkellern? Du hattest dort eigentlich nichts zu suchen.«

Nolte rieb sich nervös die Hände. »Mein Kontakt bei der Zeitung hat Druck gemacht. Er wollte immer neue Informationen, zu Janik und den Morden. Ich wollte einfach auf dem Laufenden bleiben.«

Ruben sah ihn einen Augenblick zu lange an. »Es tut gut, sich zu öffnen, oder?«

39

Lisa öffnete ihre Augen. Das Licht verstärkte nur ihre hämmernden Kopfschmerzen, doch sie zwang sich, sie offen zu halten, um herauszufinden, wo sie war.

Sie wusste, dass sie nackt auf dem Rücken lag und dass alle vier Gliedmaßen gefesselt waren. Auch warum sie den Geruch ihres alten Teppichs in der Nase hatte, konnte sie sich denken. Blieb nur noch die Frage, wo er sie hingebracht hatte. Ihre Angst hielt sich seltsamerweise in Grenzen, vielleicht weil sie Eva kurz vor der Ohnmacht noch auf den Anrufbeantworter hatte sprechen können. Sie vertraute darauf, dass ihre geliebte Freundin sie rechtzeitig finden würde.

Schon bevor sie die Augen aufgeschlagen hatte, hatte sie beschlossen, ihm alles außer ihrem Leben zu geben. Sollte er Sex wollen, würde sie sich fügen … einer mehr, *so what*? Sex ließ Männer unvorsichtig werden, und wenn das der Preis war, würde sie ihn bezahlen. Sein Preis wäre dann allerdings, dass sie ihm die Eier abschneiden würde, sobald sie frei war.

Nachdem sich ihre Augen an das Licht gewöhnt hatten, erkannte sie über sich eine alte Holzdecke, von der eine noch ältere Schlafzimmerlampe hing. Das Licht kam allerdings aus einer anderen Richtung. Der in Fetzen hängende Vorhang hinderte die Morgensonne kaum daran, den Staub in der Luft sichtbar zu machen. Soweit sie erkennen konnte, war das alte Bett, auf dem sie lag, der einzige Einrichtungsgegenstand. Die Zimmertür hing etwas schief in den Angeln, war aber geschlossen. Ihre Hand- und Fußgelenke waren mit Nylonschnüren an die Ecken des Bettrahmens gefesselt, sodass sie wehrlos und mit gespreizten Beinen dalag. Als sie sich selbst sah, fiel ihr anfänglicher Mut in sich zusammen. Noch wusste sie nicht, wie dieser Irre tickte, und sie war ihm völlig ausgeliefert. Er müsste sich nur auf sie drauflegen und sie könnte dem rein gar nichts entgegensetzen.

Lisa schloss die Augen, versuchte, an etwas anderes zu denken, und wartete, bis sich ihr Atem und das Herz beruhigt hatten. Dann zog und zerrte sie an ihren Fesseln, doch da war nichts zu machen. Sie kämpfte die nächste Panikattacke nieder und konzentrierte sich auf die Geräusche um sie herum.

Offenbar war das Fenster entweder geöffnet oder kaputt, denn sie konnte hören, wie der Wind in den Bäumen rauschte. Kein gutes Zeichen. Sie war nicht geknebelt, und wenn es ihrem Entführer egal war, ob sie schrie, konnte auch niemand in der Nähe sein, der sie hören könnte. *Vielleicht ein altes Bauernhaus*, kam es ihr in den Sinn, doch ihr wollte nicht einfallen, welches das sein könnte. Gab es hier Tiere? Außer dem Gesang einiger Vögel konnte sie nichts ausmachen und auch im Haus selbst herrschte völlige Stille.

Minuten, vielleicht Stunden vergingen, ohne dass sich etwas änderte. Lisa bemühte sich, ruhig zu bleiben, jedenfalls so lange, bis sich ihre volle Blase und bald auch der trockene Rachen meldeten. Irgendwann hielt sie es nicht mehr länger aus und rief, natürlich viel zu leise: »Hallo? Ist da wer? Ich muss wirklich dringend aufs Klo.«

Nichts regte sich, also versuchte sie es lauter: »Hallo? Bitte, ich brauche Hilfe.«

Wieder keine Reaktion. Eine weitere Stunde später ging es nicht mehr anders und sie pinkelte auf die Matratze. Es war beschämend und ekelhaft. Lisa fühlte sich wie ein kleines Kind und weinte sich leise in einen leichten Schlaf. In ihren Albträumen wurde sie von anderen Kindern ausgelacht.

Als sie die Augen das nächste Mal öffnete, war der Durst deutlich schlimmer geworden und von draußen schien nur noch spärliches Licht durch das Fenster. Im ersten Augenblick sah sie sich orientierungslos um, bis der Verstand einsetzte und sie wieder daran erinnerte, was passiert war. Sie spürte es nicht gleich, doch etwas hatte sich verändert. Ihre Hand schaffte es mühelos, die pochende Stelle an ihrem Kopf zu erreichen. Sämtliche Fesseln waren verschwunden.

Eine innere Stimme riet ihr, vorsichtig zu sein. Sie setzte sich auf, sah sich um, aber da war nichts und niemand. Hier in diesem Raum schien es keine Falle zu geben. Auf dem Fußboden neben dem Bett stand sogar eine verschlossene Flasche Wasser. Ihr Durst siegte über das Misstrauen und das leichte Knacken des Deckels beim Öffnen beruhigte sie.

Als sie die Flasche bis zur Hälfte geleert hatte, behielt sie sie als Waffe in der Hand und ging zur Tür, die nur noch angelehnt war und beim Öffnen leise quietschte. Ein schneller Blick zeigte, dass sie sich im ersten Stock befand. Genau gegenüber der Tür führte eine schmale, nicht sehr vertrauenerweckende Treppe hinab.

Beim zweiten Mal ließ sie sich mehr Zeit, streckte den Kopf länger aus dem Zimmer und sah in alle Richtungen. Sie sah nichts Verdächtiges. Ob es sich ihr Entführer anders überlegt hatte oder sogar gestört wurde?

Trotz ihrer Nacktheit wollte sich Lisa diese Chance nicht entgehen lassen. Nichts war jetzt wichtiger, als ungesehen aus diesem Haus zu entkommen. Also schlich sie auf Zehenspitzen zu der ersten Stufe, überprüfte vorsichtig deren Stabilität und stieg langsam und leise nach unten. Auf der letzten Stufe blieb sie stehen und lauschte erneut, doch nichts durchbrach die beklemmende Stille im Inneren des Hauses.

Die fortgeschrittene Dunkelheit machte es schwer, etwas zu erkennen. Lisa hörte ihren eigenen Atem viel zu laut, versuchte, ruhiger zu werden und ihre Augen an das wenige Licht zu gewöhnen. Rechts von ihr führte ein ziemlich breiter Flur, wie sie ihn von anderen Bauernhäusern kannte, tiefer in das Haus hinein. Die beiden nur schemenhaft zu erkennenden Türen schienen geschlossen zu sein. Sie setzte den ersten Fuß auf den kalten Steinboden, was ein leises, klatschendes Geräusch verursachte. Beim zweiten Schritt war sie vorsichtiger. Vorsichtig schlich sie sich zu der schweren Eingangstür, zog leicht daran und erschrak, als diese nach innen aufschwang.

Die kühle Luft empfing sie mit den typischen Gerüchen einer Landwirtschaft. Alles in ihr schrie danach, einfach loszurennen, doch noch waren ihre Nerven stark genug, dem Leichtsinn zu widerstehen. Sie schob sich vorsichtig aus dem Haus und versuchte, alle Richtungen im Blick zu behalten. Mit einem Mal wusste sie, wo sie sich befand. Es war der Hof von Familie Kleinhuber. Irgendjemand hatte erst vor Kurzem davon erzählt, dass der Bauer nach dem Tod seiner Frau aufgegeben hatte und nach Regensburg zu seiner Tochter gezogen war. Nun stand das Gehöft leer und zum Verkauf.

Von einem Ausflug mit Evas Ex-Freund Kai wusste sie noch, dass der Bauernhof abseits jeder größeren Straße stand und nur über einen Forstweg zu erreichen war. Kai und sie waren damals ziemlich enttäuscht darüber gewesen, wieder kein ruhiges Plätzchen gefunden zu haben. Kurz vor dem Hof drehten sie um, fuhren auf einen kleinen Waldparkplatz und hofften, dass sie kein Pilzsucher beim Sex erwischte.

Nun hatte Lisa ein ganz anderes Problem. Sie musste sich zwischen Weg und Wald entscheiden. Einen Moment lang überlegte sie, nach ihrer Kleidung zu suchen, verwarf den Gedanken, zurück ins Haus zu gehen, und schob sich dicht an der Hauswand entlang. An der Ecke angekommen, suchte sie eine neue Deckung in Form der nahen Scheune. Da nirgends eine Bedrohung zu sehen war, löste sie sich von der Wand und rannte los. Keine Kleidung anzuhaben gab einem das Gefühl der Verletzlichkeit, keine Schuhe bedeuteten dagegen echte Verletzungsgefahr. Trotz des Adrenalins in ihrem Blut konnte sie ihre schmerzenden Fußsohlen kaum ausblenden und war mehrere Male kurz davor, einen Schrei auszustoßen, wenn sich wieder etwas in ihre Haut bohrte. Hinzu kam die Dunkelheit, in der sie nicht erkennen konnte, wo sie hintrat.

Eine gefühlte Ewigkeit später erreichte sie endlich die betonierte Platte, auf der sich der Schuppen befand. Sie presste sich mit dem Rücken gegen das Holz und tastete ihre schmerzenden Fußsohlen ab.

Sie hatte das Problem unterschätzt, und die bittere Erkenntnis war, dass eine Flucht durch den Wald ohne Schuhe unmöglich sein würde. Ihr blieb nur, sich hier irgendwo zu verstecken oder es über den Forstweg zu versuchen.

Ein leises Knacken ließ sie instinktiv in die Hocke gehen. Das Geräusch war aus Richtung der Stallungen gekommen, die mit dem Wohnhaus und dem Schuppen, vor dem sie sich gerade befand, u-förmig angeordnet waren. Zwischen den Gebäuden standen einige alte Landmaschinen herum, die im Mondschein wie unförmige Lebewesen wirkten. Wenn sie zu ihrem Fluchtweg, der Forststraße, kommen wollte, musste sie das komplette Gehöft umrunden oder mitten durch den Innenhof schleichen.

Es knackte wieder, dieses Mal hinter ihr im Wald, was sie zu einer Entscheidung drängte. Sie sah sich um, atmete noch einmal durch und versuchte, ihre Füße auszublenden. Bis zu dem alten Traktor waren es etwa zehn Meter, die sie ohne Probleme hinter sich brachte. Dort kauerte sie sich in die Lücke zwischen dem Mähdrescher und dem großen Reifen, lauschte in die Dunkelheit und suchte den Weg nach weiteren Verstecken ab. Die nächste Station stand schon fast am Beginn des ungeteerten Waldwegs, der ihr Ziel war. Der Bauer hatte die drei Heuballen einfach zurückgelassen, sodass sie nun langsam vergammelten und einen süßlichen Geruch absonderten, der bis zu ihr herüberzog und für eine latente Übelkeit sorgte.

Wieder hörte sie ein Geräusch, dieses Mal irgendwo beim Wohnhaus. Lisa drückte sich aus ihrem Versteck und schlich los. Was sie nicht bedacht hatte, war, dass dieser Bereich des Hofes aus grobem Schotter bestand, der ihre Füße malträtierte. Sie presste die Lippen zusammen und schluckte die Schmerzensschreie herunter, doch ein paar unterdrückte Laute konnte sie nicht verhindern. Bei einigen besonders spitzen Steinen strauchelte sie, musste kurz stehen bleiben und sich zum nächsten Schritt zwingen.

Kurz vor den Heuballen wurde es etwas besser. Als sie sie endlich erreicht hatte, lief ihr der Schweiß trotz der kühlen Nachtluft über den Körper.

Während sie dastand und darauf wartete, dass der Schmerz in ihren Füßen nachließ, drang ein leises Knirschen an ihre Ohren. Genauer gesagt, das Knirschen von festen Schuhen auf losem Kies. In ihrem Augenwinkel glaubte sie, eine Bewegung gesehen zu haben.

Er spielt mit mir, ging es ihr durch den Kopf und sie rannte, ohne auf ihre Deckung zu achten, los.

40

Lisa spürte, wie der verdunstende Schweiß ihren Körper kühlte. Sie hörte, wie die Schritte im Kies lauter und schneller wurden, spürte ihren eigenen Puls im Hals schlagen. Bis zu der Stelle, an der die Zufahrt zu dem Bauernhof im Dunkel des Waldes verschwand, war es nicht mehr weit. Der Boden unter ihren nackten Füßen wandelte sich in festgefahrenen Lehm, was sie schneller vorankommen ließ. Einige Schritte später hatte sie endlich den schwierigsten Teil geschafft. Gegen die dichten Nadelbäume kam das schwache Licht des Mondes nicht an und die Dunkelheit gab ihr ein Gefühl von Sicherheit.

Trotzdem rannte sie weiter. Sie versuchte, sich daran zu erinnern, wie weit es bis zu der nahen Landstraße gewesen war. Damals waren sie mit dem Auto hier gewesen und es hatte vielleicht fünf Minuten gedauert, bis sie auf den Hof stießen. Aber auf einem gut gepflegten Forstweg kam man mit dem Auto ziemlich schnell voran.

Es war nur ein kleiner Augenblick der Unachtsamkeit, ein Schritt zu weit links. Dort, wo eigentlich der Waldboden sein sollte, gab es plötzlich nichts mehr, was ihren Fuß stoppte. Sie spürte Gräser unter ihrer Fußsohle, verlor das Gleichgewicht und stürzte der Länge nach hin. Der Aufprall trieb ihr die Luft aus den Lungen und schickte einen Schmerz durch ihr rechtes Handgelenk.

Nach der ersten Benommenheit drehte sie sich zur Seite und sah sich gehetzt um. Das Mondlicht war mehr als dürftig und ließ den Wald bedrohlich wirken. Seine Bewohner schienen ihre Anwesenheit zu spüren, denn alles war verstummt. Es gab nur sie, den lauen Wind, der einzelne Äste leise zum Rascheln brachte, und ihren Entführer, den sie auf dem Kiesboden gehört hatte.

Der Versuch, das rechte Handgelenk zu benutzen, scheiterte am Schmerz. Also drehte sie sich auf die andere Seite und drückte sich mit der gesunden Hand in die Höhe. Sonst schien sie nichts abbekommen zu haben. Beine und Füße waren in Ordnung und mehr brauchte sie nicht, um ihre Flucht fortzusetzen. *Du schaffst das*, befahl sie sich selbst, tastete mit den Füßen nach dem Weg und rannte weiter. Auf den ersten Metern noch vorsichtig, bald aber wieder schneller.

Schließlich sah sie es und konnte ihr Glück kaum fassen. Nach einer Kurve öffnete sich der Wald vor ihr und zeigte die Stelle, an der der Waldweg auf die Straße traf.

»Halt!« Der Schrei schien aus dem Nichts zu kommen. Die tiefe männliche Stimme war nicht weit hinter ihr. Lisa mobilisierte ihre letzten Kräfte und rannte um ihr Leben. Noch zwanzig Meter bis zum Asphalt.

Der Schmerz kam so plötzlich, dass sie aufschrie. Das dünne Stahlseil, wenige Zentimeter über dem Boden gespannt, war in der Dunkelheit nicht zu erkennen und schnitt kurz über ihren Füßen tief in die Haut der Unterschenkel. Lisa sah noch, wie der Boden näher kam, dann schlug ihr Kopf hart auf.

Es folgte eine Phase zwischen Ohnmacht und Realität. Mal glaubte sie, einen Schuh zu sehen, dann die schaukelnden Baumkronen über sich und später eine graue Hauswand. Sie spürte Berührungen, hörte einen Atem, der nicht ihrer war, und fühlte das sanfte Kitzeln von fremden Haaren auf ihrer Haut.

Endlich schaffte sie es, sich etwas weiter von der Bewusstlosigkeit zu entfernen, und blickte an sich herab. Obwohl sich alles drehte, begriff sie, dass sie sich nun in einer liegenden Position befand. Sie hob den Kopf noch etwas weiter an und sah ihn zum ersten Mal.

Sein Kopf schien knapp über ihrem Schambein zu schweben. Er hatte volles blondes Haar, war ungefähr in ihrem Alter und sah aus wie der nette Kerl von nebenan. Nach einigen Sekunden sah er zu ihr hoch, verzog den Mund zu einem diabolischen Lächeln und sagte sanft: »Hallo, meine Schöne.« Grinsend strich er ihr mit trockenen, heißen Fingern über den Oberschenkel, knapp an ihrer Scham vorbei bis hinauf zu ihrem Schlüsselbein, legte die Finger um ihren schlanken Hals und stellte zufrieden fest: »Jetzt bist du so weit. Jetzt hast du genügend Angst, um mich daran teilhaben zu lassen.«

Lisa spürte, wie die Panik jede einzelne ihrer Zellen erfüllte. Ihr brach der Schweiß aus. Noch lag seine Hand locker auf ihrem Hals, aber was, wenn er zudrückte?

Ahnte er, was sie gerade dachte? Das Grinsen blieb, doch er ließ ihren Hals los, strich ihr mit zwei Fingern über die Lippen und fragte laut: »Was meinst du, wo soll ich anfangen? Was ist wohl deine schmerzempfindlichste Stelle?« Er stieg von ihr herunter und musterte sie still von Kopf bis Fuß. »Hm«, sagte er scheinbar unschlüssig. Er wechselte seine Position, setzte sich neben ihren gefesselten linken Fuß, nahm eine dünne Nadel von dem kleinen Tisch, den er neben das Bett gestellt hatte, und bohrte sie in eine ihrer Zehen.

Der stechende Schmerz kam so unvermittelt, dass Lisa einen spitzen Schrei ausstieß. Es fühlte sich an, als hätte ihr etwas in die große Zehe gebissen. Er neigte seinen Kopf leicht zur Seite und stellte bedauernd fest: »Nein, das ist sie nicht, deine empfindlichste Stelle muss irgendwo anders sein. Aber keine Sorge, zusammen werden wir sie sicher finden.«

Eine Stunde später, er hatte die Tür gerade hinter sich geschlossen, lag Lisa völlig erschöpft da und versuchte, den Wahnsinn irgendwie zu begreifen. Den Kopf zu heben kostete ihre letzten Kräfte, doch sie musste ihren Körper noch einmal sehen. Nachdem er am Fuß begonnen hatte, hatte er kaum einen Quadratzentimeter ihrer Haut ausgelassen. Arme, Beine, der Rücken, ihre Brüste und sogar der Intimbereich waren den Nadelstichen zum Opfer gefallen. Er hatte nie tief gestochen, es schien ihm nicht darum zu gehen, sie ernsthaft zu verletzen. Trotzdem fühlte sich ihr Körper an, als würde er in Flammen stehen.

Doch was sich mehr als alles andere in ihr Gedächtnis gebrannt hatte, war das, was er gesagt hatte, bevor er das Zimmer verlassen hatte: »Du bist genau die Richtige. Du wirst mir alles geben, was ich so lange entbehren musste.«

41

Eigentlich mochte Ruben Sonntage. Sie entschleunigten das Leben in Deutschland und verbreiteten eine Atmosphäre der Ruhe und Entspanntheit. Doch heute hatte er einfach nur schlechte Laune. Er war bereits um fünf Uhr aufgestanden, machte einige Yogaübungen und ging danach unter die Dusche. Doch nichts davon führte dazu, dass er Pia und seine Tochter weniger vermisste. Außerdem schlug ihm der Stillstand bei den Ermittlungen auf den Magen. Aufzudecken, dass Evas Stellvertreter korrupt war, mochten einige als Erfolg werten, aber er war hier, um eine Mordserie zu beenden. Ruben hatte schon oft genug auf dem Land ermittelt und kannte den Sumpf aus persönlichen Verstrickungen zwischen Polizisten und denen, die sie beschützen sollten. Deshalb war er von Noltes Verrat auch nicht besonders schockiert. Trotzdem war damit auch eine heiße Spur kalt geworden und er musste sich neu orientieren.

Der lange Spaziergang durch das schlafende Parsberg änderte kaum etwas an Rubens Stimmung. Als er gegen sechs Uhr vor dem kleinen Präsidium angekommen war, blieb er stehen und betrachtete es von außen.

Ruben dachte an das, was geschehen war. An Eva und ihre Kollegen. An die Opfer und ihre Angehörigen. An Janik und seine Bilder. An Lisa, die seit gestern verschwunden war. Und an Kommissar Schober und sein Team. Doch die Details wollten sich einfach nicht zu einem stimmigen Bild zusammenfügen und so blieb ihm seine schlechte Laune erhalten.

Schließlich nahm er noch einen Atemzug der frischen Morgenluft und betrat das Gebäude. Der einzige anwesende Beamte schien seinen Dienst gerade erst begonnen zu haben und begrüßte ihn mit einem gut gelaunten »Guten Morgen, Herr Hauptkommissar«.

»Guten Morgen«, brummte Ruben. »Gibt es Neuigkeiten bezüglich der entführten Lisa Vogt?«

Der junge Mann warf einen Blick auf die Notizen der Nachtschicht. »Nein. Das heißt, doch, aber nur eine Kleinigkeit. Die Kollegen der Spätschicht haben den Besuch eines gewissen Kai Strobel notiert. Aber hier steht nur, dass er sich nach Lisa Vogt erkundigt hat und angab, ein Bekannter zu sein.«

Ruben dachte nach und erinnerte sich daran, dass Eva den Namen Kai schon einmal erwähnt hatte. Wenn er sich nicht täuschte, war es ihr Ex-Freund. Und da die verschwundene Lisa Vogt eine Freundin von Eva war, war es nicht überraschend, dass sich Kai und Lisa kannten.

»Sonst noch was?«, fragte er so pampig, dass es ihm selbst leidtat.

Dem jungen Kollegen war sein Unmut über diesen Umgangston anzusehen, trotzdem ging er noch einmal pflichtbewusst alle Notizen der Spät- und Nachtschicht durch. »Nein, sonst keine besonderen Vorkommnisse. Die Chefin hat gestern Abend noch eine Suchaktion eingeleitet, an der sich auch die Kollegen des Sondereinsatzkommandos beteiligen. Da wir aber keinerlei Anhaltspunkte haben, wo sich die Vermisste aufhalten könnte, gleicht das wohl eher der berühmten Suche nach der Nadel im Heuhaufen.«

»Okay«, brummte Ruben, drehte sich aber noch einmal um und sagte: »Tut mir leid, ich wollte meine Laune nicht an Ihnen auslassen.«

Der Polizist winkte ab. »Kein Problem, ich kenne das.«

Der Schlüssel, was ist der Schlüssel zu diesem Fall? Ruben ging tief in Gedanken die Treppe zum oberen Stockwerk hoch. Oben angekommen wäre er fast in den Seelsorger gelaufen, der gerade dabei war, seine Bürotür abzuschließen. Ruben machte einen Schritt zurück. »Was machen Sie denn um sechs Uhr an einem Sonntagmorgen hier? Müssten Sie nicht auf irgendeiner Kanzel stehen und Moral predigen?«

Krüger stutzte. »Was ist Ihnen denn über die Leber gelaufen?«

»Meine Leber geht Sie nichts an. Also, was machen Sie hier?«

»Ich arbeite ab und zu hier, das ist schließlich Teil meiner vielfältigen Aufgaben«, erwiderte Krüger, nun ebenfalls gereizt.

»Um diese Zeit, an diesem Tag?«, Ruben blickte sich demonstrativ um. »Tut mir leid, aber ich kann hier keinen Menschen sehen, der gerade Ihre Dienste in Anspruch genommen hat.«

»Und selbst wenn, auch ich unterliege der Schweigepflicht. Wenn Sie mich also durchlassen würden.«

Ruben machte keine Anstalten beiseitezutreten. Er neigte nicht dazu, irgendwen zu schikanieren, doch Krüger stand schon länger auf seiner Liste. Er hatte ihm zwar für einen der Morde ein Alibi genannt, doch eine Überprüfung hatte nie stattgefunden. »Haben Sie gerade einen lebenswichtigen Termin?«

»Nein, warum?«

Anstatt zu antworten, winkte Ruben ihm zu folgen. Einige Türen weiter fand er den zweiten Polizisten der Sonntagsbereitschaft. Überrascht stellte er fest, dass es die junge Beamtin war, die ihn und Eva auf Erna Baumann aufmerksam gemacht hatte. »Frau Leitner«, sagte er. »Wie schön, Sie zu sehen. Wie geht es Ihnen? Mein Beileid zum Tod Ihrer Großmutter.«

»Danke«, sagte die junge Frau. »Es geht schon. Ich vermisse sie natürlich, aber inzwischen habe ich Sachen über ihre Vergangenheit herausgefunden …« Sie schüttelte betrübt den Kopf. »Ich hatte mir eigentlich freigenommen, aber zu Hause fällt mir die Decke auf den Kopf. Ich muss arbeiten.«

»Das kann ich gut verstehen«, sagte Ruben. Er wies auf Krüger, der sich auf einen Stuhl vor ihrem Schreibtisch gesetzt hatte. »Hatten Sie schon einmal mit Herrn Krüger zu tun? Haben Sie ihn schon einmal wegen irgendwelcher Probleme konsultiert?«

»Schweigepflicht«, warf der Seelsorger ein, doch Ruben ignorierte ihn. Nadine Leitner schüttelte den Kopf. »Nein, noch nie.«

»Stehen Sie ihm anderweitig näher? Privat oder familiär?«

»Nein, ich kenne ihn praktisch nur vom Sehen.«

Ruben nahm dies zufrieden zur Kenntnis. »Sehr gut, dann sind Sie genau die Richtige, um mich bei meiner Arbeit zu unterstützen. Sie tun einfach Folgendes: Zuerst suchen Sie im Computer nach dem genauen Zeitpunkt der drei Morde. Anschließend lassen Sie sich von Herrn Krüger genau erzählen, wo er war und was er in den vierundzwanzig Stunden vor den Taten gemacht hat. Überprüfen Sie die Angaben und erstatten Sie mir oder Ihrer Chefin Bericht. Verstanden?«

»Ja, aber …«

»Ich weiß, es gehört eigentlich nicht zu Ihren Aufgaben als Streifenpolizistin, aber Sie wären mir eine große Hilfe. Und vielleicht finden Sie sogar das entscheidende Puzzleteil, das den Mord an Ihrer Großmutter aufklärt.«

»Da mache ich nicht mit«, schimpfte Krüger.

»Kein Problem, wir können auch ein Fass aufmachen und Sie in Beugehaft nehmen«, sagte Ruben freundlich. »Bis jetzt wäre es eine einfache Befragung, aber wenn Sie die Sache aufblasen wollen, rufe ich gerne einen Richter an.«

Krüger atmete aus, wechselte kommentarlos auf den Stuhl gegenüber der Polizistin und sagte: »Also gut, wenn der Herr Kriminalhauptkommissar es für so wichtig hält. Je früher wir anfangen, umso früher sind wir fertig.«

Rubens Laune wollte nicht besser werden. Er ließ die beiden allein und ging rüber in den umfunktionierten Pausenraum. Dort griff er zum Telefon und wählte Schobers Nummer. Der Kommissar schien in etwa derselben Stimmung zu sein wie er, stimmte aber zu, gleich ins Präsidium zu kommen. Aber nur, wie er betonte, weil er es in dem Turnhallenkeller keine Minute länger aushalten würde.

Danach wählte Ruben Evas private Handynummer, doch auch sie hatte keine nennenswerten Neuigkeiten. Keinem der Anwohner in der Straße, in der Lisa wohnte, war etwas Besonderes aufgefallen. Eva versprach, in etwa einer Stunde in der Wache zu sein.

Dieser Tag schien verhext zu sein. Es wollte sich kein klarer Gedanke einstellen. Ruben stand auf und begann, so lange hin und her zu laufen, bis es am Türrahmen der offenen Tür klopfte. Schober trat ein, wuchtete seine Tasche auf den Tisch und zog einen Stapel Ermittlungsakten heraus. Ruben hob eine Augenbraue. »Warum töten Sie Bäume? Schon mal etwas von elektronischen Akten gehört?«

Schober hielt kurz inne und ließ seinen Blick über die mit Blättern tapezierten Wände schweifen. »Warum hängen Sie

Baumleichen an die Wände? Schon mal was von PowerPoint gehört?«

Ruben hätte nie gedacht, dass es dieser Mann sein würde, der ihn zum Lachen brachte. Er lachte und lachte, bis Schober fragte: »Können wir dann arbeiten, oder soll ich Ihnen noch einen Witz erzählen?« Er deutete auf den Aktenberg. »Mit welchem Tatort wollen Sie anfangen?«

Ruben wischte sich eine kleine Träne aus dem Augenwinkel und dachte nach. »Gab es in Lisa Vogts Wohnung Hinweise, denen wir dringend nachgehen müssen? Irgendwas, das uns hilft, sie zu finden?«

Schober griff die grüne Mappe, überflog einige handschriftliche Notizen und schüttelte den Kopf. »Nein, nichts Konkretes.«

»Dann möchte ich mir zuerst die Ergebnisse aus den Burgkellern ansehen. Konnten Sie die inzwischen schon etwas konkretisieren?«

Schober schlug die blaue Mappe auf und verteilte einige Blätter auf dem Tisch. »Die Autobatterie konnten wir, wie befürchtet, nicht zurückverfolgen, das Modell ist zu gängig. Bei dem Elektroschocker handelt es sich tatsächlich um einen Eigenbau. Mein Techniker war regelrecht begeistert von der Qualität der ausgeführten Arbeiten. Er meinte, dass der Erbauer auf jeden Fall fundierte Kenntnisse und Übung im Bereich der Elektrotechnik hat. Die einzelnen Bauteile sind allerdings überall zu bekommen und liefern insofern auch keine brauchbare Spur.«

Ruben nahm ein Blatt, malte ein großes Fragezeichen in die Mitte und notierte »Kenntnisse Elektrotechnik«. Anschließend bat er: »Weiter.«

»Hm«, brummte Schober. »Dass der Stuhl schon in dem Keller stand, wissen Sie ja schon.« Er legte das Blatt beiseite und nahm das nächste. »Kleiderfasern und Schuhabdrücke sind ebenfalls nicht mehr zuzuordnen, da wir davon ausgehen müssen, dass vieles davon von den Besuchern der Keller stammt. Bei den Reifenspuren sind wir noch dran. Das SEK hat hier viel Unordnung reingebracht, aber wir konnten eine Spur selektieren, die nicht zu den Einsatzfahrzeugen und dem Wagen des Försters passt.« Es folgte das nächste Blatt. »Bleiben eigentlich nur die vier gefundenen Haare. Wir haben sie ein weiteres Mal überprüfen lassen und wissen, dass sie eindeutig von Janik stammen und dass es sich um Schamhaare handelt.«

»Um Schamhaare?«, fragte Ruben, sah Schober ins Gesicht und fragte gefährlich leise: »Wussten Sie das bereits, als ich bei Ihnen in der Turnhalle war?

»Äh, ja. Warum?«

Ruben atmete zischend aus, bemühte sich aber, ruhig zu bleiben. »Weil ich davon ausgehe, dass Janik von jemandem manipuliert beziehungsweise erpresst wurde. Und dieser Jemand muss irgendetwas gegen ihn in der Hand gehabt haben.« Er machte eine ausladende Geste in den Raum und fragte vorwurfsvoll: »Machen Sie Ihren Job gerne? Also so richtig mit Leidenschaft?«

»Äh, ja, eigentlich schon.«

»Und warum zum Henker denken Sie dann so wenig mit? Sie waren doch von Anfang an dabei. Sie kennen alle Fakten, wahrscheinlich sogar besser als ich.«

Schober verstand nicht.

»Schamhaare. Wie passen Schamhaare in diesen Fall?«

Schober öffnete den Mund, um etwas zu sagen, doch Ruben unterbrach ihn. »Richtig! Schamhaare passen überhaupt nicht dazu. Und das bedeutet, dass sie aus einem anderen Grund in den Kellern lagen.«

»Okay«, sagte Schober zaghaft. Ruben zückte sein Handy, wählte die Nummer der Einsatzleitstelle in Regensburg und bat um eine Leichenspürhundstaffel.

42

Eva stieß eine halbe Stunde später zu den beiden Kommissaren. Weder ihr aufgesetztes Lächeln noch die Schminke konnten ihren Zustand überdecken. Dennoch wehrte sie Rubens Frage, ob alles in Ordnung sei, schroff ab. »Jaja, alles okay. Mir geht's gut.« Ruben sah sie böse an. »Bist du dir sicher, dass du bezüglich Lisa Vogt weitermachen kannst?«

Schober fügte hinzu: »War ein bisschen viel in letzter Zeit. Erst das mit Nolte und nun auch noch Ihre beste Freundin. Ich kann gerne mal in Regensburg …«

Eva spürte, wie alles in ihr hochkochte. Letzte Nacht hatte sie mit Kai gesprochen und er hatte nichts Besseres zu tun gehabt, als ihr durch die Blume zu verstehen zu geben, dass die Sache mit Lisa mehr als ein Ausrutscher gewesen war. Und jetzt noch so ein Idiot, der Verständnis heuchelte und sie eigentlich nur ausbooten wollte. Sie straffte ihre Schultern und blaffte: »Was zu viel für mich ist, entscheide immer noch ich. Kümmern Sie sich um Ihre Beweise und überlassen Sie den Rest uns.«

Schober machte eine abwehrende Geste. »Ist ja gut. Ich dachte ja nur, dass Frauen …«

»Was ist mit Frauen?«, explodierte sie.

»Na ja, einfach, dass Frauen bei so etwas vielleicht sensibler reagieren.«

Eva holte gerade Luft, als Ruben einen Schritt zwischen die beiden machte. »Danke für die wenig hilfreiche Diskussion, aber wir haben mehr Arbeit als Leute und sollten sofort anfangen.« Er drehte sich zu Eva und erklärte: »Aus deiner Reaktion schließe ich, dass du weitermachen kannst und willst, darum würde ich vorschlagen, dass du die weitere Suche nach Lisa Vogt koordinierst.«

»Und was machst du?«, fragte sie irritiert.

»Ich fahre mit Schober zu den Burgkellern und suche eine Leiche.«

»Lisa?« Eva war alarmiert.

»Nein, vermutlich eher eine Kinderleiche. Bei Janiks Haaren, die in den Kellern gefunden wurden, handelte es sich um Schamhaare. Ich vermute, dass Janik diesen Ort ebenfalls benutzt hat. Vielleicht hat er unserem Serienmörder sogar davon erzählt und ihn dadurch auf die Idee gebracht, die alte Frau Baumann dort hinzubringen.«

Eva rieb sich nachdenklich das Kinn und trat zu seinem Laptop. »Kann ich kurz über dein Profil auf das Polizeinetzwerk zugreifen?«

Ruben nickte. Sie zog sich einen Stuhl an den Tisch und tippte einige Suchbegriffe. Anschließend deutete sie auf den Bildschirm und erklärte: »Tayo Okafor, sieben Jahre, wird seit Januar vermisst.«

»Tayo, was soll das sein, Mädchen oder Junge?«, fragte Schober dazwischen.

Eva ignorierte ihn. »Tayo kam Anfang Januar aus Afrika mit seinen Eltern und vier Geschwistern nach Velburg. Zwei Wochen später verschwand er spurlos. Seine Eltern sagten, ihr Sohn habe die deutschen Wälder sehr geliebt und sei oft alleine losgezogen. Wir haben natürlich nach ihm gesucht und unter anderem auch Janik mehrmals überprüft. Leider ohne Erfolg. Der kleine Junge blieb verschwunden und Paul Janik war nichts nachzuweisen.«

»Alles klar«, erwiderte Ruben, als hätte man ihm gerade die Uhrzeit gesagt. »Dann würde ich vorschlagen, du tauschst noch schnell mit Schober die neuesten Erkenntnisse aus und ich gehe mal rüber zu deiner Kollegin, die hoffentlich gerade die Alibis eures Seelsorgers zerlegt.«

»Schon wieder Krüger?«, fragte Eva. »Du bewegst dich offenbar gerne auf dünnem Eis. Der Mann genießt durch seine Aufgaben eine gewisse Immunität.«

Ruben winkte ab. »Die hat er aufgegeben, als ich ihm mit Konsequenzen gedroht habe. Der glaubt tatsächlich, dass mir ein Richter so ziemlich alles unterschreiben würde.« Und mit einem Zwinkern fügte er hinzu: »Verratet mich nicht.«

Ruben wartete, bis die junge Polizistin ihr Telefonat beendet hatte, und fragte: »Und wie sieht es aus, konnte Herr Krüger Auskunft geben, wo er in der Zeit vor und während der drei Morde war?«

Die Kollegin fuhr sich über die müden Augen und nickte. »Ja, fast lückenlos. Und seine Alibis für die ersten beiden Taten habe ich auch schon überprüft. Vor und während der Tat gegen die junge Frau war er bei einem befreundeten Pfarrer in einer Nachbargemeinde. Die beiden haben etwas zu viel Wein getrunken, weshalb Krüger nicht mehr Auto fahren wollte und dort bis zum Mord im Gästezimmer schlief. Nachdem man ihn angerufen und um Unterstützung gebeten hatte, fuhr er mit dem Taxi zum Tatort nach Velburg.«

»Alles bestätigt?«, fragte Ruben.

»Ja, der Pfarrer hat es bestätigt und auch bei der Taxizentrale erinnerte man sich an den Anruf mitten in der Nacht.«

»Gut, weiter.«

»In der Zeit, als das Video mit dem zweiten Opfer online gestellt wurde, hat Herr Krüger an einem Priesterseminar in Regensburg teilgenommen. Auch das wurde mir gerade bestätigt. Was er danach machte, wollte er mir nicht sagen. Und kurz vor der Tat hat er Sie ja zu dieser Kirche begleitet, wo der junge Mann gequält und gefilmt wurde.«

»Und als Frau Baumann in den Burgkellern gefangen gehalten wurde?«

»Da gab er an, hauptsächlich hier gewesen zu sein. Um das zu überprüfen, muss ich noch einige Kollegen anrufen.«

Ruben winkte ab. »Müssen Sie nicht, es reicht, wenn Sie die in den nächsten Tagen befragen. So wie es aussieht, bin ich wieder einmal in eine Sackgasse gelaufen.«

»Und was machen Sie jetzt?«

»Hat der Mord an Ihrer Großmutter Ihr Interesse an Kriminalfällen geweckt?«

»Das war schon immer da«, entgegnete Nadine Leitner. »Ich habe mich übrigens schon vor längerer Zeit für die Ausbildung zum gehobenen Dienst beworben.«

»Glückwunsch, da sind Sie sicher genau richtig. Es tut mir leid, dass Ihr erster größerer Fall unter so traurigen Umständen zustande gekommen ist.«

Sie schluckte und nickte. »Geschenkt. Sagen Sie einfach Bescheid, wenn ich noch etwas für Sie tun kann.«

Schober hatte den Wagen neben einem Kombi geparkt, hinter dem ein uniformierter Mann mit Hund stand. Der Beamte streckte ihnen die Hand entgegen und Ruben war froh, dass Schober den Händedruck erwiderte. Er selbst beugte sich, um dieses Ritual zu vermeiden, zu dem Schäferhund herunter und hielt lieber ihm seine Hand vor die Nase. »Sind die anderen schon im Wald?«, erkundigte er sich.

Der Hundeführer beantwortete die Frage erst, nachdem ihm auch Ruben widerwillig die Hand gegeben hatte. »Die anderen? Es gibt keine anderen, wir beide sind die Einzigen. Meine Kollegen sind alle bei Straubing im Einsatz. Dort wird eine ganze Familie vermisst.«

Ruben rieb sich die Stirn. »Wir haben nur etwa zwanzig Minuten, oder?«

Der Mann nickte: »Ja, länger kann er sich nicht konzentrieren. Danach müssten wir Paolo eine längere Pause gönnen.«

Als der Schäferhund seinen Namen hörte, begann er, aufgeregt mit dem Schwanz zu wedeln, und Ruben konnte nicht anders, als ihm über den Kopf zu streicheln. Dann richtete er sich auf und erklärte: »In dem Fall machen wir es anders und suchen gezielter.«

Nach dem Mord an Frau Baumann hatte Schobers Team die schwere Stahltür mit einem neuen Schloss versehen und den Eingang versiegelt. Nun durchtrennte Schober das Siegel, schloss auf und fragte: »Und? Wie wollen Sie vorgehen?«

Ruben bat die beiden um ein paar Minuten, schaltete die Taschenlampe ein und betrat die dunklen Räume. Der Geruch von Frau Baumanns Ausscheidungen hing noch immer in der Luft, was es ihm schwer machte, sich zu konzentrieren. Er blieb stehen, sammelte sich und ging dann das ganze Gewölbe ab. Als er wieder am Eingang angekommen war, war er sich ziemlich sicher, dass sie hier drinnen nichts finden würden. Wände und Böden waren aus massivem Stein und man würde schweres Gerät benötigen, um hier eine Leiche zu verscharren.

Ruben stellte sich vor, dass er die Leiche eines kleinen Kindes tragen würde. Mit dieser Körperhaltung ins Freie. *Was soll ich tun? Ich bin zu weit gegangen, konnte mich wieder einmal nicht beherrschen und jetzt habe ich ein Problem. Bis zum Wagen sind es etwa zweihundert Meter durch den Wald … zu weit, zu gefährlich. Was, wenn ich dem Förster oder einem Jäger begegne? Ich muss das Kind loswerden, brauche einen Boden, der weich genug ist, um es zu verscharren. Soll ich eine Schaufel holen? Nein, auch dabei kann ich gesehen werden. Ein Mann, der allein hier oben herumläuft, ohne Hund und in dieser Kleidung … ich bin zu auffällig.*

Ruben löste sich aus der Perspektive des Täters und blickte sich um. Vor ihm fiel der Wald relativ steil ab und wurde weiter unten im Tal von Feldern abgelöst. Rechts von ihm führte der schmale Waldweg zum Parkplatz und links von ihm stand eine Baumgruppe. Aus Erfahrung wusste er, dass der Waldboden ein denkbar schlechter Ort war, um etwas zu vergraben. Ein, zwei dicke Wurzeln genügten und man konnte wieder von vorne anfangen. Außerdem funktionierte es nur mit einem anständigen Spaten. Doch hatte Janik einen dabeigehabt? Wohl eher nicht. Janik war kein Mann, der einen Mord plant, da war sich Ruben sicher.

»Und, hammers jetzt?«, hörte er Schober mit oberpfälzischem Dialekt rufen. Ruben drehte sich zu den wartenden Männern, wobei sein Blick auf den Bereich zwischen der Burgruine über ihm und dem Eingang zu den Kellern fiel. Ein paar Bäume klammerten sich an den Hang, gesäumt von großen Felsbrocken. Doch oberhalb davon gab es einen schwer zugänglichen Bereich ohne Bewuchs. Das kleine Geröllfeld begann fünfzehn Meter oberhalb des Kellers und zog sich fast bis zur Ruine hinauf. Ruben deutete nach oben und rief: »Schafft das Paolo?«

Der Hundeführer betrachtete das Gelände prüfend und nickte. Er zog Paolo zum Schutz der Pfoten vier kleine Lederschuhe über und begann mit dem Aufstieg. Ruben und Schober folgten ihm mit ein wenig Abstand, wobei Schober bald vor Anstrengung hechelte. Nachdem sein Herrchen ihn von der Leine gelassen hatte, war der junge Schäferhund ganz in seinem Element. Für ihn schien es ein Spiel zu sein, doch Ruben konnte bei dem Gedanken an das, was der Hund vielleicht finden würde, einen Schauder nicht unterdrücken.

Minute um Minute verging. Die Steigung machte dem Hund ziemlich zu schaffen und seine Zunge wurde immer länger. Er rannte mal hierhin, mal dorthin, verharrte einige Male, nur um schließlich doch weiterzusuchen. Nach einer Viertelstunde spielte sein Herrchen laut mit dem Gedanken, eine Pause einzulegen, als Paolo plötzlich stehen blieb und aufgeregt zu bellen begann. Die Stelle war keine zehn Meter von den Männern entfernt und bei genauerem Hinsehen hatte der Boden tatsächlich eine andere Struktur. Während die Steine auf dem restlichen Geröllfeld eine einheitliche Patina aufwiesen, waren sie dort leicht unterschiedlich verfärbt.

43

Zwei Stunden später kam Schober mit den ersten ausgedruckten Fotos zu Ruben in den Pausenraum. Dieser nahm die Bilder und betrachtete sie nachdenklich. »Was wissen wir?«, fragte er.

»Nach ersten Aussagen des Rechtsmediziners dürfte es sich um die Leiche eines etwa sieben bis acht Jahre alten Jungen mit dunkler Hautfarbe handeln. Die Todesursache ist noch völlig unklar, und wie lange er schon dort liegt, muss auch noch geklärt werden. Auf jeden Fall seit einigen Monaten. Meine Leute haben noch keine weiteren Spuren zum Täter gefunden. Wir sind gerade dabei, die Kleidung zu untersuchen, aber das wird noch einige Zeit in Anspruch nehmen.«

Ruben legte die Fotos auf den Tisch. »Ist auch nicht dringend. Ich gehe davon aus, dass Paul Janik der Täter war und damit unter Druck gesetzt wurde. Stellt sich nur wieder die Frage, wem er davon erzählt haben könnte, und da fallen mir eigentlich nur drei Personengruppen ein. Entweder jemand, der ihm helfen wollte, also ein Arzt, Psychologe oder …«

»Seelsorger«, warf Schober ein.

»… oder Seelsorger«, bestätigte Ruben. »Da die Tat nach seiner Entlassung geschah, scheiden Mithäftlinge aus. Außerdem war Paul Janik nicht der Typ, der mit seinen Taten prahlte.

Oder, aber auch das ist eher unwahrscheinlich, er hat die Tat in einem Pädophilenforum im Internet erwähnt.«

Keiner der beiden Kommissare hatte mitbekommen, dass Nadine Leitner schon eine ganze Weile in der Tür stand und zuhörte. Erst als sie gegen den Türrahmen klopfte, drehte sich Ruben um und nahm den Umschlag entgegen, den sie ihm hinstreckte. »Das ist gerade mit dem Vermerk *Eilig* für Sie abgegeben worden.«

Ruben nahm den Umschlag entgegen, ignorierte ihn aber und fragte stattdessen: »Was meinen Sie? Als angehende Kriminalbeamtin sollten Sie eine Meinung dazu haben. Welchem Personenkreis trauen Sie es zu, Janik zu benutzen?«

Die Kollegin dachte einen Augenblick darüber nach. »Sollte man nicht erst die Frage stellen, warum und für was man ihn benutzt hat? Das Motiv könnte die Hintergründe des Täters eingrenzen.«

Ruben klatschte in die Hände, deutete auf die Frau und sagte zu Schober: »So, Herr Kollege, geht Polizeiarbeit. Neunzig Prozent mit dem Hirn und der Rest ist Handwerk.«

Er bat die Polizistin, noch einen Moment zu bleiben, öffnete den Umschlag und überflog das gerichtsmedizinische Protokoll. Schließlich strich er sich nachdenklich über die Nase. »Das kommt unerwartet, bestätigt aber meine Theorie zu dem Warum.«

»Und?«, fragte Nadine ungeduldig.

»Paul Janiks Obduktion ergab, dass er eine nicht zu unterschätzende Menge LSD im Blut hatte. Außerdem hat eine Haarprobe gezeigt, dass er das Zeug nicht erst seit gestern genommen hat.«

»Ist das so unwahrscheinlich?«, fragte Schober.

Ruben hob den Blick zu der Polizistin und deutete auf Schober. »Erkennen Sie seinen Denkfehler?«

Sie grinste und erklärte: »Polizeidienststelle, mehrere Tage Haft und dabei LSD im Blut. Das sollte sich eigentlich ausschließen.«

»Wer hat LSD im Blut?« Eva war unbemerkt in den Raum getreten.

»Janik«, erklärte Ruben, hob kurz die Hand zum Gruß und fragte an Schober gewandt: »Ihre Leute haben die Zelle durchsucht. Wurde irgendetwas in der Art gefunden?«

Schober klappte eine Akte auf und las vor: »Malstifte, Papier, Bibel, Hygieneartikel, Tablett mit Essensresten und einer Tablette, Rasierklinge.«

»Stopp«, bat Ruben. »Eva, woher kommt das Essen?«

»Nun, da wir nicht für längere Aufenthalte von Gefangenen ausgelegt sind und keine Küche haben, holen wir in solchen Fällen das Essen aus der Schulkantine.«

»Und die Tabletten gegen seinen sexuellen Trieb?«

»Die liegen bei mir im Büro und wurden von mir einzeln ausgegeben.«

»Hast du sie weggeschlossen?« Ruben hob eine Augenbraue.

»Nein, nicht wirklich.«

Ruben nickte. »Kannst du bitte mit dem Kollegen Schober rübergehen und sie holen? Behandelt sie als Beweismittel.«

Fünf Minuten später erschienen die beiden wieder. »Sie sind weg«, gestand Eva. »Wir haben alles abgesucht, aber die Packung ist verschwunden.«

Ruben wandte sich an Schober. »Rufen Sie Ihre Kollegen drüben in der Turnhalle an. Eine Tablette haben wir noch und das soll auch so bleiben. Haben Sie einen Drogenschnelltest?«

»Ja.«

»Gut, dann fahren Sie bitte nach dem Telefonat rüber und führen ihn durch.«

»Was ist mit Lisa Vogt?«, fragte Ruben später, als sie allein waren. Evas Gesicht zeigte Schmerz und Wut, doch sie hatte sich unter Kontrolle. »Keine neuen Spuren oder Hinweise und ich habe offen gesagt auch keine Ahnung, wo wir suchen sollen. Ich habe inzwischen ihr gesamtes soziales Umfeld unter die Lupe genommen. Da ist einfach nichts.« Eva stockte. »Glaubst du, sie ist in der Gewalt des Serientäters?«

Ruben hatte immer wieder darüber nachgedacht, war aber zu keinem Ergebnis gekommen. »Ich weiß es nicht«, sagte er ehrlich. »Einerseits passt sie, bei allem, was wir von ihr wissen, nicht in das Schema. Andererseits habe ich das Gefühl, dass Janiks Tod eine Art Abschluss sein könnte.«

»Was meinst du damit?«

Ruben griff nach seiner Teetasse und nahm einen Schluck. »Es ist eine rein hypothetische Annahme, aber was wäre, wenn die Taten eine Art Aufgabe waren? Denn alles deutet darauf hin, dass sie nicht nur aus Mordlust geschahen. Vielleicht sah es der Täter als seine Aufgabe an, die vier Menschen für ihre Art zu leben zu bestrafen.«

»So wie die Taten inszeniert wurden, wäre das nachvollziehbar, aber was hat das mit Lisa zu tun?«

»Nun, vielleicht kann der Täter nicht mehr aufhören. Sein Auftrag ist erfüllt, doch die Mordlust bleibt … und jetzt braucht er ein Opfer nur für sich und seine Bedürfnisse.«

Eva öffnete den Mund, doch das Klingeln von Rubens Handy unterbrach sie. Er hob ab, hörte zu und sagte: »Danke, Herr Schober, gute Arbeit.« Er legte auf und sah Eva mit hochgezogenen Augenbrauen an. »Wir haben ein Problem und eine Spur.«

»Sag schon«, drängte Eva.

»Das Problem ist, dass die Tablette tatsächlich in LSD getränkt wurde, was nichts anderes heißt, als dass wir den Täter in diesen Mauern suchen müssen. Und die Spur bezieht sich auf Lisa. Schobers Team hat einige Krümel Erde in Lisas Wohnung gefunden und untersuchen lassen. Es handelt sich dabei eindeutig um Erde von einem Feld, wie die Reste des Unkrautvernichtungsmittels Glyphosat beweisen.«

»Aber das gibt es doch auch für den Privatgebrauch?«

»Nicht in dieser Zusammensetzung, außerdem ist die Struktur der Erde typisch für die hiesigen Felder. Die KTU versucht das gerade weiter einzugrenzen.«

Eva atmete hörbar aus. »Und wenn Peter uns doch nur die Hälfte erzählt hat?«

»Dein Stellvertreter? Traust du ihm die Taten zu?«

Sie stieß ein bitteres Lachen aus. »Ich traue inzwischen so ziemlich jedem alles zu, und jetzt, wo vielleicht auch Sex eine Rolle spielt … aber wie auch immer, ich werde noch einmal mit ihm reden und seine Alibis überprüfen lassen.«

Ruben nickte zur Tür und schlug vor: »Du hast da drüben eine wirklich gute Polizistin sitzen. Ich weiß, dass Nadine Leitner durch ihre Großmutter ein bisschen nah dran an dem Fall ist, aber sie scheint sehr gefasst zu sein und will unbedingt arbeiten. Du solltest sie mit ins Boot holen. Sie kann diese Überprüfung von Peter Nolte locker übernehmen.«

Eva nickte. »Du hast recht, und wir brauchen momentan dringend gute Leute.« Sie griff zum Telefon, wählte eine interne Nummer und bat: »Hallo Nadine, kannst du bitte mal zu mir rüberkommen?« Sie legte auf, ließ sich erschöpft in einen Stuhl fallen und sah Ruben fragend an. »Und was machst du jetzt?«

Ruben zog sein Handy aus der Tasche. »Ich rufe erst einmal meine Frau an und werde richtig lange mit ihr und meiner Tochter telefonieren. Egal wo ich sonst eingesetzt werde, an Sonntagen bin ich normalerweise zu Hause, auch wenn ich dafür fünf Stunden lang Zug fahren muss.«

»Und warum nicht heute?«

Er dachte kurz darüber nach. »Weil sich deine beste Freundin vielleicht in der Hand eines Serienmörders befindet und ich dich nicht damit alleine lassen will.« Seine Antwort klang für seine Verhältnisse geradezu emotional.

Die Sorgen in Evas Gesicht verschwanden für einen kurzen Augenblick. Sie machte einen Schritt auf ihn zu, nahm ihn in die Arme und sagte leise: »Danke.«

Die herbeigerufene Kollegin machte sich mit einem Räuspern bemerkbar. Eva löste sich von Ruben und sagte verlegen: »Komm bitte mit in mein Büro, Nadine, wir haben einen Haufen Arbeit. Ich würde dich sonst nicht damit belasten, aber … im Moment herrscht hier einfach eine Ausnahmesituation.«

Die junge Frau nickte eifrig. »Danke, Eva, ich will wirklich nur ganz normal behandelt werden. Und Arbeit ist im Moment genau das Richtige für mich.«

Nachdem die beiden gegangen waren, schloss Ruben die Tür des Pausenraums, sammelte sich kurz und wählte die Nummer, die er in seinem Handy unter *Zuhause* gespeichert hatte.

44

Lisa schreckte aus ihren Fieberträumen und sah sich panisch um. Obwohl ihr Bewegungsradius durch die Fesseln stark eingeschränkt war, erkannte sie das Licht des frühen Morgens, das durch die schmutzigen Fenster drang.

Für einen kurzen Moment glaubte sie, allein zu sein, doch sie erkannte schnell, dass sie sich getäuscht hatte. Er saß still und regungslos auf einem Stuhl in der dunkelsten Ecke des Zimmers und starrte sie einfach nur an. Das Brennen ihrer Haut hatte auf ein erträgliches Maß nachgelassen, trotzdem fühlte sie sich unendlich müde und erschöpft.

Eigentlich wollte sie aufbegehren, ihn anschreien und beleidigen, aber ihr fehlte die Kraft. Stattdessen ließ sie den Kopf wieder auf die Matratze sinken und schloss die Augen.

Lisa glaubte, seine Blicke auf ihrer nackten Haut zu spüren, und fragte sich, was er gerade dachte. *Was hat er mit mir vor? Was gibt es ihm, einen anderen Menschen zu unterwerfen?* Welche Befriedigung erfuhr er dadurch, sie zu quälen, anstatt sie einfach zu vergewaltigen? Und die alles entscheidende Frage war: Gab es einen Weg, seinen Drang zu befriedigen und dabei nicht umgebracht zu werden?

Nach ein paar Minuten nahm sie all ihren Mut und die letzte Kraft zusammen und fragte in die Stille des Raumes: »Wo kommt das her?«

Er zögerte, fragte aber mit ruhiger Stimme: »Wo kommt was her?«

Lisa leckte sich über die Lippen: »Die Lust an dem, was du hier tust.«

Er stand auf und sie zuckte unwillkürlich zusammen. Trotzdem zwang sie sich, die Augen geschlossen zu halten. Vielleicht würde er es für eine Geste der Unterwerfung halten.

Der alte Bettrahmen knarrte unter seinem Gewicht und sie spürte, wie sich die Matratze neben ihr senkte. Nun blinzelte sie doch. Er saß einfach nur neben ihr und betrachtete sie. Die Tatsache, dass er ebenfalls nackt war, machte ihr beinahe Hoffnung. *Es wäre einfach nur Sex mit einem Mann, die Hauptsache ist, dass ich überlebe.*

Und tatsächlich löste er die Fesseln an ihrer linken Hand, nahm sie und führte sie sanft über das Innere seines Oberschenkels. Danach setzte er ihre Hand auf seinen Bauch und schob sie langsam nach unten. Als Eva dachte, dass sie gleich seine Erektion spüren würde, befahl er barsch: »Öffne die Augen.«

Sie tat es, wenn auch widerwillig. Dann sah sie ihn an und begriff. Die meisten anderen Männer hätten durch ihre Berührung eine Erektion bekommen, bei diesem hier regte sich rein gar nichts.

»Deswegen?«, fragte sie erschüttert. Ihre Gedanken rasten, die Situation verwirrte sie. Dieser Irre hatte offenbar Erektionsprobleme und womöglich auch Probleme mit Frauen. Kaum vorstellbar, dass ihn diese anderen Taten, die in letzter Zeit geschehen waren, antörnen könnten. Sie vergaß ihre Vorsicht, sah ihm ins Gesicht und fragte: »Also bist du gar nicht der, den sie suchen?«

Es war kein echtes Lächeln, eher ein diabolisches. Er führte ihre Hand zurück zu dem Strick, befestigte sie daran und fasste ihr derart heftig zwischen die Beine, dass sie vor Schmerzen aufschrie. Er leckte sich die Finger ab, stand auf und sagte lachend: »Ach, du dachtest, ich wäre dieser Irre, der sich hier zurzeit austobt? Aber nein, mein Schätzchen, warum sollte ich so etwas tun? Mir geht es um ganz andere Erfahrungen.«

Lisa wusste nun überhaupt nicht mehr, was sie denken sollte. Ihr Blick fiel auf seine gewaltige Erektion. Nun begriff sie seine Motivation. Dieser Mann war alles andere als impotent, er brauchte nur einen völlig anderen Kick. Einen, der ihr körperliches Leid voraussetzte.

Nach dem ersten Schock wagte sie es trotzdem, nach einem Schluck Wasser zu fragen. Er sah sie eine Weile einfach nur an, zuckte mit den Schultern und ging hinaus. Einige Minuten später kam er mit einer Flasche wieder, setzte sich neben ihren Kopf und hielt sie ihr an die Lippen.

Lisa trank gierig, zu gierig und verschluckte sich fürchterlich. Ihre gefesselten Gliedmaßen ließen kaum Bewegung zu und einige Sekunden lang glaubte sie, ersticken zu müssen. Als sie sich wieder beruhigt hatte, stellte er die Flasche weg, lächelte sie an und sagte wie zu sich selbst: »Mal sehen, ob du wirklich die Richtige bist.« Nachdenklich ließ er seinen Blick über sie schweifen. »Mutig bist du, aber das kann nicht so bleiben.« Er setzte sich nackt, wie er war, über ihren Oberkörper und ergötzte sich daran, wie sie ihn mit angstvoll aufgerissenen Augen ansah.

Bei der ersten Ohrfeige überwog noch der Schreck, bei der zweiten glaubte sie, ihr Kopf würde explodieren, und bei der dritten schmeckte sie Blut in ihrem Mund. Ihr Blick war tränenverschleiert, trotzdem sah sie, wie er sich an ihrem Leid ergötzte. Er hörte erst auf, sie zu schlagen, als er selbst körperliche Erleichterung fand.

Danach stand er wortlos auf und ging, ohne sie eines weiteren Blickes zu würdigen, hinaus. Lisa erbrach sich auf die Matratze.

In den folgenden Stunden gab es nur sie, ihre Angst und das Wissen darum, dass ihre einzige Chance war, rechtzeitig gefunden zu werden. Denn selbst wenn er sie hier einfach zurückließ, würde das den sicheren Tod durch Verdursten bedeuten.

45

Eva telefonierte gerade mit den tschechischen Kollegen, um ein Alibi ihres Stellvertreters abzuklären, als jemand laut gegen ihre Tür hämmerte. Ohne ihre Antwort abzuwarten, wurde sie aufgerissen. Der Streifenbeamte sagte nur: »Leiche gefunden«, und Eva beendete augenblicklich das Gespräch. Sie sprang auf. »Lisa Vogt?«

Der Beamte schüttelte den Kopf. »Männlich«, sagte er und Eva beruhigte sich ein wenig. »Kinder haben den Toten beim Spielen am Bach entdeckt.«

Zwanzig Minuten später schob sie das Schilf beiseite und arbeitete sich vorsichtig zu dem fast ausgetrockneten Bachbett hinunter. Da der Tote auf dem Bauch lag, war außer einem Streifen aus getrocknetem Blut nichts zu erkennen. Sie ging neben dem Mann in die Hocke, hob seinen Oberkörper etwas an und blickte in die leblosen Augen ihres Kollegen Toni Kurz.

Nach dem ersten Schock erinnerte sie sich an das Gespräch mit den Eltern seiner Frau. Auch wenn sie es nie zugeben würde, spürte sie tief in sich eine gewisse Genugtuung, den Vergewaltiger so zu sehen.

Aus irgendeinem Grund konnte sich Eva nicht abwenden, und fast schien es ihr, als würden ihr Tonis leere Augen einen tiefen Einblick in den Fall gestatten. Maria war nicht einfach so von dem Täter dazu gezwungen worden, den eigenen Vater zu erschießen. Er musste Toni in irgendeiner Form nahegestanden haben und von seinen Verfehlungen gewusst haben. Wahrscheinlich hatte er dem Mädchen erzählt, dass sie durch eine Vergewaltigung entstanden war und ihre Eltern einander nur geheiratet hatten, weil sie dazu gezwungen wurden. Er wollte, dass die Tochter den Vater hinrichtete.

Was hatte Ruben vorhin gesagt? *Es ist eine rein hypothetische Annahme, aber was wäre, wenn die Taten eine Art Aufgabe waren? Denn alles deutet darauf hin, dass sie nicht nur aus Mordlust geschahen. Vielleicht sah es der Täter als seine Aufgabe an, die vier Menschen für ihre Art zu leben zu bestrafen.*

»Frau Kommissarin?« Die junge Polizistin holte sie aus ihren Gedanken. Sie kam näher und keuchte: »O Gott, ist das …?«

Eva richtete sich auf und nickte. »Ja, das ist, das war unser Kollege Toni Kurz. Er wurde vermutlich durch einen Messerstich ins Herz getötet.«

Nadine stiegen Tränen in die Augen. Eva griff zum Handy, orderte ein Team der Kriminaltechnik und einen Arzt. Danach zog sie sich dünne Gummihandschuhe über und begann damit, Tonis Taschen zu kontrollieren. Als Erstes fand sie seine Geldbörse, deren Inhalt darauf hinwies, dass es sich nicht um einen Raubmord handelte. Danach sah sie sich seine Hände an, die keinerlei Verletzungen oder Prellungen aufwiesen. Ein eskalierter Streit war also fast ausgeschlossen, denn Toni hätte sich sicher gewehrt.

Sie machte bei den Hosentaschen weiter, fand einen Schlüsselbund und ein Feuerzeug. In der dünnen Sommerjacke war ein Päckchen Zigaretten, eine Packung mit Pillen, die als Antidepressivum deklariert waren, und sein Handy.

Die junge Beamtin hielt ihr nacheinander die durchsichtigen Plastiktüten hin, und als alles verpackt war, fragte sie: »Kann ich eine rauchen gehen? Das ...«, sie deutete auf den toten Kollegen, »... das geht mir wirklich nahe.«

Eva nickte: »Klar, dann kannst du der Spurensicherung gleich den Weg zeigen. Wo bleiben die eigentlich?«

»Die sind schon da«, verkündete eine genervte Stimme hinter dem Schilf. Ein Stück oberhalb teilten sich die hohen Halme und Schobers rötlich verfärbtes Gesicht kam zum Vorschein. Er sah erst auf die Leiche, anschließend auf die kleinen Tüten daneben und fluchte: »Das hatten wir doch schon einmal. Warum können Sie nicht begreifen, dass auch die Lage der gefundenen Gegenstände wichtig ist? Können Sie nicht einmal die Finger von einem Tatort lassen?«

Eva nahm die Beutel, ging zu ihm und drückte sie ihm wütend in die Hand. »Lassen Sie das so schnell wie möglich untersuchen, irgendwo müssen wir doch einmal einen Scheißhinweis auf diesen Scheißtäter finden. Dass es jetzt ausgerechnet Toni getroffen hat, kann kein Zufall sein. Ich bin mir ziemlich sicher, dass das hier auf das Konto unseres Serientäters geht.« Schober wollte gerade den Mund öffnen, doch sie war noch nicht fertig und sagte warnend: »Und sparen Sie sich jeden Kommentar, ich habe im Augenblick wirklich keine Zeit für Wichtigtuer.«

Es kam wirklich selten vor, doch Schober war tatsächlich sprachlos. Er nahm die Beutel, gab sie einem Kollegen und ließ sie sofort zu seinem Behelfslabor in der Turnhalle bringen. Danach zog er den weißen Schutzanzug über und stieg zusammen mit zwei anderen in das Bachbett hinunter.

Während die Kriminaltechniker ihre Arbeit machten, ließ sich Eva von Nadine eine Zigarette geben. Sie gingen zu einer nahen Parkbank, setzten sich und rauchten nachdenklich.

»Frau Oberkommissarin«, hörte sie Schober schon von Weitem rufen. Er kam näher und streckte ihr einen in einen durchsichtigen Plastikbeutel eingepackten Zeitungsausschnitt entgegen.

Die kleine Steigung hatte ihm alles abverlangt. Er rang nach Luft und erklärte schnaufend: »Das haben Sie übersehen. War in der Innentasche der Jacke.«

Sie nahm die Tüte, hielt sie ins Licht und las: »Gut erhaltenes Bauernhaus mit Grund in der Nähe von Velburg zu verkaufen …« Es folgten einige Details und ein Chiffre-Code.

»Auch das noch, warum kann man nicht einfach eine Telefonnummer dazuschreiben«, fluchte Eva. Sie hob den Blick und sah Schober entschuldigend an. »Danke, Schober. Und das mit dem Wichtigtuer tut mir leid. Ist alles ein bisschen viel im Moment.«

»Bitte«, brummte Schober versöhnlich und wandte sich ab, um wieder zurück zu seinem Tatort zu gehen.

»Nadine, gehst du bitte rüber zu unserem Wagen und versuchst, irgendjemanden von dieser Zeitung zu erreichen? Wir brauchen umgehend die Kontaktdaten zu diesem Chiffre-Code.«

»Ist vielleicht gar nicht nötig.« Keiner der drei hatte mitbekommen, dass Seelsorger Krüger ebenfalls eingetroffen war. Seit Rubens Zweifeln an ihm war auch Eva etwas vorsichtiger geworden. »Wie meinen Sie das?«, fragte sie kühl.

»Na ja, wie Sie wissen, komme ich hier viel unter Menschen und höre so einiges.«

»Und?«

»Soweit ich weiß, steht der Hof von Familie Kleinhuber zum Verkauf. Frau Kleinhuber ist vor Kurzem gestorben. Ihr Mann hat daraufhin sein Vieh verkauft und ist zu seinen Kindern nach Regensburg gezogen.«

»Das heißt, das Haus ist leer?« Eva war alarmiert. Krüger nickte: »Soweit ich weiß, ja.«

»Okay, danke.« Eva hatte bereits ihr Handy in der Hand, als sie sich noch einmal umdrehte. »Wissen Sie, wo der Hof ist?«

Krüger erklärte es ihr. »Falls Sie mich brauchen, ich fahre zur Frau des Opfers. Oder wollen Sie Frau Kurz die Nachricht überbringen?«

Eva, die bereits Rubens Nummer gewählt hatte, winkte ab. Nach ein paar Sekunden erklärte ihr eine freundliche Maschinenstimme, dass der Angerufene momentan nicht erreichbar sei. Sie stieß einen Fluch auf die Telefongesellschaften aus, die nichts gegen den katastrophalen Empfang in der Gegend taten, und wählte stattdessen die Nummer des SEK-Leiters. Der Mann hob zwar ab, erklärte ihr aber, dass sie gerade abgezogen wurden und auf der Autobahn waren.

»Das geht nicht«, platzte Eva wütend heraus. Dann versuchte sie, sich ein wenig zu beruhigen. »Bitte reden Sie mit Ihrem Vorgesetzten. Vielleicht können Sie wenigstens einen Teil Ihres Teams hierher zurückschicken. Wir haben gerade den möglichen Aufenthaltsort des Serienmörders erfahren und außerdem hat er vielleicht eine Geisel.« Der SEK-Beamte versprach, die Möglichkeit zu prüfen und in wenigen Minuten Rückmeldung zu geben.

Eva atmete durch und drückte erneut auf Rubens Nummer, doch sein Handy blieb unerreichbar. Danach versuchte sie es bei ihren Kollegen im Revier, doch auch hier wusste niemand, wo der Hauptkommissar hingegangen war.

46

Der Anblick seiner beiden Frauen berührte Ruben tief im Herzen. Wenn er arbeitete, war er völlig bei der Sache, doch sie jetzt vor sich zu sehen verdrängte seinen Beruf und jeden Gedanken an Mord und Totschlag.

Bei dem Telefonat mit seiner Frau war er misstrauisch geworden. Pia hatte sich ziemlich seltsam benommen und wollte auch die Hintergrundgeräusche nicht erklären. Sie redeten nur kurz, und als sie aufgelegt hatte, blieb er einigermaßen ratlos zurück. Doch eine Viertelstunde später rief sie ihn noch einmal zurück und forderte ihn auf, aus dem Fenster zu sehen.

Nun stand er auf der Straße und nahm Frau und Tochter gleichzeitig in den Arm. »Die nächsten zwei Stunden gehören nur euch alleine«, sagte er mit Nachdruck. Er dachte kurz und mit dem Anflug eines schlechten Gewissens an Eva, sagte sich aber, dass sie für so einen begrenzten Zeitraum sicher allein zurechtkommen würde. Er hatte alles in die Wege geleitet, was aktuell anstand, und musste jetzt ohnehin erst einmal die Untersuchungsergebnisse abwarten. Entschlossen schaltete er sein Handy ab und gab seiner Frau einen langen Kuss. »Bäh, mitten ins Gesicht«, kommentierte Elisa.

»Habt ihr Hunger?«, fragte Ruben lächelnd, worauf Pia und seine Tochter gleichzeitig nickten.

Eine halbe Stunde später saßen sie in einem gemütlichen Landgasthof, wo sie gerade noch die letzten Plätze bekommen hatten. Der Sonntagmittag und das schöne Wetter trieben die Menschen aus den Städten, auch wenn es den meisten nur darum ging, sich den Bauch vollzuschlagen.

Nach der wirklich guten Hausmannskost machten sie einen langen Spaziergang, redeten über alles, was in den letzten Tagen in Bamberg passiert war, und fuhren schließlich zurück zu Rubens Pension. Dort schickten sie Elisa zu der nahen Eisdiele und gaben ihr genügend Geld für einen Eisbecher mit. Ruben zeigte seiner Frau erst das Zimmer und im Anschluss, wie sehr er sie vermisst hatte.

»Kannst du schon abschätzen, wie lange du noch hierbleiben musst?«, fragte Pia zum Abschied.

Ruben kratzte sich am Kopf. »Wann ist noch mal Weihnachten?« Pia sah ihn strafend an und er fügte schnell hinzu: »Nein, im Ernst. Ich kann es zwar nicht an Fakten festmachen, doch mein Bauchgefühl sagt mir, dass es nicht mehr lange dauern wird, bis wir diesen Psychopathen haben.«

Pia strich ihm sanft über die Wange, gab ihm einen letzten Kuss und bat: »Pass auf dich auf.« Dann setzte sie sich hinter das Steuer und startete den Wagen. Elisa drückte ihren Vater fest und stieg hinten ein.

Ruben sah den beiden noch lange hinterher und wischte sich etwas aus dem Augenwinkel. Schließlich holte er sein Handy heraus, deaktivierte den Flugmodus und hätte es fast fallen gelassen. Einundzwanzig ungelesene Nachrichten brachten das Ding ordentlich zum Vibrieren, und da fast alle von Eva stammten, konnte das nichts Gutes bedeuten.

Den Weg zur Wache legte er im Laufschritt zurück. Als er dort eintraf, wusste er sofort, dass etwas passiert sein musste. Vor dem Gebäude stand, obwohl Sonntag war, nur noch ein Fahrzeug, und im Inneren traf er nur auf Nadine Leitner.

»Was ist los?«, fragte er grußlos und wischte sich die Schweißperlen von der Stirn.

Die Beamtin blickte von ihrem Bildschirm auf und brachte ihn mit wenigen Worten auf den neuesten Stand.

Ruben hörte zu und dachte nach. »Moment, lassen Sie mich mal zusammenfassen. Euer Kollege Toni Kurz wurde tot aufgefunden. In seiner Tasche befand sich eine Zeitungsanzeige, die auf ein verlassenes Bauernhaus hinweist. Eva glaubt, dass man Lisa Vogt dorthin verschleppt haben könnte. Sie hat das SEK zu Hilfe gerufen.«

Ruben wusste um Evas Sorge bezüglich ihrer verschleppten Freundin und er kannte sie inzwischen gut genug, um zu wissen, dass sie zu unüberlegtem Handeln neigte. Leise und mehr zu sich selbst murmelte er: »Das ist nicht gut. Toni Kurz ist zwar eher Wolf als Schaf, aber in diesem Fall eindeutig ein Opfer. Warum sollte er also den Aufenthaltsort des Mörders seiner Tochter dabeihaben und ihn nicht melden? Und wenn er einen Alleingang machen wollte und dabei schon in Velburg auf den Täter gestoßen war, hätte ihm dieser den Zeitungsartikel mit Sicherheit abgenommen.«

»Habe ich mir auch gedacht.« Nadine wagte es, ihn zu unterbrechen. »Daher habe ich die Zeit hier genutzt und ein wenig recherchiert.«

Ruben unterdrückte den Impuls, Eva sofort zu folgen, und nickte der Polizistin auffordernd zu.

»Ich habe Janiks gesamte Akte durchgesehen und dabei ist mir etwas aufgefallen. Janik hat sich die Zelle in der JVA Straubing lange mit einem gewissen Hubert Unruh geteilt. Unruh saß wegen häuslicher Gewalt und schien sadistische Neigungen zu haben, vor allem gegen junge Frauen. Anscheinend hat Janik öfter zu Protokoll gegeben, dass er Angst vor seinem Zellengenossen hat, und sein Anwalt hat für ihn sogar eine Zellenverlegung beantragt. Ohne Erfolg.«

»Lassen Sie mal sehen«, sagte Ruben. Die junge Beamtin reichte ihm die Akte und Ruben blätterte konzentriert darin. »Das ist ja interessant …«, murmelte er.

»Was?«

»Gerhard Krüger war für beide der zuständige Seelsorger und Ansprechpartner. Herr Unruh wurde aufgrund einiger Verfahrensfehler vor etwa drei Wochen vorzeitig entlassen. Verfahrensfehler … Hat Herr Krüger eigentlich Zugriff auf die Akten seiner Schützlinge?«

»Keine Ahnung, vermutlich schon. Worauf wollen Sie hinaus?«

»Wenn Krüger diesem Unruh geholfen hat, vorzeitig entlassen zu werden, hatte er etwas gut bei ihm. Und möglicherweise kannte er auch Janiks dunkelste Geheimnisse«, antwortete Ruben.

»Aber warum sollte er das tun?«, fragte Nadine. »Was ist der Sinn des Ganzen?«

»Tja, das ist die Frage. Religiöser Wahn wäre plausibel. Aber das Problem ist, dass wir nichts Handfestes haben! Sollte Krüger in irgendeiner Form Mittäter sein, haben wir keinen einzigen Beweis dafür.«

»Stimmt.«

»Okay, noch einmal von vorne«, sagte Ruben und tat, was er immer tat, wenn er gründlich nachdenken musste. Er schloss die Augen und dachte laut. »Wenn wir davon ausgehen, dass Krüger und dieser Unruh aus irgendwelchen Gründen gemeinsame Sache machen und für die Morde verantwortlich sind, kommen für mich nur zwei Szenarien infrage. Entweder Toni Kurz ist ihnen auf die Schliche gekommen und hat dieses

Bauernhaus ausfindig gemacht, oder einer der beiden Täter will seinen Mitwisser loswerden. Da Sie Krüger vorhin an dem Tatort gesehen haben und er Eva sogar noch sagte, um welches Haus es sich handeln könnte, bleibt nur ein Schluss … er selbst hat diese Zeitungsanzeige bei dem Toten deponiert und setzt darauf, dass Unruh bei seiner Verhaftung getötet wird. Da er weiß, dass wir nichts gegen ihn in der Hand haben, ist dieser Unruh sein einziger Schwachpunkt.« Ruben öffnete die Augen und sah die Polizistin fragend an.

Sie neigte den Kopf zur Seite. »Was?«

»Na, ich will wissen, wie das für Sie klingt. Ist das plausibel?«

»Absolut! Wir sollten den Einsatz sofort stoppen lassen.«

Nachdem beide sämtliche Nummern der an dem Einsatz beteiligten Kollegen erfolglos gewählt hatten, seufzte Ruben resigniert. »Keine Chance, die haben ihre Geräte alle lautlos gestellt und sind vermutlich schon dabei, das Bauernhaus zu umstellen. Wir müssen hinfahren.«

»Aber ich bin alleine hier. Wir können doch nicht einfach die Wache zusperren.«

»Klar können wir das. Nur Kirchen sollten am Sonntag geöffnet sein. Außerdem kennen Sie sich in der Gegend aus. Sie müssen mich zu diesem Hof bringen!«

Drei Minuten später saßen sie im Auto. Ruben griff nach dem Funkgerät, meldete der übergeordneten Notrufzentrale seine Vermutungen und gab Anweisung, dass man versuchen solle, das SEK-Team zu erreichen. Danach erließ er einen Fahndungsbefehl für den Seelsorger.

47

Das linke Auge war so zugeschwollen, dass sie nur noch durch einen schmalen Spalt sehen konnte. Ihr Gesicht fühlte sich an, als hätte man ihr alle Weisheitszähne gleichzeitig herausgerissen. Ihre Zunge war geschwollen, da sie sich bei seinen Schlägen draufgebissen hatte. Sie hatte Schwierigkeiten beim Schlucken.

Kam das Knarren von der Tür? War er zurückgekommen? Lisa warf den Kopf panisch hin und her, konnte ihn aber nicht sehen. Nun knarrte eine der alten Bodendielen. Ein Schauer jagte über ihre nackte, malträtierte Haut und die feinen Härchen richteten sich auf. Sie hörte ihn lachen, rau und kalt. Lisa hob den Kopf an, so weit es ging.

Dann sah sie ihn. Er stand nackt am Fußende des Bettes und spielte mit einem flachen, glänzenden Metallstück. Sie blinzelte ihre Tränen weg. Es war eine Rasierklinge. »Nein … bitte, bitte lieber Gott … nein«, stöhnte sie.

Sie sah ihn lächeln. »Du musst so schreien, wie du noch nie geschrien hast. Hörst du?«, sagte er. »Bleib nicht stumm, sonst muss ich alles noch steigern, und das willst du doch nicht.«

Wie in Trance nahm sie wahr, wie sich ihr eigener Brustkorb unkontrollierbar hob und senkte. Einige Male wurde ihr schwarz vor Augen, doch die ersehnte Ohnmacht blieb aus. Ihr Anblick schien ihn anzuturnen, trotzdem hatte seine Erektion noch nicht die volle Größe erreicht.

»Lass uns mit deiner Knospe beginnen, ich liebe es, mich in warmes Blut zu tauchen. Es hat so etwas Verbindendes, meinst du nicht auch?«

Lisa schaffte einen kurzen, klaren Gedanken: *Reden, ich muss reden. Solange ich rede, wird er mir nichts tun.* Sie schluckte den Schleim in ihrem Mund herunter und fragte heiser: »Warum ich? Vielleicht würde es dich noch viel mehr anmachen, wenn du dir selbst wehtust.« Erleichtert sah sie, dass er die Rasierklinge zurückzog und verwirrt zu ihr hochsah. Es schien, als müsste er erst in die Realität zurückkehren. »Nein, so läuft das nicht. Dein Schmerz ist viel wichtiger. Glaube mir, du wirst es gleich erleben.«

Er schüttelte den Kopf, als könnte er ihn damit frei bekommen, blickte auf die Stelle zwischen ihren Beinen und glitt zurück in seine andere Welt. »Jetzt, mein gefallener Engel … jetzt geht es los …«

Wenige Sekunden später erschütterte ihr erster Schrei das Haus und er bekam, wonach er sich so sehnte.

Es war die Raserei eines Irren. Lisa spürte ihn über sich, in sich, und bei allem, was er tat, achtete er sorgfältig darauf, dass es ihr Schmerz bereitete. Einmal öffnete sie die Augen und sah, wie er nach unten griff, seine Hand in ihrem Blut tränkte und es in seinem Gesicht verteilte.

Irgendwann stieß er einen Ton aus, der sie an eine Tierdokumentation über Hirsche erinnerte, und die Peinigung endete so abrupt, wie sie begonnen hatte.

Ich lebe noch … noch lebe ich, war ihr einziger Gedanke und sie klammerte sich daran. Sie nahm wahr, wie er sich von ihr herunterrollte. »Das war ein wirklich guter Start in unsere Beziehung, das hast du wirklich gut gemacht.«

Ein schwarzer Schatten zog über ihr Bewusstsein. Er legte die Hand auf ihren blutverkrusteten Bauch, doch irgendetwas ließ ihn innehalten. Er ging zum Fenster, blickte vorsichtig hinaus und fluchte etwas Unverständliches.

48

»Hier?«, fragte Ruben. Nadine Leitner hatte mitten im Wald angehalten und versuchte, sich in dem immer schwächer werdenden Licht der Abenddämmerung zu orientieren. »Ja, irgendwo hier muss der Forstweg zu dem Hof abgehen.« Sie schaltete den Warnblinker ein und ließ den Wagen langsam weiterrollen.

»Da vorne.« Ruben deutete auf eine Stelle im Wald, wo sich die Scheiben eines dunklen VW-Busses spiegelten. Nadine bog in den Waldweg und hielt direkt neben dem Kleinbus des SEK-Teams, vor dem auch Evas Dienstwagen stand. Sie stiegen aus und sahen sich um, doch außer dem kehligen Schrei eines Kauzes war nichts zu hören und von ihren Kollegen fehlte jede Spur.

»Ist es weit bis zu dem Hof?« Ruben hatte bereits eine große Taschenlampe in der Hand, diese aber noch nicht eingeschaltet.

»Ist schon ein Stück«, erwiderte sie, holte die zweite Lampe und deutete in den Wald hinein. »Soweit ich weiß, müssen wir einfach nur dem Weg folgen.«

»Alles klar«, bestätigte Ruben. »Aber wir lassen die Lampen aus, nicht dass wir die anderen gefährden.«

Schweigend legten sie die ersten Meter zurück. Ihm fiel auf, dass seine Kollegin über eine wirklich gute Nachtsicht verfügte. Während er immer wieder gegen einen der am Wegesrand hängenden Zweige lief, blieb sie zielsicher in der Mitte des Weges. »Waren Sie schon einmal bei dem Gehöft?«, fragte er. »Können Sie mir beschreiben, wie es dort aussieht oder wie viele Häuser dort stehen?«

»Nein, noch nie. Ich weiß nur, wo es ungefähr ist«, antwortete sie flüsternd.

Ruben wollte gerade eine weitere Frage stellen, als ein Schuss die abendliche Stille zerriss.

Beide gingen instinktiv in die Hocke. Ruben brach der Schweiß aus. Weit konnte es nicht mehr sein, da der leichte Wind einige Kommandos des SEK-Teams zu ihnen trug. Als einige Sekunden lang nichts passiert war, sagte Ruben leise: »Wir gehen noch bis da vor zum Waldrand und warten dort auf die Kollegen.«

An den letzten Bäumen vor der großen Lichtung, auf der der Hof stand, blieben sie stehen. Das eigentliche Wohnhaus war nur teilweise zu erkennen, doch im Inneren streiften immer wieder kleine Lichtkegel über die Fensterscheiben.

»Die sind noch nicht am Ziel«, murmelte Ruben und sah plötzlich etwas im Augenwinkel. Die Kollegin folgte seinem Blick, schaltete ihre Lampe ein und Ruben glaubte sich für einen Augenblick in einen Horrorfilm versetzt. Der angeleuchtete Mann war nackt, von oben bis unten mit Blut beschmiert und blieb, wie vom Donner gerührt, im Lichtkegel stehen. Er hob seine Hand vor die geblendeten Augen und schrie: »Nicht schießen, ich b…«

Der laute Knall erreichte Rubens Ohren völlig unvorbereitet. Der Mann ging zu Boden. Ruben warf sich der Länge nach hin, zog Arme und Beine an und blieb einige Sekunden lang zusammengekauert liegen. Alles blieb still. Ruben riss sich zusammen, drehte sich zu seiner Kollegin und drückte ihre Dienstpistole herunter. Anschließend taumelte er, mit der Waffe im Anschlag, zu dem Verletzten und fiel neben ihm auf die Knie. Er begriff, dass hier nichts mehr zu machen war. Vermutlich hatte seine Kollegin auf die Beine gezielt. Doch das Herz lag nur etwa einen halben Meter höher, eine Abweichung, die auch einem guten Schützen unter diesen Bedingungen leicht passieren konnte.

Als er aufblickte, sah er Eva, die in Begleitung von zwei SEK-Beamten auf ihn zu rannte. Um in der einbrechenden Dunkelheit nicht aus Versehen erschossen zu werden, hob Ruben beide Hände und ließ seine Waffe vom Daumen herunterhängen. »Alles okay«, rief er. »Ich bin Hauptkommissar Hattinger und dort drüben steht Wachtmeisterin Leitner. Wir haben den Schuss abgegeben und den Gesuchten gestoppt.«

Während Eva ihre Waffe senkte, hielten die beiden Spezialkräfte ihre weiter im Anschlag, bis sie Ruben die Pistole abgenommen hatten. Danach kontrollierten sie den Toten und gaben ihren Kollegen im Haus Entwarnung.

Inzwischen war auch Nadine Leitner näher gekommen. Eva ließ sich ihre Waffe geben und steckte sie in eine der Plastiktüten der Spurensicherung, ein übliches Vorgehen, wenn ein Polizist einen Menschen erschossen hatte.

Die Wachtmeisterin war sichtlich erschüttert. »Ich wollte das nicht. Wirklich, ich habe auf seine Beine gezielt.«

»Ohne Vorwarnung und ohne echte Bedrohung, oder haben Sie irgendwo eine Waffe erkennen können?« Ruben deutete wütend auf das Opfer. »Das hier war unser einziger Zeuge, der den Seelsorger belasten konnte.«

»Es … es tut mir leid.« Nadines Stimme zitterte. »Er kam so aus dem Nichts und dann das viele Blut … ich hatte Panik.«

Rubens Gesicht war ausdruckslos. »Wir unterhalten uns später noch darüber«, brummte er. Er deutete zum Haus und fragte einen der SEK-Männer: »Wie sieht es dort drüben aus?«

Der Mann wusste offenbar von Evas Verhältnis zu der gesuchten Frau und antwortete mit einem vorsichtigen Seitenblick auf sie: »Nicht gut.« Er setzte zu einer Erklärung an, hob dann jedoch seine linke Hand zu dem Knopf in seinem Ohr, bestätigte den Funkspruch und sagte: »Wir können reingehen, das Haus ist gesichert.«

Hier ist Blut geflossen, war Rubens erster Gedanke und ein Blick zu Eva zeigte, dass sie es ebenfalls gerochen hatte.

»Sie ist oben«, erklärte einer der vermummten Beamten. Sie stiegen die Treppe hinauf. Der Geruch nach Tod nahm mit jedem Schritt zu. Ruben bedeutete Eva, vor der Tür zu warten, doch sie schüttelte ablehnend den Kopf. Sie trat direkt hinter ihm in den Raum und begann zu zittern.

Lisa war kaum noch wiederzuerkennen. Ihr nackter Körper war ein einziges Schlachtfeld, ihr Gesicht unförmig verquollen und die Matratze, auf der sie lag, blutdurchtränkt. Im ersten Augenblick glaubte Ruben, das Blut stamme von den unzähligen kleinen Wunden, bis er näher trat und den Schnitt erkennen konnte. Wäre Lisa Vogt nicht liegend ermordet worden, wäre ihr Kopf vermutlich nach hinten weggeklappt, so weit hatte dieser Irre den Hals durchtrennt.

Es war fast Mitternacht, als Eva, Ruben und Nadine Leitner zurück in der Wache waren. Eva hatte gerade die Kaffeemaschine zum Leben erweckt, als einer ihrer Beamten in ihr Büro kam. »Wir haben ihn gefunden. Seelsorger Krüger wird gerade hierhergebracht.«

»Alles klar«, erwiderte Eva erschöpft. Ruben sah zu Nadine Leitner, deren Mundwinkel für einen winzigen Augenblick nach oben zuckten. »Ich gehe mich kurz etwas frisch machen«, sagte er, zog seine Jacke aus und verließ den Raum.

Auf der Herrentoilette spritzte er sich Wasser ins Gesicht und betrachtete sein blasses, müdes Gesicht im Spiegel. »Denk nach, Hattinger«, murmelte er.

In dem umfunktionierten Pausenraum verzichtete er darauf, das Licht einzuschalten, setzte sich auf einen Stuhl und schloss die Augen. Es waren winzige Details, kleine Bruchstücke eines Puzzles, die sich einfach nicht zusammenfügen lassen wollten. Er holte sich Bild für Bild die letzten Stunden in sein Gedächtnis zurück, versuchte, alles in einen Zusammenhang zu bringen, und musste immer wieder von vorne beginnen. Am Ende blieben zwei mögliche Theorien übrig.

Er stand auf, schaltete erst das Licht, dann den Laptop ein und öffnete seinen Zugang zu den elektronischen Polizeiakten. Einige Mausklicks später hatte er die Daten der Justizvollzugsanstalt Straubing auf dem Schirm und seine Recherche konnte beginnen. In dem Apfel war ein Wurm und Ruben war entschlossen, ihn zu finden.

49

»Möchten Sie an der Vernehmung von Herrn Krüger teilnehmen?« Ruben sah Wachtmeisterin Leitner erwartungsvoll an. Sie atmete hörbar aus und gestand: »Mir reicht es eigentlich für heute. Dass mein Dienst bis ein Uhr nachts dauert, war nicht eingeplant, und dass ich vorhin einen Menschen erschossen habe, macht mir ganz schön zu schaffen.«

»Darüber wollten wir uns auch noch unterhalten«, entgegnete Ruben, doch nun mischte sich Eva ein, die bereits an der Bürotür auf ihn wartete. »Das hat doch Zeit bis morgen«, sagte sie fürsorglich. »Ihre Waffe ist sichergestellt und ich bin mir sicher, dass wir Sie entlasten können. Schließlich ist der Mann blutüberströmt auf euch zu gerannt. Da blieb keine Zeit zum Zögern. Wir haben übrigens herausgefunden, wer der Mann war – es war der Mithäftling von Paul Janik, Hubert Unruh.«

Ruben warf Eva einen finsteren Blick zu und drehte sich wieder zu Nadine Leitner. »Sie wollen doch in den gehobenen Dienst aufsteigen?«

»Ja.«

»Schön, dann haben Sie nun die einmalige Gelegenheit, bei der Aufklärung eines schweren Verbrechens mitzuarbeiten.

Dieses Verhör wird ja nicht ewig dauern, und soweit ich weiß, haben Sie morgen einen freien Tag.«

Sie nickte. »Das stimmt, aber …«

»Kommen Sie. Je früher wir beginnen, umso früher kommen Sie ins Bett.«

Nachdem alle drei das Verhörzimmer betreten hatten, schloss Eva die Tür. Seelsorger Krüger saß bereits mit Handschellen an den Tisch gefesselt da und sah ihnen wütend entgegen. Er hob seine gefesselten Hände, so weit es ging, in die Höhe und fragte scharf: »Was soll das? Ihre Leute haben mich aus dem Bett geholt, mir nur etwas von einem Haftbefehl gesagt und mich gegen meinen Willen hierhergebracht.«

»Der Haftbefehl wurde auf meine Bitte hin ausgestellt«, unterbrach ihn Ruben freundlich, was nicht gerade zu einer besseren Stimmung beitrug. »Hätte ich mir denken können«, blaffte Krüger. »Dürfte ich bitte erfahren, was man mir überhaupt vorwirft und ob ich einen Anwalt brauche?«

Eva nahm ein Blatt in die Hand, räusperte sich und begann förmlich: »Herr Gerhard Krüger, Ihnen wird vorgeworfen, maßgeblich an den von Herrn Hubert Unruh ausgeführten Morden direkt oder indirekt beteiligt gewesen zu sein. Darüber hinaus werden Sie verdächtigt, den inzwischen verstorbenen Paul Janik erpresst und direkte Beihilfe zum Selbstmord geleistet zu haben. Sie haben die Möglichkeit, diese Anschuldigungen zu entkräften oder zu schweigen und sich einen Anwalt beistellen zu lassen.«

Nach dem letzten Wort trat eine unangenehme Stille ein. Auf Krügers Gesicht lag ein fratzenhaftes Grinsen. »Ihr habt sie doch nicht mehr alle«, schrie er. »Ich bin ein Mann Gottes und kein Massenmörder!«

»Es heißt Serienmörder«, warf Ruben gelassen ein. »Massenmord ist das, was man im Dritten Reich gemacht hat, hier war es nur eine Serie.«

Krüger sah ihn mit wütend funkelnden Augen an. »Ich möchte einen Anwalt.«

Ruben nickte: »Diesen Wunsch kann ich verstehen, aber ich möchte Sie trotzdem bitten, mir vorher noch zwei, drei Fragen zu beantworten. Ich verspreche Ihnen auch, dass Sie sich dabei nicht selbst belasten.«

Eva und Nadine sahen sich verwundert an, sagten aber nichts. »Warum sollte ich das tun?«, fragte Krüger irritiert.

»Vielleicht, weil Sie wollen, dass alles richtiggestellt wird?«, schlug Ruben vor.

»Soll das heißen, Sie glauben mir?«

»Erst die Fragen«, wich Ruben aus und schloss kurz die Augen, um seine Gedanken zu sortieren. »Kannten Sie Paul Janik und Hubert Unruh?«

»Ja, aus der JVA Straubing. Allerdings habe ich nur mit Paul Janik an seinen Problemen gearbeitet, Herr Unruh hat jeden Beistand verweigert.«

»Hat sich Janik Ihnen gegenüber jemals zu seinem Zellengenossen Unruh geäußert?« Krüger schwieg unschlüssig.

»Dass Paul Janik tot ist, wissen Sie bereits«, fügte Ruben hinzu. »Heute Abend ist auch Hubert Unruh zu Tode gekommen, Sie müssen also niemanden schützen.«

Krüger atmete durch. »Ja, Janik hat oft gesagt, dass Unruh ein verlogener Mensch sei, der andere nur ausnutzt. Seine erzwungene Psychotherapie hat er anscheinend als Lachnummer bezeichnet. Er saß nur seine Zeit ab und wartete darauf, entlassen zu werden … und er hatte Glück. Sein Anwalt hat offenbar Verfahrensfehler gefunden und Unruh wurde vorzeitig entlassen.«

Ruben nickte. »Haben Sie den Anwalt auf diese Fehler hingewiesen?«

»Nein, natürlich nicht. Wie sollte ich auch? Ich bin in der JVA nur der Seelsorger und habe gar keine Akteneinsicht.«

Ruben holte Luft. »Hat Janik jemals etwas geäußert, was darauf hinweist, dass er ein Kind getötet hat?«

»Ja und nein, aber erst nach seiner Entlassung. Dazu müssen Sie wissen, dass er die Auflage bekommen hat, bis zum Ende seiner Bewährung weiter mit mir zusammenzuarbeiten.«

»Was heißt ja und nein?«

»Na ja …« Krüger stockte. »Wissen Sie, er hat nie etwas Konkretes gebeichtet oder gestanden. Wäre ich mir sicher gewesen, hätte ich etwas unternommen. Aber er hat nur Andeutungen gemacht … er hat diesen verschwundenen Jungen, Tayo, erwähnt und er schien ein schlechtes Gewissen zu haben.«

»Was hat er konkret gesagt?«

»Er erzählte mir, dass er Albträume habe, in denen er in einem dunklen Keller gefangen sei. Er erwähnte etwas von einem Kampf und Monstern, die ihn kontrolliert hätten. Er sagte etwas wie ›Ich wollte es nicht, es war ein Versehen‹. Doch mehr bekam ich nicht aus ihm heraus.«

»Hm«, sagte Ruben. »Nicht gerade ein Schuldeingeständnis, doch ziemlich belastend. Vor allem, da Tayo tatsächlich in einem Keller missbraucht wurde. Und wie ging es weiter?«

»Danach ging es mit Janiks psychischem Zustand immer weiter bergab. Er wirkte verstört, malte wie im Wahn diese Bilder … na ja, und den Rest kennen Sie ja. Die Verhaftung war zu viel für ihn.«

»Anscheinend«, brummte Ruben. »Aber hier drinnen hat es nicht aufgehört, irgendjemand hat ihn immer weiter in die Enge getrieben, bis er einfach nur noch sterben wollte. Und außerdem hat man ihn auch noch benutzt, um die ganze Gegend mit seinen angeblichen Vorhersagen über die nächsten Opfer in Angst und Schrecken zu versetzen. Und Sie, Herr Krüger, sind hier ein und aus gegangen, haben im Umfeld der

Mordopfer Seelsorge betrieben und wussten von den Gründen, aus denen die Opfer bestraft werden sollten.«

Das Gesicht des Seelsorgers rötete sich vor Zorn. Ruben stand auf, stellte sich hinter den Stuhl von Nadine Leitner und sagte etwas zu laut: »Und trotzdem glaube ich Ihnen, dass Sie nicht der Drahtzieher hinter diesen Morden sind. Ein paar Dinge passen einfach nicht zusammen. Sie waren nie in Janiks Zelle und Sie hatten keinen Zugriff auf Unruhs Akte. Auf den ersten Blick sind Sie der offensichtliche Verdächtige, und beinahe wäre der wahre Täter davongekommen. Unruh ist tot und Sie wären ins Gefängnis gegangen. Wir hätten den Fall abgeschlossen und keiner hätte länger nach der Wahrheit gesucht.«

Ruben umrundete den Tisch, schloss Krügers Handschellen auf und blickte über den Tisch. »Aber es gibt jemanden, der Janik nachweislich in seiner Zelle besucht hat, jemand, der Zugriff auf Unruhs Akten hatte und Gelegenheit, die Zeitungsannonce in Toni Kurz' Tasche zu platzieren. Jemand, der eine sehr persönliche Beziehung zu mindestens einem der Opfer hatte. Und dieser Jemand bekam am Ende sogar die Gelegenheit, sich seines Mittäters schnell und unkompliziert zu entledigen.« Er wandte sich an die junge Polizistin und fragte sanft: »Ist Ihnen zu warm? Sie schwitzen ganz schön.«

50

»Kaffee?«, fragte Eva, die noch immer nicht recht durchblickte. Ruben lehnte dankend ab und bat sie, ihm ein Wasser mitzubringen.

Krüger war als freier Mann gegangen. Stattdessen saß nun Nadine Leitner auf seinem Platz. Ruben wählte den Stuhl ihr gegenüber und beobachtete ihre versteinerte Miene. Die Wachtmeisterin hatte ihre Hände aufeinandergelegt und starrte die graue Wand an. Daran änderte sich auch nichts, als Eva zurückkam, vor Ruben ein Glas Wasser und vor Nadine eine Tasse Kaffee stellte. Eva setzte sich neben ihren Kollegen, nahm einen Schluck aus ihrer eigenen Tasse und blickte fragend in die Runde.

Das Schweigen dehnte sich aus. Die Anspannung in dem kleinen Raum stieg immer weiter, doch genau das wollte Ruben. Eva schien es zu verstehen und lehnte sich stumm zurück.

Nach scheinbar endlosen Minuten veränderte sich etwas in Nadine Leitners Gesicht. Es waren nur minimale Bewegungen der Wangenknochen, aber Ruben wusste, dass sie kurz davor war, die Stille nicht mehr auszuhalten. Schließlich zuckte der Blick der Wachtmeisterin zu ihm und sie sagte scharf: »Was? Sie glauben doch, alles zu wissen, also erzählen Sie meiner Chefin, was los ist.«

Ruben deutete ein Lächeln an. »Nein, das werde ich nicht tun, denn mit meiner Seele ist alles in Ordnung. Ich möchte, dass Sie Ihre Geschichte selbst erzählen. Es wird Sie befreien.«

»Was sind Sie, ein Scheiß-Seelenklempner?«

»Nein«, sagte Ruben gelassen. »Ich bin nur jemand, der friedliche Menschen mag und böse verstehen will. Und ich glaube, Sie sind nicht böse. Sie sind eher ein Opfer. Kommen Sie, reden Sie es sich von der Seele. Im Großen und Ganzen habe ich alle Fakten zusammen, es macht also keinen Sinn, sich dagegen zu wehren.« Ruben deutete freundlich auf ihre Tasse. »Trinken Sie einen Schluck Kaffee und dann lassen Sie uns verstehen, wie es zu alldem kommen konnte.«

Eva sah fasziniert zu, wie Nadine ihm scheinbar willenlos gehorchte. Nachdem sie die Tasse wieder abgestellt hatte, schloss sie kurz die Augen. »Ich habe mich damals in ihn verliebt und bis heute nicht richtig verstanden warum.«

»Die Liebe kann eine gefährliche Waffe sein«, stimmte Ruben zu. »Reden Sie weiter. Fangen Sie einfach von vorne an. Diese Nacht ist eh nicht mehr zu retten.«

Nadine sah traurig auf die Wand hinter ihren Kollegen. »Ich war damals nicht bei der Verhaftung von Hubert Unruh dabei und habe die Sache auch nur nebenbei mitbekommen. Es hieß, er habe eine Frau geschlagen, nicht besonders schlimm, aber es war eben doch wiederholte Körperverletzung. Als er in Untersuchungshaft war, kam es in meiner damaligen Dienststelle zu einem Personalmangel, und da noch einige Fragen offen waren, schickte mich mein Chef zu dem Gefangenen, um sie zu klären. Es war …« Nadine stockte. »… Es war Liebe auf den ersten Blick. Bei mir zumindest. Eigentlich würde ich mich nie auf einen Häftling einlassen, aber dieser Mann hat mich vom ersten Moment an fasziniert. Rückblickend glaube ich, er hat meine Schwäche erkannt und von Anfang an geplant, mich nur zu benutzen.«

»Sehr gut. Weiter«, ermutigte sie Ruben, als sie ins Stocken geriet. Nadine wischte sich eine Träne aus dem Augenwinkel. »Nach diesem Treffen hatten wir erst einmal eine ganze Weile nur noch Briefkontakt. Er hatte die Idee, dass ich lieber unter einem anderen Namen schreiben sollte. Eine Polizistin und ein Häftling, das würde nur Probleme bereiten, hat er damals gesagt. Und so bat ich eine gute Freundin, den Kontakt in ihrem Namen und mit ihrer Adresse halten zu dürfen.«

»Wie ging es weiter?« Eva hatte für einen Moment sogar vergessen, dass Lisa tot war.

»Er schrieb wie ein guter Schriftsteller. Seine Worte erzeugten einen Sog und irgendwann wollte ich ihn endlich wiedersehen. Auf dienstlichem Weg gab es keine Möglichkeit und privat traute ich mich nicht in die JVA. Hubert befasste sich inzwischen mit seinen Rechten und fand heraus, dass schon eine kleine Fristverletzung eine Verurteilung unwirksam werden lassen konnte. Also bat er mich, eine kleine Änderung in seinen Akten vorzunehmen. Danach gab er seinem Anwalt einen Tipp und er konnte tatsächlich seine Entlassung durchsetzen.«

»Und warum all diese Morde?«

Nadine nahm noch einen Schluck von ihrem inzwischen kalten Kaffee. »Hubert und ich haben uns viel, sehr viel geschrieben und im Laufe der Zeit offenbarte ich mich immer mehr. Wie jeder andere Mensch habe auch ich alte Wunden und einige davon wollen einfach nicht verheilen … es war viel Hass dabei.«

»Hass auf wen oder was?«

»Toni Kurz.« Nadine wischte eine Träne weg. »Es war auf einer Fortbildung in Regensburg. Dort hat er mich erst missbraucht und anschließend gedroht, meine Karriere zu beenden, wenn ich etwas sage. Als ich dann hierher versetzt wurde und ihm fast täglich gegenübersaß, wurde es unerträglich. Hubert bot mir an, den Mann zu bestrafen, und ich stimmte zu. Dass er auch Tonis Tochter umbringt, wollte ich wirklich nicht. Aber irgendwie konnte ich zu dem Zeitpunkt nicht mehr zurück.«

»Warum Björn Haas?«

»Einfach nur, um den Verdacht von mir abzulenken. Ich war mir nicht sicher, ob dieses Arschloch vielleicht mit meiner Vergewaltigung geprahlt hat, wie er es ja beim Stammtisch mit seiner Frau gemacht hat. Falls jemand davon wusste, hätte ich ein klares Motiv gehabt. Also haben wir Björn Haas ausgewählt und etwas von Sünde gefaselt, um es wie den durchgeknallten Rachefeldzug eines religiösen Irren aussehen zu lassen.«

Ruben nickte und sagte anerkennend: »Das ist Ihnen und Herrn Unruh wirklich gelungen. Auch meine Gedanken gingen eine Zeit lang nur in diese Richtung.«

Durch das Lob fiel Nadine für einen Augenblick aus ihrer leidenden Rolle. »Um diesen Björn war es ja auch nicht schade, bei alldem, was der dieser ehemaligen Kindergärtnerin angetan hat, und Hubert hat das wirklich gut gemacht. Dafür zu sorgen, dass sie es ist, die ihn anzündet, war schon irgendwie genial.«

Eva und Ruben tauschten einen Blick, sagten aber nichts dazu.

Nadine bemerkte ihren Fehler, doch es war zu spät. Sie presste die Lippen zusammen, scheinbar entschlossen, sich keine Blöße mehr zu geben.

Eva sagte beinahe sanft: »Und Ihre Großmutter hatte es ja auch verdient, bei der Nazivergangenheit.«

Die Polizistin stieß ein freudloses Lachen aus, blieb aber stumm. Ruben schüttelte den Kopf. »Darum ging es nicht, oder? Ich meine, das mit den alten Sünden aus der Nazizeit passt gut ins Konzept, doch da ist noch was anderes.«

Nadine Leitner funkelte ihn wütend an. »Sie war eine garstige, geizige alte Kuh!« Die junge Frau war aufgesprungen, blieb aber auf ihrer Seite des Tisches. »Meine eigene Großmutter hat mich aus dem Testament gestrichen«, brüllte sie wütend. »Diese blöde Kuh könnte noch leben, aber nein, sie wollte ja unbedingt eine dieser rechten Parteien mit ihrem geklauten Nazischmuck unterstützen. Alles, was ich wollte, war ein Teil davon, um mit Hubert irgendwo neu anzufangen …«

Die beiden Kommissare warteten, bis sich Nadine Leitner wieder gesetzt und beruhigt hatte. Ruben dachte nach. »Aber Sie waren es, die mich überhaupt erst auf Hubert Unruh hingewiesen hat. Und der Schuss auf ihn war keine Notwehr. Sie wollten ihn töten, oder?«

Sie schüttelte den Kopf. »Nein, wollte ich nicht. Ich hoffte, das würde das SEK oder Eva erledigen.«

Eva runzelte verwirrt die Stirn. »Aber warum? Warum musste Hubert Unruh sterben? Du hattest doch alles, was du wolltest?«

Die Polizistin sah ihre Vorgesetzte wütend an. »Nein, hatte ich nicht. Ich wollte das Geld meiner Oma und Hubert als Mann. Dass er bei Bedarf mordete, hätte ich noch hingenommen. Aber dann habe ich rausgefunden, dass er Frauen quälen muss, um Befriedigung zu finden … Das ging selbst mir zu weit. Und dann hat er diese Schlampe entführt, ohne es mit mir abzusprechen. So oder so, er musste sterben, daran führte kein Weg vorbei.«

Eva schluckte. »Und warum ausgerechnet meine Freundin Lisa?«

Nadine zuckte mit den Schultern: »Zufall. Hubert und ich haben dich und diese Lisa einmal auf der Straße gesehen. Er fragte mich, wer sie sei, und ich bemerkte, dass er sich augenblicklich veränderte. Sie schien mit ihrer offenen Art irgendetwas in ihm auszulösen. Als sie entführt wurde, war mir sofort klar, dass er dahintersteckte. Hubert hat sich nach seiner Entlassung in dem verlassenen Bauernhaus eingerichtet, wir wollten ja nicht mehr lange hierbleiben. Ich wusste gleich, wo er deine Freundin gefangen hielt.«

51

Ruben betrat, wie verabredet, um Punkt zwölf Uhr Evas Büro. Sie hob den Blick, stutzte und grinste schwach. »Sind dir die sauberen Klamotten ausgegangen?« Das Bild, das der Hauptkommissar abgab, erinnerte sie an das erste Treffen mit ihm. Damals wie heute sah er wie ein verunglückter Papagei aus und damals wie heute schien ihn das nicht sonderlich zu interessieren.

Ruben blickte an sich herunter: »Was stimmt daran nicht? Wenn wir mit dem Papierkram durch sind, habe ich zwei freie Tage. Draußen ist es herrlich warm, was spricht also gegen eine kurze Hose und dieses Hemd?«

»So ziemlich alles«, murmelte die Kommissarin. Lauter erklärte sie: »Die Farben, es sind die Farben. Man kann zu einer blauen Hose einfach kein grünes Hemd anziehen. Und diese Socken sind viel zu hoch für deine Schuhe. Es wird wirklich Zeit, dass du wieder in die Obhut deiner Frau kommst.«

»Dann lass uns anfangen. Je früher wir fertig werden, umso eher kann mich meine Frau neu einkleiden.«

»Nein!«

Ruben zuckte zusammen. »Was heißt nein?«

»Ohne ein letztes Abendessen lasse ich dich hier nicht weg. Morgen früh fährt ein Kollege nach Bamberg zu einem Lehrgang in deiner Polizeischule, der kann dich mitnehmen.«

»Aber …«

»Hör zu, Ruben, ich habe seit Tagen nonstop gearbeitet, zwei Irre haben mehrere Menschen in meiner Gemeinde ermordet, darunter auch meine beste Freundin. Die Freundschaft mit dir ist das einzige Gute, das bei dieser ganzen beschissenen Sache herauskam. Wenn wir hier fertig sind, gehen wir in deine Pension und ich suche dir ein paar passende Klamotten raus. Und dann lade ich dich zu einem richtig guten Italiener ein, der einen hervorragenden Valpolicella hat.«

Ruben schrieb seiner Frau eine kurze Nachricht mit dem Versprechen, später noch anzurufen, danach begannen sie mit der lästigen Schreibarbeit.

Eine Stunde später klopfte es. Schober trat ein und schien von Rubens Aufzug genauso irritiert wie seine Kollegin. Erstaunlicherweise sagte er aber nichts dazu, legte eine Mappe vor Eva auf den Tisch und erklärte: »Das sind meine vorläufigen Abschlussberichte. Einige Untersuchungen dauern noch an, aber der Staatsanwalt hat erst einmal genug zu tun.«

Ruben schlug die Mappe auf, blätterte sie kurz durch und runzelte die Stirn. »Diese Kinderleiche … wissen wir inzwischen, wann sie in dem Geröllfeld abgelegt wurde?«

Schober nahm die Mappe, zog ein Blatt heraus und las: »Das Verwesungsstadium ergab im Abgleich mit den Wetterdaten einen ungefähren Todeszeitpunkt von Ende April bis Anfang Mai. Außerdem steht zweifelsfrei fest, dass der Junge durch einen Schlag auf den Kopf zu Tode kam. Als Tatwaffe kommt ein Felsbrocken infrage, da man Spuren davon in seinem Schädelinneren fand.«

»Also vermutlich ein Mord im Affekt. Ich nehme an, der Junge hat sich gewehrt, konnte vielleicht sogar aus dem Keller fliehen, und Janik ist einfach durchgedreht.«

»Gut möglich«, sagte Schober abfällig. »Diesen Pädophilen traue ich alles zu. Sagen Sie, brauchen Sie uns hier noch oder können wir unser Labor in der Sporthalle abbauen?«

»Sie können gehen«, antworteten beide Kommissare gleichzeitig. Ruben stand auf, streckte dem Mann, entgegen seiner Gewohnheiten, die Hand entgegen. »Passen Sie auf sich auf, Herr Kollege. Wir hatten doch alles in allem eine gute Zusammenarbeit und es ist nicht unwahrscheinlich, dass es mich auch einmal nach Regensburg verschlägt. Und dann wäre es doch schön, wenn Ihre Leber so weit entlastet ist, dass Sie sich nicht mehr über alles aufregen müssen.«

Nun schaffte sogar Schober ein Grinsen. »Ich habe mir gestern Abend sogar ein alkoholfreies Bier zum Schweinebraten bestellt.« Er hob die Hand zum Gruß und verschwand durch die Tür.

»Der Wein ist auf jeden Fall schon mal kein weißer Rotwein«, bemerkte Ruben trocken, nachdem er einen Schluck genommen hatte.

Eva stieß ein leises Glucksen aus.

Er lächelte ihr über die Kerzenflamme hinweg zu. »Schmeckt, um meine Tochter zu zitieren, megageil.«

Eva konnte nicht mehr länger an sich halten und tat das, was sie schon glaubte, verlernt zu haben. Sie lachte lange, laut und ohne Rücksicht auf die anderen Gäste der kleinen italienischen Gaststätte.

Später beim Essen fragte Ruben: »Und wie geht es bei dir weiter?«

»Was meinst du, beruflich oder privat?«

»Beides. Von deinem Privatleben weiß ich ja eigentlich nur, dass du dich getrennt hattest.«

»Kai«, dachte Eva laut und stellte fest, dass sie nach der Nacht zu dritt kaum noch an ihn gedacht hatte. Sie zuckte mit den Schultern. »Ich weiß es ehrlich gesagt nicht. Das mit meinem Ex ist vermutlich durch. Irgendwie erinnert er mich zu sehr an Lisa … und ich weiß, ich habe ihren Tod noch nicht verarbeitet und werde vermutlich noch eine lange Zeit dafür brauchen, aber im Moment will ich das Ganze einfach nur verdrängen. Irgendwann werde ich mich den Tatsachen stellen müssen … aber gerade bin ich froh, wenn ich einfach nur funktioniere und wieder ein bisschen Normalität in mein Leben bekomme. Und beruflich … nun, da hat sich ja nichts geändert.«

»Vielleicht ist es ein guter Zeitpunkt, in beiden Dingen einen anderen Weg einzuschlagen. Ich habe dich als Polizistin ganz gut kennengelernt und fände es schade, wenn du deine Fähigkeiten ungenutzt ließest, bis es wieder einen Psychopathen hierher verschlägt.«

Auch wenn sich Eva inzwischen an Rubens eigenartig distanzierte Art gewöhnt hatte, stießen ihr seine Worte sauer auf. »Woher kommt deine Art, selbst das schlimmste Verbrechen irgendwie nicht richtig ernst zu nehmen? Vor deinen Augen geschehen Mord und Totschlag, du siehst Leichen und redest aber darüber, als wäre es … ach, ich weiß auch nicht.«

Ruben zog eine Augenbraue hoch und legte das Besteck auf den Teller. »So ist es nicht. Ich nehme absolut jedes Verbrechen ernst und ich habe natürlich auch Mitgefühl für die Opfer und Angehörigen. Was ich allerdings anders empfinde, ist der Umstand, dass es überhaupt Verbrechen gibt. Viele sehen den Menschen losgelöst von der Natur und das ist er nicht. Wir sind Natur. Es ist völlig normal, dass wir nicht alle die gleichen Werte haben und manche von uns auch böse sind. Jeder Verbrecher ist auf anderen Ebenen auch ein normaler Mensch und jeder normale Mensch hat Anlagen in sich, die ihn zum Verbrecher werden lassen können. Ich ziehe keine Trennlinien und schreie nicht auf, wenn es ein Opfer gibt, denn das ist ein völlig natürlicher Vorgang. Nur dass sich die Menschen inzwischen für etwas Besseres halten und die kleinen Fehler im System der Natur nicht mehr akzeptieren wollen. Natürlich sollten wir alles tun, um Verbrechen zu vermeiden und die Taten aufzuklären. Wenn sie aber doch passieren, ist und bleibt es ein natürlicher Vorgang.«

Eva schüttelte den Kopf. »Vielleicht liegt es am Wein, aber das klingt zugleich falsch und richtig. Ich denke morgen noch einmal darüber nach. Jetzt lass uns nicht mehr von der Arbeit reden.«

»Mein Kollege holt dich hier morgen früh um acht Uhr ab.« Eva war vor dem Eingang zu der Pension stehen geblieben, zog ihre dünne Sommerjacke etwas enger und sah Ruben in die Augen. Traurig streckte sie ihm ihre Hand entgegen und sagte leise: »Das war es dann wohl. War trotz der Umstände schön, mit dir zusammenzuarbeiten.«

Ruben wirkte wie immer, wenn es um Zwischenmenschliches ging, ziemlich unbeholfen. Er wollte den Händedruck nur kurz erwidern, doch Eva ließ ihn einfach nicht los. Sie zog ihn an seiner Hand zu sich, schlang ihre Arme um ihn und gab ihm einen kleinen Kuss auf den Mund. Als sie spürte, dass er ihre Umarmung nicht erwiderte, löste sie sich wieder, trat einen Schritt zurück und stammelte eine Entschuldigung. Ruben lächelte. »Siehst du, jeder von uns kann zum Verbrecher werden.« Nun öffnete er seine Arme. »Na komm schon her.« Er umarmte sie freundschaftlich, sie verabschiedeten sich und er freute sich einfach nur noch darauf, seine Familie bald wiederzusehen.

52

Eine Woche später saß Seelsorger Krüger an demselben Küchentisch, an dem er sich schon so oft mit Paul Janik unterhalten hatte. Die Gemeinde hatte die Sozialwohnung auf sein Drängen hin erneut einem Ex-Häftling zur Verfügung gestellt. Oskar Burkel war ein unbeholfener Mann mit einem großen Schmerbauch und Krüger hatte ihn bereits während seiner Haft betreut. Während Burkel sich umständlich an der Kaffeemaschine zu schaffen machte, fragte Krüger scheinbar nebenbei: »Glauben Sie, dass die vielen Kinder im Haus ein Problem werden könnten?«

Oskar hielt inne und drehte sich erschrocken um. »Nein, nein, bitte, das dürfen Sie nicht denken. Ich habe schon begriffen, dass es nicht richtig ist, sich mit Kindern zu umgeben.«

Krüger hob beschwichtigend die Hände. »Alles gut, ich wollte Ihnen sicher nichts unterstellen. Meine Aufgabe ist es, Ihnen zu helfen. Ich bewerte weder Ihr Verhalten, noch werde ich irgendjemandem von dem erzählen, was hier drinnen gesprochen wird.«

Oskar hatte Krüger während seiner Zeit in der JVA gut kennengelernt und vertraute ihm. Er machte die beiden Tassen Kaffee fertig, setzte sich an den Tisch und erklärte: »Es ist hier draußen wirklich schwerer, als ich gedacht hätte. Im Knast hatte man Strukturen, Regeln und Freunde. Hier fehlt das alles und man beginnt, komische Gedanken zu bekommen.«

»Was für Gedanken?«

»Na ja«, druckste Oskar herum. »Eben wieder solche Gedanken. Ich bin wirklich froh, dass mich die Medikamente davon abhalten, wieder Mist zu machen.«

»Aber die Mittel helfen nicht gegen die Einsamkeit«, sagte Krüger. »Ich habe schon einige Männer betreut, die sich zu Kindern hingezogen fühlen, und weiß, wie schwer das alles ist. Die Erwachsenen hassen und ignorieren Sie und der Kontakt zu Kindern ist Ihnen verboten.«

Oskar nickte nachdenklich. »Ja, ich weiß auch nicht, wie das alles weitergehen soll.«

Krüger legte seine Hände um die Tasse. »Ihr Vorgänger hat es nicht geschafft und ich möchte Sie nicht auch verlieren.«

»Wie?«

»Pulsadern.«

»Scheiße.« Oskar starrte einige Augenblicke auf die Wand und fragte schließlich verzweifelt: »Aber was kann ich tun? Diese bescheuerte Psychotherapie hilft mir nicht, der Typ redet mehr über sich als über meine Probleme.«

Krüger holte Luft, sah dem Mann eindringlich in die Augen und begann: »Man könnte … na ja, Sie könnten … nein, das können wir nicht machen …«

Oskar riss die Augen auf und legte seine Hand auf die des Seelsorgers. »Was? Was meinen Sie?«

»Ach nichts, vergessen Sie es.«

»Nein, bitte …«

Krüger zog seine Hand weg und wiegte den Kopf einige Male hin und her. »Nun, ich hatte wie gesagt schon öfter mit Männern wie Ihnen zu tun und bei einigen hat es funktioniert und geholfen.«

»Was? Nun reden Sie doch endlich.«

»Sie dürfen aber niemandem sagen, dass ich diesen Vorschlag gemacht habe«, mahnte Krüger.

»Niemandem«, versprach Oskar und schüttelte dabei den Kopf so heftig, dass seine schlaffen Wangen zitterten.

»Freundschaften.«

»Hä?«

»Freundschaften mit Kindern. Geheim und ohne sexuellen Kontakt. Am besten mit Kindern, die wenig betreut oder sogar vernachlässigt werden.«

Oskar zündete sich eine Zigarette an und inhalierte hastig. »Sie meinen, ich soll mir ein Kind als Freund suchen? Ernsthaft?«

Krüger machte mit den Armen eine weite Geste. »Warum denn nicht? Sexuell können Sie durch die Medikamente nichts mehr anstellen, und wenn Sie sich benehmen, könnte das sogar dem Kind guttun.«

»Und wie soll das gehen?«

»Kennen Sie den kleinen Linus, der zwei Stockwerke unter Ihnen wohnt?«

Oskar bekam einen verträumten Gesichtsausdruck und nickte.

Krügers Hände begannen, mit der Kaffeetasse zu spielen. »Linus' Eltern sind tot und seine Verwandten kümmern sich kaum um ihn. Sprechen Sie ihn an. Machen Sie Spaziergänge mit ihm … Sie wissen doch besser als ich, wie man ein Kind für sich gewinnt. Genießen Sie einfach seine Gesellschaft … natürlich ohne Sex und Gewalt. Wenn Sie sich unter Kontrolle haben, kann es für Sie beide eine schöne Erfahrung werden und niemand kommt zu Schaden. Und wenn Sie doch einmal in Versuchung geraten, können Sie mich jederzeit anrufen.«

Oskar dachte kurz darüber nach. »Doch, ja, das klingt gut und ich mache auch bestimmt nichts Schlimmes.«

Krüger erhob sich: »Prima! Also versuchen wir es. Aber Sie müssen mir versprechen, dass Sie den Kontakt sofort abbrechen, wenn die Versuchung lockt.« Nun deutete er auf die Badezimmertür und fragte: »Dürfte ich noch kurz …?«

»Aber ja, kein Problem.«

»Danke.« Krüger betrat die Toilette, schloss hinter sich ab und begann, sich umzusehen. Selbst Janiks alter Wäschekorb stand noch da, wo er immer gestanden hatte. Krüger nahm ihn, schüttete Oskars Schmutzwäsche auf den Boden und suchte nach benutzten Unterhosen. In der zweiten wurde er fündig, zog ein frisches Taschentuch heraus und zupfte die Schamhaare vom Stoff. Anschließend bediente er die Toilettenspülung, gab Oskar seine private Handynummer und verabschiedete sich.

Zurück im Auto verstaute er das Taschentuch in einem neuen Gefrierbeutel, wobei er peinlich genau darauf achtete, dass es nicht mit seiner eigenen DNA verunreinigt wurde. Der erste Teil war geschafft, jetzt hieß es einfach nur warten. Er startete den Wagen, fuhr zu einem Waldparkplatz, stieg den Berg hinauf und setzte sich in die warme Abendsonne.

Wie gerne würde er einmal abschalten, nur für wenige Augenblicke einfach an nichts denken. Nicht an die vielen Opfer, nicht an die vielen Täter und nicht an die Ausreden, die sie für ihr Verhalten parat hatten. Es war einfach genug. Seit Jahren saß er ihnen gegenüber, hörte sich ihre verlogenen Geschichten und ihr Gejammer an und musste zusehen, wie man sie wider besseres Wissen wieder auf die Menschen losließ.

Die Beschreibungen ihrer Taten hatten sich in sein Gehirn gebrannt. Doch noch schlimmer als die Häftlinge waren diejenigen, die ungestraft davonkamen. Krüger konnte sich noch gut an das erste Gespräch mit der Frau dieses Polizisten Toni Kurz erinnern. Es begann im Beichtstuhl. Sie bat ihn um ein längeres Gespräch und sie redeten im Keller der Kirche weiter.

Dort, in der absoluten Stille der Gewölbe, erzählte sie ihm alles … die ganze ungeschminkte Geschichte. Wie Toni sie damals nach diesem Fest rücksichtslos in den Wald gezerrt hatte. Wie er sich über Stunden an ihr verging. Sie erzählte davon, wie ihre Eltern sie zur Hochzeit zwangen und sie damit zu seinem Eigentum machten. Nach der Geburt ihrer Tochter ging es weiter. Er schüchterte sie ein, hielt sie wie eine Leibeigene und drohte ihr, sie langsam irgendwo verrecken zu lassen, falls sie den Mund aufmachen sollte.

Von ihrer Tochter hatte sie keine Hilfe zu erwarten. Maria begriff sehr schnell, was gut für sie war, und eiferte schon mit zwölf Jahren ihrem Vater nach. Einmal, so erzählte Ute, nur ein einziges Mal hatte sie versucht, ihren Mann anzuzeigen und sich gegen ihre Tochter aufzulehnen.

Es endete beinahe in einer Katastrophe. Als Polizist hatte Toni Kurz die Möglichkeit, die Dinge anders darzustellen. Er vertuschte die Prügel gegen seine Frau und behauptete, sie sei bei einem Einbruch in sein Haus zusammengeschlagen worden.

Es waren viele solcher Geschichten, die er als Seelsorger gehört hatte. Irgendwann hatte er beschlossen, die Welt selbst besser zu machen. Nadine hatte ihn darin bestärkt und ihm bei der Suche nach den richtigen Opfern geholfen. Jetzt, da sie im Gefängnis war, war er wieder auf sich allein gestellt.

Dieser Wahnsinn musste aufhören. Er würde sich persönlich um dieses Dreckstück Oskar kümmern. Nur auf den kleinen Linus musste er dieses Mal besser aufpassen, sein Lockvogel sollte schließlich nicht wieder tot in einem Geröllfeld enden.

53

Eigentlich hätte Ruben das tun sollen, was er immer tat, wenn seine Hilfe gerade nicht benötigt wurde. Trotzdem hatte er den Berg an alten Fällen in den letzten Tagen immer wieder ignoriert, denn auf dem Papier war die Sache in Velburg zwar abgeschlossen, in seinem Kopf jedoch nicht.

Die nahe Kirchenglocke schlug einmal und unterbrach seine nächtlichen Grübeleien. Er stieg leise aus dem Bett, betrachtete Pias hübsches und friedliches Gesicht, schloss die Tür und ging in die Küche. Dort streifte sein Blick ein Kinderfoto von Elisa. Sie musste auf dem Bild ungefähr so alt sein wie der tote Junge, den sie in dem Geröllfeld gefunden hatten.

Er machte sich eine Tasse Tee und nahm den Block, auf dem Pia sonst die Einkäufe notierte. Nachdenklich rieb er sich die Stirn und schrieb alle Namen der an dem Fall beteiligten Personen darauf. Anschließend verband er alle, die in irgendeiner Verbindung zueinander standen, mit Linien. Es war nicht das erste Mal, dass er versuchte, eine Struktur in die Beziehungen zu bringen, und auch diesmal kam er wieder zu demselben

Schluss. Fast alle Linien kreuzten sich mit dem Seelsorger und der eigentliche Täter, Hubert Unruh, war außen vor. Sogar das einzige mit Sicherheit von ihm getötete Opfer Lisa Vogt stand in keinem offensichtlichen Zusammenhang mit ihm.

Blieb nur die Polizistin Nadine Leitner, die scheinbar als Einzige in Kontakt mit Hubert Unruh stand und ihn bei der Vernehmung schwer belastet hatte. Allerdings war es auch keine Kunst, einem Toten alles Mögliche anzudichten. Ihre Kontakte zu ihm ins Gefängnis hatten sie überprüft und sie hatten sich als wahr erwiesen, doch alles, was im Anschluss außerhalb passiert war, konnte man nicht nachvollziehen. Hinzu kam, dass dieser Hubert Unruh unter anderen Umständen überhaupt nicht in das Täterprofil gepasst hätte. Bei all seinen zahlreichen Vorstrafen ging es ausnahmslos um Gewalt gegen Frauen und auch der Gefängnispsychologe hatte nie andere Neigungen dokumentiert.

Als Ruben das Geräusch nackter Füße auf den Steinfliesen hörte, drehte er sich um. Elisa stand im Türrahmen und sah ertappt aus. Mit einem unschuldigen Blick sagte sie: »Ich konnte einfach nicht aufhören, an Muttis Schoko-Muffins zu denken.«

»Nachts um eins?«

Sie nickte und klimperte mit den Wimpern. Dann wurde sie ernster und fragte: »Und was machst du hier mitten in der Nacht? Ein neuer Fall für Sherlock Holmes?«

Ruben schüttelte den Kopf: »Nein, immer noch dieses Velburg. Irgendetwas passt da nicht zusammen.«

Elisa ging zum Kühlschrank und fragte zuckersüß: »Darf ich?«

Aus Rubens Versuch, streng auszusehen, wurde ein Schmunzeln. »Aber mach Sahne drauf, sonst kannst du nachher wieder nicht schlafen, weil du an die Sahne denken musst.« Er sah dabei zu, wie gleich zwei Muffins auf einem Teller landeten und ein Herz aus Sahne darum gesprüht wurde. Anschließend kam Elisa zu ihm an den Tisch, biss von dem einen ab und deutete auf den anderen. »Du solltest auch einen essen, das hilft beim Denken.«

Während sie beide kauend dasaßen, betrachtete Elisa die Skizze ihres Vaters, runzelte die Stirn und fragte: »Warum gibt es zwischen denen keine Linie?« Sie deutete auf die Namen von Seelsorger Krüger und Nadine Leitner.

Ruben sah sie mit großen Augen an. »Ja, warum eigentlich nicht? Verdammte Sch…, da könnte dein alter Herr tatsächlich einen Fehler gemacht haben.« Er tunkte den Rest seines Muffins in die verbliebene Sahne, stopfte ihn in den Mund und ging in den Flur, um sein Handy zu holen. »Tu mir einen Gefallen, Schatz«, sagte er zu Elisa. »Nimm den Teller mit in dein Zimmer. Das hier könnte wichtig sein.« Er gab ihr einen Kuss auf die Wange, wartete, bis sie die Küchentür von außen geschlossen hatte, und drückte auf den grünen Telefonhörer.

Es dauerte ganze zehn Freitöne, bis die Kommissarin abhob. »Eva Lange«, sagte sie verschlafen. Ruben begann ohne jede Erklärung: »Wir müssen Krügers Alibis noch einmal überprüfen.«

»Mitten in der Nacht?«

»Ja«, bestätigte Ruben und fügte hinzu: »Und wir müssen es selbst machen. Ich habe vielleicht einen Fehler gemacht.«

»Welchen?«, fragte Eva wenig motiviert.

»Beim ersten Mal hatte ich ausgerechnet Nadine Leitner mit der Überprüfung seiner Alibis beauftragt. Aber die kann mir auch sonst was erzählt haben.«

»Und wie kommst du jetzt darauf?«

»Ich sitze an meinem Küchentisch und habe mit meiner Tochter einen Muffin gegessen …«

»Geht's dir gut?«, fragte Eva dazwischen. »Es ist ein Uhr nachts und deine Tochter ist wie alt?«

»Vierzehn, aber das tut nichts zur Sache. Krüger hatte zu jedem in dem Fall auf die eine oder andere Weise Kontakt, nur ausgerechnet zu Nadine Leitner nicht. Und dass sie ihn bei dem Verhör so ausdrücklich außen vor gelassen hat, passt auch nicht ins Bild. Wenn man einer Straftat beschuldigt wird, versucht man doch, sich selbst zu entlasten … Und außerdem, wir konnten ihr ja zu dem Zeitpunkt noch gar nichts nachweisen. Ich war mir zwar ziemlich sicher, dass sie was mit der Sache zu tun hatte, aber seien wir mal ehrlich, einen handfesten Beweis hatte ich nicht. Warum hat sie nicht alles abgestritten und Krüger beschuldigt?« Ruben hörte, wie Eva ein leises Stöhnen von sich gab. Eine Matratze knarrte. »Bist du noch dran?«

»Ja«, sagte sie flüsternd. »Du bist wirklich der nervigste Kollege, den ich kenne.«

»Der engagierteste«, korrigierte er sie und erkundigte sich scheinbar beiläufig: »Bist du alleine?« Er hörte, wie eine Tür geschlossen wurde, und nun antwortete Eva etwas lauter: »Nein, Kai ist hier. Wir haben über Lisas Tod geredet und dabei etwas zu viel getrunken. Und nein, Kai liegt nicht in meinem Bett, sondern auf dem Sofa.«

Ruben räusperte sich und brummte: »Geht mich ja auch nichts an.«

Das Rauschen einer Toilettenspülung ertönte, was ein Bild in seinem Kopf erzeugte, das ihn grinsen ließ. »Kannst du später herkommen und wir machen das zusammen?«, fragte sie.

Ruben warf einen Blick auf den Wandkalender. Elisa hatte morgen eine Aufführung mit ihrer Schultheatergruppe. Er atmete durch und erwiderte: »Das geht. Wenn kein Stau ist, bin ich so um neun bei dir in Parsberg. Und wie gesagt, halte dich bedeckt. Sag am besten niemandem, dass wir wieder in diese Richtung ermitteln.«

»Alles klar«, antwortete Eva müde, gähnte und legte auf.

Ruben warf noch einen Blick in Elisas Zimmer, wo seine Tochter mit dem Gesicht neben dem Muffinteller eingeschlafen war. Danach legte er sich ebenfalls wieder ins Bett, stellte fest, dass sich sein Bauchgefühl etwas beruhigt hatte, und schlief nur eine Minute später ein.

54

Am nächsten Morgen fühlte Ruben sich ungeduldig und rastlos und fuhr bereits um sieben Uhr los. Vielleicht auch, um schon weg zu sein, bevor Pia einen Blick auf den Kalender warf. Elisas Theateraufführungen waren heilig und sie persönlich abzusagen wäre ihm schwergefallen.

Im Auto verzichtete er wie immer auf jede Ablenkung durch Musik und dachte stattdessen über die Fakten nach. Sorgfältig ging er sämtliche Begegnungen durch, die er während der Ermittlungen mit Krüger gehabt hatte. *Da war die Sache mit dem kleinen Wappen an dem Stuhl im Kirchenkeller, das er angeblich sofort erkannt hat. Einige eher zufällige Begegnungen und …* Ruben hatte den Vorfall fast vergessen … *die Situation, als Eva beinahe die alte Frau Baumann überfahren hat.* Nachdem sie die alte Frau beruhigt hatten, war Krüger auf der anderen Straßenseite erschienen.

Ruben, der nur zu impulsiven Regungen neigte, wenn er allein war, haute mit der Hand auf sein Lenkrad und schrie: »Ich bin so ein Depp!« Krüger war nicht zufällig hinter Frau Baumann hergelaufen, er hatte sie ausspioniert. Da sah man mal wieder, wie schädlich Schubladendenken war, dachte Ruben. Er war schon früh davon ausgegangen, dass es zwei Täter gab, aber er hatte einfach nicht die Möglichkeit in Betracht gezogen, dass es auch drei sein könnten.

Als ein Straßenschild auf die Ausfahrt Velburg hinwies, war es erst kurz vor acht, also blieb genug Zeit für einen kleinen Umweg. Er setzte den Blinker, fuhr von der Autobahn und parkte seinen Wagen genau dort, wo die alte Frau über die Straße gegangen war. Anschließend stieg er aus und versuchte, sich zu orientieren.

Frau Baumann war damals von der Seite mit der Bäckerei gekommen und hatte die Straße von links nach rechts überquert. Nach dem Beinahe-Unfall war sie der Hauptstraße den Berg hinunter gefolgt und Eva und er hatten sich wieder ins Auto gesetzt. Krüger war aus derselben Richtung gekommen wie Frau Baumann, und soweit Ruben sich erinnern konnte, war er nach ihrem Gespräch ebenfalls in die gleiche Richtung weitergegangen.

Ruben verschloss den Wagen, wandte sich bergab und ging langsam los. Er wusste selbst nicht genau, warum er es tat. Was hatte es schon zu sagen, dass der Seelsorger ein Stück hinter der alten Frau Baumann hergegangen war? Er würde den Beweis für Krügers Schuld wohl kaum auf offener Straße finden. Doch das verwirrende Gesamtbild dieses Falles hatte sie alle so in Beschlag genommen und geblendet, dass es ihm jetzt wichtig schien, auf die Details zu achten, auf das scheinbar Unwichtige.

Nach dem schönen Ortskern gab es nicht mehr viel zu entdecken. Sein Weg führte ihn an dem eindrucksvollen Rathaus vorbei, immer weiter bergab. Nach einigen gut erhaltenen Häusern öffnete sich die Straße und knickte schließlich an einer Friedhofsmauer ab.

Soweit Ruben wusste, war die alte Frau Baumann Witwe, also war es durchaus plausibel, dass der Friedhof ihr Ziel gewesen war. Er suchte den Eingang, trat durch das geschmiedete

Tor und fühlte sich sofort wohl. Ein Friedhof war der einzige von Menschen geschaffene Ort, an dem Ruben zur Ruhe kommen konnte, sonst gelang ihm das nur auf großen Wiesen und in dunklen Wäldern. Hier gab es keine Ablenkung, keinen Lärm und niemand sprach einen an. Hier konnte man ganz für sich sein und seine Gedanken und Gefühle sortieren.

Er sah sich um und stellte verwundert fest, dass offenbar nicht einmal mehr die alten Leute morgens zu den Gräbern ihrer Liebsten gingen. Der Hauptweg führte ihn bis in die Mitte des Friedhofs, wo Ruben stehen blieb und sich einmal im Kreis drehte.

»Kann ich dir helfen?«

Ruben hielt inne, sah in die Richtung, aus der die Stimme gekommen war. Er konnte den jungen Mann mit der Tarnjacke und dem Laubrechen kaum von den Büschen, vor denen er stand, unterscheiden. Er hob grüßend die Hand und bahnte sich einen Weg an den Gräbern vorbei, bis er vor dem seltsam grinsenden Mann stand, dessen Gesicht durch eine Hasenscharte ziemlich entstellt war.

Ruben sah keinen Grund, sich als Polizist auszuweisen. Offen und freundlich erwiderte er das breite Grinsen. »Ja, können Sie.«

»Was brauchst du?«, fragte der junge Mann. »Wir haben heute nur alte Leichen im Angebot. Keine frische Ware in Sicht, aber das kann sich hier schnell ändern.«

Ruben war sich nicht ganz sicher, ob sein Gegenüber schlau oder dumm war oder sogar eine leichte geistige Einschränkung hatte, aber der Humor gefiel ihm. »Das ist gut, denn ich suche eine alte Leiche, genauer gesagt, das Grab eines Herrn Baumann.«

Ruben bemerkte das kurze Zucken im Gesicht des Mannes. Er musste offenbar nicht lange überlegen. »Da drüben liegt er … und seit Kurzem leistet ihm auch seine Frau Gesellschaft.

Kanntest du die beiden, sind es Verwandte von dir? Bei der Beerdigung von Erna warst du jedenfalls nicht da.«

Ruben blieb stehen: »Erna? Kannten Sie die Frau näher?«

Der junge Mann schüttelte den Kopf. Sein Gesicht zeigte so etwas wie Traurigkeit. »Sie war eine gute Frau und sie hat mich nicht wie die anderen verurteilt. Mit ihr konnte ich auch einmal einen Spaß machen … so wie mit dir gerade.« Nach einem Augenblick des Schweigens fügte er hinzu: »Nur mein letzter Spaß war nicht gut, da habe ich sie zu sehr erschreckt.«

Ruben wusste, dass der indirekte Weg manchmal früher zum Ziel führte. Außerdem war ihm nicht entgangen, dass der Mann seinen letzten Satz bereute, also fragte er zunächst ablenkend: »Sind Sie für das alles hier verantwortlich? Ist ja top gepflegt.«

Nun hellte sich die Mimik des jungen Mannes auf: »Ja, ich ganz alleine, und dabei bekomme ich nur einen Euro in der Stunde. Aber der Pfarrer ist gut zu mir … und natürlich Menschen wie Erna.«

»Pfarrer Ulmann?«, schlug Ruben einen Fantasienamen vor.

»Nee … Pfarrer Krüger. Der hat auch so einen Humor wie ich.«

»Hat der auch Späße mit Erna gemacht?«

»Ja … nein … ach, ist doch egal.«

Ruben spürte, dass er nah dran war, und versuchte es mit einer Notlüge. Er legte dem Mann die Hand auf die Schulter und erklärte beinahe feierlich: »Ich bin auch ein Mann Gottes und Sie können mir ruhig sagen, was passiert ist. Egal wo eine Beichte stattfindet, sie bleibt unser Geheimnis.«

»Auch wenn ich etwas Verbotenes gemacht habe?«

Ruben nickte. »Auch dann, das ist gar kein Problem.«

»Na ja, weil Erna kurz danach gestorben ist, bedrückt es mich ja schon etwas«, gab der junge Mann zu und blickte sich scheu um. Der Friedhof war immer noch leer und still. Er schien sich einen Ruck zu geben und sagte schnell: »Er hat mir hundert Euro gegeben, damit ich sie zu Hause erschrecke … aber bitte, bitte … ich habe auf die Bibel geschworen, dass ich es keinem sage.«

Ruben schenkte ihm ein sanftes Lächeln. »Versprochen ist versprochen. Aber mich interessiert natürlich schon, wie Sie das geschafft haben. Haben Sie Erna zu Hause besucht und ihr einen Streich gespielt?« Sein Gegenüber schluckte. »Besucht schon, aber heimlich. Der Herr Pfarrer Krüger sagte mir, wo sie ihren Ersatzschlüssel versteckt hat. Mit dem bin ich nachts rein, habe mich neben ihr Bett gestellt, und als sie aufwachte, sollte ich etwas sagen.«

»Ein Gedicht?«

»So ähnlich. Irgendetwas von den Juden und dieser Hitlerpolizei.«

»Der Gestapo?«

»Ja, genau.«

Ruben dachte einen Augenblick darüber nach, deutete auf den Grabstein und sagte: »Der ist aber schön sauber.« Daraufhin begann der Gärtner, ein wenig unsicher zu lachen. »Das ist ja witzig, genau dasselbe habe ich Erna auch gesagt. Sie wollte kurz vor meinem Streich, dass ich das Moos auf dem Stein wegmache, und ich habe gesagt, dass das der Steinmetz macht, wenn er ihren Namen einschlägt.«

Ruben mochte den Mann. Er lachte erst mit und fragte dann, aber streng: »Aber Sie haben ihr doch hoffentlich nichts angetan?«

»Nein, um Gottes willen. Da war nur dieser böse Streich, sonst nichts.«

»Na gut.« Ruben glaubte ihm. Er verabschiedete sich und ging zurück zu seinem Auto.

In dem kleinen Polizeirevier herrschte reger Betrieb, doch von Eva fehlte jede Spur, obwohl es bereits kurz nach neun war. Ruben erinnerte sich an das nächtliche Telefongespräch mit ihr und daran, dass sie eindeutig nicht nüchtern gewesen war. Er beschloss, ihr noch ein wenig Zeit zu geben, setzte sich in den Pausenraum, dessen Wände inzwischen wieder frei von seinen Notizen waren, und wartete.

Kurz vor zehn zog er sein Handy heraus, versuchte, Pias Nachricht bezüglich der verpassten Theateraufführung zu ignorieren, und wählte Evas Festnetznummer. Nach dem dritten Freizeichen wurde das Gespräch angenommen und eine tiefe Männerstimme meldete sich: »Eva Lange, Kai am Apparat.«

»Äh, ja«, begann Ruben irritiert, sammelte sich und bat: »Hallo, hier Hauptkommissar Hattinger, ich würde gerne mit Eva sprechen.«

»Eva?« Die Stimme des Mannes klang verwundert. »Die ist schon vor fast zwei Stunden aus dem Haus.«

»Wissen Sie, wohin sie wollte?«

»Direkt ins Büro, hat sie gesagt.«

Ruben bedankte sich, stand auf und ging hinunter in den öffentlichen Bereich. Dort wandte er sich an einen der diensthabenden Beamten. »Wissen Sie, wo Ihre Chefin ist? War sie heute Morgen schon mal hier?«

Der Mann dachte kurz nach und entschuldigte sich, um seine Kollegin zu fragen. Kurz darauf kam er zu Ruben zurück und erklärte mit einem Achselzucken: »Die Chefin war heute Morgen kurz hier und hat sich nach Seelsorger Krüger erkundigt. Anschließend hat meine Kollegin mitbekommen, dass sie sich am Telefon mit jemandem gestritten hat. Danach kam sie herunter, sagte, dass sie bis neun wieder zurück sei, und ist gegangen. Sie hat sich ziemlich wütend angehört.«

»Und mit wem hat sie telefoniert?«

»Keine Ahnung.«

In Ruben entwickelte sich eine böse Ahnung. »Habt ihr hier eine zentrale Telefonanlage?«

Der Mann nickte. »Klar, wird alles über eine Software gesteuert.«

»Gut, dann brauche ich einen Computer und Zugang zu dieser Software.«

Manchmal verbargen sich die Dinge hinter ihrer Offensichtlichkeit. Die gespeicherten Verbindungsdaten des gesamten Präsidiums waren das, was Ruben eine Offenbarung nannte. Seine Recherche ergab, dass Eva am heutigen Morgen mit Krüger telefoniert hatte. Und darüber hinaus zeigten die Telefonprotokolle aus dem Büro des Seelsorgers, dass dieser in den letzten Tagen mit einem Mann namens Oskar Burkel in Kontakt gestanden hatte.

Ruben war sich ziemlich sicher, dass er noch weitere interessante Kontakte in Krügers Liste finden würde, vielleicht sogar welche, die seine Alibis für die Taten infrage stellten, trotzdem verzichtete er vorerst darauf, weiterzusuchen. Im Moment ging es nur darum, Eva und Krüger zu finden. Er sicherte alle Daten, öffnete die Polizeiakten und gab den Namen Oskar Burkel in das Suchfeld ein.

Kurz darauf lehnte er sich zurück. Es war das gleiche Schema wie bei Paul Janik. Wieder ein Pädophiler, wieder ein Mann mit einer desaströsen Psyche und wieder jemand, den man leicht manipulieren konnte. Er druckte die aktuelle Adresse des Mannes aus und eilte nach draußen.

55

Rubens Ehrgeiz schien auf sie abgefärbt zu haben. Eva war trotz ihrer Kopfschmerzen schon um sieben unter die Dusche gestiegen und hatte sich angezogen. Dem verschlafenen Kai hatte sie bereitwillig gestattet, noch in ihrer Wohnung zu bleiben. Anschließend war sie ins Präsidium gefahren, hatte zum Telefon gegriffen und Krügers Privatnummer angerufen.

Der Seelsorger war zunächst freundlich wie immer, wurde aber lauter, als sie ihn bat, noch einmal zum Verhör zu kommen. Da Eva den Mann in Sicherheit wiegen wollte, erklärte sie ihm, dass es nur darum ging, einige Details der Morde abzuklären, die sie noch für ihren Bericht benötigte. Sie verabredeten einen Termin am Nachmittag und beendeten das Gespräch.

Eva lehnte sich in ihrem Bürostuhl zurück und wartete sehnsüchtig auf die Wirkung der Schmerztablette. Ruben wollte um neun Uhr hier sein und sie glaubte zu wissen, dass er ihren Zustand nicht gutheißen würde.

Eine halbe Stunde später verfluchte sie die miese Qualität von Kais mitgebrachtem Wein und beschloss, ein wenig an die frische Luft zu gehen. Sauerstoff und ein guter Kaffee aus der Bäckerei hatten schon oft wahre Wunder vollbracht, warum also nicht auch heute?

»Sagten Sie am Telefon nicht gerade, Sie müssen zu einem Termin?«

Krüger hatte die Bäckerei kurz nach ihr betreten und sich ebenfalls einen Kaffee geholt. Er deutete auf den freien Stuhl, wartete ihr Nicken ab, setzte sich und erklärte: »Stimmt, aber der wurde gerade abgesagt.« Er neigte den Kopf etwas zur Seite und lächelte. »Sie sehen aus, als könnten Sie eine Kopfschmerztablette vertragen.«

Eva zog eine Augenbraue nach oben. »Sieht man mir das an?«

Er nickte. »Sie runzeln sonst nie die Stirn.« Er griff in seine Jackentasche, zog ein Päckchen Aspirin heraus und wollte es Eva über den Tisch reichen, wobei er ungeschickt gegen seinen Kaffeebecher stieß. Evas Versuch auszuweichen kam zu spät. Etwa die Hälfte der Flüssigkeit schwappte über den Tisch und traf auf ihre helle Hose.

Krüger sprang auf, holte eine Handvoll Servietten und drückte sie Eva in die Hand. Währenddessen entschuldigte er sich pausenlos und wiederholte mehrfach, was für ein ungeschickter Trottel er doch sei.

Schließlich pampte Eva ungeduldig: »Ist ja gut, kann passieren.« Sie stand auf und sagte mit Blick auf die Flecken: »Ich muss das ausspülen.«

Als sie von den Toiletten zurückkam, war der Tisch bereits abgewischt und Krüger hatte einen neuen Kaffee vor sich stehen.

Nach einer weiteren Entschuldigung fragte er: »Bleibt es bei dem Termin heute Nachmittag? Ich weiß zwar nicht, was ich Ihnen Neues erzählen könnte, helfe aber natürlich, wo ich kann.«

Eva deutete ein Nicken an, nahm einen großen Schluck aus ihrem Becher und antwortete vorsichtig: »Ja, der Termin steht. Es ist auch keine große Sache, aber wir müssen das in einem offiziellen Rahmen machen, sonst könnten Ihre Aussagen bei dem Prozess gegen Nadine Leitner vielleicht nicht anerkannt werden.«

»Dann steckte sie also tatsächlich mit diesem Gewaltverbrecher unter einer Decke?«, erkundigte sich Krüger scheinbar nebenbei.

»Darüber darf ich nichts sagen«, erwiderte Eva, wobei sie irritiert feststellte, dass sie lallte. Sie spürte kalten Schweiß auf der Stirn und einen Schwindel in ihrem Kopf.

»Geht es Ihnen gut?« Sie hörte die Frage wie aus weiter Ferne, spürte, wie sie von starken Armen in die Höhe gezogen und zum Ausgang der Bäckerei geführt wurde. Wie durch einen Nebel hörte sie, dass Krüger das Angebot der Verkäuferin, einen Krankenwagen zu rufen, ablehnte. »Es ist alles gut, Frau Lange hat nur ein paar Probleme mit dem Kreislauf, ich bringe sie zur Dienststelle.« Kurz danach roch sie den widerlichen Apfelgeruch eines Duftbaums, bevor ihr Bewusstsein in ein großes, stilles schwarzes Loch fiel.

Evas Weg zurück in die Realität dauerte eine gefühlte Ewigkeit. Zunächst erwachten ihre Gedanken aus ihrer Starre und schließlich auch ihre Gliedmaßen. Die Erinnerung war blass und schwammig. Einzelne Bilder tauchten im Nebel auf und verschwanden wieder. Hatte sie einen Schwächeanfall erlitten oder einen Unfall gehabt? Sie wusste noch, dass sie das Präsidium verlassen hatte, einen Spaziergang zu der Bäckerei gemacht und dort einen Kaffee gekauft hatte. Ein Mann … da war ein Mann an ihren Tisch gekommen … sein Becher war umgefallen … Flecken auf ihrer Kleidung … dann endeten die Bilder.

Eva atmete ein, roch die süßlich muffige Luft und erstarrte erneut. Sie kannte diesen Geruch, doch die Erinnerung daran wollte sich noch nicht einstellen. Es war nicht lange her, zum Greifen nahe und trotzdem unerreichbar. Sie versuchte, ihre Augen zu öffnen, musste aber feststellen, dass man sie ihr mit einer Stoffbinde verbunden hatte. Sie bewegte sich vorsichtig und ihr wurde bewusst, dass sie gefesselt war. Angst brach über sie herein und wirkte wie ein Messer, das ihre geistigen Fesseln zerschnitt. *Krüger war der Mann in der Bäckerei und diesen Geruch habe ich schon einmal gerochen, als wir Lisa gefunden haben. Ich bin in dem alten Bauernhaus.*

Eine Stimme unterbrach ihre Gedanken. Es war die des Seelsorgers und es klang, als würde er telefonieren. Eva versuchte, leiser zu atmen, und lauschte angestrengt. »Ja, Herr Burkel, ich habe hier genau das Richtige für Sie. Der Junge braucht dringend einen Freund und scheut sich auch nicht, umarmt zu werden. Sie können ihm Gesellschaft leisten und vielleicht auch ein wenig Deutsch beibringen, so habt ihr beide etwas davon.« Es folgte ein Moment der Stille, dann wurde Krüger ungehaltener: »Was soll das heißen, Sie können nicht? Ich habe das extra für Sie arrangiert. Ja, es muss jetzt sein … Wo? … Ein Bauernhaus, etwas außerhalb … Sie haben kein Auto … Na gut, ich hole Sie in einer halben Stunde ab … Ja, bis gleich.«

Obwohl Eva ihn akustisch gut verstanden hatte, konnte sie sich keinen Reim darauf machen, was das alles zu bedeuten hatte. Warum sollte dieser Herr Burkel herkommen und warum lockte Krüger ihn damit, dass er ein Kind treffen würde?

»Und nun zu dir!« Eva hatte nicht mitbekommen, dass Krüger seine Position gewechselt hatte, und zuckte heftig zusammen. »Die brauchen wir nicht mehr«, sagte er und zog ihr die Augenbinde vom Kopf.

Sie blinzelte gegen die grelle Sonne, die durch das Fenster genau in ihr Gesicht schien. Nachdem sich ihre Augen etwas an die Helligkeit gewöhnt hatten, sah sie sich dem Seelsorger direkt gegenüber. Er kauerte auf Augenhöhe neben ihr und schüttelte mitleidig den Kopf. »Frau Oberkommissarin, hätten Sie die Sache nicht einfach zu den Akten legen können? Der

Fall war doch schon gelöst, warum mussten Sie wieder damit anfangen, in meiner dreckigen Wäsche zu wühlen?«

Eva überlegte für einen Moment, Ruben zu erwähnen, doch noch schien Krüger nicht zu wissen, dass der Hauptkommissar die neuen Untersuchungen angestoßen hatte. Ihr blieb nur zu hoffen, dass Ruben die richtigen Schlüsse aus ihrem Verschwinden zog und sie rechtzeitig fand. Sie räusperte sich und krächzte: »Wollte ich doch gar nicht, ich muss eigentlich nur einige Akten vervollständigen.«

Der Seelsorger machte ein skeptisches Gesicht. »Das glaube ich Ihnen nicht. Sie haben geahnt, dass ich doch etwas mit den Morden zu tun haben könnte.«

In Eva verkrampfte sich etwas. Dass der Mann sich selbst belastete, konnte nichts Gutes bedeuten. »Haben Sie? Haben Sie die Morde geplant, die Hubert Unruh begangen hat?«

Krüger stieß ein heiseres Lachen aus. »Glauben Sie wirklich, ich würde mit so einem Irren zusammenarbeiten? Nein, nein, nein … dieses Monster hatte nur einen Zweck, er sollte uns entlasten.« Krüger schlug sich die Hand vor den Mund und sagte: »Ups, jetzt habe ich auch noch Nadine verraten.«

Eva kamen Rubens Worte aus dem nächtlichen Telefonat in den Sinn. *Dass Nadine Herrn Krüger bei dem Verhör so ausdrücklich entlastete, passt auch nicht ins Bild.*

Der Seelsorger schien ihr die Erkenntnis anzusehen. Er kniff ihr fast freundschaftlich in die Wange. »Genau, das Schicksal hat Nadine und mich zusammengeführt, um diese Welt besser zu machen. Wir konnten es beide nicht mehr ertragen, dass die größten Arschlöcher ungeschoren davonkommen, während andere für jede Kleinigkeit bestraft werden. Nadines Motivation war ihre Vergewaltigung durch Toni Kurz und meine die vielen Gespräche mit Tätern und Opfern. Also haben wir das selbst in die Hand genommen und, wie du zugeben musst, hervorragend zusammengearbeitet. Ich habe die Strafen vollstreckt und Nadine hat dafür gesorgt, dass Hubert Unruh als unser Sündenbock aus dem Gefängnis entlassen wurde.« Krügers Gesichtsausdruck veränderte sich. »Das mit deiner Freundin Lisa tut mir übrigens furchtbar leid. Keiner von uns beiden hat geahnt, dass Unruh gleich derart durchdreht.«

Der Seelsorger tätschelte noch einmal Evas Wange, erhob sich und sagte kühl: »Ich habe noch etwas zu erledigen, bevor wir dem hier ein Ende setzen. Darum möchte ich, dass du noch etwas trinkst.«

Eva schüttelte den Kopf, doch Krüger trat hinter sie, öffnete ihren Mund mit einem kräftigen Druck auf ihre Kiefergelenke und drückte ihr eine Pipette voll bitter schmeckender Flüssigkeit hinein. Anschließend hielt er ihr den Mund so lange zu, bis sie schlaff in seine Arme sank.

56

Oskar Burkel wartete bereits ungeduldig vor seinem Haus. Die Vorfreude, sich wieder mit einem Kind umgeben zu dürfen, vertrieb seine trüben Gedanken. Er wollte niemanden verletzen oder sich Lust verschaffen, darum ging es ihm wirklich nicht mehr. Alles, was er suchte, war der Ersatz für seine eigene Kindheit, die nie stattgefunden hatte. Es war dieser unschuldige, neugierige Blick, der ihn faszinierte. Dieses grenzenlose Vertrauen und die Unverdorbenheit dieser kleinen Menschen, die ihn in den Bann zogen.

Seelsorger Krüger schien tatsächlich einer der wenigen Glücksfälle seines Lebens zu sein. Erst im Knast und auch hier in Freiheit konnte er mit ihm über alles reden. Der Mann verstand, was ihn umtrieb und welche Probleme sich daraus ergaben.

Natürlich war Krüger vorsichtig und wollte vermutlich auch bei den ersten Begegnungen mit diesem Jungen dabei sein, aber das war okay. Er wusste ja noch nicht mal selbst, wie er sich nach der Therapie einem Kind gegenüber verhalten würde. Alles, was er wusste, war, dass er es brauchte, um nicht endgültig kaputtzugehen.

Krüger fuhr langsam an dem alten Wohnhaus vorbei, hupte kurz und hielt eine Seitenstraße weiter. Oskar verstand zwar nicht, warum ein Mann Gottes hier nicht gesehen werden wollte, doch er akzeptierte es und folgte ihm.

Nachdem er eingestiegen war, fragte er aufgeregt: »Wer ist denn der Junge? Wo kommt er her und wie alt ist er?«

»Alles zu seiner Zeit«, erwiderte der Seelsorger, der heute irgendwie nervös wirkte. »Ist wirklich ein netter Bengel und er hatte viel Pech im Leben.«

»Wie ich«, dachte Oskar laut und sah dabei zu, wie sie Velburg verließen und in eine schmale Landstraße abbogen. »Sie wissen ja gar nicht, was Sie mir damit für einen Gefallen tun. Ich werde ewig in Ihrer Schuld stehen und Sie können sich absolut darauf verlassen, dass ich keinem Kind mehr etwas antun werde.«

Krüger schaffte ein Lächeln. »Ist schon gut. Ich weiß doch, wie das ist. Wenn ich Ihnen nicht vertrauen würde, bekämen Sie keine Chance von mir.«

»Hier?«, fragte Oskar verwundert, als sie neben dem altersschwachen Bauernhaus angehalten hatten.

Krüger nickte. »Erstens war ich die längste Zeit Seelsorger, wenn uns jemand sieht, und zweitens hat der Junge furchtbare Angst vor Lärm. Der Krieg hat ihn arg verstört.« Er machte eine große Geste in Richtung der Wälder und schwärmte: »Was gibt es Schöneres als diese Natur? Ihr könnt einen Spaziergang machen, wandern oder euch einfach in die Sonne setzen.«

Oskars Stimmung hellte sich auf. Er folgte dem Seelsorger gespannt ins Haus, wunderte sich allerdings ein wenig über die Reste eines Polizei-Absperrbands, die lose neben der Tür im Wind flatterten.

Krüger bemerkte seine Unsicherheit. »Schlimme Sache«, erklärte er. »Aber schon lange her. Nach dem Tod seiner Frau hat sich auch der Bauer das Leben genommen. Seitdem steht das Haus leer.«

»Wie schrecklich«, bestätigte Oskar und atmete ein. »Man kann den Tod fast riechen.«

»Hier herunter!«

»Er ist im Keller?«

»Ich sagte doch schon, dass er traumatisiert ist«, gab Krüger genervt zurück, knipste eine Taschenlampe an und gab sie Oskar. »Na gut«, murrte der und ging voran.

Unten angekommen blieb er unschlüssig stehen und betrachtete die kargen Wände und die alten Obststiegen, die überall herumstanden. Der Seelsorger deutete auf eine alte Holztür: »Gleich geschafft.«

Oskar trat vor die Tür, drückte den Stahlbügel nach oben und öffnete sie einen Spaltbreit, um hineinzuleuchten. Der kleine dunkelhäutige Junge lag mit dem Gesicht zu ihm gewandt auf dem nackten Steinboden und wirkte eigenartig fahl. Oskar zog sich etwas zurück, leuchtete in Richtung seines Begleiters und schüttelte unsicher den Kopf. »Ich glaube, das ist keine gute Idee, dem Jungen scheint es nicht gut zu gehen.«

»Wissen Sie eigentlich, was Sie wollen? Entweder Sie gehen da rein oder wir lassen es für immer. Der kleine Kerl ist einfach nur müde. Er freut sich auf Sie.«

»Sicher?«

»Soll ich vorgehen oder Ihnen das Händchen halten?«

»Ist ja gut, ich kann ihn mir ja mal ansehen.« Oskar drehte sich wieder zur Tür, machte einen Schritt in den finsteren Raum hinein und spürte einen dumpfen Schmerz am Hinterkopf. Dann sank er in sich zusammen und die Tür wurde hinter ihm geschlossen und verriegelt.

Nach der kurzen Ohnmacht setzte er sich auf und tastete nach der Stelle an seinem Hinterkopf. Sie war nass und klebrig, schien aber nicht sehr stark zu bluten. Oskar suchte den Boden nach der Taschenlampe ab, konnte sie aber nicht finden.

Die Stille wirkte erdrückend. »Hallo … hallo, Junge, bist du wach?« Er hielt die Luft an, doch die Stille blieb. Der Junge gab weder eine Antwort, noch konnte er ihn atmen hören. Oskar begann, mit den Händen voran in dem kleinen Raum herumzurutschen. Als Erstes traf er auf eine kalte feuchte Wand, hatte aber keine Ahnung, auf welcher Seite des Kellers er sich befand. Er entschied sich für eine Richtung und folgte dieser, bis sein Knie einen weichen Gegenstand berührte.

Haut … er fühlte die Haut einer kleinen Hand, doch irgendetwas war nicht richtig. Es dauerte ein, zwei Sekunden, bis er begriff, dass niemand, der so kalt war, noch am Leben sein konnte. Seine erste Reaktion war Panik, die ihn zurückweichen ließ. Oskar vergaß jede Vorsicht, stand auf und tastete sich in die andere Richtung an der Wand entlang, bis er den kalten Stahl der Tür unter seinen Fingern spürte.

Er hatte es nicht erwartet, doch die Tür ließ sich tatsächlich öffnen. Allerdings war es dahinter genauso dunkel wie in dem Raum, aus dem er gerade kam.

Während er noch nach Orientierung suchte, ertönte ein leises Klicken, und einige Neonröhren flammten auf. Das Licht nahm ihm für einige Augenblicke jede Sicht. Erst als sich seine Augen etwas daran gewöhnt hatten, erkannte er schemenhaft Krügers Umriss.

Völlig verwirrt stammelte er: »Er ist tot, haben Sie das gewusst?«

»Einen Schritt zurück!«, befahl der Seelsorger, ohne die Frage zu beantworten.

»Was?«, fragte Oskar und blinzelte noch einige Male, bis er sah, dass eine Waffe auf ihn gerichtet war. »Aber …«

»Wir haben keine Zeit für Wenn und Aber. Du tust einfach, was ich sage. Wir beginnen damit, dass du da wieder reingehst und den Jungen ausziehst.«

»Was?« Oskar konnte sich keinen Reim auf diesen Befehl machen und der Gedanke, einen Toten zu entkleiden, widerte ihn an. Er schüttelte den schmerzenden Kopf. »Nein!«

»Doch«, brüllte Krüger, suchte ein Ziel, in dem er das Projektil wiederfinden würde, und feuerte auf eine Kiste.

Oskar zuckte zusammen, hob erschrocken die Hände und tat, was von ihm verlangt wurde. Früher hatte er einige nackte Kinder gesehen, doch nie war es unerotischer gewesen als jetzt. Während er mit dem Brechreiz kämpfte, entkleidete er den Jungen Stück für Stück und war froh, dass dieser keine offensichtlichen Verletzungen hatte.

»Du kannst die Sachen einfach auf den Boden werfen«, forderte Krüger, dirigierte seinen Gefangenen zur Tür und schüttelte noch das Taschentuch mit Oskars Schamhaaren auf den Haufen. Danach trat er hinter den Mann und befahl: »Und jetzt gehen wir nach oben.«

Eva fühlte sich noch immer benommen, nahm aber wahr, dass Krüger nicht mehr allein war.

»Wer ist das?«, hörte sie eine unbekannte Stimme fragen.

»Geht dich nichts an. Los, stell dich in die Ecke da drüben.«

Eva versuchte verzweifelt, wieder klar im Kopf zu werden, damit sie irgendetwas tun konnte. Die Bilder vor ihren Augen waren zu bunt und die Stimmen verzerrt. Trotzdem spürte sie seine Nähe. Etwas Kaltes wurde zwischen ihre gefesselten Hände geschoben und Krügers Hände legten sich über ihre.

Der andere Mann begann zu winseln. »Aber Sie sind doch ein Mann Gottes, das können Sie doch nicht tun …«

Durch den Nebel in ihrem Kopf formte sich eine Ahnung, was nun folgen würde. Der Seelsorger lachte kalt. »Ich bin schon lange kein Mann Gottes mehr, ich bin sein Racheengel. Gleich beenden wir dein armseliges Leben, das so viel Leid über andere gebracht hat.«

Eva spürte eine kurze Bewegung, der Schuss löste sich zwischen ihren Händen und nach einem Augenblick der Stille fiel die Silhouette des Mannes in sich zusammen.

»Guter Schuss, trotz deines erbärmlichen Zustandes«, lachte Krüger. Eva wollte noch etwas sagen, doch die Wucht des Schlages auf ihren Kopf raubte ihr das Bewusstsein. Sie spürte noch einen kurzen Moment undefinierbarer Erleichterung, dann war es vorbei.

57

Ruben zögerte. Doch seine Sorge um Eva überwog und er sagte sich, dass nun nicht die Zeit für moralische Bedenken war. Er hatte die Sache mit dem Türschloss und dem Dienstausweis immer faszinierend gefunden und heimlich an seiner Bürotür geübt, doch er war nicht davon ausgegangen, dass er es einmal im Ernstfall brauchen könnte. Konzentriert schob er die Plastikkarte in den Türschlitz von Oskar Burkels Tür, zog sie langsam nach unten und hörte tatsächlich das ersehnte Klicken. Er drückte die Tür ein Stück nach innen und rief: »Herr Burkel? Hier ist die Polizei, sind Sie hier?« Keine Antwort. »Herr Burkel?«, versuchte er es lauter, wieder ohne Erfolg.

Die kleine Zweizimmerwohnung war schnell durchsucht. Ruben achtete darauf, keine Unordnung zu machen. Als er fertig war, legte er seine Visitenkarte mit dem Vermerk »Bitte rufen Sie mich an« auf den Küchentisch und zog die Tür von außen ins Schloss.

Wieder im Wagen lehnte er sich unschlüssig zurück und dachte nach. Dort oben gab es keinen einzigen Hinweis darauf, wo der Mann sein könnte. Ruben drückte auf die Freisprechfunktion seines Navis, ließ sich mit dem Präsidium in Parsberg verbinden. »Hauptkommissar Hattinger am Apparat.

Ist Oberkommissarin Lange inzwischen zurück?«, fragte er den diensthabenden Beamten am anderen Ende der Leitung.

»Nein, wir haben immer noch nichts von ihr gehört.«

»Hm. Irgendwelche anderen besonderen Vorkommnisse?«

Er hörte das Rascheln von Papier. »Zwei, aber nichts Ungewöhnliches. Die hiesige Grundschule hat angerufen, weil eines der Flüchtlingskinder nicht zum Unterricht erschienen ist. Die Eltern sind in Sorge, weil das Kind auch nicht bei ihnen ist. Und ein paar Wanderer haben angerufen, um sich zu erkundigen, ob heute irgendwo eine Jagd stattfindet.« Er stockte. »Ach ja … und Kommissar Schober ist hier, um einige Asservate abzuholen.«

»Diese Wanderer, wie kommen die darauf?«

»Sie glauben, einen Schuss gehört zu haben … in den Wäldern hinter Velburg, und sie hatten Angst, aus Versehen erschossen zu werden.«

»Wo genau?«

»Wo der Schuss herkam, wissen wir nicht. Ich kenne nur die Stelle, von der angerufen wurde. Kennen Sie sich hier aus?«

»Nicht wirklich. Können Sie es grob beschreiben?«

»Nicht allzu weit von dem Bauernhaus, in dem die Freundin der Chefin ermordet wurde.«

Ruben atmete hörbar aus. »Holen Sie Schober und zwei weitere Kollegen, ich treffe sie am Ortsausgang von Velburg. Ich weiß nur noch, wo wir den Ort verlassen haben, aber dieses Bauernhaus finde ich nicht mehr.«

Ruben stoppte den Wagen neben dem Ortsausgangsschild und schaltete den Warnblinker ein. Keine zehn Minuten später hörte er ein Martinshorn, ein Streifenwagen stoppte neben ihm und das Fenster wurde heruntergelassen. Schober schien sich tatsächlich über das Wiedersehen zu freuen. »Ihnen gefällt es wohl hier in der oberpfälzischen Einöde?«, fragte er grinsend.

»Nicht jetzt«, erwiderte Ruben ungewöhnlich ernst und lehnte sich nach vorne zum Fahrer. »Bringen Sie uns zu dem Bauernhaus, ich fahre hinter Ihnen her. Und trödeln Sie nicht.«

Der Mann nickte, gab Gas und Ruben hatte Mühe, mit seinem Privatfahrzeug dranzubleiben. Kurz darauf wurden sie langsamer und bogen schließlich in den Waldweg ein. Wenige Meter vor der Lichtung, auf der sich das Gehöft befand, hielt der Streifenwagen an und die drei Uniformierten und Schober stiegen aus.

»Und nun?«, fragte der Beamte, der den Wagen gefahren hatte.

Ruben nickte zu dem Wohnhaus. »Wir gehen rein. Ich habe die Befürchtung, dass Ihre Chefin entführt wurde. Schober, Sie bleiben hier und passen auf, dass niemand flüchtet.«

Als Ruben das zerrissene Polizeisiegel an der Tür zu dem alten Bauernhaus sah, hoffte er inständig, dass hier nur irgendwelche Jugendlichen ihre Neugierde befriedigt hatten. Doch im Grunde wusste er es besser. Er war froh um seine Schutzweste, auch wenn sie zu klein war und ein wenig drückte.

Er bedeutete seinen Begleitern, leise zu sein, und schickte einen von ihnen auf die Rückseite des Gebäudes. Dann drückte er die Tür nach innen, warf einen kurzen Blick in den dunklen Flur und lauschte in das Haus hinein. An einem Tatort keine Geräusche zu hören war in der Regel kein gutes Zeichen. Entweder es gab niemanden mehr, der eins machen konnte, oder man hatte das Eintreffen der Polizei bemerkt.

Ruben nickte dem Beamten auf der anderen Seite der Tür zu, schob sich um die Ecke und betrat das Haus. Während ihm der eine Kollege folgte, sicherte der andere sie im Hintergrund ab.

Lisa war oben in dem ehemaligen Schlafzimmer gefangen gehalten worden. Im Erdgeschoss gab es im Grunde nur die große Wohnstube, die zur Küche hin offen war. Ruben öffnete vorsichtig die Tür und sah sich in dem leeren Raum um. Hier war nichts zu erkennen, außer einigen Fußabdrücken im Staub, die vermutlich die Spurensicherung hinterlassen hatte. Er ging zurück in den Flur, um in den ersten Stock zu gehen, doch etwas irritierte ihn. Er leuchtete zum Ende des dunklen Korridors. Eine schmale Holztür stand einen Spalt offen. Ruben winkte seinem Kollegen und ging nach hinten. Das Licht seiner Taschenlampe fiel auf eine enge Treppe, die nach unten führte.

Auf der untersten Stufe angekommen, blieb er kurz stehen und ließ seinen Lichtkegel durch den Raum wandern. *Hier ist der Tod*, war sein erster Gedanke, auch wenn noch nichts zu erkennen war.

Am anderen Ende des Vorraums befand sich eine weitere Tür. Er bedeutete dem Beamten mit einem Fingerzeig, sie zu öffnen. Er selbst hob seine Waffe und sicherte sie. Der Mann lehnte sich an die Wand, griff nach dem Bügel und zog die Tür mit einem kräftigen Ruck nach außen auf.

Es war zu stark. Obwohl die Tür alt und rostig aussah, waren ihre Scharniere erstaunlich leichtgängig. Die Tür schwang auf und knallte laut gegen die Wand. Ruben hatte es kommen sehen, trotzdem war der laute Knall für ihn kaum auszuhalten. Eine Panikattacke überrollte ihn und lähmte seinen Körper. Zitternd ließ er seine Waffe sinken.

Der Beamte begriff, dass er seine Rückendeckung verloren hatte, und ging die Sache offensiv an. Er trat mit einem beherzten Schritt in den Türrahmen, ging in die Hocke und leuchtete, seine Waffe im Anschlag, hastig den angrenzenden Raum aus. Schließlich drückte er sich wieder in den Stand, hielt seine Lampe auf die Mitte des Raumes gerichtet und fluchte leise: »Gott verdammt.«

Ruben hatte seine Panik mit großer Anstrengung niedergerungen. Mühsam atmend trat er neben den Beamten und blickte auf die nackte Leiche des dunkelhäutigen Jungen. »Auch Deutschland kann die Hölle sein«, sagte er leise.

»Herr Hauptkommissar?« Der Ruf des Polizisten kam so unvermittelt, dass Ruben und sein Begleiter den Kopf einzogen. Schuhe polterten auf der alten Holztreppe und der oben gebliebene Streifenbeamte tauchte auf. Er drehte den alten Lichtschalter und Neonleuchten flammten auf. Mit einer fahrigen Handbewegung deutete er nach oben und sagte außer Atem: »Sie müssen raufkommen … schnell … und wir brauchen einen Notarzt.«

Ruben warf noch einen letzten Blick auf die Kinderleiche. »Kommissarin Lange?«, fragte er drängend. Der Beamte nickte und Ruben rannte die Treppe, zwei Stufen auf einmal nehmend, nach oben.

Im ersten Stockwerk angekommen blieb er kurz im Türrahmen des früheren Schlafzimmers stehen. Bei aller gebotenen Eile war der erste Eindruck eines Tatorts für Ruben enorm wichtig. *Inszenierung*, war sein erster Gedanke. Rechts von ihm lag ein offenbar toter Mann, dessen Gesicht er vorhin in der Akte von Oskar Burkel gesehen hatte. Der Kopfschuss war sauber ausgeführt, sodass sich die eigentliche Zerstörung auf den Hinterkopf beschränkte. Neben seiner schlaffen Hand lag ein großer runder Stein, dem Blut und Haare anhafteten. Eva lag ihm gegenüber, unter dem einzigen Fenster des Raumes. Ihr Brustkorb hob und senkte sich schwach.

Ruben durchquerte das Zimmer und kniete sich neben die Kommissarin. Aus alter Gewohnheit schob er ihre Waffe ein Stück weg, legte seine Hand auf ihr Handgelenk und überprüfte den Puls. Was mit und vor allem in ihrem Kopf passiert war, konnte er nicht einschätzen, aber der Kreislauf schien halbwegs stabil. Was ihm allerdings sofort ins Auge fiel, waren die Spuren einer Fesselung. Ihre Handgelenke wiesen dicke rote Striemen auf.

Es ist eine Inszenierung, dachte er erneut, doch er hatte keine Zeit, um länger darüber nachzudenken. Einer der Streifenbeamten betrat mit einem Verbandskasten in der Hand das Zimmer. Schober fragte vom Türrahmen aus: »Ist sie tot?«

Ruben schüttelte den Kopf: »Nein, und ich hoffe, das bleibt auch so. Haben Sie den Notarzt alarmiert?«

»Ja, müsste gleich hier sein.« Schober deutete mit dem Kinn in die Ecke. »Und für den hier brauchen wir einen Leichenwagen.«

Ruben entfernte die Folie einer Mullkompresse und legte sie vorsichtig auf eine der noch leicht blutenden Wunden an Evas Stirn. »Er ist nicht der Einzige, der einen Leichenwagen braucht. Unten im Keller liegt noch ein Kind, aber Sie sollten erst die Spuren sichern. Ich bin mir zwar ziemlich sicher, dass alles auf den Mann da drüben hinweisen wird, aber Sie sollten sehr umsichtig vorgehen. Im Grunde suche ich Spuren, die nicht zu dem Toten gehören.«

»Wie meinen Sie das?«

Ruben wies den Streifenpolizisten an, sich weiter um Eva zu kümmern, führte Schober in das zweite Zimmer im Obergeschoss und erklärte leise: »Kein Wort zu niemandem, aber ich bin mir ziemlich sicher, dass der Tote, übrigens ein gerade entlassener Kinderschänder, nur von dem wahren Täter ablenken soll.«

»Okay«, sagte Schober gedehnt. »Haben Sie einen Verdacht?«

Ruben, der aus dem Fenster geblickt hatte, nickte nun in diese Richtung: »Ja, und da kommt er auch schon.«

Schober folgte seinem Blick hinunter auf den Innenhof, wo gerade die Notärztin, gefolgt vom Seelsorger, zum Haus eilte. »Krüger? Ernsthaft?«

»Ja. Ich bin mir sogar ziemlich sicher, ich kann ihm im Moment nur nichts nachweisen.« Ruben atmete durch. »Holen

Sie Ihr Team, machen Sie Ihre Arbeit, aber erzählen Sie keinem von diesem Gespräch. Verstanden?«

»Alles klar, aber ich werde nur noch alkoholfreies Bier trinken, wenn Sie mit Krüger recht haben.«

Ruben schaffte ein Lächeln. »Den Gefallen tue ich Ihrer Leber gerne.«

58

»Das sind also Ihre heiligen Hallen.« Ruben machte eine große Geste und hob neugierig den Deckel einer Plastikbox hoch, die mit »Streng vertraulich« beschriftet war.

Schober löste sich von seinem Mikroskop und stand auf. »Hauptkommissar Hattinger. Sie sind doch wohl nicht wegen mir nach Regensburg gekommen? Die Ergebnisse hätten wir auch telefonisch durchgehen können.«

Ruben winkte ab: »Nein, natürlich nicht. Eigentlich bin ich aus einem anderen Grund hier. Aber Ihre Ergebnisse interessieren mich natürlich schon. Und da ich noch etwas Zeit hatte, dachte ich mir: Besuche doch mal Kommissar Schober und schau dir an, wo er sonst seine schlechte Laune verbreitet.«

Schober wusste inzwischen, dass er bei einem Wortgefecht mit Ruben Hattinger nur verlieren konnte, schluckte seinen Ärger herunter und deutete zu einer Art elektronischen Pinnwand. »Dort drüben«, sagte er nüchtern. Er klickte an seinem Computer auf ein paar Schaltflächen und der Fall Oskar Burkel erschien auf der Leinwand.

»Schöne Technik«, freute sich Ruben, trat an die Wand und tippte auf die Großaufnahme dreier Haare, die umgehend vergrößert wurde.

»Schamhaare, eindeutig von Oskar Burkel«, erklärte Schober emotionslos.

Es folgte das Bild des Steines, der neben der Hand des Toten gelegen hatte. »Gewöhnliche Steinart in dieser Gegend. Fingerabdrücke von Oskar Burkel, Blut und Haare von Eva Lange. Passt zu den Gesichtsverletzungen und ist eindeutig die Tatwaffe.«

Ruben gefiel dieses Spiel. Er tippte auf Evas Waffe.

»Dienstwaffe Walther PPK, die Seriennummer ist Eva Lange zugeordnet. Zwei Patronen fehlen, wobei nur eine in der Wand hinter Burkel gefunden wurde. Die Zusammensetzung der Schmauchspuren auf Eva Langes Haut passt zu der Waffe beziehungsweise zu der Munition.«

»Stopp«, bat Ruben und hob die Hand. »Kann man anhand der Menge der Schmauchspuren Schlussfolgerungen auf die Anzahl der abgefeuerten Schüsse ziehen?«

Schober öffnete einen Dateianhang, in dem alle Details zu dem Bild hinterlegt waren, und brummte: »Theoretisch ja, aber dazu müssten wir einen Vergleichstest machen. Auf den ersten Blick würde ich sagen, dass auf Frau Langes Händen relativ wenig Spuren zu finden waren, was für nur einen abgefeuerten Schuss spricht. Ich muss aber sagen, dass ich da keine Erfahrungswerte habe. So einen Abgleich hat noch niemand gefordert.«

»Tun Sie doch einem alten Freund den Gefallen und machen den Test trotzdem, Schober.« Der Kriminaltechniker nickte bereitwillig. Ruben lächelte ihn an und warf einen Blick auf die Uhr. »So lustig unsere Unterhaltung auch ist, lassen Sie es mich kurz machen. Haben Sie irgendwelche Spuren gefunden, die nicht von Herrn Oskar Burkel stammen oder Ungereimtheiten aufzeigen?«

»Einige«, bestätigte Schober. »Zum einen gibt es keine Spur von den Seilen, mit denen Frau Lange laut Gerichtsmediziner gefesselt wurde. Und auch bei dem Kind gibt es einiges, was nicht zusammenpasst. Erstens wurde es schon am Morgen getötet und da wurde Herr Oskar Burkel noch vom Hausmeister der Wohnanlage gesehen. Darüber hinaus weist der Junge keinerlei Spuren einer Vergewaltigung oder anderer sexueller Handlungen auf.«

»Soweit ich weiß, wurde Herr Burkel chemisch kastriert und hätte gar keinen Sex haben können«, gab Ruben zu bedenken.

»Das ist ein Argument«, gab Schober zu. »Gut, weiter im Text. Bei Eva Lange hat man Reste von sogenannten K.-o.-Tropfen gefunden. Und der Umstand, dass sie noch nachweisbar waren, deutet auf eine wirklich große Menge hin. In diesem Zustand hätte sie Burkel mit Sicherheit keinen gezielten Kopfschuss verpassen können.«

»Passt zu der Fesselung«, bestätigte Ruben. »Wissen Sie noch, was der Seelsorger anhatte, als er mit der Notärztin eintraf?«

Schober versuchte, sich das Bild in Erinnerung zu rufen, schüttelte erst den Kopf und begann schließlich zu grinsen. Er öffnete eine weitere Datenbank und holte sämtliche Fotos, die sein Team am Tatort gemacht hatte, auf die Leinwand. Er scrollte sich durch die Bilder, bis Ruben »Stopp« rief. Er deutete auf ein Bild und Schober vergrößerte es. Der Seelsorger war nur halb und im Hintergrund zu sehen, aber es genügte. Ruben tippte auf den Oberkörper des Mannes und erklärte: »Diese Jacke brauchen wir. Ich bin mir sicher, dass wir darauf Schmauchspuren finden werden.«

»Warum nehmen Sie ihn nicht einfach fest und lassen seine Wohnung durchsuchen?«

Ruben sah den Kriminaltechniker an, als hätte er nicht mehr alle Tassen im Schrank. »Wie lange machen Sie den Job schon? Gerade Sie als Experte für Beweise und Beweisführung müssten doch wissen, was man für einen ordentlichen Prozess braucht. Und was haben wir? Nichts als Spekulationen und vage Hinweise.«

»Und was wollen Sie tun?«

Ruben warf einen erneuten Blick auf die Uhr. »Ich werde Krüger zufällig über den Weg laufen und ihm sagen, dass es Eva Lange schon sehr viel besser geht.«

»Was?«

Ruben winkte ab. »Erkläre ich Ihnen, wenn es geklappt hat. Ist rechtlich ein wenig grenzwertig.«

Das Navi lotste ihn zuverlässig bis zu dem kleinen Park gegenüber des Regensburger Amtsgerichts. Es war nicht leicht, an Krügers Terminplan zu kommen, doch Rubens Assistent in Bamberg hatte ganze Arbeit geleistet. Und so wusste er nicht nur, dass der Seelsorger heute einen Termin in der angrenzenden Justizvollzugsanstalt hatte, sondern auch, wann genau er stattfand.

Ruben stellte den Wagen ab, setzte sich auf eine Parkbank und beobachtete den Ausgang der Anlage. Kurz nach zwölf öffnete sich die Tür und neben einigen Angestellten auf dem Weg in ihre Mittagspause trat auch Krüger hinaus. Er orientierte sich kurz, überquerte schließlich die Straße und kam genau auf ihn zu. Ruben stand auf, tat so, als würde er im Laufen etwas auf seinem Smartphone lesen, und rempelte den Mann an.

Krüger, selbst auf sein Handy konzentriert, murmelte: »Entschuldigung«, und wollte schon weitergehen.

»Kein Problem, Herr Pfarrer«, erwiderte Ruben. Krüger blieb stehen, begriff, wen er vor sich hatte, und fragte misstrauisch: »Verfolgen Sie mich?«

»Ich? Nein. Warum sollte ich?«, sagte Ruben ungezwungen. »Wie Sie sicher schon wissen, ist in Velburg und Parsberg alles geklärt. Aber wenn ich zurück nach Bamberg fahre, wartet dort nichts als Arbeit auf mich. Also tue ich das, was ich schon lange einmal wollte, und sehe mir das schöne Regensburg an.«

»Ja, ist wirklich beeindruckend hier, vor allem die Kirchen.«

Ruben beobachtete jede Regung in Krügers Gesicht und erkannte ein winziges Zucken über der rechten Augenbraue, das seine Anspannung zeigte. Trotzdem beschloss er, sich zurückzuhalten und nicht mit der Tür ins Haus zu fallen. Er deutete beiläufig auf sein Handy. »Welche können Sie denn empfehlen? Soll ich lieber den Dom oder eine der kleineren Kirchen besichtigen?«

»Auf jeden Fall den Dom«, entgegnete Krüger. Plötzlich wirkte er sehr gestresst. »Ich würde Sie ja gerne begleiten, aber ich muss leider los.«

»Alles klar, kein Problem«, winkte Ruben enttäuscht ab. Hatte er es versaut?

Der Seelsorger verabschiedete sich, ging einige Schritte, blieb stehen und drehte sich noch einmal um. »Wie geht es eigentlich Eva Lange nach dieser schrecklichen Sache in dem Bauernhaus? Ich hoffe, Sie hat es gut überstanden. Wir arbeiten ja schon ziemlich lange zusammen.«

»Schön, dass Sie nach ihr fragen«, antwortete Ruben ehrlich. »Eigentlich dürfte ich keine Auskunft geben, aber Ihnen kann ich es ja sagen. Die Verletzungen sind nicht so schlimm wie befürchtet und ab morgen früh wird sie schrittweise aus dem künstlichen Koma geholt. Wenn die Ärzte recht behalten, können wir sie bald dazu befragen, was in dem Haus passiert ist. Aber eigentlich spielt das ja gar keine Rolle mehr.«

»Wie meinen Sie das?«

Ruben spürte Krügers Anspannung selbst über die Entfernung, erklärte aber in lockerem Ton: »Na ja, die Spurenlage ist eindeutig und Ihr Schützling Oskar Burkel konnte eindeutig als Täter identifiziert werden.«

Krüger kniff die Lippen zusammen und sagte scheinbar bedauernd: »Ja, schlimme Sache. Da denkt man, einen Menschen zu kennen, und dann so eine Entgleisung. Aber selbst der Psychologe ist offenbar auf ihn hereingefallen.« Er blickte auf seine Armbanduhr. »Jetzt muss ich aber wirklich weiter. Viel Spaß noch! Den Dom dürfen Sie wirklich auf keinen Fall auslassen.«

Ruben winkte zum Abschied, wartete, bis der Mann nicht mehr zu sehen war, stieg in sein Auto und fuhr auf schnellstem Weg in die Klinik, in der Eva behandelt wurde.

59

»Scheiße!« Die Hand traf das Lenkrad mit aller Kraft. »Scheiße, Scheiße, Scheiße!« Am liebsten hätte Krüger das komplette Auto zu Kleinholz gemacht. *Dieser Scheiß-Kommissar weiß alles. Von wegen Zufall. Hattinger war nur in diesem Park, um mir eine Falle zu stellen.*

Krüger zwang sich, logisch zu denken. Es war gut möglich, dass Hattinger lediglich bluffte und die Kommissarin weit davon entfernt war aufzuwachen. In dem Fall wäre es am besten, gar nichts zu unternehmen. Offenbar handelte Hattinger auf eigene Faust und hatte nicht genügend Beweise, um ihn zu verhören oder eine Hausdurchsuchung anzuordnen.

Aber was, wenn es stimmt? Wenn Eva Lange tatsächlich bald aufwacht?

Nein, er hatte keine andere Wahl. Die Kommissarin, die auf irgendeine teuflische Weise dem Tod entronnen war, war ein Risiko, das er nicht mehr länger eingehen konnte. Er musste sie beseitigen. Aber wie, wenn dieser Scheiß-Hattinger sie nun sicherlich Tag und Nacht bewachen würde?

Krügers Hand landete ein weiteres Mal auf dem Lenkrad. Plötzlich übermannte ihn die Angst und alle Kraft schwand aus seinen Muskeln. Er wollte nicht heulen, trotzdem liefen ihm

Tränen über die Wangen und der Himmel schien es ihm gleichzutun. Einzelne Tropfen platzten auf seiner Windschutzscheibe. Der Regen wurde immer kräftiger, bis sein lautes Trommeln das Schluchzen des Seelsorgers überdeckte.

Sein Gehirn schien alle Gedanken gleichzeitig denken zu wollen. Er brauchte einen Plan, eine Strategie, um das Unheil abzuhalten. Vor seinem inneren Auge sah er sich selbst in einer Gefängniszelle. Sie würden ihn nie wieder rauslassen. Er würde alt darin werden und sein Kind müsste in einer kaputten Welt ohne ihn aufwachsen.

»Nein, nein, nein!«, brüllte er gegen die Windschutzscheibe. *Es darf nicht sein. Meine Taten waren nicht böse. Jeder Einzelne von ihnen hatte es verdient. Gott würde niemals zulassen, dass ich dafür verurteilt werde. Er wird mir einen Ausweg zeigen …*

Krüger lehnte sich zurück, schloss die Augen und sprach ein langes Gebet. Danach öffnete er die Augen und dachte an Hattinger. Ein arrogantes Arschloch, den nichts zu berühren schien … fast nichts. Plötzlich stellte sich eine Erinnerung ein. *Wie traurig der Kommissar ausgesehen hat, als er sich von seiner Frau und Tochter verabschiedet hat, um mich ungestört jagen zu können. Vielleicht ist es an der Zeit, die Verhältnisse umzudrehen und selbst zum Jäger zu werden.*

Er musste Eva Lange endgültig zum Schweigen bringen, und zwar ohne Kommissar Hattinger irgendeinen Beweis zu liefern. Danach würde er von hier weggehen und darauf warten, dass man Nadine aus der Haft entließ. Sie waren ein gutes Team und es gab noch mehr als genug Ungerechtigkeit auf dieser Welt.

Auf der Fahrt nach Bamberg gelang es ihm, seine Angst und Wut in den Hintergrund zu drängen. Er brauchte einen Plan, und zwar schneller, als Eva Lange benötigte, um aus dem Koma zu erwachen. Natürlich hatte er im Krankenhaus angerufen, doch wie er sich schon gedacht hatte, reichte nicht einmal der Umstand, dass man ihn dort als Pfarrer kannte, aus, um Auskunft über ihren wahren Gesundheitszustand zu bekommen. Kommissar Hattinger hatte offenbar eine komplette Informationssperre durchgesetzt.

Kurz nach dem Bamberger Ortsschild stoppte er den Wagen an einer Bushaltestelle. Er zog sein Smartphone heraus und tippte »Ruben Hattinger« in das Eingabefeld der Suchmaschine. Das Gerät zeigte einige Einträge, die sich aber ausschließlich auf die Polizeischule bezogen und keine privaten Details preisgaben. Danach versuchte er noch einige andere Suchbegriffe, die ihn ebenfalls nicht weiterbrachten.

Krüger stieg aus und lehnte sich frustriert an seinen Wagen. Sein Blick fiel auf eine nahe Kirche. Er grinste, stieg wieder ein und googelte die Adresse der hiesigen Kirchenverwaltung. Zehn Minuten später parkte er direkt vor dem Gebäude, ging hinein und erklärte dem Pförtner: »Ich komme zwar unangemeldet, müsste aber dringend einen Blick in das Geburtenregister werfen.«

»Warum und wer sind Sie?«, fragte der Mann mürrisch.

Krüger zog seinen Priesterausweis aus der Tasche. »Pfarrer Gerhard Krüger aus Parsberg. Ich möchte einer dementen Frau dabei helfen, ihre Tochter wiederzufinden. Die arme Frau wird nicht mehr lange leben. Sie hat seit Jahren keinen Kontakt mehr zu ihrer Tochter gehabt und weiß nur, dass sie hier in Bamberg ein Kind zur Welt gebracht hat.«

»Ja, traurig«, brummte der Pförtner. »Und warum schaut sie nicht einfach ins Telefonbuch?«

»Weil ihre Tochter inzwischen geheiratet hat und sie den neuen Nachnamen nicht kennt. Die Geburt müsste aber noch unter ihrem Mädchennamen erfolgt sein.«

»Einwohnermeldeamt«, schlug der Mann einsilbig vor.

Krügers Backenzähne knirschten. Er richtete sich zu seiner vollen Größe auf und erklärte barsch: »Ich habe nicht vor, hier noch eine Stunde mit Ihnen zu diskutieren. Sie melden mich augenblicklich beim Leiter dieser Einrichtung an und dann schauen wir mal, wer hier wem Rede und Antwort stehen muss.«

»Ist ja gut.« Der Pförtner winkte ab und zeigte einen Gang hinunter: »Dritte Tür auf der linken Seite. Frau Jacobs.«

»Herzlichen Dank«, sagte Krüger sarkastisch und wandte sich in die angegebene Richtung.

Frau Jacobs schien das Büro nicht oft zu verlassen und zeigte sich offen für Krügers Schmeicheleien. Eine halbe Stunde später hatte er nicht nur Kommissar Hattingers genaue Adresse, sondern wusste auch, dass keiner aus der Familie mehr einer Kirche zugehörig war. Ein Grund mehr, keine Milde walten zu lassen.

In einer scharfen Linkskurve rutschte die Packung mit seinen Psychopharmaka aus der Ablage und fiel ihm direkt auf den Schoß. Krüger dachte kurz darüber nach, eine der Pillen zu schlucken, verzichtete aber schlussendlich darauf. Bei dem, was er vorhatte, wollte er … nein, brauchte er seine Wut. Beim Gedanken an den Kommissar schoss ihm das Blut ins Gesicht. Achtlos warf er das Medikament auf die Rückbank.

Es war ein schmuckloses Haus mit mehreren Wohneinheiten, doch das Klingelschild sagte ihm, dass er hier richtig war. Jetzt brauchte er nur noch Geduld und etwas Glück. Wie Hattingers Frau und Tochter aussahen, wusste er aus Parsberg, doch leider hatte er keine Ahnung von ihren Vorlieben und wie sie ihren Alltag lebten. Bei seinen anderen Opfern hatte er genügend Zeit gehabt, um sie über Monate zu studieren, und hatte bei manchen sogar als Seelsorger am Küchentisch gesessen. Doch hier wusste er nichts. Folglich gab es nur zwei Möglichkeiten.

Entweder er wartete darauf, bis er sie zu sehen bekam, oder er ging die Sache offensiv an. Allerdings lief er so Gefahr, dass Mutter oder Tochter schon ein Bild von ihm gesehen hatten und misstrauisch wurden.

Der Zufall meinte es gut mit ihm, zumindest ein bisschen. Pia Hattinger verließ zusammen mit ihrer Tochter das Haus. Sie gingen nach rechts, in Richtung eines kleinen Supermarkts. Krüger beschloss, es darauf ankommen zu lassen. Er stieg aus und folgte den beiden mit einigem Abstand. Kurz vor dem Supermarkt blieben sie stehen, wechselten einige Worte und gingen getrennte Wege. Die Mutter ging weiter zum Supermarkt, während Elisa zur nächsten Bushaltestelle schlenderte.

»Suboptimal«, murmelte Krüger leise, zumal auch schon der Bus in die Straße einbog. Er drehte sich um, rannte zurück zum Auto und wartete, bis der Bus an ihm vorbeigefahren war. Danach startete er den Motor und fuhr hinterher.

An der nächsten Ampel fiel sein Blick auf die Uhr und kalter Schweiß bildete sich auf seiner Stirn. Es gab noch so viel zu tun und diese ganze Aktion dauerte schon viel zu lange. Außerdem hatte er keine Ahnung, wie er weiter vorgehen wollte, wenn diese Göre endlich einmal den Bus verließ.

Kalter Schweiß, dachte er. Da war die erhoffte Eingebung.

Als der Bus ein weiteres Mal stoppte, öffnete er das Handschuhfach. Es war eine kleine unscheinbare Flasche mit der Aufschrift »Nasentropfen«, doch der Inhalt hatte es in sich. Er schraubte den Deckel locker, zog etwas von der Flüssigkeit in die Pipette und stellte das Fläschchen in den Getränkehalter.

Es dauerte ganze sieben Haltestellen, bis Elisa Hattinger den Bus wieder verließ. Er zitterte vor Anspannung, doch er wusste, dass er gerade in dieser Phase Ruhe bewahren und voreilige Aktionen vermeiden musste. Und so wartete er ab, bis er ihren weiteren Weg erahnen konnte, und fuhr langsam hinterher. An der Einfahrt zu einer Sportanlage erkannte er ihr Ziel, was auch die seltsam geformte Tasche erklärte, die sie bei sich trug. Nach einem schnellen Blick in alle Richtungen handelte er. Er ließ das Fenster herunter, lenkte den Wagen neben dem Mädchen auf eine kleine Rasenfläche, machte eine Vollbremsung und begann, laut zu röcheln. Er sah sie kurz innehalten, dann blickte sie sich Hilfe suchend um und kam näher. Drei Meter von seinem Wagen entfernt blieb sie stehen und rief misstrauisch: »Was haben Sie? Soll ich den Notarzt rufen?«

Er fasste sich an den Hals, röchelte ein weiteres Mal und schüttelte den Kopf. Krächzend stammelte er: »Dauert zu lange … Herzspray … Handschuhfach … bitte … schnell.«

Hattingers Tochter zögerte noch immer. »Bitte … schnell«, flehte er.

Endlich fasste sich die Kleine ein Herz, ließ ihre Tasche fallen und rannte um das Auto herum zur Beifahrertür. Er fuchtelte in Richtung des Handschuhfachs. Sie beugte sich hinein und er griff zu. Elisas Kieferknochen leisteten deutlich weniger Widerstand als die von Eva Lange und so konnte er ihr die Tropfen innerhalb von wenigen Sekunden in den Mund drücken. Nach weiteren zehn Sekunden wurde ihre Gegenwehr schwächer und ihr Körper erschlaffte.

60

Es war einer der wenigen Tage, an denen Ruben die Arbeitsweise des Polizeiapparats nervte. Sowohl für Evas Vorgesetzten als auch für den Staatsanwalt war der Tathergang, der zu Evas Verletzungen geführt hatte, eindeutig geklärt. Und da der Täter, Oskar Burkel, getötet wurde, teilte niemand seine Bedenken, dass sie weiterhin in Gefahr sein könnte.

Ruben hätte gerne einen Beamten vor der Krankenhaustür postiert, um selbst weiterermitteln zu können. Als Sonderermittler der Bundespolizei konnten ihn die regionalen Polizeibehörden nicht in die Schranken weisen und von dem Fall abziehen. Das konnte nur sein Chef in Bamberg, und der ließ ihm für gewöhnlich freie Hand.

Aber es half alles nichts. Nachdem seine Bitte um einen Polizisten mit den üblichen Ausreden abgewiesen wurde, blieb ihm nichts anderes übrig, als sich selbst um Evas Schutz zu kümmern. Und so lauschte er dem gleichmäßigen Takt der Beatmungsmaschine und wartete darauf, dass es Nacht wurde.

Laut den Ärzten war Evas Zustand stabil, aber sie wollten ihrem Körper noch einige Tage zur Erholung geben, bis man sie aus dem künstlichen Koma zurückholte. Und erst dann würde man wissen, ob und wie stark ihr Gehirn Schaden genommen hatte. Natürlich hätte Ruben so lange warten können, aber er wollte Krüger so schnell wie möglich überführen. Wenn Eva tatsächlich irgendwann gegen ihn aussagen konnte, wäre das gut, aber darauf konnte er sich nicht verlassen.

Stunde um Stunde verging. Neben einigen Recherchen im Internet vertrieb er sich die Zeit damit, Pia zu schreiben. Sie tauschten einige gut gelaunte Nachrichten und Neckereien, bis sich Pias Stimmung gegen neunzehn Uhr plötzlich änderte. Ihre SMS wurden knapper, sie wirkte abgelenkt. Eine weitere halbe Stunde später erfuhr Ruben endlich auch den Grund dafür. »Elisa ist spät dran und ich habe eben im Sportverein angerufen. Sie war nicht beim Training.«

Ruben wollte den Gedanken nicht zulassen, doch Bamberg war nicht weit weg. Hatte Krüger bei ihrem Gespräch Verdacht geschöpft? Rastlos stand Ruben auf und ging einige Male im Krankenzimmer auf und ab. Schließlich nahm er das Handy und rief zu Hause an.

Da seine Ermittlungen selten direkt in Bamberg stattfanden, hatte er sich in der Vergangenheit nie mit dem Thema der persönlichen Bedrohung seiner Familie auseinandersetzen müssen. Natürlich hatte er trotzdem dafür gesorgt, dass sie in keinem Telefonbuch standen, und sein Kollege Habermann entfernte regelmäßig Interneteinträge, die auf ihn oder seine Familie hinweisen könnten. Doch sie hatten auch nie versucht, sich zu verstecken, und wenn jemand gründlich genug suchte, würde er sie auch finden.

Ruben fehlte schlicht die Erfahrung, wie er mit so einem Fall umgehen sollte, und so versuchte er erst gar nicht, Pia zu beruhigen oder anzulügen. Seine Frau hörte ihm schweigend zu, stieß ein verzweifeltes »Nein« aus und fragte nach einem unterdrückten Schluchzen: »Aber das kann doch nicht sein … nicht unsere Kleine. Bist du dir sicher?«

»Nein, sicher bin ich mir nicht und vielleicht hat sie auch nur jemanden getroffen, der sie vom Training abgehalten hat. Aber ich will ehrlich zu dir sein. Ich kann die Möglichkeit nicht ausschließen.« Ruben spürte selbst, dass er viel zu sachlich war. Er fühlte sich wie erstarrt. »Mach dir bitte nicht mehr Sorgen als nötig. Kannst du ihre Freunde abtelefonieren? Vielleicht klärt sich die Sache von alleine. Hast du es denn schon auf ihrem Handy versucht?«

»Denkst du, ich bin blöd?«, fragte Pia verzweifelt. »Nichts … es kommt immer nur die Ansage, dass der Teilnehmer nicht erreichbar ist.«

Ruben atmete hörbar aus. Er musste Ordnung in seinen Kopf bringen. »Lass uns bitte auflegen. Ich muss über die nächsten Schritte nachdenken.« Pia schwieg. Drängend fügte er hinzu: »Bitte vertrau mir. Ich liebe unsere Kleine genauso wie du und werde alles tun, damit ihr nichts passiert.«

»Ja, gut«, antwortete Pia schwach und legte auf. Kurz darauf schickte sie ihm eine SMS: »Soll ich die Polizei informieren?«

Ruben tippte »Vorerst nicht«, setzte sich auf den Stuhl, legte das Gesicht in seine Hände und versuchte, analytisch an die Sache heranzugehen.

Er stellte sich vor, er wäre Krüger. Was wären seine weiteren Schritte? Wie er es auch drehte und wendete, er kam immer zu dem Schluss, dass dieser Irre seine Tochter nicht wieder gehen lassen konnte. Es sei denn, sie hatte ihn bei der Entführung nicht sehen können.

Was Krüger bezwecken wollte, lag auf der Hand. Ruben konnte nicht gleichzeitig nach seiner Tochter suchen und dabei Eva beschützen. Doch selbst wenn sein erster Impuls war, sofort aufzuspringen und Elisa aus den Klauen dieses Irren zu retten, er wusste ja nicht einmal, wo er suchen sollte.

Langsam bildete sich eine vage Idee in seinem Kopf. Vielleicht war es seine einzige Chance.

Er nahm das Handy erneut in die Hand, wählte Schobers Nummer und erklärte ihm die Lage. Anschließend wartete er noch eine halbe Stunde wie auf glühenden Kohlen. Endlich war es so weit. Er nahm seine Jacke und ging zum Schwesternzimmer. Er musste seinen ganzen Charme spielen lassen, um das medizinische Personal des Krankenhauses zu überzeugen, bei seinem Plan mitzumachen. Doch schließlich schien die ehrliche Sorge um seine Tochter und die verletzte Patientin den Ausschlag zu geben. Der anwesende Oberarzt und die Pfleger und Krankenschwestern versprachen, in Absprache mit dem Security-Team des Krankenhauses alle nötigen Schritte einzuleiten.

Fünf Minuten später trat er aus dem Hauptausgang der Klinik, warf einen langen Blick in den nächtlichen Himmel und ging mit bewusst sorgenvollem Gesichtsausdruck zu seinem Auto. Als er dort angekommen war, ließ er seinen Schlüssel fallen, bückte sich danach und sah sich unauffällig um.

Krügers gelber Opel stand tatsächlich in der dunkelsten Ecke des großen Parkplatzes und Ruben glaubte, eine Bewegung im Inneren zu erkennen. Er war überrascht, dass der Seelsorger so unvorsichtig war und sich nicht einmal die Mühe gemacht hatte, sein Auto weiter weg zu parken. Krüger schien entweder darauf zu vertrauen, dass Ruben vor lauter Sorge um seine Tochter unaufmerksam sein würde, oder er war so ängstlich und verzweifelt, dass er seine Handlungen kaum noch durchdachte.

Ruben nahm seinen Schlüssel, öffnete das Auto und fuhr vom Platz. Als er außer Sichtweite war, piepste sein Handy: eine Nachricht von Pia. Elisas Handy war unweit der Einfahrt zu ihrer Tennishalle gefunden worden. Er antwortete seiner Frau, telefonierte kurz mit Schober, suchte sich einen dunklen Parkplatz und stieg wieder aus.

Eigentlich mochte er die Dinger nicht, aber er hatte Schober versprechen müssen, die schusssichere Weste anzulegen. Also holte er sie aus dem Fach im Kofferraum, zog sie über und joggte zu einem der Nebeneingänge der Klinik. Dort hatte er einige Mühe, sich zu orientieren, fand schließlich einen Wegweiser und folgte dem angegebenen Treppenaufgang bis in das zweite Stockwerk.

Die junge Krankenschwester war erstaunlich abgeklärt. Sie fing ihn schon auf dem Flur ab, zog ihn in eine kleine Kammer und bat ihn, sich zu setzen. Anschließend wickelte sie ihm mehrere Mullbinden um den Kopf, trat zurück und fragte: »Geht das so für Sie?«

»Ja«, nuschelte Ruben durch den Verband und zupfte sich den Mund frei. Danach stopfte die Schwester einige von Evas abgeschnittenen Haarsträhnen zwischen die Verbandlagen. Ruben fragte sich, wie Eva auf den Verlust reagieren würde.

Zehn Minuten später lag er bis zum Hals zugedeckt im Bett und versuchte, sich an das dicke Mundstück des Beatmungsgerätes zu gewöhnen.

Als alles bereit war, schickte man dem Mann am Informationsschalter eine kurze Nachricht. Er überflog den kurzen Text, hob den Blick und erklärte Krüger, den er seit einigen Minuten hingehalten hatte: »Ah, da haben wir es ja. Frau Eva Lange wurde als Privatperson eingebucht, daher habe ich unter Kommissarin nichts gefunden.«

»Und wo liegt sie nun?«, fragte der Seelsorger barsch, riss sich aber zusammen und fügte freundlicher hinzu: »Es geht wirklich um Leben und Tod. Frau Lange hat mir oft gesagt, dass sie in einem solchen Fall unbedingt den letzten Segen empfangen möchte.«

Oben im zweiten Stock schaltete man die Nachtbeleuchtung ein, gab Ruben ein Zeichen und die Schwestern, Pfleger und Ärzte zogen sich zurück.

Zwei Minuten später hörte Ruben die Aufzugtür. Schritte näherten sich vorsichtig. Falls es tatsächlich Krüger war, schien er es nicht eilig zu haben oder er musste sich erst orientieren. Dann verstummten die Schritte und er hörte das leise Klicken der Türklinke. Rubens Finger lag auf der Notruftaste, doch er durfte sie keinesfalls zu früh drücken. Denn selbst wenn der Mann ein Messer bei sich hätte, würde dies nie für eine Verurteilung genügen.

Ruben konzentrierte sich darauf, seine Lunge im Takt des Atemgeräts zu bewegen. Er konnte sich nur auf sein Gehör verlassen. Eigentlich erwartete er das Klirren einer Klinge oder Krügers Hände an seinem Hals, doch dieser schien etwas anderes vorzuhaben. Ruben wagte nicht zu blinzeln. Er hörte etwas, das wie das Öffnen einer Flasche klang. Dann spürte er, dass sich der Seelsorger am Mundstück des Atemgeräts zu schaffen machte. Es war nicht viel Flüssigkeit und doch hatte er alle Mühe, nichts davon zu schlucken. *Gift. Scheiße.* Er drückte auf den Notrufknopf. Die folgenden Sekunden waren die längsten, die Ruben je erlebt hatte. Nach einer gefühlten Ewigkeit flog endlich die Tür nach innen auf und zwei schwarz vermummte Männer drängten in den Raum. Er schickte in Gedanken ein Dankgebet an Kommissar Schober. Er wusste nicht, wie es dem Kollegen so schnell gelungen war, das SEK zu mobilisieren, aber das Einsatzkommando war noch nie so willkommen gewesen. Ruben hörte noch das Zischen eines Elektroschockgeräts, drehte sich zur Seite und spuckte die Flüssigkeit neben das Bett.

Doch es hatte zu lange gedauert, seine Schleimhaut hatte genügend von dem Gift aufgenommen, um seine Gedanken auf Abwege zu bringen.

Durch seine Adern zog ein leichtes Brennen, dann folgte die völlige Erschöpfung. Sein letzter Gedanke war: *Ich muss Elisa finden …*

61

Sein Zustand erinnerte Ruben an die ausufernde Zeit seiner Jugend, in der ab und zu Drogen im Spiel gewesen waren. Klare Wahrnehmungen vermischten sich mit verwirrend abstrakten. Mal wirkten die sanften Worte der hübschen Krankenschwester beruhigend, mal lustig und mal wie Hohn.

Er griff mit leichtem Zittern zu dem Becher mit Wasser, trank umständlich und lallte grinsend: »Wasch war esch für ein Zeuch?«

»K.-o.-Tropfen, und nicht die leichtesten«, klärte ihn die junge Frau auf. »Es wird gleich besser, wir haben Ihnen ein Gegenmittel gespritzt.«

»Schaade«, murmelte Ruben und begann zu lachen.

Eine halbe Stunde später war er wieder halbwegs auf den Beinen und die quälende Sorge um seine Tochter kehrte mit voller Wucht zurück. Allen Versuchen, ihn zurückzuhalten, zum Trotz erklärte er dem Arzt, dass er auf keinen Fall länger bleiben konnte. Er stand entschlossen auf, spürte ein leichtes Taumeln und musste sich am Bettrahmen festhalten. Nach einigen Sekunden hörte der Schwindel so weit auf, dass er allein gehen konnte. Mit einer Hand an der Wand folgte er den Hinweisschildern bis zum Aufzug und fuhr hinunter.

Die kalte Nachtluft tat gut und er konnte seine Gedanken so weit sortieren, dass ihm sein Auftrag an Schober wieder einfiel. Tatsächlich entdeckte er das Team am Ende des dunklen Parkplatzes. Hinter den trüben Straßenlaternen wirkten die Lampen der Spurensicherung fast, als wäre ein Ufo gelandet.

»Bitte bleiben Sie außerhalb der Markierungen!«, hörte er Schober, der ihn offenbar für einen Reporter hielt, rufen. Ruben ging weiter und musste sich kurz darauf die Frage gefallen lassen, ob er getrunken hatte.

»Allesch gut«, erwiderte Ruben. Noch immer kämpfte er gegen die Nachwirkungen der K.-o.-Tropfen. Er deutete auf Krügers Auto und fragte: »Schon wasch gefunden?«

»Geht es Ihnen wirklich gut?«

Ruben atmete zwei, drei Mal tief durch, ignorierte die Frage und erkundigte sich erneut nach der Lage. Schober ging zu einem Klapptisch und nickte zu den vielen kleinen Plastiktüten. »Alles Spuren aus dem Wagen, aber die Auswertung wird ein wenig Zeit brauchen. Vielleicht könnte ich die Suche ein wenig eingrenzen, wenn Sie mir sagen, was Sie sich davon erhoffen.«

Ruben nickte, wobei ein leichter Schwindel durch seinen Kopf ging. »Oberstes Ziel ist es, meine Tochter zu finden. Ich hatte die Befürchtung, dass Krüger die Festnahme nicht überleben könnte, daher habe ich Sie vorsichtshalber schon einmal hierher beordert.«

»Und wie geht es Krüger? War er es überhaupt?«

»Ja, und er hat gerade versucht, mich beziehungsweise Eva Lange mit K.-o.-Tropfen umzubringen. Wie es ihm geht, kann ich noch nicht sagen, ich war kurz ohnmächtig und da hatten sie ihn schon weggebracht.«

»Scheiße«, raunte Schober geschockt. »Ein Pfarrer und dann so was …«

»Egal«, sagte Ruben schroff. »Wonach wir suchen, sind Spuren, die auf den Aufenthaltsort meiner Tochter hinweisen. Erdproben aus dem Reifenprofil, Staubabdrücke auf dem Lenkrad, Hinterlassenschaften auf der Fußmatte des Fahrersitzes … so was.«

»Alles klar«, bestätigte Schober und rief seinen beiden Kollegen einige Befehle zu. Ruben telefonierte kurz mit dem Leiter des Sondereinsatzkommandos und erfuhr, dass man Krüger mit einem Elektroschocker außer Gefecht gesetzt hatte. Er befand sich noch immer in dem Krankenzimmer für Häftlinge. Danach wandte Ruben sich noch einmal zu Schober: »Machen Sie weiter und sagen Sie mir bitte sofort Bescheid, wenn Sie einen Hinweis gefunden haben. Ich werde mich mit dem Seelsorger unterhalten und hoffe, dass er mir Elisas Aufenthaltsort nennt.«

Der Kriminaltechniker bat ihn, noch einen Augenblick zu warten, nahm eines der Tütchen vom Tisch, hielt es gegen die Lampe und fragte: »Könnte das ein Haar Ihrer Tochter sein? Wir haben es auf der Rückbank gefunden.«

Ruben begutachtete das Tütchen von allen Seiten, schluckte und erklärte mit gedämpfter Stimme: »Die Farbe stimmt und auch von der Länge her könnte es ihres sein.«

»Tut mir leid«, murmelte Schober. »Aber bevor Sie zu dem Mistkerl gehen, sollten Sie noch etwas wissen.« Er nahm ein weiteres Tütchen, in dem sich eine angebrochene Medikamentenpackung befand. »Wenn Krüger die Dinger genommen beziehungsweise nicht mehr genommen hat, müssen Sie mit allem rechnen. Ich habe gerade, kurz bevor Sie gekommen sind, das Internet bemüht. Das sind hochwirksame Psychopharmaka für Menschen mit einer ausgeprägten Psychose.«

Ruben nickte. »Danke. Gute Arbeit. Ach, und Schober?«

»Ja?«

»Wie zur Hölle haben Sie es geschafft, das SEK so schnell hierher zu beordern, und das ohne handfeste Beweise?«

Schober grinste. »Sagen wir so, der Leiter des Sondereinsatzkommandos hat schon öfter ein Weizen mit mir getrunken und ich hatte noch einen Gefallen bei ihm gut.«

»Alle Achtung, Schober. Wenn ich gewusst hätte, dass Sie derart nützlich sind, hätte ich Sie schon viel früher um Hilfe gebeten.«

Die frische Luft hatte Ruben gutgetan und er ging mit neuen Kräften zurück in die Klinik. Nachdem er an der Auskunft die entsprechende Abteilung erfahren hatte, folgte er den Hinweisschildern, die ihn gefühlt kreuz und quer durch das Haus führten, bis er endlich zu der richtigen Tür kam. Er klingelte und sah sich kurz darauf einem vermummten SEK-Beamten gegenüber. Dieser kontrollierte seinen Ausweis, funkte kurz seinen Chef an und ließ ihn schließlich eintreten.

Der kleine Vorraum war karg und leer und erinnerte eher an ein Gefängnis als an ein Krankenhaus. Hinter einer der beiden Türen war gedämpftes Stöhnen zu hören.

»Ganz schön wehleidig, der Herr Pfarrer«, stellte der SEK-Mann ungerührt fest. »Wo wollen Sie mit ihm reden?«

»Gleich hier«, erwiderte Ruben angespannt. »Ist er fixiert?«

Der Beamte grinste. »Na klar, anders war der Mann kaum zu bändigen. Nicht zu glauben, welche Kraft man vom Bibelheben bekommt.« Er zog einen Schlüssel aus der Tasche, entriegelte die Tür und zog sie nach außen auf.

Ruben blieb im Türrahmen stehen. »Warum hängt er an einem EKG?«

Der SEK-Mann zuckte mit der Schulter. »Einmal schocken hat nicht gereicht und unsere Taser können ganz schön heftig sein. Die Ärzte wollten sichergehen, dass sein Herz nichts abbekommen hat.«

Ruben trat ein, ging neben das Bett, auf dem Krüger mit breiten Lederriemen befestigt war, und sah ihn einfach nur an. Nach einigen langen Sekunden öffnete der Seelsorger die Augen und lächelte.

Ruben war selten richtig wütend, doch nun kochte der Zorn in ihm hoch. Trotzdem erwiderte er das Lächeln. »Wo ist sie?«, fragte er sanft.

Krüger drehte den Kopf zu ihm und antwortete mit kräftiger Stimme: »Aber Herr Hattinger, Sie wissen doch, dass ein Joker ein Spiel erst richtig interessant macht.«

»Wir reden aber nicht von einem Spiel, sondern von einem jungen Mädchen, das sein Leben noch vor sich hat.«

Der Seelsorger schnalzte mit der Zunge, schüttelte den Kopf und versuchte, sich zu bewegen, was die Riemen zuverlässig verhinderten. Verächtlich sagte er: »Das Mädchen tut nichts zur Sache. Aber Sie, Hattinger, Sie beschützen so oft die Falschen und lassen die Opfer alleine, dass ich finde, Sie haben eine Lehrstunde verdient.«

»Wer hat Sie zum Richter gemacht? Warum maßen Sie sich so etwas an?«, fragte Ruben kalt. Von einem Moment zum anderen veränderte sich alles an dem Mann. Seine Augen weiteten sich, seine Gesichtszüge schienen wie eingefroren und das Piepsen des EKGs wurde schneller. Krüger schien mit jeder Faser seines Körpers gegen die Fesseln zu arbeiten, die ein leises Knarren von sich gaben. Schließlich öffnete er den Mund und sagte mit völlig veränderter Stimme, die eher wie ein Grollen klang: »Ich bin von Gott gesandt, dem Treiben ein Ende zu setzen. Gott sah das Unrecht jahrelang durch meine Augen und machte mich zu dem, was ich jetzt bin. Er nahm mir Schmerz und Angst und schenkte mir die Macht, über andere zu richten.«

»Schöner Spruch.« Krüger war nicht der erste Psychopath, dem Ruben begegnete, und wie immer fiel es ihm schwer, einen solchen Menschen ernst zu nehmen. Unter normalen

Umständen wäre er gegangen, aber Elisas Leben hing von diesem Idioten ab. Er atmete tief durch. »Und wie passt das damit zusammen, dass Sie eines von Gottes unschuldigen Kindern entführen und seinem Schicksal überlassen? Damit begeben Sie sich auf die Seite, die Sie eigentlich bekämpfen wollen.«

»Nein, nein, nein«, brüllte Krüger. »Jeder Racheengel hat seine Gehilfen. Ja, die Natur wird dafür sorgen, dass sie stirbt, aber das wird Ihnen die Augen öffnen und ihr Tod wird einen Sinn haben!« Er starrte Ruben in die Augen und grinste provozierend. »Ich werde jeden einzelnen Mord gestehen. Ich werde jede einzelne Sekunde der Qualen schildern, die ich den Unwürdigen zugefügt habe. Aber ich werde Ihnen niemals sagen, wo Elisa ihrem Tod entgegensieht. Und nun gehen Sie. Gehen Sie und heulen Sie mit den Wölfen, denn bei denen gibt es kein Unrecht.« Lachend schrie er: »Nie, nie, nie.«

Ruben spürte, wie er dabei war, den letzten Rest seiner Beherrschung zu verlieren. Er holte aus und ließ seine Faust mit aller Kraft herunterfahren. Kurz vor dem Gesicht des Mannes zwang er sich, die Richtung zu ändern, und streifte nur dessen Ohr. Er stieß ein wütendes Knurren aus und ging von höhnischem Lachen begleitet hinaus.

62

Es war kurz vor Mitternacht, als der Streifenbeamte den Wagen vor der JVA Straubing parkte. Ruben bat ihn zu warten, stieg aus und ging zum Eingang.

Während der Fahrt hatte er kurz Rücksprache mit dem Staatsanwalt gehalten, der angesichts der Umstände keine Einwände gegen ein weiteres Verhör der Ex-Polizistin Nadine Leitner hatte.

Hinter der ersten Tür wurde Ruben von einem Vollzugsbeamten erwartet. Nachdem er seine Waffe abgegeben hatte, brachte man ihn zu einem kleinen Raum im Frauentrakt der Anstalt, wo Nadine bereits an einem kleinen Tisch saß und ziemlich müde aussah. Ruben bedankte sich bei dem Beamten, schaltete das Mikrofon ein und nahm ihr gegenüber Platz. Er sah der jungen Frau eindringlich in die Augen. »Das ist Ihre letzte Chance, Ihre Aussage zu revidieren, und Sie können darüber hinaus das Leben eines Mädchens retten. Ich habe gerade mit dem Staatsanwalt gesprochen, der mir zusicherte, dass sich das strafmindernd auswirken würde.«

Nadine Leitners Müdigkeit schien mit einem Mal verflogen. »Ich habe keine Ahnung, wovon Sie sprechen.«

»Ich spreche davon, dass Ihre erste Geschichte eine komplette Lüge war. Ich konnte Herrn Krüger überführen und er hat vor etwa eineinhalb Stunden gegen Sie ausgesagt. Er hat einen weiteren Menschen auf dem Gewissen und ein junges Mädchen entführt. Es ist jetzt wirklich keine Zeit für weitere Spielchen.«

»Na, wenn Sie eh schon alles wissen …«

»Ich werde Ihnen ein paar meiner Thesen vortragen und es genügt, wenn Sie ›richtig‹ oder ›falsch‹ sagen. Arbeiten Sie mit mir zusammen?«

Ruben wartete ihr Nicken ab und sagte ins Mikro: »Frau Leitner stimmt dem Verhör zu und verzichtet im Moment auf einen Rechtsbeistand.« Anschließend lehnte er sich zurück und begann: »Sie haben durch Urkundenfälschung dafür gesorgt, dass Herr Unruh vorzeitig aus der Haft entlassen wurde.«

Sie zögerte, stieß dann aber ein widerwilliges »Richtig« aus.

»Sie haben Herrn Unruh nur aus dem Gefängnis geholt, um der Polizei einen Schuldigen für die Morde zu liefern.«

Wieder dauerte es einen Moment, bis sie erneut »Richtig« sagte.

»Sie waren nie in ihn verliebt, haben ihm gegenüber aber so getan, als würde alles aus Liebe geschehen.«

»Richtig, obwohl er schon eine gewisse Ausstrahlung hatte.«

»Ihr einziges Ziel war es, dem Pfarrer und Seelsorger Herrn Krüger dabei zu helfen, die von ihm geplanten Morde durchzuführen, und ihn zu decken.«

Nadine Leitner atmete durch, bevor sie wieder ein: »Richtig« herauspresste. Sie beugte sich nach vorne. »Oder sollte ich dabei zusehen, dass der Vater meines ungeborenen Kindes ins Gefängnis muss?«

»Sie sind von ihm schwanger?« Das überraschte sogar Ruben.

Sie deutete ein Nicken an: »Ja. Und außerdem hatte Gerhard mit allem recht. Diese Welt ist ein Scheiß-Ort für ein Kind, und wenn wir nichts dagegen tun, bleibt das auch so. Diese Dreckspädophilen, die kleine Seelen verstümmeln, bei ihrer Festnahme winseln und Gerhard im Knast die Ohren vollheulen. All diese Tonis, die Frauen vergewaltigen und sich hinter ihrer Polizeimarke verstecken. All diese Ex-Nazis, die ein prächtiges Leben führen und alles verleugnen. Wer tut etwas dagegen? Die gehen für ein paar Monate in den Knast und machen danach genau da weiter, wo sie aufgehört haben.«

Ruben witterte seine Chance. »Ja, in gewisser Weise kann ich diesen Frust verstehen. Geht mir ja selbst oft nicht anders. Da sperrt man jemanden weg und es genügt eine kleine Unregelmäßigkeit und selbst Schwerverbrecher lachen über uns. Was ich allerdings nicht verstehen kann, ist, warum Krüger ein Mädchen irgendwohin verschleppt hat und es dort sterben lassen will. Das passt doch nicht zu den Hintergründen, die Sie mir gerade geschildert haben. Ich meine, Sie als werdende Mutter können das doch nicht zulassen.«

Es vergingen einige Augenblicke, in denen Nadine anscheinend tatsächlich darüber nachdachte. Schließlich sah sie auf. »Sie glauben also tatsächlich, dass ich eine Idee habe, wo die Kleine sein könnte?«

»Ja.« Ruben hatte einen Kloß im Hals und versuchte mit aller Macht, seine Stimme ruhig und gelassen klingen zu lassen. Bis jetzt hatte Nadine Leitner keine Ahnung, dass es sich bei dem Mädchen um sein Kind handelte, und das sollte auch so bleiben. Aber die Frau war noch immer Polizistin und sie war gut in ihrem Job. Ihr Mund formte sich zu einem Lächeln. »Das Mädchen steht Ihnen nahe, stimmt's? Hat er Ihre Tochter entführt?«

Ruben nickte zögernd.

»Und er hat Ihnen nichts gesagt?«

»Nein«, antwortete Ruben leise. Er sah sie eindringlich an. »Wussten Sie, dass er starke Psychopharmaka nimmt?«

Dieses Mal war es ihre Stimme, die brach. In ihren Augen sammelten sich Tränen. »Nein, aber ich hatte ab und zu einen Verdacht.« Sie schluckte und blickte auf ihren noch flachen Bauch herunter. »Glauben Sie, es ist erblich?«

Ruben deutete ein Kopfschütteln an. »Ich habe keine Ahnung, das müssen Sie einen Fachmann fragen. Und ehrlich gesagt ist mir das im Augenblick auch ziemlich egal. Ich muss Elisa finden …«

Sie starrten einander an, jeder in seinen eigenen Gedanken gefangen. Schließlich sagte Nadine: »Es tut mir leid, ich würde Ihnen wirklich gerne helfen, aber ich habe keine Ahnung, wo sie sein könnte. Gerhard hat mir nie Details verraten. Angeblich wollte er nicht, dass ich mich durch Insiderwissen selbst belasten könnte. Allerdings glaube ich langsam, dass er einfach Angst hatte, dass ich kalte Füße bekomme und ihn verrate.«

»Scheiße.« Es gab für Ruben keinen Grund mehr, seine Verzweiflung zu verbergen. Er atmete hörbar aus, schaltete das Mikrofon ab und stand auf. An der Tür blieb er noch einmal stehen. »Alles Gute für Ihr Kind.«

Sie sagte: »Für Ihres auch«, doch das hörte er schon nicht mehr.

Die frische Nachtluft brachte Ruben endgültig zu Fall. Nachdem sich die Tür der JVA hinter ihm geschlossen hatte, setzte er sich auf eine Stufe, ließ das Gesicht in die Hände sinken und weinte. Er hatte schon so viele Fälle gehabt und nie hatte ihn etwas tiefer berührt, nichts hatte seinen Schutzpanzer durchdringen können. Und nun das … ausgerechnet Elisa. Am liebsten wäre er zurückgefahren und hätte die Antwort aus Krüger herausgeprügelt.

Sein Handy klingelte. Eilig nahm er ab, in der Hoffnung, dass Schober inzwischen etwas herausgefunden hatte, doch es war Pia. Wie sollte er seiner Frau erklären, dass er bisher keinen Schritt weitergekommen war und nur Gott wusste, wo dieser Irre ihre Kleine hingebracht hatte? Müde sagte er: »Hallo.«

Doch Pia zeigte nach dem ersten Schockzustand eine Stärke, die er nicht erwartet hatte. Sie machte ihm Mut und ließ ihn ihre Verzweiflung und Angst nicht spüren. Am Ende versprach er, sie auf dem Laufenden zu halten, und legte auf.

Ein Blick auf das Display zeigte, dass Schober während des Telefonats versucht hatte, ihn zu erreichen. Er drückte auf Rückruf, räusperte sich und fragte grußlos, aber mit neu gewonnener Stärke: »Gibt es Neuigkeiten?«

Schober ließ sich nicht drängen. »Wie geht es Ihnen?«

»Wieder besser, zumindest was die Drogen angeht«, erwiderte Ruben knapp. »Haben Ihre Untersuchungen eine Spur ergeben?«

Der Stolz in der Stimme des Kriminaltechnikers war nicht zu überhören. »Noch nichts Hundertprozentiges, aber ich war nicht untätig. Alle gefundenen Spuren deuten darauf hin, dass Krüger zuletzt in einen Wald gefahren ist. Außerdem habe ich den Kollegen der Verkehrsüberwachung Beine gemacht und eine sofortige Auswertung der heutigen Aufnahmen von Verkehrssündern in die Wege geleitet. Und es gab tatsächlich einen Treffer. Krüger wurde am späten Nachmittag auf der Autobahn in Richtung Velburg geblitzt. Das Bild ist ganz gut geworden und zeigt einen kleinen Teil der Rückbank seines Wagens, auf dem eindeutig etwas liegt. Wir können also davon ausgehen, dass sich Ihre Tochter irgendwo in der Umgebung von Velburg befindet. Ich habe beim SEK angefragt und noch einmal alle bisherigen Tatorte überprüfen lassen. Leider haben sie nichts gefunden. Aber die Jungs bleiben weiterhin in der Nähe und sind jederzeit einsatzbereit. Ach ja, und ich habe ein paar Spürhunde aus Regensburg angefordert, die sind aber noch nicht hier.«

Ruben schwankte zwischen Zweifeln und Hoffnung. »Sie sagten, er war in einem Wald. Lässt sich das eingrenzen?« Plötzlich fiel ihm etwas aus dem Krankenhaus ein. »Natur und Wölfe.«

»Was?« Schober verstand nicht.

»Als ich vorhin bei Krüger war, hat er etwas davon gesagt, dass die Natur für Elisas Tod sorgen würde. Und er hat mir vorgeschlagen, mit den Wölfen zu heulen.« Er schluckte. »Gibt es hier Wölfe?«

»Möglich, in letzter Zeit wurden öfter mal Spuren gefunden.«

Ruben vergaß seine gute Kinderstube. »Dieses Arschloch«, knurrte er.

Schober schien einen guten Tag zu haben und dachte für seine Verhältnisse ziemlich umfassend mit. »Also gehen wir davon aus, dass er Elisa irgendwo im Wald festgebunden hat und darauf hofft, dass sie von Wölfen gefunden wird?«

»Ja«, bestätigte Ruben. »Das würde auch zu seinen Taten passen. Er hat immer versucht, wenn es irgendwie möglich war, nicht mit den eigenen Händen zu töten. Den Kopf der jungen Frau durchtrennte eine Seilwinde, das Feuer, in dem der Junge verbrannte, wurde von jemand anderem angezündet. Die alte Frau Baumann starb durch Strom.«

»Was für ein Wahnsinn«, stöhnte Schober. »Aber meinen Sie denn, das ist realistisch? Nach allem, was ich weiß, gibt es nur eine Handvoll der Tiere in Bayern, und selbst wenn sie Elisa finden, ist es äußerst unwahrscheinlich, dass sie sie angreifen.«

»Vermutlich haben Sie recht«, sagte Ruben erleichtert. Für einen kurzen Moment war sein Gehirn mit schrecklichen Bildern von Raubtieren und seiner wehrlosen Tochter überflutet worden. »Allerdings wirkt Krüger nicht gerade wie ein Biologieexperte auf mich. Und Elisa den Wölfen zum Fraß vorzuwerfen passt genau zu seinem überspannten Psychopathenhirn. Es hat so was

Biblisches. So oder so, wenn wir Elisa nicht bald finden, wird sie verdursten oder auskühlen, und abgesehen davon wissen wir nicht, ob sie verletzt ist.«

»Bleiben Sie bitte kurz dran, einer meiner Männer hat etwas für mich.«

Ruben hörte eine kurze Unterhaltung. Als Schober wieder ans Telefon ging, klang seine Stimme optimistisch. »Das sieht gut aus. Wir haben gerade Spuren des Eichenprozessionsspinners auf der Fußmatte von Krügers Wagen gefunden, das könnte das Suchgebiet deutlich eingrenzen.«

Ruben dachte an die riesigen Wälder der Gegend, doch er verbot sich die negativen Gedanken. Er durfte jetzt nicht aufgeben. Fakt war, dass Krüger die Stelle mit dem Auto anfahren konnte und mit Elisa auf dem Arm sicher nicht besonders weit in den Wald hineingegangen war.

»Sind Sie mit dem Förster in Kontakt?«

»Noch nicht, aber das wäre mein nächster Schritt gewesen.«

»Gut«, sagte Ruben. »Fragen Sie bitte auch, ob man in dieser Gegend Wildkameras aufgestellt hat. Ich meine, mich zu erinnern, dass man sie bei Wolfssichtungen einsetzt, da die Tiere so scheu sind.«

»Alles klar«, bestätigte Schober. »Kommen Sie wieder her?«

»Ja. Natürlich.«

»Wir treffen uns im Ortszentrum von Velburg und ich koordiniere schon einmal die Einsatzkräfte.«

Ruben wollte schon auflegen, sagte aber: »Kommissar Schober?«

»Ja?«

»Sie sind einer der wenigen Menschen, bei denen mich mein erster Eindruck getäuscht hat.«

»Danke!«

63

Elisa hatte von ihrem Vater gelernt, die Dinge nicht so furchtbar ernst zu nehmen. Aber wie zum Teufel sollte man in ihrer Situation ruhig bleiben? Dieser Mann war grob zu ihr gewesen, wie ihr schmerzender Kiefer bezeugte. Jedes Mal, wenn sie auch nur ein leises Stöhnen von sich gegeben hatte, hatte er angehalten, gewaltsam ihren Mund geöffnet und irgendeine Flüssigkeit hineingetropft. An die Zeit danach fehlte ihr jede Erinnerung. Irgendwann hatte er den Motor abgestellt und sie unsanft von der Rückbank gezogen.

Elisa war es zu dem Zeitpunkt kaum möglich gewesen, ihre Umwelt wahrzunehmen. Sie hatte das Gefühl, als würde ihr Verstand irgendwo zwischen Realität und Traum festhängen. Er zog sie auf die Beine, sie sackte zusammen und er wiederholte es so lange, bis sie von allein stehen blieb. Irgendwann spürte sie seine Hand auf ihrem Gesicht, dieses Mal nicht grob, sondern viel zu zärtlich. Seine Stimme klang weit entfernt. »So schön«, sagte er. »Wie eine Knospe, die sich gerade zu einer Frau entfaltet.«

Elisa wusste, dass sie sich wehren wollte, doch ihr Körper versagte ihr den Dienst. Der Mann legte sich ihren linken Arm über die Schulter, stützte sie mit seiner Hand um die Hüfte und sie liefen los. Es gab keinen Weg oder auch nur einen Pfad, dem sie folgen konnten, was es beschwerlich machte. Aber der Mann war kräftig und immer wenn ihre Beine versagten, war er zur Stelle. Er hob sie spielend leicht über umgefallene Bäume, wobei er ihr absichtlich zu nahe kam. Einmal hatte er sogar an ihr gerochen. Er hob sie höher als nötig, drückte sein Gesicht an die Stelle, wo sich gerade ihre Brüste entwickelten, und sog die Luft hörbar durch die Nase.

Die frische Luft und die Bewegung drangen durch den Rausch der Droge, die er ihr gegeben hatte. Einerseits tat das gut, andererseits bröckelte damit auch das wohlige Gefühl der Sicherheit. Jetzt, wo ihr nicht mehr alles egal war, stieg ihre Angst ins Unermessliche.

Elisa hatte keine Ahnung, wie weit sie gegangen waren, als er stehen blieb und sie unsanft zu Boden stieß. Sie hatte ihre Gliedmaßen wieder weit genug unter Kontrolle, um den Sturz abzufangen, aber an Gegenwehr war nicht zu denken. Ihr blieb nur, sich zusammenzurollen und abzuwarten, was er mit ihr vorhatte.

Natürlich wusste sie, dass es Vergewaltigungen gab. Durch die Arbeit ihres Vaters war ihr nur zu sehr bewusst, dass es Monster gab, die auch vor jungen Mädchen nicht zurückschreckten. Aber bis jetzt hatten die Fälle ihres Vaters nichts mit ihr zu tun gehabt. Die Opfer waren bedauernswert, sicher, und ihr Papa würde für Gerechtigkeit sorgen, aber all das passierte *außerhalb*, irgendwo anders. In ihrem Leben war dieser Schrecken nicht existent, da waren ihre Mama, ihr Papa und all die anderen Beschützer. *Ihr* durfte doch so etwas nicht passieren!

Im Augenwinkel hatte sie gesehen, wie er sich neben ihr auf das Laub sinken ließ und sie eine Zeit lang einfach nur anstarrte. Dann strich er durch ihr dichtes Haar. Sein Blick veränderte sich. Elisa kannte Gier nur in Bezug auf Geld oder darauf, ein

Tennisspiel zu gewinnen. Diese Gier war etwas anderes, das spürte sie ganz deutlich. Diese hier bezog sich auf ihren Körper.

Seine Finger auf ihrer Haut ließen sie schaudern und mehr als alles andere wollte sie sich gegen ihn wehren, doch sie war einfach zu schwach und hatte zu viel Angst. Elisa spürte, wie sie sich instinktiv noch weiter zusammenrollte, um ihm möglichst wenig von ihrem Körper preiszugeben. Doch er packte sie grob, drehte sie auf den Rücken und setzte sich auf sie.

»Ich bin doch noch ein Kind«, hörte sie sich selbst wimmern. Seine Faust schlug so knapp neben ihrem Gesicht auf den Boden, dass sie den Windzug an ihrem Ohr spürte. Danach packte er ihre Bluse mit beiden Händen, riss sie auseinander und starrte auf ihre kleinen Brüste.

Es dauerte eine gefühlte Ewigkeit, in der Elisa jederzeit erwartete, dass es nun geschehen würde. Sie hielt die Augen fest geschlossen, doch es passierte nichts. Erst als sie zu blinzeln wagte, beugte er sich zu ihr herunter, gab ihr einen sanften Kuss auf den Mund und hauchte: »Hast du wirklich geglaubt, ich würde dich vergewaltigen?« Lauter, beinahe wütend fügte er hinzu: »Nein, mein kleiner süßer Engel. So schön du auch bist, meine Liebe gehört ganz alleine der Mutter meines Kindes. Aber leider hat dein Vater etwas gegen uns und unsere Aufgabe. Nadine hat mich von Anfang an gewarnt, aber ich dachte tatsächlich, er steht auf der richtigen Seite. Dann hat er begonnen, die Sünder zu beschützen, und das kann ich nicht länger dulden.«

Elisa hatte keine Ahnung, wovon dieser Irre sprach. Sie lag weiterhin einfach nur da und hoffte darauf, dass er es damit ernst meinte. Erst als sie das Messer sah, begriff sie, dass sie noch anderen Gefahren als nur einer Vergewaltigung ausgesetzt war.

Er setzte den Schnitt so schnell, dass sie es erst begriff, als der Schmerz einsetzte und sie warmes Blut auf ihrem Bauch spürte.

»Keine Sorge, der war nicht tief. Ich bin kein Mörder, ich bereite nur vor. Und dieser Wald ist so groß, dass sie dich erst mal finden müssen. Aber sie haben gute Nasen …«

»Was … wer?«, stammelte Elisa.

Er lachte. »Die Wölfe, mein Kind. Wusstest du nicht, dass sie zurück sind? Gott hat sie geschickt und sie werden mein Werkzeug sein. Es sind grausame Raubtiere, aber auch sie sind Geschöpfe Gottes. Und er wird sie zu dir führen.«

Er zog sie in die Höhe, zerrte sie zu einem dünnen Baum und befahl ihr, sich mit dem Rücken an den Stamm zu setzen. Er bog ihre Arme nach hinten um den Stamm und wickelte etwas, das sich wie Isolierband anfühlte, um ihre Handgelenke. Als er fertig war, sah er sie zufrieden an und erklärte: »Nimm es nicht so schwer. Wer weiß, welche Sünden du in deinem Leben noch begangen hättest. Vielleicht bist du so besser dran.«

Das alles war inzwischen Stunden her, doch Elisa bekam es nicht aus ihrem Kopf. Der Mann hatte sich einfach umgedreht und war gegangen. Kurz danach war die Sonne untergegangen und die tausend Stimmen des Waldes taten so, als wäre sie gar nicht hier.

Wölfe. Elisa hatte in der Zeitung gelesen, dass einige Wolfsrudel in den bayerischen Wäldern zu Hause waren. Würden sie sie finden? *Können sie mein Blut riechen?*

Elisa hatte einen ekligen Geschmack im Mund, der ihren brennenden Durst nicht gerade erträglicher machte. Ihr dünnes, zerrissenes Oberteil schützte sie kaum vor der Kälte der Nacht und immer wenn sie sich bewegte, zog sich ein höllisches Brennen von ihrem Bauchnabel bis kurz unter die Brust.

Am Anfang hatte sie noch um Hilfe gerufen, doch bald kratzte ihr Hals so schlimm, dass es nicht mehr ging. Nun saß sie da, versuchte ab und zu, ihre Fesseln an der Rinde des Baumes abzuschaben, und nutzte die Pausen, um leise zu weinen.

Ihr einziger Halt war der Glaube daran, dass ihr Vater nichts unversucht lassen würde, um sie zu finden. Doch je weiter die Nacht in den Wald vordrang, umso mehr erfasste sie die Angst. Bilder von verbotenen Filmen manifestierten sich in ihrem Gehirn und zeigten ihr Szenen, die schon im Fernseher kaum zu ertragen waren. Halb nackt und hilflos an einen Baum gefesselt, konnte sie niemandem etwas entgegensetzen … niemandem … auch nicht den zwei kleinen leuchtenden Augen, die sie schon eine ganze Zeit lang beobachteten.

Die große Wildsau stand zwischen niedrigen Nadelbäumen und rührte sich nicht. Erst als eines ihrer Jungen in ihre Richtung laufen wollte, erwachte das Tier aus seiner Erstarrung und gab ein lautes Grunzen von sich. Elisa schrie auf und sah sich panisch um, doch selbst wenn es ihr möglich gewesen wäre, wusste sie, dass weglaufen nichts gebracht hätte. Sie schrie, bis auch der letzte Rest ihrer Stimme zu einem jämmerlichen Krächzen wurde. Doch egal, was sie anstellte, es schien die Tiere nicht zu kümmern, ganz im Gegenteil, es waren inzwischen sogar noch mehr geworden.

Als die Wolken das nächste Mal aufbrachen, zählte sie drei große und vier kleine Wildschweine. Sie schienen jede Scheu abgelegt zu haben.

Elisa wusste aus der Schule, dass diese Tiere nur Jagd auf Menschen machten, wenn sie sich bedroht fühlten. Da sie selbst jedoch nicht zurückweichen konnte, war es nicht unwahrscheinlich, dass sie genau deshalb als Bedrohung wahrgenommen wurde.

Der größte Keiler trat aus seiner Deckung, blieb kurz stehen und begann, auf sie zu zu rennen. Elisa versuchte, sich am Baum wegzudrehen, doch zwei Meter vor ihr blieb das Monster wütend schnaubend stehen und machte einige Schritte zurück.

Danach wiederholte er sein Spiel, kam aber jedes Mal ein Stück näher.

Elisa zitterte am ganzen Körper. Ihr schmerzender Bauch war vergessen. Sie hob die Beine in die Luft und hoffte, ihn durch Strampeln abzuhalten, was ihn kaum beeindruckte. Dann startete er den vermutlich entscheidenden Angriff.

Plötzlich veränderte sich etwas. Anstatt sie zu attackieren, blieb der Keiler abrupt stehen, hob seinen Kopf, drehte sich um und verschwand grunzend im Unterholz. Die anderen Schweine brauchten keine weitere Aufforderung und rannten aufgeregt hinterher.

Elisa atmete erleichtert auf, spürte aber schnell, dass sich noch etwas verändert hatte. Denn plötzlich war der Wald still, viel zu still. Was hatte die Wildschweine verjagt? Was hatte den riesigen Tieren eine solche Angst einjagen können?

Es raschelte im Unterholz. Elisa meinte, dunkle Schatten wahrzunehmen, die sich mal vor, mal hinter ihr befanden.

64

Nachdem ihn der Streifenwagen auf den Supermarktparkplatz von Velburg gebracht hatte, erkannte Ruben, dass Schober wirklich ganze Arbeit geleistet hatte. Neben den zwei grauen VW-Bussen des SEK standen weitere zwei Kombis mit Spürhunden im Kofferraum. Die Kollegen aus Evas Präsidium hatten sich etwas abseits versammelt und sogar Evas suspendierter Stellvertreter Peter Nolte wollte sich offenbar an der Suche beteiligen.

Schober stand mit weiteren fünf Mann neben dem Kleinbus der Spurensicherung, wo sie mit einem Mann, der an seiner Kleidung als Förster zu erkennen war, gerade eine Landkarte studierten.

Ruben stieg aus und trat zu Schobers Team. »Wie sieht es aus, haben Sie schon eine Idee, wo wir Elisa suchen sollen?«

»Also, Herr Kappler hat uns drei Stellen genannt, von denen er weiß, dass es dort am Baumbestand einen leichten Befall durch Eichenprozessionsspinner gibt«, sagte Schober und deutete auf den Förster. »Eine der Stellen können wir fast ausschließen, da die Gegend ziemlich ungeeignet erscheint.«

»Warum?«

»Es ist nur ein relativ kleines Wäldchen, das von Feldern umgeben ist.«

»Okay, und die anderen beiden Stellen?«

»Kommen beide infrage. Bei beiden führt eine Straße vorbei und es gibt dort weit und breit nichts außer Wald. Außerdem sind die Parkplätze für Wanderer aufgrund des Raupenbefalls gesperrt.«

Ruben wandte sich an den Förster. »Wie ist es mit Wildkameras?«

»Da gibts scho welche, aber die können wir net auf die Schnelle auswerten. Des dauert a weng. Verstehens?«

»Verstehe ich«, bestätigte Ruben. Er schwieg einen Moment. »Gibt es hier eigentlich Wölfe?«, fragte er.

Der Förster wiegte den Kopf hin und her. »Bei uns direkt sinds noch net gsehen worden, aber drüben im Bayerischen Wald, und der is net weit weg. Aber machense sich keine Sorgn. Die Viecher san viel harmloser, als es in der Presse klingt. Da würd i mir eher Gedanken um die Wildsäue machen, die han jetzt nämlich grad Ferkel.« Er lachte, doch niemand stimmte mit ein.

Ruben schloss die Augen. »Gut«, sagte er knapp. »Ich würde sagen, wir teilen die Leute auf und beginnen mit der Suche.« Schober nickte zustimmend. »Wie ist es mit einem Hubschrauber?«, fragte Ruben ihn. »Haben Sie daran gedacht?«

»Habe ich. Aber der einzige, der in der Nähe ist, ist noch bei einem anderen Einsatz. Danach wird er betankt und fliegt sofort hierher weiter.«

»Sehr gut«, lobte Ruben den Mann, dem er noch vor einigen Tagen nichts zugetraut hatte, und erwischte sich dabei, dass er ihm fast freundschaftlich auf den Rücken geklopft hätte. Doch sein Optimismus hielt nicht lange an. Er runzelte die Stirn und fuhr sich über die müden Augen. »Das ist mir alles zu dünn«, murmelte er. Krüger hatte seine Opfer zwar selten eigenhändig getötet, doch er hatte es durchaus genossen, ihnen schwere Verletzungen zuzufügen. Sie mussten Elisa *schnell* finden.

Er rief den Leiter des SEK-Teams zu sich. »Ist Krüger noch im Krankenhaus?«

»Ja, der wird erst morgen früh nach Straubing in die JVA überführt. Einer meiner Männer ist bei ihm.«

»Alles klar.« Ruben wies auf Schober. »Kommissar Schober hier wird bei der Suchaktion mein Stellvertreter sein. Ich habe vollstes Vertrauen zu Ihnen beiden, tun Sie Ihr Bestes und finden Sie meine Tochter.«

»Und Sie?«, fragte Schober irritiert.

»Ich fahre noch einmal zu Krüger und versuche es dieses Mal mit angewandter Psychologie und der guten alten Chemie. Haben Sie seine Tabletten noch im Wagen?«

Nachdem ihm der Kriminaltechniker die Packung geholt hatte, winkte Ruben den Streifenwagen zu sich und ließ sich mit Blaulicht zum Krankenhaus fahren.

Ruben verzichtete darauf, einen Arzt um Erlaubnis zu fragen. Er zerdrückte eine der Tabletten, löste sie in einem Plastikbecher mit Kaffee auf und ging zu dem Sicherheitstrakt. »Ach, Sie schon wieder«, begrüßte ihn der wachhabende Beamte müde und ließ ihn eintreten. Er trat vor die Stahltür des Krankenzimmers für Häftlinge und wollte schon lautstark gegen die Tür hämmern. Ruben legte ihm die Hand auf den Arm. »Nicht!«, sagte er. »Es ist drei Uhr morgens und ich brauche den Mann in bester Laune.« Er hielt den Kaffeebecher hoch und deutete auf die Tür: »Einfach aufschließen genügt völlig.«

Krüger lag noch immer auf dem Rücken und schien zu schlafen.

Ruben trat an die Liege und sagte in normaler Lautstärke: »Herr Krüger?«, doch der Gefangene rührte sich nicht. Ruben wiederholte das weitere drei Mal, bis der Gefangene, ohne die Augen zu öffnen, ein wütendes »Was?« ausstieß.

»Wir müssen uns noch einmal unterhalten, die Dinge haben sich geändert.«

»Mir egal, und für Ihre Tochter dürfte es eh schon zu spät sein.«

Ruben zog den Stuhl ans Bett, setzte sich und fragte: »Kaffee?«

»In diesem Zustand?« Erneut knarrte der Lederriemen um seinen rechten Arm, als Krüger die Muskeln anspannte und ihn genervt ansah.

»Ich könnte Ihnen das Rückenteil nach oben fahren und einen Arm befreien«, schlug Ruben vor, fügte aber hinzu: »Die einzige Bedingung ist, dass Sie keine Dummheiten machen und mir zuhören.«

»Von mir aus.«

Nachdem Krüger einige Schluck Kaffee getrunken hatte, wartete Ruben so lange wie möglich, damit das Medikament wirken konnte. Tatsächlich war schnell eine Veränderung spürbar. »Also, was wollen Sie noch von mir?«, sagte Krüger deutlich weniger aggressiv.

Ruben legte die Hände wie zum Gebet aneinander, sah ihn an und log: »Sie haben sich in Nadine Leitner getäuscht. Ich habe mich vorhin mit ihr unterhalten und glaube, dass Nadine Sie nur benutzt hat.«

»Wie kommen Sie denn auf so einen Blödsinn?«

»Sie hören mir jetzt einfach nur zu und entscheiden selbst.« Ruben lehnte sich zurück und begann: »Ihre angebliche Freundin hat mir gerade eben erzählt, dass Sie alleine für alles verantwortlich sind. Angeblich hatten Sie schon lange ein Auge auf sie geworfen, und als Sie herausfanden, dass Nadine ein Kind von Toni Kurz erwartet, sind Sie völlig ausgetickt.« Ruben sah, wie sich Krügers Nasenflügel blähten, aber noch hatte er sich unter Kontrolle.

»Nadine Leitner sagt, dass Sie nach dem Mord an Toni Kurz' Tochter, den Sie durch diese Tat bestrafen wollten, erfahren haben, dass sie auch noch ein kurzes Verhältnis mit dem noch minderjährigen Björn hatte. Daraufhin haben Sie ihn ebenfalls gequält und umgebracht. Frau Baumann haben Sie getötet, weil Nadine sich in ihrer Angst an ihre Großmutter gewandt hatte und Sie das nicht zulassen konnten.«

»So ein Blödsinn«, zischte Krüger.

Ruben hatte ihn genau da, wo er ihn haben wollte. »Außerdem behauptet Nadine, dass Sie Hubert Unruh auf sie angesetzt haben, als Sie keinen anderen Ausweg mehr sahen. Sie sagt aus, dass Sie ihr damit gedroht haben, sie umbringen zu lassen, wenn sie Ihre Zuneigung nicht endlich erwidert.« Natürlich wusste Ruben, dass einige Sachverhalte seiner Fantasiegeschichte gar nicht zusammenpassten, aber so weit würde Krüger hoffentlich nicht denken.

Krüger war äußerlich ruhig geblieben. »Diese Schlange leugnet nicht nur unser gemeinsames Kind, sie will sich auch noch aus der Affäre ziehen.«

»Richtig«, bestätigte Ruben: »Und Frau Leitner hat sogar noch weitergedacht. Sie hat absichtlich dafür gesorgt, dass Sie ihre Großmutter umbringen. Denn so kommt sie an das Geld von Frau Baumann, und während Sie im Gefängnis sitzen, wird sie sich damit ein schönes Leben machen.«

Krügers Kopf zuckte herum: »Aber das werden Sie nicht zulassen. Sie haben sie doch durchschaut! Und ich werde dem Richter die wahre Geschichte erzählen.«

Ruben stand auf und wiegte seinen Kopf hin und her. »Na ja, das mit der Wahrheit ist so eine Sache. Vor Gericht hängt schon viel davon ab, was ich dem Richter erzähle, und das eine oder andere Beweismittel verschwindet schon mal.«

»Was?«, fragte Krüger fassungslos. »Sie sind doch kein Mann, der wissentlich lügt.«

Nun beugte sich Ruben zu ihm hinunter und sagte sehr leise: »Wenn es um meine Tochter geht, würde ich selbst Gott belügen. Sagen Sie mir, wo sie ist, und Nadine Leitner wird ihren Teil der Schuld tragen. Wenn nicht, wird Ihr Kind nie erfahren, wer sein Vater ist.«

65

Unter der immer dichter werdenden Wolkendecke verschwammen die Schatten zunehmend mit dem Wald. Elisa fror und schwitzte gleichzeitig. Sie waren da, waren scheinbar überall gleichzeitig. Dass sie sie nicht sehen konnte, machte es nicht besser. Immer wieder blitzten leuchtend gelbe Augen im Gebüsch, es raschelte und knackte und Elisa fühlte sich beobachtet.

Der Wald um sie herum war längst verstummt, als hätte auch er Angst vor den unsichtbaren Wesen, die sie zu umkreisen schienen. Elisas Panik steigerte sich ins Unermessliche. Mal drehte sie sich links um den Stamm, mal rechts herum. Dann schob sie sich nach oben in den Stand, doch auch das brachte sie nicht weiter. Der einzig sichere Platz wäre oben in den Ästen des Baumes, aber wie sollte sie dorthin kommen?

Mit einer Kraft, von der Elisa nicht mehr gedacht hatte, sie zu besitzen, begann sie, das Klebeband an ihren Handgelenken an der rauen Rinde auf und ab zu reiben.

Ruben hatte keine Ahnung, ob ihn Krüger belogen hatte. Vielleicht hatte er ihm die richtige Stelle genannt, vielleicht trieb der Mann sein Spiel einfach auf die Spitze und wollte Zeit gewinnen.

Zurück vor den Türen des Krankenhauses atmete er tief durch, fasste einen Entschluss und rannte zu dem Streifenwagen. Er beschrieb dem ortskundigen Kollegen, was ihm Krüger gerade erzählt hatte, und fragte: »Können Sie mit den Angaben etwas anfangen?«

Der Polizist nickte, öffnete auf seinem Smartphone den entsprechenden Kartenausschnitt und scrollte so lange hin und her, bis er den Bereich eingegrenzt hatte. Er zeigte Ruben das Ergebnis und deutete auf einen kleinen Parkplatz, der auf der Satellitenaufnahme gut zu erkennen war. »Da muss es sein, das ist auf dem Teil der Landstraße die einzige Haltemöglichkeit.«

Ruben zog sein eigenes Handy heraus. »Sagen Sie mir die GPS-Daten.« Er tippte sie ein, schickte sie umgehend per SMS an Schober und wählte gleich darauf dessen Nummer.

Anstatt einer Stimme hörte er zunächst nur schwere Atemzüge. »Schober?«, fragte er. »Alles klar bei Ihnen?«

Es folgte ein Räuspern. »Ja … steiler Berg … noch keine Spur … von Ihrer Tochter«, japste Schober.

Ruben erklärte dem Kommissar kurz, was er soeben in Erfahrung gebracht hatte. »Schicken Sie bitte den Hundeführer zu der Stelle mit den GPS-Daten, die ich Ihnen gerade geschickte habe.«

»Nur den Hundeführer?«

»Ja, nur den. Sie und das restliche Team sollen dort weitersuchen, wo Sie sind. Ich kann nicht ausschließen, dass mich Krüger belogen hat.«

»Wenn Sie meinen«, erwiderte Schober, noch immer außer Atem, und legte auf.

Ruben zog den Gurt über die Brust und fragte seinen Fahrer: »Worauf warten wir?«

Die Digitaluhr des Wagens sprang gerade auf drei Uhr morgens, als der Streifenbeamte den Motor abstellte. Der Wagen des Hundeführers stand bereits auf dem Parkplatz und dieser kam gerade aus dem Unterholz, wo er sich offenbar erleichtert hatte.

Er kam auf Ruben zu, streckte ihm die Hand entgegen und fragte: »Also, worum geht es?«

Ruben ignorierte die Hand und deutete auf die andere Straßenseite. »Ich habe mit dem Entführer meiner Tochter gesprochen. Er hat mir diesen Parkplatz geschildert und sagte, er habe sie ein Stück bergab gebracht.«

Mehr Informationen brauchte der Mann nicht. Er nickte. »Alles klar«, murmelte er und holte den großen Schäferhund aus dem Kofferraum seines Kombis. Er ließ den Hund kurz an einem Stück Rückbankbezug riechen, das Schober aus Krügers Auto geschnitten hatte. Das Tier orientierte sich, indem es den Mann im Zickzack über den Parkplatz zog, dann steuerte es geradewegs auf die andere Straßenseite zu. Die drei Männer folgten ihm. Die Lichtkegel ihrer starken Taschenlampen verloren sich im dunklen Dickicht des Waldes.

Sie überquerten die Straße und wollten gerade in das dichte Unterholz vordringen, als der Hundeführer plötzlich stehen blieb, seinen Hund zu sich zog und den Kopf schüttelte.

»Was ist?«, fragte Ruben alarmiert.

»Wir können nicht weiter.«

»Warum nicht? Das Tier hat doch eine Spur.«

»Da vorne«, erwiderte der Beamte knapp und hielt den Strahl seiner Lampe auf ein paar niedrige Büsche gerichtet, die komplett mit einer Art Spinnennetz überzogen waren. »Ich war gerade auf einer Schulung, in der man uns vor dem Eichenprozessionsspinner gewarnt hat. Mein Hund würde elende Qualen leiden, wenn er davon etwas abbekommt, und Sie sollten auch aufpassen.«

»Was für eine Nacht«, murmelte Ruben, musste aber bei aller Sorge um Elisa einsehen, dass er seine Kollegen und das

Tier nicht gefährden durfte. Schließlich nickte er. »Also gut. Die Richtung weiß ich jetzt. Denken Sie, dass der Hund eindeutig die Fährte meiner Tochter aufgenommen hat?«

»Nicht zu hundert Prozent, aber wenn er so reagiert, ist es ziemlich wahrscheinlich.«

Ruben wischte sich den Schweiß der Nervosität von der Stirn. »Alles klar. Ich werde alleine weitergehen und Sie beordern die beiden anderen Suchteams und einen Krankenwagen hierher.«

Der Hundeführer leuchtete noch einmal über die eingesponnenen Büsche und murmelte: »Wohl besser zwei Krankenwagen.« Er gab seinem Tier eine kleine Belohnung und ging mit dem Streifenbeamten zurück auf die Straße.

Es war ein Gefühl der Einsamkeit, das Ruben plötzlich erfasste und das er so nicht kannte. Nachdem sich die Kollegen zurückgezogen hatten, stand er einige Augenblicke lang einfach nur da und leuchtete in den dunklen Wald. Als ihm schließlich bewusst wurde, welche Angst seine Kleine haben musste, ging er los.

Immer darauf bedacht, den Nestern der Raupen nicht zu nahe zu kommen, überwand er den gefährlichen Abschnitt fast unbeschadet. Nur einmal, als seine Hose von einem Ast etwas nach oben geschoben wurde, erwischten ihn einige Nesseln. Seine Haut brannte heftig und er hoffte, dass Elisa hier unbeschadet durchgekommen war.

Nach einigen Metern war es geschafft. Nun standen die Bäume in größerem Abstand und es gab nicht so viel Gestrüpp wie direkt an der Straße.

Ruben versuchte, auf gerader Strecke in den Wald hineinzulaufen, verlor aber bald jede Orientierung. Während er immer wieder stehen blieb und mit der Lampe einmal im Kreis leuchtete, überfiel ihn das Gefühl, beobachtet zu werden. Doch selbst schnelle Richtungswechsel mit dem Lichtstrahl der

Lampe zeigten nichts als den dunklen Wald, dessen Stille langsam erdrückend wirkte.

Krüger hatte angegeben, dass er bis zu der Stelle, an der er Elisa zurückgelassen hatte, ungefähr zehn Minuten gebraucht hatte, und diese zehn Minuten waren um.

Ruben blieb stehen und lauschte in das Rauschen der Baumwipfel hinein, doch alles Leben schien erstarrt. Schließlich legte er die Hände als Röhre um den Mund und rief den Namen seiner Tochter. Einige Sekunden lang änderte sich nichts an der Stille, dann knackten irgendwo ein paar Zweige. Im Lichtstrahl war nichts zu erkennen, trotzdem entschied er sich für diese Richtung und rannte los.

Das Wildschwein war so erschrocken, dass es einige Sekunden lang einfach nur regungslos in das Licht seiner Taschenlampe blickte. Ruben erschrak ebenso, behielt aber die Nerven. Er machte sich groß, schrie einige Male: »Hau ab!«, und zog vorsichtshalber die Waffe aus dem Holster. Einen Moment lang sah es so aus, als überlegte das große Tier, den Kampf aufzunehmen, es entschied sich aber schließlich dagegen und rannte erstaunlich schnell davon.

Ruben atmete aus, leuchtete ihm hinterher und sah etwas, das nicht hierhergehörte. Es war nur eine kurze Reflexion. Etwa zwanzig Meter weiter lag etwas Glänzendes auf dem Boden.

Immer die Umgebung im Auge behaltend, ging er zu der Stelle. Er hob ein Stück blutiges Isolierband auf und stöhnte: »Nein, nein, nein … bitte nicht.«

Von Schober wusste er, dass Krüger eine Rolle silbernes Klebeband in seinem Wagen gehabt hatte, und was eignete sich besser zum Fesseln eines Menschen? Ruben ging auf die Knie, schloss die Augen und war der Verzweiflung nahe. In seinem Kopf stellten sich Bilder ein, die er nicht sehen wollte. Bilder seiner Tochter, die irgendwo in diesem riesigen dunklen Wald langsam verblutete.

Tränen liefen Ruben über das Gesicht, sein Magen verkrampfte sich und er spürte eine übermächtige Wut auf diesen Irren. Lange Sekunden war es ihm unmöglich, sich zu bewegen, bis er sich taumelnd am Stamm des nächstbesten Baumes nach oben zog und sich mit dem Rücken dagegen lehnte.

»Papa?«

Ruben durchzuckte das Wort wie ein Blitzschlag. Er wirbelte herum, konnte aber nichts erkennen und glaubte, sich die Stimme seiner Tochter nur eingebildet zu haben.

»Nicht erschrecken, Papa, ich bin hier oben.«

Er riss die Lampe in die Höhe und konnte es nicht fassen. Etwa fünf Meter über ihm teilte sich der Stamm des Baumes in drei Äste, und genau in dieser Mulde saß seine Kleine. »Nicht, Papa«, sagte sie mit dünner Stimme. »Du blendest mich.«

Er senkte die Lampe und wischte sich mit den Ärmeln die Tränen aus den Augen. »Du kommst spät, Papa«, stellte Elisa sachlich fest. »Ich bin hier oben eingeschlafen.«

66

Eine Woche später klingelte Ruben an Evas Tür. »Komme gleich«, klang es gedämpft aus der Wohnung und kurz darauf sah er sich der einzigen Frau gegenüber, die es je gewagt hatte, ihn ungefragt zu umarmen. Dieses Mal blieb sie einfach nur im Türrahmen stehen, musterte seine Klamottenauswahl von oben bis unten und nickte anerkennend. »Hat deine Frau ausgesucht, oder?«

»Ja«, antwortete Ruben fast schon schüchtern, wippte ein wenig auf den Fußballen auf und ab und öffnete schließlich die Arme.

Eva nahm das Angebot an, umarmte ihn freundschaftlich und fragte: »Wie geht es deiner Tochter? Schober hat mir erzählt, was nach meiner Ohnmacht noch alles passiert ist.«

»Alles gut. Elisa ist eine Kämpferin und nimmt die Dinge nicht so schwer. Sie wollte schon zwei Tage später wieder in die Schule.«

»Lernt sie so gerne?«

Ruben lachte kurz auf. »Nein, aber sie wollte jedem von ihrem Kampf gegen die Wildschweine erzählen.« Dann deutete er auf Evas linke Schläfe, die eine rotblaue Narbe zierte, und scherzte: »Sieht toll aus. Ich schätze, diese Erinnerung wird dir bleiben.«

Eva winkte ab. »Halb so wild, wenn ich bedenke, was mir die Ärzte erzählt haben. Die Horrorszenarien reichten von totalem Gedächtnisverlust bis zu lebenslangem Wachkoma. Da nehme ich doch lieber diese hübsche Narbe und bin froh, dass mich der Stein nicht einen Zentimeter weiter rechts getroffen hat.«

Ruben warf einen Blick auf die Uhr. »Können wir? Ich habe Krügers Vernehmung für fünfzehn Uhr angekündigt.«

Evas Gesicht wurde ernst. »Ja. Einen kleinen Moment noch, ich bin gleich fertig.«

Kurz vor der wenig einladenden Justizvollzugsanstalt blieb Eva stehen. »Können wir eine kurze Pause einlegen? Ich bin noch nicht so weit.«

»Warum?«, fragte Ruben, wie immer wenig einfühlsam.

Eva rollte mit den Augen und sagte pampig: »Weil ich da drinnen gleich dem Mann gegenübertrete, der für eine Mordserie verantwortlich ist und der auch mich fast umgebracht hat.«

»Ah.«

»Ah?« Eva wurde langsam wütend. »Der Kerl hat deine Tochter entführt, ist dir das egal?«

Ruben zuckte mit den Schultern: »Nein, aber genau deshalb sitzt er doch da drinnen und wird auch nie mehr herauskommen. Ich habe die Sache für mich abgehakt. Das Einzige, was mich noch interessiert, ist, wie er zu so einem Monster wurde und wie er es geschafft hat, Nadine Leitner so zu beeindrucken, dass sie bei seinen irren Plänen mitmachte.«

Eva seufzte, winkte ab und ging mit energischen Schritten auf die Tür zu.

Obwohl Gerhard Krüger mit Händen und Füßen an den Tisch gekettet war, trat Eva nur zögerlich in den kleinen Raum. Ruben war vorausgegangen, zog die beiden freien Stühle zurück und bedeutete ihr, sich zu setzen. Danach nahm er neben ihr Platz, schlug die Beine übereinander und fixierte den Gefangenen.

Nach einer knappen Minute hielt es Krüger nicht mehr aus. »Was?«, knurrte er. »Auf was warten Sie? Stellen Sie Ihre Fragen, es gibt bald Abendessen und das will ich nicht verpassen.«

Ruben öffnete die Hände und beugte sich vor. »Ich verstehe ja, dass Sie angesichts der Ketten keinen Kniefall machen können, aber für ein paar Worte der Reue sollte es schon reichen. Immerhin wollten Sie sowohl meine Kollegin als auch meine Tochter töten und ich glaube, eine Entschuldigung würde es ihr und mir deutlich einfacher machen, ruhig zu bleiben.«

Ruben hatte sich in den letzten Tagen ausführlich mit der Vergangenheit von Gerhard Krüger und Nadine Leitner befasst. Was die Frau zu den Taten angetrieben hatte, konnte er nur erahnen, doch bei Krüger war es ziemlich eindeutig. Darum hatte er den Richter im Vorfeld der Vernehmung darum gebeten, dass man dem Mann anstatt seiner Psychopharmaka nur Placebos gab. Und da medizinisch keine Gefahr für Krüger bestand, es aber für die Wahrheitsfindung wichtig war, hatte man dem zugestimmt.

»Was soll ich?«, spie Krüger aus.

»Sich bei uns entschuldigen«, wiederholte Ruben gelassen.

Der Seelsorger lachte heiser und wandte sich an Eva, als wäre Ruben gar nicht da. »Warum bist du nicht tot? Wer hat dich auf die Erde geschickt, dass dich nicht einmal der Gehilfe Gottes vernichten kann?«

»Warum soll ich denn tot sein? Was habe ich in Gottes Augen falsch gemacht?«

Krügers Augen weiteten sich. »Du hast wieder gegen mich ermittelt. Und du bist ein Teil der Sünde. Du hilfst all diesen gestörten Geistern, wieder auf freien Fuß zu kommen, damit sie weitere unschuldige Menschen in die Tiefe ziehen können.«

»Sie haben selbst ein Kind getötet. Und das nur, damit Sie Oskar Burkel für meinen Tod verantwortlich machen können. Sie hatten Angst, dass alles auffliegt.«

»Das war nötig.«

»Das war nötig?« Eva sprang auf, stützte sich mit den Händen auf den Tisch und schrie: »Sie, Herr Krüger, sind ein Monster. Sie töten ein unschuldiges Kind und sagen, das war nötig, und im Gegenzug verurteilen Sie Straftäter zum Tode, die ihre Strafe abgesessen haben. Und dann wollen Sie sich mit Gott herausreden. Meine Güte …« Eva ließ sich erschöpft zurück auf den Stuhl sinken und fand keine weiteren Worte.

Der Wutausbruch schien eine beruhigende Wirkung auf Krüger zu haben. »Das Kind war nicht unschuldig. Er hat die Schule geschwänzt und wurde mehrfach beim Ladendiebstahl erwischt. Seine zuständige Sozialarbeiterin kam nicht an ihn ran und hat mich gebeten, auf den Jungen einzuwirken. Doch er war einfach nur undankbar, beinahe arrogant, und hat auf niemanden gehört. Also hat Gott mich dazu befugt, ihn als Opfer für eine höhere Tat zu benutzen und ihn gleichzeitig zu bestrafen.«

Eva hatte genug. Sie sah Ruben an und fragte ihn: »Warum tun wir uns das an? Was soll das hier?«

»Warte«, sagte Ruben ruhig. »Trinken wir noch einen Kaffee, Krüger? Das hat uns schon das letzte Mal entspannt.«

»Meinetwegen«, brummte er. Ruben stand auf und füllte aus einer bereitstehenden Kanne drei Plastikbecher. Krügers Kaffee rührte er besonders lange um, damit sich die Tablette auflösen konnte. Anschließend stellte er jedem einen Becher hin, nahm Platz und trank einen Schluck. Krüger schaffte es trotz der Fesseln, mit Anstand zu trinken, nur Eva rührte ihren Kaffee nicht an.

Während der nun folgenden Stille konnte Ruben an den Gesichtszügen des Gefangenen ablesen, dass sein Wahn langsam abklang. Doch selbst die starken Psychopharmaka konnten das Monster in Krüger nicht völlig beseitigen, das wusste Ruben. Der Mann war ein Narzisst und sicher auch sadistisch veranlagt. Die Medikamente hatten ihn zwar so weit beruhigen können, dass er sich unerkannt in der Gesellschaft bewegen konnte, sie hatten sein Sendungsbewusstsein und seine Mordlust jedoch nicht unterdrückt. Eine gefährliche Mischung, wie sich herausgestellt hatte.

Ruben ließ einen Moment der Stille verstreichen. »Erzählen Sie uns doch, wie Ihr Verhältnis zu Nadine Leitner ist und was sie mit alldem zu tun hat.«

Krüger faltete die Hände ineinander und dachte kurz nach. »Unser Verhältnis begann lange vor der ersten Tat und ergab sich irgendwie aus unserer Verzweiflung. «

»Wie meinen Sie das?«, fragte Eva. Er atmete tief ein. »Es war vor etwa einem Jahr. Ich habe als Seelsorger alles und jeden betreut, Opfer genauso wie Täter, und irgendwann konnte ich es nicht mehr hören. Auf der einen Seite erzählen mir Opfer, in welche Abgründe man sie geschickt hat, und auf der anderen Seite sitzen die Schwerverbrecher vor mir und klagen darüber, wie schlecht es ihnen geht. Und dann noch Menschen wie dieser Paul Janik, der aus dem Gefängnis kommt und an nichts anderes denken kann als daran, ein weiteres Kind zu missbrauchen.«

»Und was hat das mit Nadine Leitner zu tun?«

Krügers Ausbruch kam völlig überraschend. Er riss an seinen Fesseln, stieß einen Schrei aus und brüllte: »Sie hat mich verstanden, sie war da, als ich sie brauchte. Als ich erfahren habe, dass sie schwanger ist, war ich überglücklich. Aber dann hat sie dieser Toni Kurz bei dem Lehrgang missbraucht und wir haben beschlossen, dass es reicht. Ich sprach mit Gott, und er stimmte zu. Wir erstellten eine Liste mit Menschen, die Leid verdient hatten. Und ganz oben standen dieser Toni und seine missratene Tochter. Ich habe die Sache vorbereitet und Nadine hat den Keller über die Kamera beobachtet. Sie selbst konnte auf den Knopf drücken, der Maria vor den Augen ihres Vaters köpfte.«

»Sie war das?«, hakte Ruben nach.

»Ja, aber alles andere habe ich alleine durchgezogen und es tat gut … es tat so gut, diese Arschlöcher leiden zu sehen. Dieser grenzenlos arrogante Björn …« Krüger richtete die Augen nach oben und schwärmte: »Wie schön er brannte. Und diese alte Schachtel, die auf Tausenden Euro saß und ihrer Enkelin nichts davon abgeben wollte, obwohl wir das Geld dringend gebraucht hätten.«

»Und warum Paul Janik?«, fragte Eva dazwischen.

Krüger verzog das Gesicht zu einem breiten Grinsen und erklärte stolz:« Janik war das ideale Medium, um diese ganzen Scheißheuchler in Angst und Schrecken zu versetzen. Der war so krank … so unendlich krank im Kopf. Als er mir die Sache mit Tayo gestand, wusste ich, dass ich ihn in der Hand hatte, und er wusste es auch. Dann reichten ein bisschen LSD und ein paar durch die Zellentür gesprochene Worte und er tickte völlig aus. Er hat tatsächlich geglaubt, Gott zu hören, das muss man sich mal vorstellen.«

Eva und Ruben tauschten einen vielsagenden Blick. »Und alles, was danach kam, war das auch geplant?«, fragte Ruben.

»Ja, bis zu Hubert Unruhs Tat gegen diese Frau. Als wir über die Bestrafungen nachgedacht haben, war Nadine als Polizistin klar, dass wir früher oder später einen Schuldigen präsentieren müssen. Also hat sie dafür gesorgt, dass Unruh rechtzeitig aus dem Gefängnis entlassen wird, und sie hat dafür gesorgt, dass er in der Nähe bleibt. Eigentlich wollte ich auch noch das Gerücht streuen, dass er sich christlich radikalisiert hat, was zu unseren

Tatinszenierungen gepasst hätte. Doch dazu bin ich ja nicht mehr gekommen.« Krüger machte eine kurze Pause und gab zu: »Allerdings haben wir nicht damit gerechnet, dass er sich selbst ein Opfer sucht.«

Eva atmete hörbar aus, wischte sich eine Träne aus dem Augenwinkel und versuchte, die Bilder von Lisas zerstörtem Körper zu verdrängen.

»Und Oskar Burkel war nur noch Mittel zum Zweck, um meine Kollegin daran zu hindern, wieder gegen Sie zu ermitteln. Oder?«, fragte Ruben weiter.

»Ja.«

»Und als Sie erfahren haben, dass Eva wieder aufwachen könnte, mussten Sie mich aus dem Krankenhaus locken, um die letzte Zeugin auszuschalten.«

»Ja.«

Ruben nickte, schaltete das Mikrofon aus und stellte fest: »Gut, ich glaube, wir haben jetzt alles.« Danach stand er auf, musterte Krüger ein letztes Mal und ging zur Tür.

Eva schaffte es gerade noch aufrecht aus der Tür. Draußen in dem kargen Gefängnisflur ging sie auf die Knie und begann, hemmungslos zu weinen.

14691465R00226

Printed in Germany
by Amazon Distribution
GmbH, Leipzig

Mark Franley
Schmutzige Seelen - Ein Ruben-Hattinger-Thriller

EDITION M

Das Buch

Eine junge Frau, mit einem Drahtseil um den Hals, zielt auf ihren eigenen Vater. Er hat ebenfalls eine Waffe in der Hand. Einer der beiden stirbt auf grausame Weise. Der Anblick ist selbst für die unerschrockene Oberkommissarin Eva Lange zu viel.

Unerwartet bekommt Eva Unterstützung von dem exzentrischen Sonderermittler Ruben Hattinger. Ruben hat sich mit seiner Beobachtungsgabe und zahlreichen Ermittlungserfolgen einen Namen gemacht, Teamfähigkeit zählt aber nicht zu seinen Stärken. Trotz einer ersten Festnahme gehen die bizarren Hinrichtungen weiter und für die beiden Ermittler beginnt ein Wettlauf gegen die Zeit.

Der Autor

1972 in Nürnberg geboren, ist Mark Franley bis heute seiner Heimat treu geblieben. Inspiriert durch die lange und oftmals auch dunkle Geschichte seiner Stadt, wird diese zur perfekten Kulisse für das, was einen guten Psychothriller ausmacht. Mit den spannenden Fällen um seine Kommissare Mike Köstner und Lewis Schneider hat der Bestsellerautor Hunderttausende Leser in seinen Bann geschlagen.